KB231640

옛시 옛노래의 이해

전일환

제이앤씨
Publishing Corporation

책을 내면서

　돌이켜 보면 참으로 오랜 세월 동안 난 옛시 옛노래에 매달려 왔다. 이젠 이에 대한 연구도 마무리할 때가 온 듯하여 여러 원고들을 정리하고 있는데, 제이앤씨에서 출판하겠다는 제의를 해왔다. 부랴부랴 모나고 잘못된 부분을 다듬고 손질하여 묶어 보았지만 보람된 일이라는 생각보다 오히려 부끄러운 생각이 앞서기도 했다.

　제1장과 2장에서는 우리 옛 시와 노래의 아름다움과 송강 정철과 고산 윤선도의 수사미학을 분석해 보았다. 우리 고시가는 4구체의 형식으로 출발한 민요적 장르로 짝의 어울림, 곧 대우적 수사기교를 기본으로 한 조화의 미학을 근간으로 우리 민족의 애환을 아름답게 형상화한 문학양식이다. 오랜 옛날 백수광부(白首狂夫)의 아내가 자신을 버리고 떠나는 남편을 만류하며 강가에서 부른 「공무도하가(공후인)」, 유리왕이 지었다고 전해지는 「황조가」, 하늘로부터 신군(神君)을 맞이한 의식요인 「구지가」, 백제여인의 망부가인 「정읍사」 등 백제오가(百濟五歌)로부터 향가와 속요, 시조, 가사에 이르기까지 율격에 따른 우리 시가의 아름다움과 수사의 미학을 중심으로 우리 민족 내면을 면면히 흐르는 정서의 본질과 율격미를 분석해 보았다.

　3장은 사대부와 규방여인의 작품을 통해 조선여인들이 지향한 삶과 문학의 정체를 더듬어보면서 미학적 가치를 추구해 보았다. 연군지사로 알려진 「사미인곡」과 「만분가」를 관류하는 사대부의 연주충군(戀主忠君)의 미학,

함경도 변방을 중심으로 한 충군애민의 교훈적인 「관산별곡」, 자연처럼 살아가며 당시 사회적 모순에 따른 방책을 상소했던 장복겸의 연시조 「고산별곡」, 과부의 독수공방의 한과 이를 극복하기 위한 유람기행의 「상사별곡」, 여인의 몸으로 치산과 치부를 통해 자식의 입신양명이 가장 보람된 일이라는 「치산가」, 주희의 「무이구곡가」를 전범으로 한 「고산구곡가」와 「이산구곡가」 등 구곡가류의 작품을 통해 그들이 추구한 가치와 철학이 무엇인지 살펴보았다.

특히 작품은 알 길이 없지만, 금호유고를 통해 「관산별곡」의 장르와 작자 및 윤색자, 작품연대, 작품동기 등을 탐색하여 학계에 발표하였고, 미발표작인 「고산별곡」, 「상사별곡」과 「치산가 1.2」, 「이산구곡가」 등을 발굴한 것은 국문학상 자못 의의있는 작업이었다고 생각된다.

4장은 그간 국문학계에 논의되어 왔던 문제들을 다루었다. 우선 가사문학의 연원과 형성, 장르성격 등을 살펴보는 과정에서 우리 가사문학에 수용된 중국 한시문학의 수용양태 등을 분석해 보았다. 또 출(出)과 처(處)가 무상했던 조선이라는 특수한 사회적 정정(政情) 속에서 도교의 도가(道家)사상이 사대부들에게 어떤 양상으로 수용되었으며, 가사 속에서 송강 정철이 점하고 있는 문학적 위상 등도 다루어 보았다.

그러나 이러한 작업을 진행하면서 아쉽고 서운한 부분이 많았다. 앞으로 그릇되고 잘못된 부분들은 잘 다듬고 바로잡으면서 고쳐갈 셈이다. 어려운 환경 속에서도 기꺼이 이 책의 출판을 서둘러주신 제이앤씨 윤석원 대표께 심심한 사의를 드린다.

2008년 폭염의 삼복지절에
德津 鶴汀齋에서
著者 識

목차

3장 시가 작품론

4장 국문학의 논의수제

옛시 옛노래의 이해

옛 시   1장   옛 노래

1. 노래와 시

1.1 드는 말

우리의 옛 시절, 멀리 상고시대의 노래들 예컨대, 공무도하가, 황조가, 구지가 등을 시작으로 하여 신라의 향가, 고려의 속요들, 시조, 가사의 장르 등을 우리는 시가(詩歌)라고 불러왔다. 시가란 자의(字義)대로 시(詩)와 가(歌)의 장르를 통합한 것을 지칭한다. 가요(歌謠)도 가(歌)와 요(謠)를 아울러서 하나의 장르로 아우른 명칭이다.

옛날에는 시가 곧 노래였다. 시를 위해서 따로 리듬이나 멜로디를 준비할 필요도 없었다. 노래는 본디 그러한 속성이 있기 때문에 삶이 주는 즐거움이나 절망이 응축되면 저절로 리듬과 단순한 멜로디와 어울려서 인간의 애환이 유로(流露)되었다. 그리고 참기 어려운 몸동작과 어울려 춤으로 나타났다. 그러므로 공자는 시 300편을 일컬어 사무사(思無邪)라 했고, 시경을 엮은 후 인간답게 살아가기 위해서는 마땅히 이것을 읽어야 한다고 했다.

원시시대의 이러한 양태를 우리는 원시종합예술(ballad dance)이라고 불렀는데 이때는 시와 음악과 무용이 분화되지 아니하고 하나로 통합된 형태를 이루었다. 이와 같이 시가란 시(詩)와 가(歌)가 분화되지 않고 하나로 아우른 장르를 이름하고 있다. 사실 시와 가는 계급사회가 낳은 소산이다. 이들 장르는 양반 사대부들만이 향유하던 양식이다. 그러나 가요(歌謠)의 요(謠)는 이와는 반대로 일반 민중들에 향유되던 민간 유전의 속요들을 지칭했다.

1.2. 시와 노래의 나뉨

그런데 시와 노래가 왜 나뉘었을까? 사람들의 삶이 시와 노래의 분화로 비롯됐다면 말도 안 되는 억측이라고 할지 모른다. 그러나 시와 노래가 따로 길을 걷기 시작하면서부터 사람살이가 어려워진 것은 분명한 일이다. 이는 아마도 입으로 노래하던 민요를 글자로 옮겨놓고 그것을 본받으라는 교훈적인 목적으로 시가 시작되었고, 응어리진 소리의 분출구로서의 자질들을 잃고 미이라와 같은 노래의 형해(形骸)만 남았기 때문[1]일 것이

-----

1) 김대행, 노래와 시의 세계, 亦樂 출판, 1999. p.11.

다. 시가 곧 노래였던 시절에는 사람들의 삶이 순탄하고 살만했다. 노래가 노래로 하던 시절에는 노래가 곧 마음이었기 때문이었다. 그러나 노래하는 마음을 시로 쓸 때에는 노래하는 마음이 사라지고 대신 음악성에 대한 고민이 생겨 복잡다단하게 어려워지기 시작했다는 것이다.

시가 분명히 시가 되기 위해서는 반드시 시정신(poetic spirit)이 있어야 한다. 다시 말해 시가 추구하는 삶의 응축이 무엇이라야 하는가에 대한 고민이 따라야만 한다는 것이다. 노래가 시였던 시절에는 등장하지 않았던 일이 시가 노래가 되면서 등장한 셈이다. 중국의 한시나 일본의 와까(和歌)는 경중정(景中情)의 동양화법적인 기법의 시를 썼고, 유럽의 이미지즘(imagism)도 회화적인 기법을 썼다. 그러므로 시와 노래에 있어서는 동서양이 거의 동질적이어서 시와 노래의 불행한 분화도 양(洋)의 동서에 큰 차이가 없다고 할 수가 있다.

사람이 살기 어려운 시절에는 절망의 외침이나 자유를 절규하고, 시에 몰두하면 시정신을 떠올렸다. 시는 민중을 주인으로 하지 않고 지배자를 위한 존재로서 가치를 지녀왔다. 다시 말하자면 노래만이 존재했던 시절에는 신분의 귀천이나 지위의 고하를 따지지 않았다는 것이다. 그러나 이것이 깨지기 시작한 것은 노래를 문자로 기록하던 때부터였다. 실제 가요도 가(歌)와 요(謠)라는 별개의 장르가 통합된 말이었다. 그리하여 가(歌)는 본디 사대부들의 노래요, 요(謠)는 일반 민중들의 노래로 굳어지면서 지배계층과 피지배계층이 나눠지고 신분이나 지위의 귀천이 구분되었다.

문자가 없던 구비문학의 시절에는 시가(詩歌)는 사람들 모두의 공유물이었다. 앞에서 말한 바와 같이 이때는 사람살이가 힘들지 않고 모두가 행복할 수가 있었다. 문자를 사용하는 사대부 계층이 구별되면서 문학의 창작과 향유계층이 따로 존재하게 된 것이다. 하버드대학의 고스만(Lionel Gossman) 교수는 문학의 세계가 이처럼 계층적 분리를 드러내는 것은 민주주의를 지향하는 우리들의 삶 속에서 심각한 이율배반이라고 지적[2] 한 바가 있다. 이는 동양의 시경(詩經)의 경우와도 동질적인 현상이라고 할 수가 있다. 시경이 이 지방 저 지방의 민요인 풍(風)으로부터 시작된 것과 같기 때문이다.

시라는 명칭은 글로 적은 것으로부터 출발되었음으로 사대부들의 전유물로 굳어지고, 노래는 입으로부터 시작됨으로 민중들로 한정되어 두 갈래로 나눠졌다. 그러므로 시는 사대부 계층만의 고급문화가 되고, 노래는 하층민들의 저급문화를 이루었다고 할 수가 있다는 것이다.

1.3. 노래 왜 노래하는가

노래가 노래가 되기 위해서는 이야기와의 구별에서 찾을 수가 있는데 그 기준은 리듬의 유무라고 할 수 있다. 따라서 강과 약, 장과 단, 긴장과 이완, 듦과 남의 대우(對偶)적 속성에서 노래의 특성을 찾아낼 수가 있다. 최남선은 〈해에게서 소년에게〉라는 시에서 '처얼썩, 처얼썩' 부딪치는 바닷물의 출렁임에서 시의 리듬을 찾아내고 있다. 바닷물의 출렁임에서, 간간이 불어오는 바람에 나부끼는 잎사귀의 흔들림에서도 리듬을 느낄 수가 있다.

그러면 우리는 왜 노래를 즐기는 것인가? 인간이 인간과 더불어 살아가려면 온갖 것들의 부조화로 인한 부딪힘과 다툼이 있고 그것이 쌓이고 쌓이면 '맺힘'이 되어 불치의 병까지 유발하게 한다. 지배계층으로부터

---

2) Lionel Gossman, Between History and Literature, Havard University Press, 1990

자행되는 온갖 탈취, 이를테면 전쟁으로 인한 부역과 노동의 착취, 역사적으로 자행된 탐관오리에 의한 물질과 아녀자의 약탈, 돈과 권력에 의지한 부당한 대우와 처사 등은 인간을 참을 수 없는 극한의 맺힘상황에 이르게 한다.

이 맺힘을 풀지 않는다면 몸에 굳어져서 회복할 수 없는 상태에 이르러 결국 죽음에 이를 수밖에 없는 막다른 형편에 다다른다. 사람들은 자연스레 그러한 상황에서 벗어나기 위해 자기도 모르게 그런 맺힘을 풀기 위한 행동양태에 들어간다. 그러므로 신세를 한탄하거나 억울함을 하소연하는 과정에 이르게 되는 것이 바로 노래라고 할 수가 있다.

조선 선조 조에 대제학과 영의정을 지낸 신흠(申欽)이 지은 시조 한 수에서 우리는 노래하는 까닭을 읽어낼 수가 있다.

> 노래 삼긴 사람 시름도 하도 할사
> 일러 다 못 일러 불러나 푸돗던가
> 진실로 풀릴 것이면 나도 불러 보리라

노래삼긴 사람 곧 노래를 만든 사람은 시름이 많은 사람이다. 이 시조는 억울한 사연을 일러도 일러도 다 이를 수 없으므로 노래를 불러서 풀 수 있다는 것을 여실히 드러내고 있다. 여기서 말하는 시름이란 감정일 수도 있고, 철학적인 것일 수도 있다. 사람은 본디 시름하는 존재다. 파스칼이 인간은 '생각하는 갈대'라고 한 말과도 상통된다. 인간은 시름하는 존재이므로 더욱 인간다울 수 있다고도 말할 수가 있다. 그러나 시름의 늪에서 벗어나지 못하는 존재가 아니라 벗어날 수 있는 기재를 지니고 있는 것도 다른 동물과 다른 인간만이 가지는 차별성이라고 할 수 있다.

그것은 '풂'의 기재로서 가능하다. 일러서도, 즉 말로서도 풀 수 없는 것일지라도 노래로서는 풀 수가 있다는 것이다. 다시 말해서 말이나 이야기로서 풀 수가 없는 것을 노래를 불러서 풀 수가 있다는 것이 오랜 세월동안 인간의 공감대를 이루어 왔음으로 고금동서, 양(洋)의 동서를 막론하고 노래는 우리들에게 수용되어 왔다. 즉 노래는 맺힘을 풀기 위해서 짓고 노래한다고 정의할 수가 있다.

1.4. 풂의 미학 - 노래

노래는 리듬을 기본적 자질로 하기 때문에 맺힘을 풂으로 가능케 한다. 리듬이란 본디 대립적 구조, 대우(對偶)를 기본으로 하는 것이기 때문에 가장 조화를 신속하게 이끌어낼 수 있는 신력(神力)이다. 그것은 생리적, 심리적 기층이 이러한 리듬을 통해 신속히 조절될 수 있으므로 마음의 평정을 찾을 수 있기 때문이다. 시계가 '재깍 재깍' 소리를 낸다든가, '찰칵 찰칵' 간다는 것은 사람들의 생리적, 심리적 인식이며 바람이라고 할 수 있다.

본디 인간의 생리구조는 대립적 '짝'을 이루며 이의 어울림을 기본으로 하면서 아름다움을 추구한다. 이러한 구조는 동서양을 망라한 우주적 철리(哲理)다. 동양 사상의 근저를 이루고 있는 음양이원론의 철학과도 상통되는 원리이다. 심장의 박동 자체가 수축과 이완으로 이뤄지고, 이것은 다시 들숨과 날숨으로 이어지며 걸음과 손발의 좌우로 이행이 되면서 어울림의 아름다움, 곧 조화의 미학을 이룬다.

박목월의 시 〈불국사〉는 '흰 달빛/ 달 안개', '바람소리/ 솔 소리'의 청각과 시각이미지가 서로 번갈아 가면서 등장함으로써 대립적 교체를 보여주는데 이를 가리켜 의미의 리듬3)이라고 한다. 우리의 전통시가에서

는 이러한 대우적 수사기교가 대종을 이루면서 국문학의 미학적 가치를 높이고 있다는 것을 알 수 있다. 고산 윤선도의 오우가에서 대나무를 노래한 '나무도 아닌 것이/ 풀도 아닌 것이'나, 송강가사 '누어 생각하고/ 니러안자 혜어하니', '하늘이라 원망하며/ 시름이라 허물하랴', '짓나니 한숨이오/ 지나니 눈물이라' 등이 모두 그렇다.

노래는 리듬과 강약의 박(拍)으로 구성된다. 리듬은 인간의 생리적인 것보다 빠르면 고양(高揚)되기 마련이고, 느리면 침잠(沈潛)되는 성질을 지닌다. 거세게 쏟아지는 폭포수에서는 숨막히는 긴장과 두려움을 느끼고, 고요한 정적이 흐르는 밤에는 무서운 두려움이 일면서 팽팽한 긴장감과 두려움을 느끼는 것과 같다. 베토벤의 운명 교향곡에서 갑자기 굉음(轟音)이 울리면 깜짝 놀라고, 소리가 정지되면 숨을 멈추고 귀를 기울이는 상황에 빠지면서 몰입(沒入)의 경지나 무아지경(無我之境)에 들어가게 된다.

리듬은 拍의 주요한 기능을 감당하고 있다. 왜냐하면 인간의 본성적 지향이 리듬의 구조물을 만나게 되면 본능적으로 동화하려는 경향을 보이게 되기 때문이다. 리듬의 구조물이 인간의 생리적 리듬보다 빠르면 빠르게, 느리면 느리게, 자연스레 동화상태에 이른다. 이건 신이 인간에게 내린 가장 값진 선물이다. 이런 조화나 동화의 기재가 있으므로 인간은 어떤 극한상황도 극복할 수 있기 때문에 새로운 문화를 창달하며 발전을 거듭해 왔다고 말할 수 있다.

이러한 과정의 흐름 속에 노래를 통해 사람들은 일체의 시름이나 주변적인 어떤 상황에서 일탈(逸脫)하게 됨으로써 시름이 눈 녹듯 사라지면서

------

3) 김대행, 상게서. p.7.

가슴에 맺힘을 푸는 풂의 기능으로 모든 것이 해결되는 경지에 다다른다. 인간의 삶 속에서 일어나는 온갖 시름과 문제들을 풀어가는 것이 노래를 통해서 이루어진다. 그러므로 노래는 풀기 위해서 지어지고 노래하기 위해서 만들어지는 것이라고 말할 수 있다.

2. 우리 옛 시가의 율조(律調)

한국시가의 기본적 율격(律格)은 멀리 원시 민요로부터 비롯되었다. 고대원시민요는 본시 2구 진행에서 4구 진행의 기본형을 이루고 있는데, 매구마다 4음보의 등장적(等長的)인 율격을 기본으로 하고 있다. 이는 삼국유사 권2 가락국기조에 기록된 서사적인 내용과 더불어 영웅적인 부족장을 맞이한 것을 노래한 구지가(또는 영신군가)와 삼국사기 권13 고구려 본기 유리왕 3년 조의 황조가, 진나라 최표의 고금주에 기록된 공무도하가 등에서도 찾아볼 수가 있다. 이 노래는 4언시로 한역되어 시경과 같은 율조를 띠고 있으나, 4구를 기본 단위로 하고 있음을 알 수 있다.

한시의 4언구도 우리말과 마찬가지로 읊거나 노래하는데 알맞은 율격적인 요소를 지니고 있다. 한역되기 이전의 원형을 완벽하게 재구(再構)할 수는 없지만, 우리말로 이를 풀이해 보면 쉽게 우리 언어 구조상 공통적 요소인 3, 4음절이 한 음보(音步)를 형성하면서 2음보 내지 4음보의 율격을 이루어서 하나의 통사(統辭)적인 의미구조를 형성한다는 것을 알 수 있다.

삼국유사의 기록 가운데 '너희들은 반드시 산봉우리를 파면서 노래하기를 … 발로 뛰면서 춤을 추면 대왕을 맞이할 수 있을 것이다. 구간 등이 그 말대로 다함께 기뻐서 노래하고 춤을 추었다[4]라는 기록을 보면 구지가는 음악과 춤, 사설이 동원된 집단가무였다는 사실을 알 수 있다.

하지만 모계사회에 있어 원시인들의 성욕에 대한 강렬하고도 소박한 정서의 표현으로 파악한다면[5] 이것은 여성이 남성을 유혹하는 원시집단민요의 한 형태로 파악할 수도 있다. 또 황조가의 경우도 Marcel Granet가 지적한 바[6]와 같이 남녀 간의 사랑을 꾀꼬리라는 자연물의 소재를 빌어 단순하고도 소박한 사랑의 감정을 노래하고 있다는 데서 유리왕 작이라기보다 원시집단무요의 하나로 파악된다. 공무도하가 역시 서민의 민가 등에 유행하던 민요였던 것이 후한 영제 때 중국인에 의해 한역된 것[7]이라 하였던 바, 이 노래도 구지가나 황조가와 같이 강가, 강물이라는 이별의 모티브를 자연물에서 찾고 있다는 점과, 신화적인 요소를 띠고 있다는 점 등으로 보아 원시무요의 한 형태로 취급할 수 있다.

이 시가 역시 모두 한역되어 전해오는 바 시경처럼 4언시로서 우리 국어와 같이 읊거나 노래하는데 불편하지 않은 호흡군(呼吸群)으로 나누어진다. 그리고 원가는 각구 2음보 내지 4음보 진행의 기본적인 율격을

---

4) 三國遺事 卷二 駕洛國記 你等須掘峯頂 撮土歌之云 踏舞卽 是迎大王 九干等 如其言 咸忻而歌舞
5) 정병욱, 전게서, p.51.
6) Marcel Granet (Festival and Song of Ancient China E.D.Edwards. p.49)는 시경은 사랑의 고뇌를 읊고 있으면서 계절적인 제례의식에 의해 무용이나 즉흥적인 창가로 불려질 뿐만 아니라 고대시가의 일반적인 공통점으로 자연물로부터 주제를 이끌어 본다는 사실을 지적하였다. 또 황조가는 장덕순, 이명선 등이 우리나라 최초의 서정시로 보고 있지만, 유리왕 자신이 신화적인 출생으로부터 왕위에 오른 인물로 황조가의 작자를 유리왕으로 부회한 것으로 보아야 한다. 정병욱도 위지 동이전이 전하는 바 많은 제례의식 중 남녀간 배우자를 선정하는 기회에 불려진 사랑의 한 노래로 보아야 타당하다는 의견을 제시한 바도 있다.
7) 양재연, 공무도하가소고, 국어국문학 5호, 1953, p. 서수생, 국문학논고, 대구문리당, 1965, p.51.

갖추고 있다는 점에서 한국시가 율격구조의 원류로 파악할 수 있지 않을까 한다.

본시 원시가요는 2구체로 시작되어 2구체에 여음이 붙어 3구체로 발전하는 길(일본편가, 중국의 상고 3구체가)과, 2구체가 반복되는 4구체가(원시 한국의 집단무요, 중국의 고대시가, 일본의 혼본가)로 발전하는 길, 3구체의 배형(倍形)인 6구체, 4구체의 배형인 8구체로 발전하는 것8)을 감안한다면 위에 제시한 상대가요들은 모두 4구체 기본형의 노래라는 점에서 모든 시가의 기본적 원류가 된다는 사실을 쉽게 이해할 수가 있다.

그러나 우리나라에서는 2구나 3구형의 시가가 발견되지 않는다. 한중일의 문화적 영향관계를 보더라도 우리나라에 이런 형식의 노래가 발견되지 않는다 하여 2구나 3구의 노래가 없다고 단정해서는 안 된다. 왜냐하면 중국과 한국, 일본의 영향관계를 고려할 때 우리나라의 문화적 영향을 절대적으로 받은 일본에서 이런 형식의 시가가 발견되는데 우리나라에서 2구나 3구의 노래가 존재하지 않았다고 볼 수 없기 때문이다.

고시가는 민요에 그대로 이어져내려 오는데 3·4음절을 단위로 하여 대부분 4음보 1행을 구성하게 된다. 본디 2·3음절인 국어의 어휘도 그것이 활용하게 되면 3·4음절을 이루게 되고, 이 3·4음절을 기본으로 휴지(休止)의 1주기로 의식되면서 구전민요, 시조, 가사, 잡가, 창가에 이르러선 3·4음절이 하나의 휴지의 단위로 고정되었다.

즉 구전민요나 시조, 가사 등은 속요와는 달리 강약 4음보라 할 수 있는데 그 독법(讀法)에 있어서는 생리적인 조건으로 인하여 전2음보와 후2음보의 중간에 쉼을 넣게 되는 둘의 호흡군(呼吸群)으로 나뉜다. 또한

---

8) 金俊榮, 韓國古典文學史, 금강출판사, 1971, p.18.

각 음보간 율독(律讀)의 경우는 등장성(等長性)을 유지해야 하므로 4음절이 못되는 음보는 최종 음절을 1∼2 mora[9] 정도 더 장음화(長音化)하여 일정한 리듬을 형성하게 된다.

　예를 들면 황조가의 경우 '꾀꼬리는 / 훨 － 훨 / 쌍쌍이 / 즐겁구나'와 같이 2음보나 3음보는 끝 음절을 길게 늘여서 음보간의 등장성을 이루면서 음영독의 리듬에 스스로 부합이 된다는 것이다. 우리의 고대시가인 황조가나 공무도하가, 구지가 등은 중국의 고대시가인 시경의 원시형과 같은 4언시체일 뿐더러, 신라의 풍요, 서동요, 헌화가 등이 모두 4구체 형식이다. 이는 가사의 전형인 4음보 진행과 동질적이어서 가사의 원초적인 모태가 되는 기본적인 율격단위라고 할 수가 있다.

　특히 고대원시무요의 형태를 '쾌지나 칭칭나네'와 같은 구전민요에서 그 편린[10]을 찾을 수 있다. 우리나라 원시민요의 원형적 형태는 4·4조의 음수율에 4음보 진행의 율격구조를 지닌 것으로서 가사의 원초적인 율격을 지녔다고 할 만하다. 이러한 형태는 우리나라 구전민요의 율격으로 대표되는데, 그러한 근본적인 까닭은 국어는 언어의 조어상(造語上) 5음절어보다 큰 단어가 발견되지 않고, 거의 대부분의 언어가 2음절에서 5음

---

9) L.Pike, 'Phonetics' ELMA. 1965, p.128에 mora의 수치는 단음절1, 장음율2로 하나 $1\frac{1}{2}$, $2\frac{1}{2}$ 등을 포함하여 대략 4등급으로 나누고 대개 율격기조는 장·단 둘만이 유효하므로 1, 2로 측정하는 게 보통이다.

10) 정병욱은 (한국고시가론 p.45) '쾌지나 칭칭나네'의 주요소재인 하늘 별, 강변 등 가장 원초적인 자연물의 풍성에서 고대집단무요의 가능성을 Curtsachs 「World History of the dance」의 조사보고를 예증으로 제시하였고, 또 삼국지 위지 동이전의 기록과도 일치하는 점이 많아 그렇게 생각할 수 있다.
　　(三國志 魏志 東夷傳, 馬韓, 常以五月下種訖, 祭鬼神 群聚歌舞飮酒 其舞數十人 俱起相隨 踏地低昂 手足相應 ……이것은 모두 종교적인 의식요나 집단요의 성격을 띠는 것으로 오늘날 호남지방에 전해지고 있는 집단군무 '강강수월래'나 농악 놀이로 그 잔영이 남아있는 것 같다.)

절 사이에 조직된다는 언어적인 요인 때문이다.

또한 한 호흡군의 발화량(發話量)이 5mora를 넘기기가 어려운데 그렇게 되면 자연적인 리듬이 파괴된다는 음성생리상의 까닭이라고도 할 수가 있다. 이는 채록된 구전민요집11) 가운데 대부분의 민요가 가사의 전형적인 율조를 띠고 있다는 데서도 찾아 볼 수가 있다. 실제로 가사와 다른 3음보 율조를 취하는 민요도 문학적 측면에서 가사(歌詞)만을 고려했을 때는 3음보구를 벗어나지 않는다.

그러나 가창(歌唱)적인 율조로 보면 3음보 끝 음절을 장음화하여 1음보의 역할을 하게 됨으로써 자연 선율적으로 4음보 진행으로 스스로 조절되어 균형을 잃지 않는다. 민요 가운데 비교적 연대가 오랜 것으로 추정되는 -고려말 망국의 한이 서린 것으로 처음에는 한시로 불려 졌다고 전해지는- 정선아리랑12)은 상술한 바와 같이 가창성을 고려하지 않고 문법적인 측면으로 보면 고려속요와 같이 3음보 진행으로 생각된다.

그러나 가창적 선율로 보면 3음보 끝 음절이 장음화되어 4음보 민요의 일반적 형태에 부합된다. 또한 시용향악보(時用鄕樂譜)에 16정간(井間)을 1음보장으로 나타낸 상저가는 전술한 '쾌지나 칭칭나네'와 같이 '히애', '히야해'와 같은 기능적 여음이 첨가됨으로써 4음보 진행이 된다13). 이와 같이 3음보 진행의 불안정한 율조가 음악적 가창성으로 인해 4음보구로 변환됨으로써 균등한 숨의 안배와 여유를 갖게 되고 유장한 아름다움을

---

11) 金素雲 (朝鮮口傳民謠集, 第一書房, 昭和八年, 1933년)이 1931년에 채록한 2000 여수의 민요의 대부분이 가사와 같은 율격을 보이고 있다.
12) 아리랑 / 아리랑 / 아라리요 // 아리랑 / 고개고개로 / 날 넘겨주게 //
    눈이 올라나 / 비가 올라나 / 억수장마 / 질라나 //
    만수산 / 검은 구름 / 막 밀려든다 //
13) 李光雨, 歌辭樣式 發生說에 대하여, 一山金俊榮先生 停年論叢, 1985, p.128.

지니게 된다.

우리 전통적인 민요는 거개가 4음보격을 이루고 있으나, 문법적 측면으로 보면 그 가운데 3음보격이 존재하는 것은 주지의 사실이다. 그러나 이러한 3음보격은 어절중심의 문법적 분석에 따른 외형적 분석 방법이지만 선율적 분석법[14]으로 보면 3음보가 아닌 4음보격이 근간을 이루고 있다는 사실을 확인할 수가 있다.

즉 진도아리랑의 경우 '정든 님이 / 오셨는데 / 인사를 못 해 // 행주치마 / 입에 물고 / 입만 방긋'을 전통적인 창조(唱調)의 측면을 고려하지 않고 문법적 어절을 기준으로 했을 때는 3음보 진행으로 생각할 수 있다. 그러나 이를 선율적 측면에서 보면 '정든님이 / 오셨는데 / 인사를 못 / 해 - - // 행주치마 / 입에 물고 / 입만방 / 긋 - -'이 되어 창조상 4음보격의 율격임을 쉽게 파악할 수가 있다. 제4음보격 '해'나 '긋'은 각각 길게 늘어져 다음 음보와 동일한 등장성을 형성하면서 대중적 기억을 살리는 선율적 특성을 이루어서 결국 4음절의 역할을 하게 된다.

이와 같이 일반대중들의 무의식적 선율방식에 따라 음영독에 있어서도 똑같은 방법으로 음영되기 때문에 외형상 3음보격은 선율상 4음보격의 율격을 이룬다는 것을 알 수가 있다. 이러한 율독적 특성은 사(辭)와 부(賦)의 경우에도 나타나는 바, 특히 굴원이 그의 작품에서 시도한 구법[15]

---

14) R.Wellek (Theory of Literature. Harcourt. Brace and World, 1968, p.166-173)에 의하면 운율구조를 연구하는 태도에는 도해의 방법(Graphic), 음향분석의 방법(Acoustic), 선율분석의 방법(Musical), 통계적 방법(Statisical)의 네 가지가 있다고 하였다.

15) 金學主, (中國文學槪論, 新雅社, 1977, p.124)가 屈原의 다섯가지 句法을 아래와 같이 소개하였다.

  ⓐ가. □□□兮□□   五音紛兮繁會 / 君欣欣兮樂康(九歌 東皇太一)
    나. □□□兮□□□   悲莫悲兮生別離 / 樂莫樂兮新相知 (九歌 小同命)
  ⓑ□□□ㅇ□□兮   長太息以掩涕兮

가운데 북방시경과 같이 4자의 율격을 취하고 있다는 점과 우리나라에 있어서도 사, 부를 열성적으로 받아들여 수용 향유해 왔다는 것으로도 알 수가 있다. 이러한 문학적 상황은 향가, 고려속요, 경기체가 등 시가문학과 어우러져서 가사의 특유한 율조와 틀을 이루는데 커다란 영향을 주었을 것이라고 생각된다.

3. 강물의 노래-공무도하가(公無渡河歌)

우리나라 최고(最古)의 시가로 알려진 것으로는 아무래도 공무도하가를 들지 않을 수 없다. 이 노래는 중국의 최표(崔豹)가 쓴 고금주(古今注)에 그 기록이 전하고 조선 영조 때 한치윤(韓致奫)이 지은 해동역사(海東繹史)에도 가사와 함께 전해지고 있다. 어떤 이들은 이 노래가 중국인의 작품이라고 주장하기도 하나 중국에서 출간된 웨이쉬성(韋旭昇)의 중국문학사에서도 조선 사람이 지은 것이라 말하고 있으니 그 기록으로나 가사 내면에 흐르는 정조(情調)로 보더라도 우리나라 사람이 지은 노래임이 확실시된다.

다만 이 노래가 중국까지 전해지고 불리어지는 가운데 시경시체의 4언시로 한역된 것으로 보아야 할 것 같다.

그대 강 건너지 마오	公無渡河 (공무도하)
기어이 강을 건느네	公竟渡河 (공경도하)

□□○□□□　　哀民生之多艱　(離騷)
ⓒ□□□□ □□□□　　東西南北　其修孰多?　(天問)
ⓓ□□□□ □□□些　　天地四方　多賦姦些

강물에 빠져 죽으니　　　　墮河而死
그대를 어이 할거나　　　　當奈公何

　우리나라 고대시가는 거의 모두가 4구체 형식의 노래이다. 황조가와 구지가, 향가 등에서 공통적으로 발견될 뿐만 아니라, 시조나 가사, 현대 가곡의 가사들에서도 공통적으로 발견이 되는 형식이다. 이 형식은 거의 모든 시가의 기본적인 틀을 형성하게 되고 오늘날까지도 노랫말 등에서 잠재된 형식으로 남아 있다.

　공무도하가는 사랑했던 사람이 여인을 버리고 떠나버리는 것으로부터 출발되는 노래이다. 예나 지금이나 남녀 간의 이별은 대개 동구 밖 정자나 강가, 고갯마루 등에서 이뤄지는데 이런 것들이 이별의 모티브가 되는 게 보편적이다. 물론 현대에 와서는 자연 버스나 공항터미널, 플랫폼, 항구 등으로 그 모티브가 대체되었지만 말이다.

　고려 때의 대문장가인 정지상(鄭知常)의 시 '송인(送人)'이나 고려속요 인 '서경별곡' 등도 다 이런 범주를 벗어나지 못하고 있다.

비갠 긴 언덕에 풀빛이 푸르른데　　　　雨歇長堤草色多
남포에서 임 보내며 슬픈 노래 울먹이니　　　　送人南浦動悲歌
대동강 물이야 어느 때 마를 건가　　　　大同江水何時盡
해마다 이별의 눈물 강물에 쏟아내니　　　　別淚年年添綠波

　봄비는 봄을 재촉한다. 봄비가 내리면 강 언덕에 자라는 풀들의 빛깔이 진해진다. 봄은 사랑의 계절이다. 그러나 사랑하는 사람을 떠나보내야 하는 이별의 봄이 이 시의 배경이다. 해마다 이별의 눈물이 대동강 물에 뿌려지니 그 어느 세월에 대동강물이 마를까 보냐던 정지상의 시적 재치도 그러려니와, 내면 깊숙이 흐르는 별리(別離)의 한이 동서양을 통틀어 이만큼 간절한 절규가 어디 있을까싶다. 강나루는 떠나는 사람, 떠나보내는 사람으로 하여 흐르는 강물처럼 눈물이 넘쳐흐르는 곳이다. 정지상은 재빠르게 이를 포착하여 해마다 이별하는 이들의 눈물이 강물에 더해져 불어남으로 강물이 마르지 않는다는 발성을 토해냈다. 애닳은 이별의 정경이 한 폭의 동양화처럼 우리 앞에 다가든다. 이별의 아픔을 이만큼 절절이 토해내는 이별사가 이에서 다시없을 것 같다.

서경이 서경이 서울이지마는
닦았는데 닦았는데 소서경 사랑하지마는
이별한다면 이별한다면 길삼베 버리고
사랑하는데 사랑하는데 울면서 따르겠나이다

구슬이 구슬이 바위에 떨어진들
끈이야 끈이야 끊어지겠습니까
천년을 천년을 외로이 지낸들
믿음이야 믿음이야 끊어지겠습니까?

대동강 대동강 넓은지 몰라서
배내어 배내어 놓았느냐 사공아
네각시 네각시 넘치는줄 몰라서
가는 배에 가는 배에 실었느냐 사공아

대동강 대동강 건너편 꽃이어
배 타고 가면 배 타고 가면 꺾을 것입니다

만약 나를 버리고 간다면 길 삼베를 버리고 사랑하는 당신을 좇아 따라

가겠노라고 절절히 토해내고 하소연하는 여심이 이처럼 간절할 수가 없다. 길쌈은 여인에게 있어서 여인을 여인답게 하는 가장 소중한 본분의 하나였다. 이를 버린다는 것은 여인을 버린다는 것이며 여인으로써의 모든 것을 포기하는 절망이다. 맹자의 어머니가 짜던 베를 가위로 자르고 맹자를 훈계했다는 단기지계(斷機之戒)와 궤를 같이 한다. 다만 서경별곡은 사랑을 위해 길 쌈베를 버렸고, 맹모는 자식교육을 위해 짜던 베를 잘랐다는 것만 다를 뿐, 여성에게 있어 가장 중요한 본분을 버린다는 것은 동질적이다. 대동강을 건너면 강 건너 여인네들이 모두 다 온전할 것 같냐고 내님 태우고 떠나는 뱃사공에게 원망과 체념을 하던 고려 여인들의 서릿발 같은 시퍼런 서정이 모두 강물을 모티브로 하여 이별을 형상화하였다.

강을 건너면 강 건너 저편 세상은 이쪽과는 별개의 세상이다. 그리하여 이쪽 세상과는 상관성이 없어진다는 관념이 지금까지도 우리의 생각 저변에 깔려 있다. 그러므로 지금도 무슨 일이 틀리거나 잘못되었을 때는 으레 '물 건너갔다'라는 속어를 곧잘 사용하는 소이연이 여기에 있지 않을까 한다.

공무도하가 역시 강물로 하여 이별이 이루어지면서 원망과 체념이 주된 흐름을 이루는 노래다. 고금주나 해동역사의 기록을 살펴보면 공후인과 공무도하가는 작자가 다르고 노래도 곰곰이 따져보면 약간 다를 것이라는 생각이 든다. 즉 공후인은 조선진(朝鮮津)의 곽리자고가 이른 아침 배를 손질하면서 목격했던 슬픈 사연을 돌아와 아내에게 이야기 한 것을 아내가 재연한 것이므로 이 곡은 뱃사공의 처 여옥(麗玉)이 지은 것이며, 공무도하가는 백수광부(白首狂夫)의 아내가 강물에 뛰어드는 남편을 만류하면서 공후인을 꺼내 타면서 불렀으므로 그 아내가 원작자가 된다는 말이다.

곽리자고가 아침 일찍 일어나 나룻배를 깨끗하게 손질하고 있었는데 느닷없이 백발의 헝클어진 머리를 한 사나이가 술병을 끼고 험한 강물에 뛰어들었고, 그 뒤를 그의 아내가 울부짖으면서 만류했으나 그 남편은 끝내 강물에 빠져 죽었다. 그 때 아내가 지니고 있던 공후인을 꺼내어 그 슬픔을 노래하였는데 그것을 공무도하가라 했다. 그 노래는 곡조가 너무 처창(悽愴)했는데 노래가 끝나자마자, 그의 아내도 강물에 몸을 던져 죽고 말았다. 집에 돌아온 곽리자고가 그의 아내인 여옥에게 나룻가에서 일어난 이러한 사실을 말했더니 몹시 슬퍼하면서 공후인을 꺼내어 그대로 전사(轉寫)하니 듣는 사람마다 눈물을 흘리지 않는 사람이 없었다고 전하는데 그 때 불렀던 노래를 공후인이라 했다고 기록되어 전한다.

이 기록대로라면 뱃사공의 아내인 여옥이 남편이 전한 노래를 그대로 옮겼다고는 하나, 원작자인 백수광부의 아내가 노래한 공무도하가와는 사뭇 다른 노래였다는 사실을 발견할 수 있다. 우선 작자도 작자이려니와 남편에게서 듣고 옮긴 공후인의 곡조나 가사가 똑같을 수 없다는 말이다.

공무도하가에 등장하는 백수광부(白首狂夫)에 대해서도 여러 가지 해석이 있으나 이에 대한 고찰 역시 이 노래를 이해하는데 주요한 부문이 아닐 수 없다. 어떤 이는 백수광부를 희랍신화처럼 해석을 하여 '술의 신' 곧 바커스라고 하기도 하지만, 어쨌든 그는 보통 사람과 다른 비상(非常)한 존재임을 느낄 수가 있다.

본디 흰색은 예로부터 신령스럽고 신비스러움을 상징하는 빛깔이다. 그러므로 백발의 헝클어진 머리를 한 백수광부 역시 범상(凡常)한 인물이 아님을 알 수 있다. 우리나라의 영산(靈山)들도 으레 '희다'는 뜻의 '백'(白) 자가 많이 들어 있는데 백두(白頭), 태백(太白), 소백(小白)산 등이 모두 그렇다. 시베리아 카자크인들은 신과 인간과의 교통을 주재하는 샤먼

(Shaman)을 박사(Bagca)라고 했다. 이 박사라는 말이 음전(音轉)되어 박수무당의 '박수'가 되고 여기에 이 모음이 첨가되어 백수가 되었다면 백수광부야말로 신령스러운 존재일 수밖에 없다. 고대 인도에서도 선승(禪僧)을 사문(沙門)이라 했는데 이말 역시 샤먼이란 말을 가차(假借)하여 쓴 것으로 보여진다. 이를 종합해 보면 '백수'(白首)라는 말에서 인간 이상의 비범(非凡)한 어떤 신령스러운 모습을 읽어낼 수 있지 않을까 한다.

광부(狂夫)라는 말에서도 똑같은 감정을 느낄 수가 있다. 글자대로라면 광부란 미치광이라는 말이다. 미치광이는 일반적으로 정상인이 느낄 수 없는 정신세계 속에서 자기 혼자만의 어떤 희열(喜悅)을 느끼며 살아가는 사람이다. 더럽고 추잡한 형색을 하고도 늘 히죽거리면서 때론 물속이나 불속으로 뛰어들 수 있는 비정상적인 행동을 서슴지 않는다.

이는 백수광부가 강물에 뛰어들어 끝내 익사(溺死)하고 말았다는 공무도하가에서 표출된 행위와도 일치된다. 또 헝클어진 머리를 하고 술병을 옆에 끼고 있었다는 행색과도 관련이 깊다. 적어도 공무도하가에서 행동으로 나타난 백수광부의 행위양태는 '신(神)들림'이라고 말할 수 있다. 신이 들린다는 입신상태(入神狀態), 이것은 일반적으로 무당들이 체험하게 되는 익스타시(extacy), 즉 황홀경에 드는 현상이라고 할 수가 있다. 이러한 환상(幻像) 속에 젖어들게 됨으로써 신들린 사람들은 때론 강물이나 불 속으로도 뛰어들 수 있지 않을까 한다.

헝클어진 흰머리에 술병을 옆에 끼고 강물에 뛰어들어 죽음에 이른 백수광부는 하늘의 천신을 위해 굿을 할 때 음주가무(飮酒歌舞)의 의례를 끝내고 표출된 하나의 행위양태라고도 말할 수 있다. 그러므로 공무도하가는 먼 옛날 하늘에 제사하는 제천의식(祭天儀式)이나 음주가무했던 고대집단의례와도 깊은 관련성이 있는 노래임을 짐작할 수가 있다.

결국 백수광부가 거친 강물에 빠져서 죽음에 이르고 만다는 이런 비극성은 술과 춤으로 황홀경에 빠진 나머지 자신을 강물에 던짐으로서 인간과 신령과 자연간의 간격이 무너져서 하나로 융합되는 신비로운 체험으로 귀착된다. 즉 자기로부터의 벗어남, 탈자아(脫自我)는 인간과 자연이 일치되는 순간이다.

자연과 인간이 하나가 된다는 것은 죽음으로써 가능한 것이며, 그 죽음이란 어떤 의미로는 익스터시(extacy)의 완결이라고 말할 수 있지 않을까? 자연과 인간과의 참 일치, 그것은 곧 물아일체(物我一體), 몰아지경(沒我之境)의 경지가 아닐까 싶다.

4. 백제의 노래-망부가(望夫歌)

4.1 정절(貞節)의 노래들

백제에는 옛 부터 여인의 곧은 정절이 여러 작품 속에 아름답게 형상화되어 우리의 가슴을 적셔온 노래들이 많다. 불행히도 가사가 전해오지 아니하지만, 고려사 악지 권24 백제조에 선운산, 무등산, 방등산, 정읍, 지리산 등 백제오가(百濟五歌)가 노래의 내용만을 담은 채 고즈넉이 자리하고 있다. 이 가운데 정읍사만이 악학궤범에 연행형식(演行形式)과 더불어 가사가 전해 오고 있어 노래에 얽힌 배경과 내용을 상고할 수 있는 것은 다행한 일이 아닐 수 없다.

이 노래들 대부분이 사랑하는 임을 그리워하고 기다리는 연가(戀歌)로 이 고장 여인네들의 아름다운 정절(貞節)을 노래하는 공통소(共通素)를 지니고 있다. 이 가운데는 여인들의 원(怨)이나 한(恨)이 조금도 서려 있질 아니하고 오로지 임을 걱정하고 고대하는 기다림의 미학이 주조를 이루고 있어 여늬 속요나 향가와도 다른 특성이 있다. 백제오가 가운데 유일하게 가사가 전해져 온 정읍사는 오로지 남편만을 기다리는 여인의 아름다운 정조(情調)가 작품 전반에 흘러넘쳐 유려하기가 이를 데 없다.

이 외에도 이 땅에는 이러한 아름다운 정조가 어려 있는 설화나 소설 또는 역사적인 사실들도 많다. 삼국사기 열전에 전해져오는 음탕한 개로왕과 열녀인 도미의 처에 얽혀져 있는 슬픈 이야기나, 나당연합군에 의해 망국의 비운을 맞게 된 백제 의자왕 시절, 적군에게 몸을 더럽히느니보다 차라리 낙화암에 몸을 던져 여인의 정절을 지키고 꽃처럼 산화(散花)한 3천 궁녀들의 애닯은 이야기들이 모두 그렇다. 이 밖에 '로미오와 줄리엣'이나 '파멜라'보다도 오히려 더 슬픈 사랑의 이야기를 담은 춘향전이 이 고장 남원에서 태동(胎動)되었다고 하는 것도 우연이 아니다.

아무튼 여인의 아름다운 정절이 모두 이 고장에서 시가나 설화, 소설의 장르로 형상화되어 오랜 세월동안 우리 민족의 가슴속에 한국민족 고유의 민족정서로 정착되어 남게 되었다고 하는 것은 그냥 지나쳐버릴 수 없는 일이 아닌가 한다.

4.2 정절의 미학 그 원류

탕왕(蕩王)과 열녀(烈女)에 담긴 도미설화는 백제오가인 지리산가와 더불어 정절을 주제로 한 열녀소설 춘향전의 원형(原型)이 된 노래와 설화라고 할 수가 있다. 고려사에 한 조각 이야기로 남겨진 지리산가나 삼국사기에 담겨진 도미설화는 고대소설 춘향전과 여인의 아름다운 정절이라는 주제로 맥을 같이 하여 영롱하게 빛을 발하고 있는 고전문학이다.

지리산가(智異山歌)는 구례현에 살고 있는 한 여인이 자색(姿色)이 아름다웠는데 비록 가난하게 살아 왔지만, 부도(婦道)를 다한 여인으로서 이름이 높았기 때문에 백제의 왕이 이 소문을 듣고 첩으로 삼으려하자 죽기를 맹세하면서 절대 따르지 않겠노라고 노래한 시가다. 이 노래 역시 다른 백제오가와 마찬가지로 여인의 정절을 테마로 한 것으로서 백제 개루왕 때의 도미설화와도 그 내용이 너무도 혹사(酷似)하다. 이는 아마도 하나의 설화 원형이 오랜 세월동안 구구전승(口口傳承)되면서 변이(變異, variation)하는 과정에서 파생된 결과로 보여진다.

도미설화는 음탕한 왕이 아름다운 유부녀를 탈취하려다 결국 실패하고만 우의적(寓意的)인 이야기다. 그러나 설화치고는 상당히 드라마틱하게 구성되어 있어 매우 흥미롭다. 왕의 복장으로 가장한 신하가 도미의 아내인줄 알고 동침에 성공했지만, 알고 보니 도미의 처를 가장한 종이었다는 데서 풍유성(諷諭性)이 넘쳐 웃음을 자아낸다.

뒤늦게 이 사실을 안 왕이 분노를 참지 못해 도미의 두 눈을 뽑고 배에 태워 바다에 띄웠다. 그러나 남편은 바다를 표류하다가 기적적으로 아내를 만나 재회하는 극적 구성이 돋보이는 설화다. 사건의 구성이나 진전이 극히 자연스럽게 잘 짜여져 있어 하나의 단편이나 희곡으로도 손색이 없을 정도다. 그래서 박종화는 이 도미설화를 소재로 하여 단편 〈아랑의 정조〉를 창작하기도 하였다.

도미설화의 정절을 원형으로 삼아 우리나라의 러브스토리를 생산해낸 것으로 〈춘향전〉을 빼놓을 수 없다. 춘향은 전라도 여인의 표상만이 아니라, 한국 여성의 정절의 상징이 되어 세계여성문화사를 장식하고 있다고도 할 수가 있다. 백제 여인들의 치열한 정절의 관념은 도미설화와 지리산가 등 백제오가를 거쳐 춘향전에서 더욱 영롱하게 형상화되었다. 선운산가(禪雲山歌)는 우리 지방 고창 선운사를 배경으로 한 망부(望夫)의 노래다. 장사현(長沙縣, 지금의 무장면)에 사는 한 남자가 전쟁에 나가서 오래도록 돌아오지 않자, 그 아내가 선운산 마루에 올라 남편을 기다리며 이 노래를 불렀다고만 전해진다.

방등산가(方等山歌) 조에는 방등산은 나주의 속현(屬縣)인 장성 성내에 있는데 신라 말에 도적이 크게 일어나 이 산을 근거지로 하여 양가집 자녀들을 많이 잡아갔다고 기록되어 전해진다. 장성현의 한 여인이 잡혀간 사람 중에 하나였는데, 오랜 시간이 흘러도 자기 남편이 구출해 주지 않자, 이를 슬퍼하고 원망하여 노래한 것이 방등산가라 했다.

정읍사(井邑詞)는 전주의 속현(屬縣)인 정읍 사람이 행상을 나가 오래도록 돌아오지 않자, 그 아내가 산마루 바위에 올라서 남편을 기다렸는데 혹시나 밤길을 걸어오다가 도적이나 당하지 않을까 염려한 끝에 진흙탕물에 비유하여 이 노래를 불렀다고 했다. 그리고 세상에 전하기는 행상인의 아내가 고개에 올라가 남편을 기다리다가 망부석(望夫石)이 되었다고 기록하고 있다.

백제오가 가운데 무등산가(无等山歌) 만이 여타 백제오가와 그 주제나 정조(情調)를 달리하고 있다. 무등산가조엔 무등산은 광주의 진산(鎭山)이며 광주는 전라도에 있는 큰 읍이라 했다. 무등산에 성을 쌓았는데 백성들은 그 덕에 편안하게 살 수 있으므로 이를 즐거워하여 노래하였다고 하였으니 무등산가는 일종의 태평가적 성격을 띠었다고 보여진다.

이상과 같은 견지에서 보면 이 고장 여인들의 아름다운 정절의 원류는 멀리 도미설화를 비롯한 정읍사와 백제오가, 백마강에 몸을 던져 정절을 지킨 낙화암의 3천 궁녀, 그리고 흡사 〈파멜라〉와 같은 한국의 러브스토리인 〈춘향전〉에서 찾을 수 있지 않을까 한다.

4.3 백제여인의 망부가

4.3.1 정읍사

정읍사는 고려사 악지 권 24 백제조에 선운산, 무등산, 지리산과 함께 노래의 내용만이 전해지고 있어 백제의 가요라고 인정하는 노래이다. 그러나 그 형식에 있어서는 신라향가와 흡사한 점이 많아 향가계의 노래로 취급하려는 사람들도 있고, 시조의 원형(原形)을 삼는 이들도 있다.

고려사의 기록을 그대로 믿기지 않을지라도 전주나 정읍이라는 구체적인 지명으로 보거나, 정읍사 전반에 흐르고 있는 백제여인의 정절을 보더라도 이 노래가 백제의 노래라는 점은 부정할 길이 없다. 달을 매체로 하여 외간 남정네와 질탕(跌宕)하게 놀아난 처용 아내의 부정(不貞)을 테마로 노래한 신라 처용가와는 너무나 대조적이기 때문이다.

조선 성종조에 악학궤범, 악장가사, 시용향악보 등 악가집(樂歌集)을 편찬했으나, 고려사에 전해지고 있는 백제오가 가운데 정읍사만이 유일하게 그 가사가 연행형식(演行形式)과 더불어 악학궤범에 전해져서 백제 여인들의 아름다운 정절을 살펴 볼 수 있게 된 것은 다행이 아닐 수 없다. 패망한 나라엔 역사, 문화, 예술 등 그 어느 것도 향유(享有)할 수 있는 권리나 자유가 주어지지 않는다는 사실은 우리의 역사가 말해주고 있다.

그러나 정읍사가 조선조 악가집에 실려 전해진 까닭은 이 노래만큼 조선조 건국이념에 부합된 노래가 없었기 때문이 아닐까 한다. 부위부강(夫爲婦綱), 부부유별(夫婦有別)의 윤리를 바탕으로 하면서 여필종부(女必從夫)의 유교이념이 이토록 아름답게 승화된 노래가 정읍사에 견줄만한

게 없기 때문이다.

고려사 악지엔 정읍사를 짓게 된 동기, 작자의 내면과 작품의 내용이 아래와 같이 기록되어 전한다.

정읍. 정읍은 전주에 속해 있는 현인데 이 고을 사람이 행상(行商)을 나가 오래도록 돌아오지 않자, 그 아내가 고갯마루에 올라 남편을 기다렸다. 행여 남편이 밤길에 도적이나 다른 해를 입을까 두려워하여 그것을 진흙탕 물에 의탁하여 노래를 지어 불렀는데 세상에서는 그 고갯마루에서 그 여인이 망부석(望夫石)이 되었다고 전해진다 하였다.

이를 보면 정읍사는 행상나간 남편을 기다리는 망부(望夫)의 노래이면서 여인의 정절을 테마로 한 사랑의 소야곡이다. 기다려도 기다려도 돌아올 줄 모르는 남편에 대한 원(怨)이나 한(恨), 그리고 의(疑)를 그 어디에서도 찾아 볼 수가 없기 때문이다.

달님이어
높이 좀 돋으시어
어기야 멀리 좀 비춰오시라
어기야 어강됴리
아으 다롱디리

어기야 진데를 디딜까 두려워라
어기야 어강됴리
어디든 짐을 벗어놓고 쉬시어라
어기야 내님 가는 길 저물까 두려워라
어기야 어강됴리
아으 다롱디리

'어기야', '어기야 어강됴리', '아으 다롱디리'는 모두 음악적 효과나 율동미를 높이기 위해 삽입된 여음(餘音)이다. 다른 백제가요와 마찬가지로 인고(忍苦)와 인종(忍從)을 바탕으로 한 유교 윤리적인 기다림의 미학이 절정에 달한 노래이다. 이러한 정서는 고려 가요나 조선조 시가에 그대로 면면히 이어져 내려오면서 우리 민족 고유의 정서를 이루고 우리 문학의 주요한 맥을 형성하여 오늘에 이르고 있다.

4.3.2 정읍사의 음사시비(淫詞是非)

고려사 악지의 기록으로 보면 정읍사는 옛 백제지방 전주의 속현(屬縣)인 정읍에 살고 있는 한 행상인의 아내가 밤늦도록 돌아오지 않는 남편이 혹여 도적들에게 범해(犯害)를 입을까 두려워하여 "진 데를 디딜까 두려웨라"라는 상징적 은유법(symbolic metaphor)을 써서 노래하였다. 우리네는 무섭거나 억울한 것들을 말할 때에는 으레 이와 같은 수사를 항용 써왔다.

예컨대 우리 선인들은 집안에 도둑이 들어왔을 때도 도둑이 들었다고 직설적으로 말하는 게 아니라, 도둑을 대들보 위의 군자라는 의미로 '양상군자(樑上君子)'나 '밤손님'이라는 미화법을 쓰거나, 아니면 '불이야!' 하는 식으로 주의를 환기시키는 지혜를 발휘했다. 그리고 억울한 일을 당하거나 부당한 처지에 빠졌을 때도 '흙탕물 튀겼다'라고 하는 것과 같은 은유적 수사법을 항용 써왔다는 것이다. 이러한 표현은 다정하고도 유정(幽情)한 남편을 더욱 깊고 세심하게 걱정하고 사랑하는 백제 여인들의 섬세한 마음을 그대로 드러내면서 아름다운 여인의 정절을 표백한 것으로서 탁월한 여류 서정시라 아니할 수 없다.

그러나 중종실록 권 32에 남곤(南袞)은 정읍사를 남녀간 음사(淫詞)라

단정하고 궁중에서 이 노래 대신 오관산(五冠山)을 불러야 한다는 상소를 했는데, 이러한 시원적 기록에 따라 지금도 이 노래를 육정적인 노래로 간주하려는 사람들이 많았다. 지금까지 양주동, 지헌영, 이상섭, 박병채 등은 "즌데"를 여성의 음부를 상징한 것으로 보았을 뿐더러 '어느이다 노코시라'는 '어떤 사람에게 정을 주고 있는가'로 간주하여 이 노래가 치정성(痴情性)을 벗어나지 못한 보잘 것 없는 작품으로 비하해 왔다.

정읍사는 고려와 조선조에 궁중에서 불리워졌던 악장이었는데 조선 중종조에 와서 왜 갑자기 음사로 규정지어졌는지 그 까닭을 알 길이 없다. 굳이 그러한 이유를 찾는다면 신라를 계승한 고려의 집권층이 조선조에도 그대로 기득권층으로 이어져 온 결과가 아닐까 한다.

그러므로 정읍사는 백제가요이지만 앞에서 언급된 것처럼 이 노래에 담긴 정서가 그렇게 아름다울 수가 없다. 또 내면에 면면히 흐르는 여필종부의 미덕이 조선의 건국이념에 이만큼 부합되는 노래가 없었기 때문에 조선조의 악장에 실려 오늘날까지 전해지지 않았는가 한다.

조선이 개국한 이후 궁중악의 취택과정(取擇過程)에서 대부분의 가요들이 남녀상열지사(男女相悅之詞)나 음사로 규정지어져 사리부재(詞俚不載)했다고 하면서도 쌍화점이나 동동, 만전춘별사 같은 육정적인 노래가 악학궤범이나 시용향악보, 악장가사에 실린 까닭이 무엇일까? 그것은 두말할 필요도 없이 면면히 이어온 궁중악을 하루아침에 바꾸기가 어려웠을 것이요, 또 바꾸었다 하더라도 다른 노래들에서는 그만한 흥취나 즐거움을 느낄 수 없기 때문이었을 것이다.

국가적인 의례나 의식에선 감군은(感君恩)이나 태조의 송덕(頌德)을 기린 문덕곡(文德曲), 무공곡(武功曲)같은 새로 지은 악장을 연주했겠지만, 여흥을 즐길 때는 오히려 이러한 육정적인 고려가요들이 훨씬 더 적절했을 것이라고 추측된다.

4.3.3 '즌데'의 바른 의미

정읍사의 가사 가운데 나와 있는 '즌데'라는 말은 두말할 필요도 없이 '진흙탕 길'을 의미한다. 그 어디에도 이것이 여성의 성과 관련되었다거나 화류항(花柳巷)이나 색주항(色酒巷)이라는 해석이 가능할 근거를 찾을 수가 없다. 중종 때 남곤이 음사라고 상소한 것을 그대로 좇거나 양주동의 주관적 해석을 맹목적으로 따라서 그렇게 해석할 수만은 없다.

우리는 그러한 까닭을 고려사 악지(樂志)의 기록에서 분명하게 찾을 수가 있다. 즉 밤길에 도적에게 해를 입을지 모른다는 걱정을 흙탕물의 더러움(恐其夫 夜行犯害 托泥水之汚)으로 비유하고 있기 때문이다. 앞에서도 설명한 바와 같이 우리네 선인들은 도적이 집안에 들었을 때나 억울한 일을 당했을 때도 '양상군자(樑上君子)나 밤손님이 들었다'거나, '흙탕물이 튀겼다'라는 비유적 상징법을 즐겨 써왔다는 것이다.

고려사의 기록대로 행상인의 아내는 시장을 떠도는 남편에 대한 걱정을 '니수지오(泥水之汚)' 즉 '흙탕물의 더러움'에 비유하여 노래하였다. 밤늦도록 돌아오지 않는 남편을 기다리는 여인의 마음이란 우선 남편의 신변에 무슨 위험이 있지나 않을까 하는 걱정으로부터 출발하기 마련이다. 그 다음에 가서야 남편이 혹시나 어떤 여인의 유혹에 빠져 헤어나지 못하는 게 아닐까하는 단계에 이르는 것이 보편적인 일이다.

그러므로 정읍사가 음사라고 보는 단초를 제공하고 있는 '즌데'란 시어는 이런 양면적인 인간본성의 이중구조로 파악하는 일이 온당하다. 단순한 음행(淫行)으로 국한하거나 주색에 탐닉된 것으로 풀이하는 것은 옳지 못하다. 다시 말하면 임을 기다리는 일이란 일차적으로 임의 신변상의 위해(危害)가 으뜸일 것이요, 다음으로 애태움과 초조 속에서 다른 여인에게 빠져버린 게 아닌가하는 의구심으로 전이(轉移)되어 불안한 심리상태에 놓이게 되는 것이 일반적인 현상이라는 것이다.

그러나 그러한 기우(杞憂)도 정읍사에선 용납하질 아니한다. 정읍사의 기구(起句) "달하!"는 일체의 부정(不淨)을 허락하지 않는 하나의 외침이요, 외경(畏敬)적 기원이기 때문이다. 달은 원시시대부터 신비스런 신앙의 대상이었다. 정화수(井華水)16)를 떠놓고 손자나 아들의 과거급제를 기원하고 무사함을 달님에게 비는 우리네 할머니나 어머니의 아름다운 마음이 남편의 무사함을 비는 행상인의 아내 속에 그대로 투영(投影)되어 나타나 있기 때문이다.

목욕재계(沐浴齋戒)한 여인이 하늘에 덩실 떠있는 달을 보며 돌아오지 않는 임을 애타게 기다리는 경건한 모습에서 차원이 낮은 일상인들의 의부증(疑夫症)이나 부정(不貞)이 일체 끼어 들 여지가 없다. 그러므로 "즌데'를 터무니없이 육정적인 해석이나 퇴폐적인 풀이를 함으로써 아름다운 백제여인의 서정을 짓밟는 우를 범하지 않아야 한다.

고려사의 기록대로 남편이 혹여 밤길에 어떤 위해(危害)를 입지나 않을까 노심초사하는 여인의 여심이 '즌데'로 비유된 것으로 보아야 옳다. 아무런 전거(典據)나 자료를 바탕으로 하지 아니하고 자기 나름의 주관적인 인상(印象)이나 속단에 의지하여 색주항이라고 섣불리 재단 하거나, 심지어 여인의 성(性)과 관련한 그런 터무니없는 해석은 학문하는 사람의 올바른 태도가 아니기 때문이다.

---

16) 許素羅, 全北女考, 全北新聞, 1979.1.1

4.3.4 본능과 감성적 욕망극복

정읍사는 가사가 전하는 유일한 백제가요다. 이 노래에 담긴 정서가 아름다울 뿐만 아니라, 내면에 면면히 흐르는 여필종부(女必從夫)의 미덕이 조선조의 건국이념인 유교윤리에 이만큼 부합된 노래도 없다. 흔히들 신라여인들은 자유분방한데 비해 백제여인들의 성정을 지조와 정절이라고 규정짓게 된 소이연도 여기에 있지 않을까 한다. 지금은 고려사에 곡명과 간단한 노래의 내용이 소개된 정도이지만 선운산, 정읍, 지리산, 방등산, 무등산 등 백제오가나 삼국사기에 전해지고 있는 도미설화 등은 정절의 백제여인상을 대표하는 귀중한 자료다.

고려 속요들은 이별을 노래하거나 영원히 이별하지 아니할 것을 노래하는 것들로 주종을 이루고 있는데 반해, 정읍사는 그러한 속된 심사와는 차원을 달리한 여인의 기다림을 노래하고 있다는데서 그 아름다움을 찾아볼 수가 있다. 그리움이나 기다림은 높이 떠있는 보름달만큼이나 상승되어 정읍사에 토로되어 절정에 이른다. 정읍사의 내레이터인 행상인의 아내에게서 느껴지는 어감이나 뉴앙스에서 보듯이 남편이 한번 행상을 나가면 오랫동안 자유분방한 상태에 놓이게 됨으로 다분히 다른 남정네들과의 다분히 에로틱한 사랑에 빠질 수도 있다. 하지만 정숙한 행상인의 아내에게는 그런 부정의 여지를 조금도 허용칠 아니한다.

신라 처용이 달 밝은 밤에 탑돌이를 나간 사이에 외간 남자와 정을 통해버리고만 처용 아내의 유희적 방탕성과는 너무나 대조적이다. 행상인의 처라고 하는 제한적 개방성에도 불구하고 일편단심 남편의 무사귀환을 기원하는 정읍사야말로 본능과 감성적 욕망을 극복한 명편(名篇)이 아닐수 없다. 즉 사랑과 도덕, 낭만과 지성이 한데 어우러져 조화를 이루는 이 작품은 인간의 근원적 양면성이 동시에 어우러져 있는 노래라는 것이다.

정읍사가 달을 주요 소재로 하고 있는 점도 여늬 작품과 다르다. 처용가의 달이 유희(遊戱)를 위한 달이라면, 정읍사의 달은 기다림과 기원(祈願)을 함축한 정절(貞節)의 달이라고 할 수 있기 때문이다. 달이 밝을수록 그 만큼의 시간 흐름이 있고, 임과 나와의 거리도 그 만큼 가까워진다는 이등변삼각형의 기하학적인 특수구조[17]를 지닌 시가다. 그러므로 달에게 내 마음을 전해 달라는 서양식 소야곡과 같은 직소(直訴)가 아닌 기원과 기다림이 달을 매체로 하여 함축적으로 형상화되어 있는 것도 이 작품의 품격을 한결 고양시키고 있는 점이다.

믿음을 바탕으로 한 백제여인의 기다림의 미학은 아무 곳에서나 짐을 벗어놓고 쉬시라는 여유의 아름다움으로 표상되고 있다. 이러한 믿음을 전제로 한 부부지정이 저변에 깔려있기 때문에 그러한 여유가 가능한 것이며, 남편의 무사함보다 더 소중한 것이 없다는 심사로 나타난다. 오늘 밤의 무사귀환은 순전히 당신에게 달려 있으니 당신의 임의대로 하시라는 여심 속에는 일체의 질투나 불안이나 잡념이 스며들 여지가 없고, 오로지 변할 줄 모르는 부부의 믿음만이 바탕에 깔려 있다.

이와 같은 지순지고(至純至高)한 여인의 사랑은 자기 스스로를 죽이고 오로지 남편만을 위한 여필종부적인 유교철학을 근본으로 하여 더욱 영롱한 빛을 발하고 있다. 유교 윤리적인 이러한 미학은 이후 고려 속요인 가시리, 만전춘별사, 동동 등으로 접맥되었고, 현대에 이르러 소월의 진달래꽃으로 승화되었다는 관점으로 볼 때 정읍사야말로 기다림의 미학의 정화(精華)요, 한국여인의 아름다운 정절의 원형이 되었다고 할 수가 있지 않을까 한다.

---

17) 許素羅, 前揭新聞

우리 시가의  수사修辭미학

1. 어울림의 미학, 한국문학

1.1 들어가기

우리 한국문학의 미학의 본질은 어울림의 미학, 곧 조화의 미학에서 찾을 수 있다. 이 어울림은 동양의 음양(陰陽)사상에서 비롯되었다. 음과 양, 이것은 우주의 구성본체를 이루는 기본철학이라고 말할 수가 있다. 낮과 밤, 해와 달, 밀물과 썰물, 남과 여 등 세상 만물의 기본은 서로 다른 것들 끼리 짝을 이루면서 묘한 어울림을 만들어 간다. 봄꽃이 화려한

들녘에 아름다운 남녀가 걸어가는 것도 같은 동성(同性)이 연출하는 것보다 훨씬 조화롭고 아름답다는 것이다.

우리의 문학도 이러한 조화의 기본철학으로부터 비롯된다. 하늘을 노래하는가 하면 땅을 노래하고, 태양을 노래하는가 하면 달이나 별을 노래함으로써 아름다움이 배가된다. 송강가사에서 보여주듯 '밤일랑 언제 줍고/ 고기는 언제 낚고', '듣거니/ 보거니', '가거니/ 머물거니', '숨거니/ 뵈거니' 와 같이 서로 반대되는 것끼리 짝을 이루면서 조화의 아름다움을 도출해낸다. 박목월의 시 「불국사」에서도 '흰 달빛/ 달안개, 바람소리/ 솔 소리'와 같이 청각적인 것과 시각적인 것들이 대우적 교체를 통해 어울리면서 불국사의 아름다운 달밤의 정경을 이끌어내기도 한다.

이렇듯 짝을 이루어 조화를 이루는 것도 크게 세 가지 유형으로 나누어 볼 수 있다. 즉 가장 강렬한 조화의 아름다움을 만들어내는 반대우(反對偶)는 서로 상반되는 사상(事象)이 짝이 되어 어울림의 아름다움을 연출해내고, 같은 것끼리 짝을 이루어 통일의 아름다움을 만들어내는 동대우(同對偶)나, 비슷한 것끼리 조화를 이루는 유대우(類對偶)와 인과(因果)관계나 주종(主從)관계로 어울림의 미학을 만들어내는 관대우(串對偶)로 대별할 수가 있다.

1.2 조화의 미학 셋

1.2.1 녹의홍상(綠衣紅裳)의 아름다움

앞에 예거한 대우의 아름다움 중 가장 강렬하고도 산뜻한 미적 조화의 아름다움은 전혀 상반된 사상(事象)을 대조시켜 서로가 상대편을 뚜렷하게 극대화시키는 효과를 얻어내는 반대우(反對偶)의 수사기교라고 할 수 있다. 예컨대 초록색 잔디 위에 핀 빨간 장미의 경우나, 흰색 드레스를 입은 신부 옆에 검은색 턱시도 차림의 신랑이 자리한 경우를 들 수 있다.

초록색 잔디는 빨간 장미로 하여 더욱 푸를 수밖에 없고, 빨간 장미는 초록색 잔디로 하여 더욱 붉게 빛날 수밖에 없다. 마찬가지로 흰색 드레스를 입은 신부는 검은색 턱시도를 입은 신랑으로 하여금 더욱 눈부신 아름다움을 드러낼 수가 있고, 신랑도 신부 때문에 더욱 강렬하고도 산뜻한 미적 효과를 극대화 할 수 있는 것이다. 이러한 수사적 효과는 바로 반대우의 기교로부터 출발한다.

반대우의 수사기교는 우리의 생활 속에 익숙하게 남아 있는데, 항용 우리가 즐겨 쓰고 있는 것으로는 '녹의홍상(綠衣紅裳)'이나 '호의현상(縞衣玄裳)' 등을 열거할 수가 있다. 녹의홍상은 갓 시집온 새색시를 일컫는 것처럼 아름다운 여인을 말할 때 즐겨 쓰는 말이고, 호의현상은 아름다운 학(鶴)을 일컬을 때 자주 쓰이는 말이다.

이 또한 앞에 제기한 것과 같은 동질적인 의미를 지니면서 아름다움이 극대화되는 효과를 거둔다. 즉 초록색 저고리는 다홍치마로 하여 더욱 푸르고, 다홍치마는 초록색 저고리로 하여 더욱 붉을 수밖에 없다. 호의현상의 학도 매한가지다. 검은 주둥이나 날개깃은 입고 있는 흰 옷 때문에 더욱 검게 보여 아름답고, 흰 옷으로 하여 주둥이나 날개깃은 더욱 검게 비추어져 더욱 아름다움을 연출한다. 일종의 보색(補色)대비 효과를 일컫는다고 말할 수 있다.

이러한 반대우의 어울림으로 아름다움을 연출하는 현상은 우리의 삶 속에서 여러 가지 모습으로 나타난다. 그리고 훨씬 생동감 넘치게 우리에게 활기를 불어넣는 효과가 있다. 호반이나 꽃그늘 아래 벤취에 동성(同性)이 나란히 앉아 있는 것보다 오히려 잘 어울리는 남녀가 앉아 있는 것이 그림처럼 더 아름다울 수밖에 없다. 세상 만물의 운행도 그렇다. 꽃이 있으니 벌과 나비가 있고, 별밤이 있으면 햇빛 찬란한 낮이 있어 더욱 아름다운 세상이 펼쳐진다. 봄이 있으니 가을이 더욱 영롱하고, 뜨거운 여름이 있으니 눈과 얼음세상 겨울이 더 아름답게 다가드는 법이다.

이렇듯 반대우의 아름다움은 여러 대우의 아름다움 가운데 가장 강렬하고도 산뜻한 어울림의 아름다움을 연출한다. 그것은 서로 상반되는 것끼리 대조시킴으로써 생동감과 활기를 불어넣는 효과를 올리기 때문이다. 흰색과 검정색, 초록과 빨강, 낮과 밤, 밀물과 썰물, 남과 여 등 정반대의 사상(事象)끼리 대조를 이루어서 서로 상승(上乘)의 효과를 배가(倍加)시키므로 아름다움이 극대화되는 수사기교로서는 이러한 반대우를 따를만한 게 없다.

1.2.2 동질의 멋, 유유상종

우리말에 유유상종(類類相從)이라는 말이 있다. 이 세상에 같은 것처럼 잘 어울리는 것이 또 있을까? 그래서 사람들은 같은 혈족으로 인한 혈연(血緣)이나, 같은 지역출신의 지연(地緣), 같은 스승이나 학교를 중심으로 한 학연(學緣) 등 3연을 뿌리로 한 연줄의식을 갖는 것도 그 기저에는 이러한 동류의식이 자리한 때문이라 할 수 있다. 우리의 심성의 밑바닥에서는 유다른 이러한 동질의식이 자리하고 있기 때문에 우리 사회에는 그에 따른 병폐도 적지 않았지만, 또 다른 측면으로 보면 한국사회의 발전을 이끌어 온 주요한 동인(動因)이 되었다고 보는 사람도 많다.

정대우(正對偶)는 이렇듯 동질적인 짝이나 비슷한 것들이 짝을 이루어 조화의 아름다움을 드러내는 동대우(同對偶)나 유대우(類對偶)를 포괄한다. 이러한 대우는 가장 자연스럽고 순조로워서 다른 어떤 수사기교보다

안정감을 안겨주는 수사법이라고 할 수 있다. 서로 이질적이거나 상반되는 것들은 잘 어울리기도 힘들고, 또 조화를 이루어내기도 쉽질 않다. 이런 것들은 전문적인 지식이나 소양이 있어야만 하는 까다로움이 있어 조화를 이끌어내기가 대단히 어렵지만, 정대우는 그런 것들을 필요로 하지 않는다. 동질적인 것이거나 유사한 것들을 늘어놓으면 자연스레 스스로 어울려서 조화의 멋을 한껏 드러낼 수 있기 때문이다.

아름다운 자연의 멋도 이 같은 원리가 그대로 적용이 된다. 예컨대 푸르다 못해 청색을 띠고 있는 금강산 적송(赤松)군락도 그렇거니와, 가을날 도로 옆에 열병하듯 늘어선 코스모스 길도 푸른 하늘아래 아름답기가 이를 데 없다. 또한 가을날 선운사에 가면 상사화(相思花)가 군락을 이루며 지천으로 깔려 있어 오가는 이들에게 아름다운 자태를 뽐내고 있는 것도 다름 아닌 이러한 조화의 미학을 바탕으로 하고 있기 때문이다.

정대우의 미학은 사람의 옷차림새에도 그대로 적용이 된다. 윗옷과 아래옷을 다른 색으로 맞추는 일은 그것이 조화가 이루어져야 하기 때문에 어려운 일이지만, 같은 것끼리는 가장 쉽게 조화를 이루어서 정연한 느낌이나 멋이 우러나게 됨으로 아름답다. 또한 비슷한 색깔의 옷도 쉽게 아름다운 조화를 이루어서 멋스러움을 연출할 수가 있다. 이런 유대우의 자연스러움은 와이셔츠나 블라우스, 또는 넥타이의 경우에도 부드럽게 조화를 이루어서 아름다움을 연출할 수 있다.

사람은 부지불식간에 나와 유사한 것이거나 좋아하는 것들을 발견하게 됐을 때, 눈이 번뜩이면서 그것을 소유하려고 하는 본능이 작용한다. 흔히들 잘 어울리는 부부는 오누이처럼 닮는다고 말하는 사람들이 많은데, 이런 것도 따지고 보면 바로 이러한 동류의식의 심성이 내면 깊숙이 자리하고 있기 때문에 가능한 일이다. 모르는 이들은 같은 집에, 같은 잠자리,

같은 음식, 같은 생각 등 동거동락(同居同樂)에 의한 후천적 닮음현상을 말하는 이들도 많다. 그러나 그건 말도 안 되는 일이다.

자연적 환경이 같다고 어찌 성장이 끝난 사람들이 닮아질까? 천부당만부당한 일이다. 사람은 자기와 같거나 비슷한 것들을 만나면 자기도 모르는 사이에 유사성에 의한 동질적 친밀감을 가지게 되고, 동시에 끝없는 희열(喜悅)감을 느끼게 된다. 철이 들어가면서 이제껏 거울에 비춰보았던 익숙해진 자신의 모습과 유사한 얼굴 모습을 발견하게 되면 갑자기 심장이 뛰고 말할 수 없는 감정에 젖게 되는 게 인간심성의 기본적 바탕이다. 그러므로 잘 조화된 부부는 오누이처럼 닮게 되어 자연스레 어울린다고 하는 게 옳다.

우리 시가문학의 경우도 이러한 조화의 미학이 주종을 이루고 있어 아름다움이 넘쳐난다. 고산 윤선도의 「어부사시사」나 「산중신곡」 등을 보면 '보리밥/ 풋나물', '청약립(青篛笠)/ 록사의(綠蓑衣)', '비 오는데 들에 가랴/ 마히 매양이랴', '심심은 하다마는/ 답답은 하다마는', '누룩섞을 탓이러라/ 염매(鹽梅)탈 탓이러라', '백옥경(白玉京)에 올라가니/ 십이루(十二樓) 올라가니', '군선(群仙)이 꺼리나다/ 군선(群仙)이 꾸짖나다', '나무도 아닌 것이/ 풀도 아닌 것이', '궂은비 개단말가/ 흐리던 구름 걷단말가', '많고 많고/ 하고 하고' 등은 같은 사상(事象)이나, 비슷한 것들을 늘어놓아 심사를 절절히 그려내는 수법으로 동질의 조화를 이끌어냄으로써 아름다움을 배가시킨다.

즉 '보리밥'과 '풋나물'이나 '청약립'이나 '녹사의'는 시골 농촌에서 즐기는 음식과 비올 때 머리에 쓰고 등에 걸치는 우의(雨衣)를 이름하니 유대우요, '비'와 '마'(장마), '많고 많고'와 '하고 하고'는 동대우다. '누룩'과 '염매'는 모두 술이나 음식을 만드는데 없어서는 안 될 주요한 매체요, '백옥경'

과 '십이루', '나무'와 '풀', '궂은비'와 '흐린 구름'은 유대우로서 조화를 이끌어내어 아름답다는 것이다.

정철의 송강가사도 고산의 시가처럼 동대우나 유대우의 미학을 근간으로 하고 있음을 알 수 있다. '도원(桃源)은 어디 매요/ 무릉(武陵)이 가깝도다', '마의(麻衣)를 니믜차고/ 갈건(葛巾)을 기우 쓰고', '구브락/ 비기락', '만수(萬樹)/ 천림(千林)', '성현(聖賢)도 많거니와/ 호걸(豪傑)도 하도할샤', '머흐도/ 머흘시고', '강호(江湖)에 병이 깊어/ 죽림(竹林)에 누웠더니', '백천동(白川洞) 곁에 두고/ 만폭동(萬瀑洞) 들어가니', '은(銀) 같은 무지개/ 옥(玉) 같은 용의 초리', '헌사도/ 헌사할샤', '섰거든/ 솟지마나', '맑거든 조치마나/ 조커든 맑지마나', '이 몸 생겨날 제/ 임을 조차 생기시니', '이 마음/ 이 사랑', '짓나니 한숨이오/ 지나니 눈물이라', '누워 생각하고/ 일어앉아 헤어하니', '하늘이라 원망하며/ 사람이라 허물하랴', '죽조반(粥朝飯)/ 조석(朝夕)메', '구름은 카니와/ 안개는 무슨 일고' 등도 동질적인 것과 유사한 것들을 짝지어서 아름다움을 연출하고 있다. 이러한 정대우의 미학을 근간으로 송강과 고산은 우리 국문시가를 한층 유려한 경지로 끌어올리고 있음을 알 수가 있다.

1.2.3 주종의 멋, 어울림의 미학

관대우(串對偶)란 상하관계의 짝을 이루거나, 앞에 것을 뒤에서 상승(相承)하거나 아니면 인과(因果)관계, 혹은 가정(假定) 등으로 대우의 형식을 빌어서 아름다움을 배가시키는 수사법이다. 마치 물 흐르듯 상하나 앞뒤가 서로 밀접하게 연결되어 매끄럽게 묘사됨으로 중국사람 주생아(周生亞)는 유수대(流水對)라고도 했다. 예를 들면 백거이가 쓴 「부득고원초송별(賦得古原草送別)」에 '들불이 꺼지지 않네/ 봄바람이 불어 일어나니'는 전후 인과관계를 이루어서 마치 물 흐르듯 자연스럽게 이어받아 작품의 미적 가치를 높인다는 것이다.

송강가사에는 이러한 관대우의 수사가 많아 우리말 우리글의 아름다움을 극대화하고 있다. 즉 사미인곡 '이 몸 생기실제/ 님을 좇아 생기시니', '한생 연분이며/ 하늘모를 일이던가', '나 하나 젊어 있고/ 님 하나 날 괴시니', '마음의 맺힌 시름/ 첩첩이 쌓여있어', '짓나니 한숨이오/ 지나니 눈물이라', '염량(炎凉)이 때를 알아/ 가는 듯 고쳐 오니', '듣거니 보거니 느낄 일도 하도 할샤', '꽃 지고 새 잎 나니/ 녹음이 깔렸는데', '동풍이 건듯 불어/ 적설(積雪)을 헤쳐내니', '황혼에 달이조차/ 베개 맡에 비치니', '느끼는 듯 반기는 듯/ 님이신가 아니신가', '동산에 달이 나고/ 북극에 별이 뵈니', '님인가 반기니/ 눈물이 절로난다', '건곤(乾坤)이 폐색(閉塞)하여/ 백설이 한빛인제', '사람은 카니와/ 날새도 그쳐있다', '어와 내 병이야/ 이님의 탓이로다', '차라리 죽어가서/ 범나비 되오리라', '님이야 날인줄 모르셔도/ 내님 좇으려 하노라' 는 대부분 인과관계나 상하나 전후의 관계로 연결됨으로써 마음의 절절함이 극대화되고 있다는 것을 알 수가 있다.

고산의 시가도 이러한 수사법을 원용함으로써 아름다움이 배가되고 있음을 발견할 수가 있다. '황혼(黃昏)이 가까오니/ 물색(物色)이 어둡난다', '바람 분다 지게 닫아라/ 밤 들거다 불 앗아라', '내 벗이 몇이나 하니/ 수석(水石)과 송죽(松竹)이라', '바람소리 맑다하나/ 그칠 적이 하노매라', '좋고도 그칠 뉘 없기는/ 물뿐인가 하노라', '꽃은 무슨 일로 피면서 쉬이 지고/ 풀은 어찌하여 푸르는듯 누렇나니', '더우면 꽃피고/ 추우면 잎지거늘; 솔아 너는 어찌 눈서리를 모르는가', '동호(東湖)를 돌아보며/ 서호(西湖)로 가자스라', '앞산이 지나가고/ 뒷산이 나아온다', '청약립(靑蒻笠)은 써있노라/ 녹사의(綠蓑衣) 가져오냐', '간밤에 눈 갠 후에/ 경물(景物)이

달랐구나', '앞에는 만경유리(萬頃琉璃)/ 뒤에는 천첩옥산(千疊玉山)'은 관대의 수사기교의 아름다움을 나타내는 시어다.

마치 물 흐르듯 문장의 호흡이 매끄러워 아름다움을 더해준다. 시어의 상하관계나 인과관계가 조화롭고 아름다워 한층 작품의 품격이 고조된다. 즉 석양이 지난 후에 산 기운이 더욱 아름답다거나, 황혼이 가까우니 노을 진 해질 녘의 정경이 더욱 아련해진다고 노래하고 있다. 그것은 서늘한 밤바람이 불어오니 지게문을 닫아야 하고, 밤이 깊으니 불을 끄고 베게에 의지하여 마음껏 쉬어보자고 노래한 「야심요」(夜深謠)에서도 동일하게 나타난다.

또한 내 벗은 수석과 송죽인데 동산에 달이 떠오르니 이 다섯의 벗이 얼마나 좋은가를 상하대응의 순리로 엮어냄으로써 고산 특유의 수사기교를 낳고 있다. 이러한 기교는 바람소리가 맑고 아름다우나 그칠 때가 많지만, 사시장철 그칠 줄 모르고 흘러가는 물이 얼마나 아름답고 좋은가를 도출해 내고, 꽃은 어찌하여 피면서 쉽게 지고 풀은 왜 푸르다가 쉬이 시드는가로 이어진다. 더구나 더우면 꽃이 피고 추우면 잎이 지는 것은 자연의 엄연한 이법(理法)인데, 소나무는 어찌하여 눈서리를 모르고 저토록 사철 청청한지 모르겠다는 것이다. 이는 시시때때로 이해득실(利害得失)에 따라 변절하는 인간과 다르게 세한(歲寒)에도 청청하게 서 있는 소나무가 얼마나 아름다운가라는 수사를 낳게 되었는데, 이러한 수사는 관대우의 수사기교만이 가장 효과적이지 않을까 한다.

1.3 마무리

우리는 다른 민족과 달리 '우리'라는 동류(同類)의식이 우리네 생활 전반에 흐르고 있다. 우리의 의식 속에는 이러한 동질적 요소나 공통소(共通素)가 강하게 작용하여 동아리나 계(契) 같은 형태로 끈끈하게 결속을 다져왔다. 그 근저에는 앞에서 논의한 바대로 비슷하거나 같은 것 등 동질적 요소를 바탕으로 이를 연계하려는 동대우나, 유대우의 동류의식이 내면 깊숙이 자리해 왔기 때문에 오랜 세월동안 우리들 마음속에 면면이 이어져 온 것으로 보인다.

동대우나 유대우는 정대우(正對偶)의 큰 범주에 포괄이 된다. 우리의 일상에서 볼 수 있듯, 흰색 일색의 옷을 위아래 입는 다거나, 검은 옷을 같은 방식으로 입어서 통일성을 기하는 일종의 조화는 가장 무난한 어울림의 미학이라고 할 수 있다. 부부의 경우도 이러한 유대우나 동대우의 의식이 가장 많이 작용된 결과로 보는 게 옳다. 성격이 비슷하고, 취향도 같고, 생각하는 것도 같으며 심지어 얼굴 모습도 닮은 사람이라야 느낌이 오고, 급기야 서로 좋아하기가 쉽기 때문이다.

물론 반대의 경우도 없진 않다. 몹시 내향(內向)적인 사람이 훨씬 외향(外向)성의 반려(伴侶)를 만나 잘 사는 사람도 많다. 이른바 반대우의 조화다. 정대우의 경우가 무난한 조화라고 한다면 반대우의 조화는 까다롭고 힘들다. 하지만 오히려 긴장감과 강렬함을 이끌어내어 산뜻한 어울림의 미학으로 생기발랄할 수도 있다. 이런 것들을 일컬어서 녹의홍상(綠衣紅裳)이라거나 호의현상(縞衣玄裳)의 미학이라고 할 수 있다.

끝으로 '바늘 가는 데 실 간다'는 속담과 같이 주종관계나 인과관계를 이루어서 정연한 아름다움을 이끌어내는 관대우(串對偶)의 미학이 있다. 주체적인 것에 반드시 부수적인 것이 따라야 하는, 그래서 질서정연한 아름다움이 이루어지는 그런 주종의 관계도 조화의 미학에서 빠뜨릴 수 없는 요소다. 하늘이 있으면 땅이 있어 천지조화가 되고, 남자가 있으면,

여자가 있어 음양의 조화가 이루어지는 이런 반대우도 따지고 보면 주종
(主從)의 미학으로 귀납되어진다. 낮에는 찬란한 햇살이 있고, 밤에는 황
홀한 달빛이 있어 조화를 이루는 그런 만유(萬有)의 어울림의 미학이 관대
우라 할 수가 있다.

　이러한 대우의 수사기교가 우리 전통시가에서 조화의 미학을 이끌어
왔고, 지금까지도 우리 노랫말의 근간이 되어 우리의 정서를 아름답게
채색 왔다고 말할 수 있을 것 같다. 조선조의 우리시가, 즉 시조와 가사,
민요의 주된 수사기교가 바로 정대우, 반대우, 관대우 등 이러한 대우의
수사에서 비롯되어 우리 문학의 꽃을 피웠다면 지나친 억측일까?

2. 송강 정철 국문시가

2.1 서론

　송강은 고산 윤선도와 함께 조선조 국문시가를 최고의 경지까지 끌어올
린 시가객이라고 할 수가 있다. 이들은 중국의 한문학의 영향을 받았으면
서도 그들 작품에서는 조금도 한문학과 같다거나 아류일 것이라는 생각을
허용할 수 없도록 그것을 싹틔우고 꽃피워서 훨씬 더 아름다운 열매를
맺게 했기 때문이다.

　다시 말하면 중국문학을 받아들여 그것의 영향을 크게 입었더라도 자국
의 문학적 환경의 토양 위에 승화발전의 과정을 거쳐 한국문학의 또 다른
영역을 개척하였다는 것이다. 결코 거대한 한문학의 영향 속에서도 전혀
동화되지 아니하고 그것을 여과하고 정화시켜 한국 고유의 문학을 형성한

것은 우리들의 자랑일 뿐만 아니라, 또 다른 의미에서 한국문학의 새로운 장을 열었다고 말할 수가 있다.

이 글에서는 송강가사나 시조가 중국의 어떤 한문학 장르의 영향 속에서, 어떠한 수사기교를 발전·승화시켜 국문수사기교를 창출했는지 작품을 분석하여 송강수사미학의 연원과 그 특색 및 발전양상에 대해 정리해 보고자 한다.

2.2 송강의 국문시가 수사기교

2.2.1 내적 영향

가. 송순의 면앙정가

송강 정철은 면앙정 송순(宋純)의 문하생인 김인후, 기대승에게 수학을 하였고, 송순과도 깊게 교유했던 임억령에게서 시를 배워 명종 16년에 진사시와 이듬해에 문과에 장원으로 급제하였다. 선조 2년에 직제학에 올랐으나 바로 동서분당의 당쟁에 휘말려 갖은 고초를 겪었고, 결국 서인의 거두가 되기도 했다. 하지만 선조 10년경 동서대립의 문제가 심화되자 벼슬을 버리고 전남 창평에 은거하였다. 이때 김성원과 교유하면서 지은 성산별곡은 송순의 면앙정가의 구성과 수사를 그대로 이어받은 작품으로 평가되고 있다.

선조 12년 강원도 관찰사를 제수 받고 지방의 목민관으로서 지은 관동별곡도 백광홍의 관서별곡의 구성과 수사적 측면에서 기봉의 영향을 크게 입었음도 주지하는 바와 같다. 선조 15년에는 예조참판, 형조판서, 예조판서 등에 올랐으나 워낙 뜻이 바르고 강직한 탓에 세인들로부터 많은 오해와 미움을 받게 되었고, 선조 17년에는 사간원과 사헌부의 논척(論斥)을 피할 수가 없어 벼슬을 그만두고 일시 고양에 머무르다가 다시 창평으로 낙향하였다. 그때의 4년여 간의 창평생활을 하면서 연주충군의 가사인 사미인곡과 속미인곡의 양미인곡을 창작하였다.

이 양미인곡은 유배가사의 효시인 조위의 만분가의 영향을 크게 입어 창작된 가사로 볼 수 있다. 한문시나 사부만이 진서(眞書)로 생각했던 송강이 그가 존경했던 송순이 지은 면앙정가나 백광홍의 관서별곡, 조위의 만분가의 국문가사를 접하면서 말과 글이 일치한 국문으로서 표의문자인 한문이 도저히 따를 수 없는 풍부한 국어의 어휘의 멋을 살려 국문가사를 창작한 것은 다행이 아닐 수 없다.

송강은 면앙정 송순의 문하를 드나들면서 그의 학문과 시풍을 흠모하였다. 특히 송순의 회방연(回榜筵)에 송강이 송순의 가마를 따르고 갔다는 일화는 이를 반증하고도 남음이 있다. 더구나 송강의 훈민가 16수의 시조들을 보면 비록 한문으로 되어 있으나 송순의 오륜가 5편을 그대로 전사(轉寫)한 것 같기도 한데 이런 면에서도 그러한 송강의 풍모를 찾아 볼 수가 있다.

阿爸兮生我孃兮育我	아바님 날 나흐시고 어마님 날 기르시니
苟非兩恩德兮而此身兮生孃	두분곳 아니면 이몸이 사라시랴
如天罔極恩德干何可準惠爲報	하늘가튼 은덕을 어대다혀 갑사오리
(右 父子有親)	(정철, 훈민가 16수중 1수)
兄兮弟兮撫爾肌兮視之	형아 아우야 네 살을 만져보와
賻自于誰兮樣子兮從以似	뉘손대 타나관대 양재조차 가타산다
喫一乳兮長一抱異心兮無以	한졋 먹고 길러나이셔 닷마음을 먹디마라
(右 長幼有序)	(훈민가 16수중 2수)

면앙집 권4에 있는 오륜가 5편 중 앞에 든 부자유친 1수와 장유유서 1수는 정철의 훈민가 16수 중 1수와 2수와 똑같다. 그만큼 송순의 시가와 학문을 흠앙하고 있었다는 반증도 된다.

송순의 면앙정가는 송순이 전남 담양 기촌에 면앙정을 세우고 면앙정 주위를 감도는 자연의 아름다움을 읊은 가사작품으로 면앙집 4권에 '신번 면앙정장가1편(新翻俛仰亭長歌一篇)'이라 하여 부(賦)의 형식을 빌어 실어 놓은 작품이다. 1970년 김동욱에 의해 잡가에 국문으로 쓰여진 '면앙정장 가'가 발견되어 면앙정가의 원형을 비로소 알 수가 있었고, 특히 송순이 구사했던 대우(對偶)의 수사기교의 진면목을 대할 수 있었다는 것은 국문 학상 큰 의의였음을 발견케 한다.

다시 말하면 경물을 묘사하는데 있어 풍부한 국어의 어휘를 동원하여 아름다움을 묘사했던 송강 특유의 수사기교의 원형이나 전범을 송순의 면앙정가 대우의 수사기교에서 찾을 수 있었다는 것이다.

대우	면앙정가	송강가사
반대 관대	무등산 한 활기 뫼히 동다해로 버더이셔	바다밧근 하늘이니 하날빗근 므서신고 (관)
반대	넙거든 기노라 프르거든 희디마니	나난듯 드는양이 날거든 뛰디마나(성) 솃거든 솟디마나 (관)
반대	쌍룡이 뒤트난듯 긴깁을 채폇난듯	닛난듯 펴티난듯 늣기난듯 반기난듯(사) 헌사토 헌사할샤(성)
정대	닷는듯 따로난듯 밤낮으로 흐르난듯	부용을 고잔난듯 백옥을 믓건난듯 (관)
반대	안즈락 나리락 모트락 흐트락	구브락 비기락 보는것이 고기로다 (성)
	모힌가 병풍인가 그림인가 아닌가	산인가 구름인가 머흐도 머흘시고 (사)
	노푼듯 나즌듯 긋난듯 닛난듯 숨거니 뵈거니 가거니 머물거니	매거니 도도거니 빗김에 달화내니 (성) 듯거니 보거니 일마다 선간(仙間)이라 (성)

정대	흰구름 브흰연하 프로니난 산람(山嵐)이라	도원(桃源)은 어디메요 무릉(武陵)이 여기로다 (성)
반대	나명성 들명성 오르거니 나리거니 프르락 불그락 여트락 지트락	일락배락 하얏난고 (성) 아는다 모르난다 (관)
관대	즌서리 빠진후의 산빛이 금슈로다 술이 닉어거니 벗지라 업슬소냐	매창(梅窓) 아 볏태 향기예 잠을깨니 (성) 이몸 삼기실제 임을조차 삼기시니 (사) 나하나 졈어잇고 임하나 날 괴시니 (사)
	造物이 헌사하야 빙설(氷雪)로 꾸며내니 乾坤이 가암열사 간대마다 경이로다 인간을 떠나와도 내몸이 겨를업다	송근(松根)을 다시 쓸고 죽상(竹床)에 자리보아(성산) 져근덧 올나안자 어떤고 다시보니 (성산) 망혜(芒鞋)를 뵈야신고 죽장(竹杖)을 홋더디니 (성)
반대	내것도 보려하고 저것도 드르려코 바람도 혀려하고 달도 아츠려코 밤으란 언제줍고 고기란 언제 낙고 아침이 낫브거니 나조해 슬할소냐 오늘이 부족커니 내일리라 유여하랴 이뫼히 안자보고 저뫼히 거라보니	산중을 매양보랴 동해로 가자스라 (관) 오르디 못하거니 내려가미 고이할가 (관) 공중 옥쇼소리 어제런가 그제런가 (관) 들을제는 우레 러니 보내는 눈이로다 (관) 셤강이 어디메오 치악이 여기로다 (관)
반대	블닉며 타이며 혀이며 이야며 누으락 안즈락 구브락 져트락 을프락 파람ᄒᆞ랴	잡거니 밀거니 슬카장 거후로니 (성) 오르며 나리며 헤뜨며 바자니니 (속)
정대		맑거든 조티마나 조커든 맑디마다 (관) 실가티 플텨이셔 뵈가티 거러시니 (관)

반대		짓나니 한숨이요 지나니 눈물이라 (사) 듯거니 보거니 늣길일도 하도할샤 (사) 하날히라 원망하며 사람이라 허믈하랴 (속) 지척을 모르거든 천리를 바라보랴 (속)

이상의 대비표에서 보듯 송강의 작품에서 보이는 수사기교는 송순의 면앙정가의 수사에서 비롯되었음을 알 수가 있다. 면앙정은 무등산 지맥의 하나인 제월봉 7곡 중 잠굴노룡(潛窟老龍)과 같은 명당지인 구릉에 세웠는데, 여기서 보는 기촌 산천의 조망경치는 지금도 경탄할 만큼 아름답다. 이러한 아름다운 승경을 묘사하는데 있어 송순은 병문의 주된 수사법인 대우(對偶)의 기교를 한문보다는 말과 글이 일치된 국어의 풍부한 어휘를 동원하여 그려냈는데 송강은 바로 그러한 수사기교를 본받아서 그의 작품 속에 담아내는 미학적 수사기교를 이루었다.

본디 대우란 구(句)가 서로 평행·대칭되거나 사어(詞語)가 서로 짝을 이루는 것이 병문의 기본특징이다. 다시 말하면 구가 서로 평행 대칭된다는 것은 주어 대 주어, 술어 대 술어, 목적어 대 목적어 등등이 서로 대칭되는 것을 말하고, 사어가 서로 짝을 이루어 대칭된다는 것은 명사 대 명사, 동사 대 동사, 형용사 대 형용사, 허사 대 허사 등[1]이 대우를 이룬다는 것을 뜻하는 것이다.

구가 서로 평행 대칭되는 경우를 송순의 면앙정가에서 보면 '내것도 보려하고 저것도 드르려고', '바람도 혀려하고 달도 아츠려고', '밤으란 언

---

1) 褚斌杰 著 中國古代文体概論, 북경대출판사, 1998, p.170.

제줍고 고기란 언제낙고'(반대)와 '이뫼히 안자보고 저뫼히 거러보고'(정대, 반대)가 있고, 송강가사에서는 '바다밧근 하늘이니 하날밧근 무서신고', '산중을 매양보랴 동해로 가자스라'(반대), '망혜(芒鞋)를 뵈야신고 죽장(竹杖)을 훗더디니', '송근(松根)을 다시쓸고 죽상(竹床)에 자리보아'(관대), '도원(桃源)은 어디메요 무릉(武陵)이 여기로다', '실가티 플텨이서 뵈가티 거러시니'(정대) 등이 있다.

짝을 이룬다는 것은 '안즈락 나리락 모트락 흐트락', '노픈듯 나즌듯 긋난듯 닛난듯', '숨거니 뵈거니 가거니 머물거니', '나명성 들명성 오르거니 내리거니', '프르락 불그락 여트락 지트락'(반대) 등인데 이들 모두는 형용사나 동사 등이 대우의 수사기교를 이루어 사물형용의 묘함과 아름다움을 배가시키는 효과를 나타내고 있는 것이다.

송강의 이러한 수사기교는 송순의 면앙정가에서 그 전범을 찾을 수가 있는데 송강가사 3편에서는 이러한 대우의 수사가 절정에 달하고 있음을 발견할 수가 있다.

나. 백광홍의 관서별곡

관서별곡은 기봉집하(岐峯集下)에 관서별곡이란 제목아래 을묘년(명종 10년)에 백광홍이 평안평사가 되어 관서지방을 두루 유람하다가 노래와 풍속을 주워 모아 지었는데 임금을 애모하며 변방을 조심하는 충성심을 나타낸 것이라 하였다.

홍만종의 순오지에도 공이 평안도 평사가 되어 관서지방의 강산을 두루 돌아보며 그 아름다운 경치와 변방의 상황을 사실적으로 묘사한 것이라고 하였다. 백광홍의 관서별곡과 송강의 관동별곡은 그 구성이나 유람일정, 수사기교도 상사한 점이 많은 작품이다. 다만 관서별곡에 비해 관동별곡이 더 구상적이고 한층 높은 수사기교를 보인다는 특성을 보여준다.

즉 송강이 선조 11년 이수(李銖)의 옥사사건(獄事事件)으로 인해 벼슬길에서 떠나 향리에서 자연처럼 살고 있었던 그 심정을 '강호의 병' 즉 천석고황(泉石膏肓)으로 은유하였고, 죽림칠현처럼 자연과 더불어 살아갈 수밖에 없는 현실을 '죽림의 누엇더니'로 읊고 있는 것만 보아도 관서별곡보다는 더 구상적이라는 것이다. 백광홍이 평안평사(平安評事)를 제수 받았을 때의 감정은 표현되지 않았으나, 송강은 천만 뜻밖의 왕명을 받고 일어나는 탄성을 '어와 성은이야 가디록 망극하다'라고 감읍하고 있다는 것이 기봉과 다르다.

이 두 작품 모두 왕명을 받음으로 해서 입신양명할 수 있을 뿐더러 남아로서의 기개를 펼 수 있다고 읊고 있다. 즉 기봉은 스스로 감당소백(甘棠召伯)과 세류(細柳)장군이 되어 민정을 살피면서 국방을 튼튼히 하니 호인(胡人)들이 모두 투항해 옴으로 백두산에서 흐르는 강변마을이 모두 평화로웠다고 노래하였고, 송강은 강원도 관찰사가 되어 '천년노룡이 구비구비 서러이셔/ 주야의 흘러내여 창해(蒼海)예 니어시니/ 풍운을 언제 어더 삼일우(三日雨)를 디련난다/ 음애(陰崖)예 이은풀을 다살와 내여사라'라 하여 성은이 미치지 못해 고생하는 강원도 백성을 '그늘진 벼랑에 시들어가는 풀'로 은유한 한편, '이 술 가져다가 사해(四海)예 고로난화/ 억만창생을 다취케 맹근후의/ 그제야 고텨맛나 또 한잔 하쟛고야'라 하여 가련한 두메산골 백성들을 다스리는 방백(方伯)이 되어 목민관의 직분을 훌륭하게 다함으로써 좋은 사회를 만들고자 하는 남아의 기개가 잘 표백되어 있다는 것이다.

이외에도 양 작품 모두 신선경(神仙境)에 노니는 황홀경이 묘사되는 것이라거나, 전고용사의 기법 등 동질적인 것들이 많은 점 등으로 볼 때도 그 영향관계를 살필 수 있지만 여기에선 주로 수사적 측면을 중점적으로 분석해 보려고 한다.

	관서별곡	관동별곡
대우	○ 연소문 내달아 　모화고개 너머드니 (反對) ○ 벽제예 말가라 임진에 배건너 　천수원 도라드니 (正對, 反對) ○ 백상루 올라안자 　청천강 바라보니 (反對) ○ 연광정 도라드러 　부벽루 올나가니 (正對) ○ 옥하수 나리난닷 ○ 해문으로 드난닷 ○ 백운곡 부르난닷 ○ 초왕을 놀래난닷	○ 연추문 드리다라 　경회남문 바라보며 (正對) ○ 평구역 말을 가라 　흑수로 도라드니 (正對, 反對) ○ 의상대 올나안자 　일출을 보리라 (正對) ○ 동류밤 계오새와 　북관정 올나하니 (反對) ○ 부용을 고잣난닷 　백옥을 믓건난닷 (正對) ○ 동명을 박차난닷 　북극을 괴왓난닷 (反對) ○ 오색이 넘노난닷 　해운이 다건난닷 (反對)

　앞에 든 기봉의 관서별곡과 송강의 관동별곡의 수사는 거의 동질적이다. 송강은 면앙정과 기봉의 수사기교를 이어받아 후대 가사 작자들에게 수사기교의 전범이 되었을 뿐만 아니라, 가사 창작에 커다란 영향을 주었다. 관서별곡에 나타난 수사는 생략과 직유, 은유, 과장, 반복이 한데 어우러진 특유한 기법으로 가일층 신선한 흥취와 감각이 돋보여 유람과 기행의 멋을 더해 주는 것 같다.

　즉 '연소문 내달아 모화고개 너머드니', '벽제에 말가라 임진에 배건너', '감송정 도라드러 대동강 바라보니' 등에서는 노정을 생략하여 경쾌하고도 간명한 기분을 느끼게 하며 '옥하수 나리난닷', '해문으로 드난닷', '백운곳 부르난닷', '초왕을 놀내난닷' 등이 송강의 관동별곡에 이르러선 구가 서로 평행 대칭되는 수사로 발전하여 '부용을 고잣난닷 백옥을 뭇건난닷 ', '동명을 박차난닷 북극을 괴왓난닷', '오색이 넘노난닷 해운이 다건난닷'과 같은 수사기교를 보이고 있다. 결국 송강의 수사는 각각 정대우(正對偶), 반대우(反對偶), 관대우(串對偶) 등 병문의 대우적 기교로 작품의 미학구조를 이루고 있다고 할 수가 있다.

2.2.2 사부(辭賦)와 병문(騈文)의 영향
가. 사부문학과 송강가사

사부(辭賦)란 중국의 초나라로부터 발전한 초사(楚辭)와 부(賦)계열의 운문을 두루 일컫는 말이다. 부문학(賦文學)은 초사로 시작되어 한나라 때 흥성한 일종의 운문으로 서정성이 있는 것은 '사'(辭)라고 하고 서사성이 많은 것은 '부'(賦)라 하였다.

초사는 기원전 4세기 무렵인 춘추전국시대 후기에 4언 시경시체 이후 중국남부 초나라에서 생겨난 일종의 신시체로서 굴원으로 시작되었다[2]고 보여진다. 본디 초사는 이 장르가 생겨난 초나라 땅의 무가(巫歌)의 심각한 영향 속에 이루어졌으므로 무속적 제의(祭儀)의 가무(歌舞)와 원시 종교적 분위기, 그리고 신화적인 색채가 농후하게 나타난다. 뿐만 아니라 이 장르는 사물이나 경치를 상세하게 서술하면서 서사적인 성격과 고사(故事)적인 성격도 함께 아우르는 특성을 지니기도 한다. 여기는 주로 긴 형식의 산문성을 띠면서 지방의 토속적인 구어체의 언어를 사용하기도 하며 특히 어조사 혜(兮)자를 대량으로 많이 쓰는 특성을 보인다. 이 '혜'(兮)는 고대발음 '아'(阿)와 같으며 일종의 감탄사로서 시경과 같은 민요체 작품에서 흔히 볼 수가 있다.

---

2) 褚斌杰 상게서 p.

초사의 이러한 문체는 경물이나 사물을 치밀하게 펼쳐나가는 수법으로 자연히 풍성한 어휘를 사용하는 걸 특징으로 한다. 본디 4언시체로 가장 빠르게 이루어진 시가작품이지만, 5언시체와 7언시체의 형식을 포괄하기도 한다.

부(賦)문학은 중국문학사상 상당히 오래 전에 나타난 일종의 문체로서 주나라 말부터 시작되어 한나라 때 특별하게 발달 창작되어온 양식으로 시사가부(詩詞歌賦) 가운데 하나다. 이는 일종의 신흥문체로서 자세히 그리고 상세하게 묘사하여 읊조리는 음송의 문학양식이다. 이 말은 모시(毛詩)에서 '부지언포(賦之言鋪)'와 한서예문지(漢書藝文志)에서 말하고 있는 불가이송 위지부(不歌而誦 謂之賦) 즉 '불가이송(不歌而誦)'을 뜻한다. 펼쳐나가는 수법과 서사(叙寫)는 글자구가 대체로 가지런하며, 4언구를 많이 쓰고, 문답법도 있고, 음운이 여기저기에 나타나는데 반은 시이고 반은 문(文)이라는 다섯 가지로 구별이 된다.

다시 말하면 표현수법상 사물을 묘사하여 펼쳐나가는 기교나 체제상 시(詩)와 같지 않으며 가창문학에 속해 있지 않는 장르가 부문학이라는 것이다. 즉 부문학 장르의 특질은 자연경물을 읊조리는 서사위주의 문학이며 비교적 산문성질에 가까운 장르라는(是以咏物叙事爲主較接近于散文性質) 말이다.

이러한 사와 부문학의 특성은 조선조 가사문학의 장르적 특질과 동질적이다. 가사는 첫째, 가창위주의 문학이 아니라, 음영을 위한 문장 위주의 양식이라는 점이 한서예문지에서 말하고 있는 불가이송(不歌而誦)과 같다는 것이다.

둘째, 자연경물이나 내면의 감정과 정서를 상세하게 서술하면서 서사성과 서정성을 아우르는 장르적 특질이 자연 경물을 읊조리는 서사위주의 문학으로서 비교적 산문성질에 가까운 장르라는 것과 반은 시이고 반은 문이라는 사부문학의 성격과도 동질적이라는 것이다.

셋째, 자연의 경물이나 내면의 정서를 묘사하는 데는 풍성한 토속적인 어휘를 많이 사용하여 사실감을 한층 고조시키는 게 가사문학과 같다는 것이다.

그러므로 조선조 가사작자들이 외적으로 중국의 사부문학이 갖는 장르적 특질을 그대로 원용하여 우리의 정서에 가장 알맞은 가사문학장르를 창출한 것은 우리만의 자랑이라고 아니할 수가 없다. 특히 송강은 성산별곡과 관동별곡에서 자연경물을 풍성한 우리 국어를 동원하여 사실적으로, 그리고 멋이 넘친 재치로 묘사하고 있는데 사부문학 역시 그러하다는 것이다.

즉 성산 서하당 식영정에서 자연과 더불어 신선처럼 살고 있는 김성원을 부러워한 송강은 '서하당 식영정 주인아 내말듯소/ 인생세간에 됴흔일 하건마는/ 엇디한 강산을 가디록 나히녀켜/ 적막강산중의 들고아니 나시난고'라고 읊은 자문자답(自問自答)식 문답법도 사부문학과 같다. 또 '송근을 다시쓸고 죽상의 자리보아/ 져근덧 올나안자 엇던고 다시보니/ 텬변의 떤난구름 셔석을 집을사마/ 나난듯 드는양이 쥬인과 엇더한고'에선 신선처럼 살고 있는 식영정 주인의 묘사를 풍성한 국어의 어휘를 동원하여 이루어내는 기법이 사부문학과 동질적이라는 것이다. 또한 '닛난닷 펴티난닷 헌사토 헌사할샤', '듯거니 보거니 일마다 선간(仙間)이라', '매거니 도도거니 빗김의 달화내니', '구브락 비기락 보난거시 고기로다' 등의 수사도 순수한 우리국어를 풍성하게 동원하여 그 아름다움을 배가시켜 주고 있는데 이러한 수사기교는 한나라 때의 고부(古賦)의 수사의 특징인 대우의 기교를 원용하였다.

이와 같은 현상은 관동별곡과 양미인곡에 이르러선 더욱 절정에 달한다. 만폭동 관동별곡 속에 그려진 폭포수의 경관이 '은가탄 무지게 옥가탄 용의초리/ 섯돌며 뿜난소래 십리에 자자시니/ 들을제난 우레러니 보내난 눈(雪)이로다' 속에는 실제 폭포수를 눈으로 보고 귀로 듣는 생생한 공감각적 경관이 되살아나고 있다. 일만 이천 봉마다 서려있는 정기가 어찌나 맑고 깨끗한지 이 정기를 모아 훌륭한 인걸을 만들고 싶어하는 송강의 심사가 '봉마다 맷쳐잇고 긋마다 서린긔운/ 맑거든 조티마다 조커든 맑디마다/ 뎌긔운 흐터내야 인걸을 만달고쟈'에 응축되어 나타나고 있다.

임금을 그리워하는 충신의 연군지정(戀君之情)도 사랑하는 사람을 사모하는 여인의 연정으로 표백되어 송강의 양미인곡에 절절히 묘사되고 있다. '창밧긔 심근매화 두세가지 픠여셰라/ 갓득 냉담한대 암향(暗香)은 무사일고/ 황혼의 달이조차 벼마태 빗최시니/ 늣기난닷 반기난닷 님이신가 아니신가'에선 어두운 밤을 밝히는 '달'과 혹한으로 상징되는 온갖 시련과 고통 속에서도 은은한 향기를 담고 의연하게 높은 고절(高節)을 자랑하는 '매화'를 동원하여 오매불망 그리고 있는 임금으로 표상된 수사는 가히 송강 아니고선 동원할 수 없는 필치가 아닐 수 없다. 이러한 정조는 속미인곡에 이르러선 더욱 상승되어 그려지고 있다.

'님다히 쇼식을 아므려나 아쟈하니/ 오날도 거의로다 내일이나 사람올가/ 내마음 둘대업다 어드러로 가쟛말고/ 잡거니 밀거니 놉픈뫼해 올나가니/ 구름은 카니와 안개난 무사일고'를 보면 임을 그리다 상사병(相思病)을 얻은 필부(匹婦)의 정황이 사실적으로 묘사되고 있음을 알 수가 있다. 오늘 아니면 내일이나 임에 대한 소식이 올까 기다리고 그리워하지만 자제할 수 없는 그리움은 정신을 잃은 사람처럼 높은 산에 올라가 바라다보지만 구름과 안개 때문에 아무것도 볼 수 없는 답답한 심사임이 절절하게 그려지고 있다. 이러한 수사는 정형시인 5언시나 7언시로서는 불가능하지만 자연경물이나 자신의 서정을 풍성한 어휘를 동원하여 그려낼 수 있는 산문성의 사부문학 장르만이 가능하다는 것이다.

사실 순 우리 국어로 창작된 작품들, 예컨대 면앙정가나 송강가사의 경우 그것을 한역한 양식이 모두 부문학이었다는 사실만 보아도 이러한 사실이 증명되고도 남는다. 실제 면앙정가는 면앙집 권4에 '신번 면앙정장가1편'이라 하여 부양식으로 한역되었고, 사미인곡은 '송강별집추록유사'에 김상숙에 의해 역시 부양식으로 한역되어 전해지고 있다. 한나라 때 융성했던 고부(古賦)의 창작수법상의 기본특징은 첫째 사물을 묘사하되 면면과 그 형상을 잘 그리고 둘째, 과장이나 비유로서 셋째, 배비(排比)와 대우적 기교로서 아름다운 문사(文辭)를 사용하여 호쾌장활한 장면과 웅혼한 기세를 그려내는 것[3]이다. 이와 같은 사부장르의 특성이 송순의 면앙정가나 송강의 관동별곡과 양미인곡에 그대로 원용되고 있음은 앞에서 상술한 바와 같다.

<table>
<tr><td>(가)紛紛鴻雁相戲兮何物</td><td>어즈러운 기럭기난 무스거슬 어로노라</td></tr>
<tr><td>或集或下兮或聚或散</td><td>안즈락 나리락 모트락 흐트락</td></tr>
<tr><td>閒蘆花兮叫啄</td><td>蘆花를 사이두고 우리곰 좃니난고</td></tr>
<tr><td>廣野外兮長天下</td><td>너븐길 밧기요 긴 하날아래</td></tr>
<tr><td>周包兮山耶屏耶</td><td>두르고 꼬잔거슨 모힌가 병풍인가</td></tr>
<tr><td>畵耶若高若低兮</td><td>그림가 아닌가 노픈닷 나즌닷</td></tr>
<tr><td>若續若斷或往或住兮</td><td>굿난닷 닛난닷 숨거니 뵈거니</td></tr>
<tr><td>或隔或現而其紛紜之中兮</td><td>가거니 머물거니 어츠러운 가운대</td></tr>
<tr><td>(신번명앙정장가1편)</td><td>(면앙정가, 잡가 소재)</td></tr>
</table>

---

3) 褚斌杰 상게서, p.87.

<table>
<tr><td>

(나) 炎凉兮知時修往兮忽廻
耳聆兮目見感懷事兮何多
東風兮俄至披積雪兮陽和
窓外兮寒梅三數枝兮花開
旣孤標兮冷淡又暗香兮胡爲
黃昏兮月入照疎影兮枕邊
將欣兮悲疑是君兮非君
(송강별집추록유사 김상숙 번)

</td><td>

염냥이 때를아라 가난닷 고텨오니
듯거니 보거니 늣길일도 하도할샤
동풍이 건듯부러 적셜을 헤텨내니
창밧긔 심근매화 두세가지 픠여셰라
가득 냉담한대 암향은 므사일고
황혼의 달이조차 벼마태 빗최니
늣기난닷 반기난닷 님이신가 아니신가
(송강가사, 사미인곡)

</td></tr>
</table>

앞에서 송순의 면앙정가와 그것이 한역되어 전하는 신번 면앙정장가1편과 대비해 보면 가사문학 작품의 외적 형식은 한나라 때의 고부(古賦)형식을 취하고 있을 뿐만 아니라, 수사기교 역시 그대로 이어받았음을 알만하다. 순수한 국어 수사 기교로 보이는 배비(排比)와 대우적 수사는 호쾌하고도 웅혼한 기세를 그려내는데 알맞은 수법이기 때문에 무등산 지맥에 자리 잡은 면앙정을 중심으로 한 장활한 자연을 그리는 데는 이보다 더 좋은 묘사법이 있을 수가 없다.

예컨대 어지럽게 모였다 날으는 기러기 떼들의 묘사는 '안즈락 나리락 모트락 흐트락'이라는 순 국어수사를 동원하였는데 한역된 형식은 다름 아닌 대우와 대비적 기교인 혹집혹하혜 혹취혹산(或集或下兮 或聚或散)이었음을 알 수가 있다. 즉 '集'과 '下', '聚'와 '散'을 대비적으로 반대짝을 지음으로써 기러기들이 자연 속에 한가롭게 노니는 모습을 사실적으로 그려낼 수 있었다는 것이다. 그리고 넓은 길 밖에 펼쳐진 하늘아래 산들이 '모힌가 병풍인가/ 그림가 아닌가 노픈닷 나즌닷/ 긋난닷 닛난닷 숨거니 뵈거니/ 가거니 머물거니 어츠러운 가운데'라고 그려지고 있는 것도 앞에서 상술한 수사기교를 동원하고 있음을 알 수 있다. 즉 '山'과 '屛', '高'와

‘低’, ‘續’과 ‘斷’, ‘往’과 ‘住’, ‘隔’과 ‘現’ 등 서로 비슷한 것이거나 상대가 되는 사물이나 말들을 동원하여 대비적으로 생생하게 묘사하고 있다는 것도 고대 한나라 때의 부문학의 수사에서 비롯되었다는 것이다.

이러한 수사적 특징은 송강의 가사와 그것을 한역한 작품에서도 동질적으로 나타나고 있는 현상이다. ‘듯거니 보거니’는 ‘耳聆’과 ‘目見’, ‘늣기난닷 반기난닷 님이신가 아니신가’는 ‘將欣’과 ‘悲疑’, ‘君’과 ‘非君’으로 서로 상대의 짝을 이루는 대우적 수사기교로서 면면의 그 형상이나 내면의 정서를 생생하게, 그리고 사실적으로 묘사하고 있다는 것이다. 이렇게 본다면 우리의 가사문학 작품은 외형이나 내면적인 측면에서 중국고대의 사부문학을 받아들여 그것의 영향 속에 순수 우리 국어문을 동원하여 우리 땅에서 꽃피운 우리만의 독특한 장르였다고 말할 수가 있다.

나. 병문 수사기교와 송강가사의 수사

병문은 양한(兩漢)시대로부터 출발하여 위진(魏晋)인들의 노력으로 그 문체가 확립됨으로써 육조시대에 성행한 산문성의 문체이다. 특히 당·송 이후에는 산문의 영향 속에서 새롭게 발전한 양식4)으로 4·6문체(四六文体)의 특성을 이루었다. 4자 6자구의 문체 시원은 당나라 때 유종원의 4·6일사(四六一詞)로부터 비롯된 것으로 그는 걸교문(乞巧文)에서 ‘병4려6, 금심수구’(騈四儷六, 錦心綉口)라 했다. 그리하여 후세인들이 병문의 문체구성은 4자구와 6자구가 병렬적으로 되거나 혹은 혼합되어 이루어졌으므로 사륙병려문이라 불렀다.

송 사륙문의 예술적 문체 특성은 대개 다음의 다섯 가지로 정리할 수가 있다. 첫째, 이 병문은 산문적 기세가 들어 있고 약간의 고사(故事)와

---

4) 程千帆. 吳新雷, 兩宋文學史, 上海古籍出版社, 1998, p.519.

성어(成語)가 많이 원용되고 있다는 것이다. 둘째, 대구 가운데 긴 장구(長句)를 만들어 간다는 것이다. 셋째, 뛰어난 비평의 산문으로 참여되며 넷째, 경전(經典)어구 대 경전어구, 사적(史的)어구 대 사적어구, 시어 대 시어 등을 4자구나 6자구로 잘 다듬어 만들고 다섯째, 어구들이 소박하고 행의 기세를 돋우는 조사 등을 많이 쓰며 6조(六朝)이래로 전고용사를 즐겨 쓰고 문장을 잘 세련되게 갈고 닦는다5)는 것이다.

병문은 본디 시가인데 그 가운데 주로 운문성을 띤 것은 가창으로 수용되며 사류병려문은 대부분 음송의 방식으로 표출되어 향유된다. 또한 자연경물을 묘사하는 데는 주로 병문이 사용된다6)는 이러한 특징은 가사문학의 문체특성과 그대로 일치되고 있다는 점에서 긴밀한 관련성을 찾아볼 수가 있다.

병문의 문체적 특징은 한마디로 구나 어휘가 병렬적으로 상대(相對)를 이루는 것―이것을 배우(排偶) 또는 대우(對偶)라고 일컫는다―이라고 할 수 있다. 이것은 중국의 언어에 있어서 비교적 어휘나 구가 거의 상대나 대칭을 이루는 것들이 대부분이기 때문에 자연발생적으로 이루어진 일종의 수사수법7)이라고 볼 수 있다.

즉 사물의 연상은 대부분 유사한 것들이나 상대되는 것들을 기억하는 일이 쉽기 때문에 일어나는 것으로 문장에서 자연스레 가지런하게 대칭의 아름다움을 이루게 된다는 것이다. 이러한 대우의 수사는 중국의 고대민요로부터 출발한 것으로 자신의 의사를 표현하거나 기술하는데 자신이 경험했던 것들을 습관적으로 사용하는 것이 기억이나 암송에도 용이했으

---

5) 앞의 책, p.522.
6) 앞의 책, p.528.
7) 褚斌杰 앞의 책, p.153.

므로 아주 짧은 배비(排比)나 대우의 형식을 취했던 것으로 보여진다.

범문란(梵文瀾)은 문심조룡주(文心雕龍注)에서 병려문체의 대우수사법이 나타난 원인을 첫째, 사람들이 어떤 사물을 묘사할 때는 반드시 자연물의 연상에서 이루어지며 둘째, 고대문장은 주로 사람의 입을 통해서 전해진 것이 많은 바 서로 유사한 것들을 취하거나 읽기 쉽고 쓰기 쉬운 것들을 취하는 것이며 셋째, 문장에서 분명하게 자신의 생각을 표현하고자 할 때 불충분한 증거를 피할 수 있는 것으로 병문이 가능하며 넷째, 병문은 문장이나 어구를 가지런하게 만들거나 전체적으로 깊게 분석8)할 수 있기 때문이라고 하였다.

이러한 대우의 수사수법은 미학적 견지에서 보면 일정한 의미와 작용에 있다고 보여진다. 즉 문학창작에서 비슷한 것들의 연상과 상대적인 것들의 연상작용은 충분히 발휘되고 있는 바, 이러한 현상은 풍부하고도 다채로운 문장을 통해서 드러나고 있다.

유사한 것들을 비유하는 연상은 한 사물을 느끼어 받아들이거나 해당사물의 성질이나 형태가 서로 비슷한 것들로 이루어지는 '정대'(正對)가 있고 이와는 서로 상반되는 것들의 연상에서 이뤄지는 '반대'(反對)가 있으며, 인과관계나 상승(相承)관계 또는 가정(假定)의 대우법인 '관대'(串對) 수사기교가 있다. 이러한 수사기교 가운데는 각각 '언대'(言對)와 '사대'(事對)로 세분된다. 즉 일반적으로 언어 상 서로 상대를 이루지만 전고(典故)나 고사(故事)가 포함되지 않는 것은 '언대'라고 하며, 대우 가운데 사람에 관련된 고사나 전고를 사용하는 경우 이를 '사대'라고 한다는 것이다. 예를 들면 문장 가운데 모장(毛嬙)이나 서시(西施)가 있다면 이것은 모두 고대 중국의 유명한 미녀 이름이기 때문에 전고용사가 됨으로 '사대'가 된다는

---

8) 앞의 책 p.156.

것이다.

언어대우 즉 '언대'는 구가 서로 평행대칭을 이루거나 언어가 서로 짝을 이루는 것으로 이것이 바로 병체문의 기본특징이 된다. 즉 구가 서로 대칭을 이룬다는 것은 주어 대 주어, 술어 대 술어, 목적어 대 목적어 등등이 대칭을 이루는 것이며, 언어가 서로 대칭을 이룬다는 것은 품사의 대칭을 말하는데 모양이나 형상의 대칭이 명사 대 명사, 동사 대 동사, 형용사 대 형용사, 허사(虛詞) 대 허사 등으로 이루어지는 대칭9)을 말하는 것이다.

이와 같은 수사기교는 송강의 가사작품에 그대로 원용되어 우리 문학의 미학을 이루어냄으로써 국문학의 가치를 상승시키기 때문에 송강문학의 특성을 형성하고 있다. 주지하는 바와 같이 송강의 가사작품은 거의 대부분이 '언대'나 '사대'의 수사기교로 이루어져 있다. 송강이 뜻글자인 한문에서 우러나는 멋보다 소리글자인 국어를 세련되게 조탁하여 그 멋과 아름다움을 한껏 발휘한 것은 송강만이 지니고 있는 문학적 재능과 재치라고 보여진다.

이러한 송강의 수사미학을 대략 다음 세 가지로 요약 정리할 수 있을 것 같다.

첫째, 자연경물의 묘사에는 중국에서도 사륙병려문이 가장 많이 사용되었는데 그러한 까닭은 자연경물의 사실적 표현이나 묘사는 이 병체문이 지니고 있는 대우의 수사기교가 가장 알맞았기 때문이다. 예컨대 정양사 진헐대에서 보는 자연경물의 아름다움을 '어와 조화옹이 <u>헌사토 헌사할샤</u>, <u>날거든 뛰지마나 셧거든 솟디마나</u>, <u>부용을 고잣난닷 백옥을 믓것난닷</u>'이라고 묘사한 송강의 미학적 수사는 이 병려문체의 '언대'로서 아름다움이

---

9) 앞의 책 p.170.

절정에 이르고 있다는 것이다. '헌사토 헌사할샤'와 '고잔난닷 믓건난닷', '날거든 뛰지마나 셧거든 솟디마나'는 술어가 서로 대칭을 이루면서 금강산의 절경을 함축적으로 묘사하고 있는 '정대'의 수법이 되며 '부용'과 '백옥'은 명사 대 명사로서 아름다움을 고조시킨 '정대'의 수사였다는 말이다.

둘째, 중국의 고사(故事)나 전고(典故)를 많이 인용하는 사대(事對)의 대우법은 많이 사용하여 작품의 미적 가치를 상승시키고 있다는 것이다. 성산별곡 가운데 '도원(桃源)은 어드매요, 무릉(武陵)이 여긔로다', '희황(羲皇)벼개우해 풋잠을 얼풋 깨니', '태을진인(太乙眞人)이 옥자(玉字)를 헤혓난닷', '짝마잔 늘근솔란 됴대(釣台)에 셰여두고', '소선적벽(蘇仙赤壁)은 츄칠월이 됴타호대'등을 보면 '무릉도원'은 진나라 도잠(陶潛)의 '도화원기'에서, '소선적벽츄칠월'은 소식(蘇軾)의 7월 24일 비가 오래도록 오지 않자 반계에 나가 기도한 시구에서 인용하였고, 그 외 도가(道家)의 고사 등을 원용하는 사대의 수사를 많이 동원하고 있다. 관동별곡이나 양미인곡도 이러한 '사대'에서 정대와 반대, 관대의 수사법이 대종을 이룸으로써 미적 가치를 높이고 있다.

셋째로 병체문은 4자구와 6자구를 주로 하여 이루어진 장르인데, 4자구가 규칙적으로 이어지다가 6자구로 변하는 일정한 율조를 형성한다. 6자구는 다시 3자구와 3자구로 나뉠 수가 있는데, 이러한 율조는 우리 국어의 3·4조의 음수율과 서로 상통되기 때문에 가사형식구조를 이루는데 상당한 영향을 주었으리라고 보여진다. 더구나 병문은 본시 시가로서 주로 운문성을 띤 것은 가창방식으로 수용되지만 대부분은 음송의 방식으로 향유되기 때문에 일정한 운율을 필요로 하고 있으므로 가사의 율조와도 상통된다는 것이다.

또한 우리의 국어의 통사적 구조는 주어와 술어로 되어 있는바 주어는 대개 2음절어가 많고 술어는 4음절어가 많은 우리 국어 특성상 2음절어에 조사가 붙으면 3음절이 이루어지기 때문에 우리 시가들 대부분이 3·4음절을 기본 음수율로 하여 노래하고 있다는 국어적 특성도 병문과 일치가 된다.

2.2.3 병문 수사기교의 수용과 발전

가. 병문수사의 수용양태

병려문의 수사는 대개 '언대'(言對)와 '사대'(事對)로 양분할 수 있고 이러한 수사기교는 다시 같거나 유사한 것들의 대우인 '정대'(正對)와 서로 대칭되거나 상반되는 '반대'(反對), 상하관계나 인과관계의 '관대'(串對)로 대별10)할 수가 있다. 그 외에 음운이나 성율로서 어구간의 성율적 아름다움을 추구하는 그러한 기법도 특히 후기 병려문체에서 두드러진 특징으로 드러난다.

① 정대(正對)

문심조룡(文心彫龍·麗辭)편에서 유협(劉勰)는 〈"漢祖想枌楡, 光武思白水", 此正對之類也〉 했는데 한조(漢祖)는 한나라의 고조요, 광무(光武)는 한나라의 광무제로서 같은 제왕이며 사상이나 고향도 거의 같기 때문에 이러한 경우 정대우(正對偶) 즉 '정대'라고 한다는 것이다. 다시 말하면 한고조는 고향인 풍읍분유향(豊邑枌楡鄕)에서 죽은 자를 위해 추도하였고, 한나라 광무제는 남양 백수현에서 병사를 일으켰기 때문에 이 둘의 사건은 사대(事對)로서 서로 동질적이기 때문에 정대의 수사라는

----

10) 而這里所說的 '言對'與'事對'是竝列的. 反對與正對也是竝列的, 他們角度不同, 所以劉勰最後又特別指名'言對事對,各有反正' (褚斌杰 中國古代文体槪論 p.171)

것이다. 이러한 정대의 수사는 '사대'의 경우 외에 언어대우 즉 언대(言對)에서도 이뤄지는 바, 주어 대 주어, 술어 대 술어, 목적어 대 목적어 등이 서로 같거나 유사한 것들로 대우가 이루어진다. 특히 송강가사에서는 '사대'보다 '언대'에서 '정대'의 수사기교가 작품의 미적 감흥을 한층 더 고조시키고 있음을 발견할 수가 있다.

	정대(正對)	
사대	○ 소선(蘇仙) 젹벽(赤壁)은 츄칠월이 됴타호대	당구대
	○ 하날의 도단달이 솔우해 걸려거단 잡다가 빠딘줄 이뎍션(謫仙)이 헌사할샤	격구대
	○ 한긔(漢紀)랄 싸하두고 만고인물을 거사리 혜여하니	쌍구대
	○ 긔산(箕山)의 늘근고블 귀난엇디 싯돗던고	쌍구대
	○ 거믄고 시름언저 풍입숑(風入松)이야고야 (성산)	쌍구
	○ 궁왕(弓王) 대궐터희 오작(烏鵲)이 지지괴니	당구대
	○ 회양(淮陽)녜일홈이 마초아 가탈시고 급댱유(汲長孺) 풍채를 고텨아니 볼게이고	당구대
	○ 호의현상(縞衣玄裳)이 반공의 소소뜨니 서호(西湖) 녯쥬인을 반겨서 넘노난닷	격구대
	○ 녀산(廬山) 진면목(眞面目)이 여긔야 다 뵈나다	당구대
	○ 천년(千年) 노룡(老龍)이 구배구배 서려이셔	당구대
	○ 니뎍션(李謫仙)이 이제이셔 고텨 의논하게 되면 녀산(廬山)이 여긔도곤 낫단말 못하려니	격구대
	○ 공슈(工倕)의 셩녕인가 귀부(鬼斧)로 다다만가	쌍구대
	○ 단셔(丹書)난 완연하되 사션(四仙)은 어대가니	쌍구대
	○ 션유담(仙遊潭) 영낭호(永郎湖) 거긔나 가잇난가	당구대
	○ 시션(詩仙)은 어대가고 해타(咳唾)만 나맛나니	쌍구대
	○ 홍장(紅粧) 고사(故事)를 헌사타 하리로다	당구대
	○ 졀호정문(節孝旌門)이 골골이 버러시니 비옥가봉(比屋可封)이 이제도 이다할다	격구대
	○ 션사(仙槎)랄 띄워내여 두우(斗牛)로 향하살가 션인(仙人)을 차자려 단혈(丹穴)의 머므살가 (관동)	격구대
	○ 쇼샹(瀟湘)남반(南畔)도 치오미 이럿커든 (양미인곡)	당구대
	○ 숑근(松根)을 다시 쓸고 듁상(竹床)의 자리보아	쌍구대
	○ 엇디한 강산을 가디록 나히녀겨 젹막산듕의 들고아니 나시난고	격구대
	○ 닛난닷 퍼티난닷 헌사토 헌사할샤	당구대

	○ 매거니 도도거니 빗김의 달화내니	당구대
	○ 망혜(芒鞋)랄 뵈야신고 듁댱(竹杖)을 훗더디니	당구대
	○ 도원(桃源)은 어드매요 무릉(武陵)이 여긔로다	쌍구대
	○ 마의(麻衣)랄 니믜차고 갈건(葛巾)을 기우쓰고	쌍구대
	○ 구브락 비기락 보난거시 고기로다	쌍구대
	○ 은하(銀河)랄 뛰어건너 광한뎐(廣寒殿)의 올랏난닷	당구대
	○ 뗴구름 거나리고 눈조차 모라오니	쌍구대
	○ 만슈(萬樹) 쳔림(千林)을 꾸며곰 낼셔이고	당구대
	○ 성현도 만커니와 호걸도 하도할샤	쌍구대
	○ 셰사(世事)난 구롬이라 머흐도 머흘시고	당구대
	○ 잡거니 밀거니 슬카장 거후로니　　　　　(성산별곡)	당구대
	○ 강호(江湖)에 병이깁퍼 듁님(竹林)에 누엇더니	쌍구대
	○ 연츄문 드리다라 경회남문 바라보며	쌍구대
	○ 하딕(下直)고 믈러나니 옥졀(玉節)이 알패셧다	당구대
	○ 백천동(白川洞)겨태두고 만폭동(萬瀑洞) 드러가니	쌍구대
	○ 은(銀)가탄 무지게 옥(玉)가탄 용의초리	쌍구대
	○ 쇼향노 대향노 눈아래 구버보고	당구대
	○ 어와 조화옹이 헌사토 헌사할샤	당구대
	○ 날거든 쥐디마나 셧거든 솟디마나	당구대
	○ 놉흘시고 망고대 외로올샤 혈망봉	쌍구대
	○ 맑거든 조티마나 조커든 맑디마나	당구대
	○ 형용(形容)도 그지업고 톄셰(體勢)도 하도할샤	쌍구대
	○ 이제와 보게되니 유졍도 유졍할샤	당구대
	○ 넙거나 넙은 텬하 엇디하야 젹닷말고	당구대
	○ 듀야(晝夜)의 흘녀내여 창해(滄海)예 니어시니	당구대
	○ 실가티 플텨이셔 뵈가티 거러시니	쌍구대
	○ 예사흘 머믄후의 어대가 또 머믈고	쌍구대
	○ 샹운(祥雲)이 집픠난동 뉵뇽(六龍)이 바티난동	쌍구대
	○ 시선(詩仙)은 어대가고 해타(咳唾)만 나맛나니	쌍구대
	○ 유회(幽懷)도 하도할샤 객수(客愁)도 둘듸업다	쌍구대
	○ 불거니 뿜거니 어즈러이 구난지고	당구대
	○ 저먹고 날머겨날 서너잔 거후로니	당구대
	○ 구만리(九萬里) 댱공(長空)애 져기면 날리로다	당구대
	○ 공듕 옥쇼소래 어제런가 그제런가	당구대
	○ 기픠랄 모라거니 가인들 엇디알리　　　　　(관동별곡)	쌍구대
	○ 이몸 삼기실제 님을조차 삼기시니	쌍구대
	○ 이마음 이사랑 견줄대 노여업다	당구대
	○ 짓나니 한숨이오 디나니 눈믈이라	쌍구대

○ <u>나위(羅幃)</u> 젹막하고 <u>슈막(繡幕)</u>이 <u>뷔여잇다</u>	쌍구대
○ <u>슈품(手品)</u>은 카니와 <u>졔도(制度)</u>도 가잘시고	쌍구대
○ 산인가 구름인가 <u>머흐도</u> 머흘시고	당구대
○ <u>나거든</u> 여러두고 <u>날인가</u> 반기실가	쌍구대
○ 져근덧 <u>생각마라</u> 이 시람 <u>닛쟈하니</u>	쌍구대
○ 마음의 <u>매쳐이셔</u> 골슈(骨髓)의 <u>께텨시니</u>	쌍구대
○ 내얼굴 <u>이거동이</u> 님 괴얌즉 한가마난	당구대
○ 누어 <u>생각하고</u> 니러안자 <u>헤여하니</u>	쌍구대
○ 하날리라 <u>원망하며</u> 사람이라 <u>허믈하랴</u>	쌍구대
○ <u>쥭조반(粥早飯)</u> <u>됴셕(朝夕)</u>뫼 녜와갓티 셰신난가	당구대
○ 잡거니 밀거니 놉픈뫼해 올나가니	당구대
○ <u>구롬은</u> 카니와 <u>안개난</u> 무사일고　　　　(양미인곡)	쌍구대

② 반대(反對)

반대우(反對偶), 즉 '반대'역시 서로 상반되는 두 가지 사건을 대비시킨 사대(事對)와 주어 대 주어나 술어 대 술어, 목적어 대 목적어가 서로 상반되면서 미적 극대화를 노린 언대(言對)가 있다. 문심조룡(文心彫龍)에 서 유협(劉勰)은 「鍾儀幽而楚奏, 蔣舄顯而越吟, 此反對之類也」라 했다. 즉, 초나라 사람 종의가 불행히도 적국에 잡혀 감옥에 갇혔는데 그가 고국을 생각하면서 초나라 음악을 연주하였다. 월나라 장석(蔣舄)은 초나라에서 높은 벼슬에 올라 고향을 그리워하며 월나라 음악을 노래하였는데 종의와 장석은 고향을 그리는 것은 같더라도 처해진 환경이 아주 다르기 때문에 반대(反對)라는 것이다.

송강가사의 작품 대부분이 앞서 진술한 정대(正對)의 수사기교 못지아니하게 반대의 수사기법을 사용하여 진술한 정서를 표출함과 동시에 자연경물도 생생하게 묘사하는 미학적 구조를 보이고 있다는 것이다.

	반대(反對)	
사대	○ 넘계(濂溪)랄 마조보아 태극(太極)을 못잠난닷 　태을진인(太乙眞人)이 옥자(玉字)랄 헤혓난닷	격구대
	○ 인간(人間) 뉵월이 여긔난 삼츄(三秋)로다　(성산별곡)	쌍구대
	○ 동산(東山) 태산(泰山)이 어나야 놉돗던고	당구대
	○ 노국(魯國)조븐줄도 우리난 모라거든 　넙거나 넙은 텬하(天下) 엇디하야 젹닷말고	격구대
	○ 쳔년노룡이 구배구배 서려이셔 　듀야의 흘녀내여 창해에 니어시니 　풍운을 언제어더 삼일우(三日雨)랄 디련난다	격구대
	○ 션인(仙人)을 차자려 단혈(丹穴)의 머무살가	쌍구대
	○ 오월장텬(五月長天)의 백셜(白雪)은 므사일고(관동별곡)	쌍구대
	○ 건곤이 폐색(閉塞)하야 백설이 한비친제 　사람은 카니와 날새도 긋쳐잇다　　　　　(양미인곡)	격구대 및 쌍구
언대	○ 나난듯 드난양이 쥬인과 엇더한고	당구대
	○ 듯거니 보거니 일마다 션간(仙間)이라	당구대
	○ 도원은 어드매오 무릉이 여긔로다	쌍구대
	○ 쳥강(淸江)의 떳난올히 백사(白沙)의 올마안자 (성산)	쌍구대
	○ 셤강(蟾江)은 어듸메오 티악(雉岳)이 여긔로다	쌍구대
	○ 천고흥망(千古興亡)을 아난다 몰아난다	당구대
	○ 들을제난 우레러니 보내난 눈이로다	쌍구대
	○ 부용(芙蓉)을 고잣난닷 백옥(白玉)을 믓건난닷 　동명(東溟)을 박차난닷 북극(北極)을 괴완난닷	쌍구대 및 격구
	○ 오르디 못하거니 나려가미 고이할가	쌍구대
	○ 산듕(山中)을 매양보랴 동해(東海)로 가쟈사라	쌍구대
	○ 니화(梨花)난 발셔디고 졉동새 슬피울제	쌍구대
	○ 낙산(落山) 동반(東畔)으로 의샹대에 올라안자	당구대
	○ 믈결도 자도잘샤 모래랄 혜리로다	쌍구대
	○ 종용(從容)한댜 이 기상(氣像) 활원(濶遠)한댜 　뎌 경계(境界)	쌍구대
	○ 태백산 그림재랄 동해로 다마가니	쌍구대
	○ 션사(仙槎)랄 띄워내여 두우(斗牛)로 향하살가	쌍구대
	○ 바다밧근 하날아니 하날밧근 므서신고	쌍구대
	○ 션산(仙山) 동해(東海)예 갈길이 머도멀샤	당구대
	○ 북두성(北斗星) 기우려 창해슈(滄海水) 부어내여	쌍구대
	○ 저먹고 날머겨날 서너잔 거후로니　　　　　(관동별곡)	당구대
	○ 명월(明月)이 쳔산만낙(千山萬落)의 아니미쵠대 업다	당구대

○ 이몸 삼기실제 님을조차 삼기시니	쌍구대
○ 나하나 졈어잇고 님하나 날괴시니	쌍구대
○ 인생은 유한(有限)한대 시름도 그지업다	쌍구대
○ 듯거니 보거니 늣길일도 하도할샤	당구대
○ 늣기난닷 반기난닷 님이신가 아니신가	당구대
○ 꼿디고 새닙나니 녹음이 깔렷난대	당구대
○ 산인가 구름인가 머흐도 머흘시고	당구대
○ 동산의 달이나고 북극의 별이 뵈니	쌍구대
○ 쇼샹남반(瀟湘南畔)도 치오미 이럿커든 　　옥누고쳐(玉樓高處)야 더욱닐러 무삼하리	격구대
○ 홍샹(紅裳)을 니믜차고 취슈(翠袖)랄 반만거더	쌍구대
○ 쳥등(青燈) 거론겻태 뎐공후(鈿箜篌) 노하두고	쌍구대
○ 하루도 열두때 한달도 셜흔날	쌍구대
○ 마음의 매쳐이셔 골수(骨髓)의 께텨시니	쌍구대
○ 누어 생각하고 니러안자 혜여하니	쌍구대
○ 하날히라 원망하며 사람이라 허믈하랴	쌍구대
○ 츈한고열(春寒苦熱)은 엇디하야 디내시며 　　츄일동텬(秋日冬天)은 뉘라서 뫼셧난고	격구대
○ 오날도 거의로다 내일이나 사람올가	쌍구대
○ 산쳔(山川)이 어둡거니 일월(日月)을 엇디보며	쌍구대
○ 지척(咫尺)을 모라거든 쳔니(千里)랄 바라보랴	쌍구대
○ 바람이야 믈결이야 어동뎡 된뎌이고	당구대
○ 샤공은 어대가고 뷘배만 걸렷난고	쌍구대
○ 오라며 나리며 헤뜨며 바자니니	당구대
○ 각시님 달이야 카니와 구잔비나 되쇼셔　　(양미인곡)	쌍구대

③ 관대(串對)

관대란 서로 대칭되는 둘의 품사나 어구가 상하관계의 짝을 이루든지 아니면 앞에 있는 의미를 뒤에서 상승(相承)하거나 인과관계, 혹은 가정 (假定) 등으로 대우의 형식을 지니는 수사법이다.

그러므로 이러한 수사는 마치 물이 흐르는 것처럼 상하가 서로 긴밀하 게 연결됨으로 유수대(流水對)[11]라고도 부른다. 예를 들면 백거이(白居易) 의 부득고원초송별(賦得古原草送別)이란 오언시 '들불이 꺼지지 않네 봄

바람이 불어 일어나니(野火燒不盡 春風吹又生)'의 두 구는 일년에 한번씩 시듦과 무성함에서 비롯되어 발전함을 알 수가 있다. 자연 만물가운데 초목이란 시들기 때문에 무성하고, 무성하기 때문에 시들며 반드시 일정한 주기가 되면 이러한 자연현상이 순환하고 반복을 하는 것이므로 자연은 앞에 일어나는 현상을 뒤에서 이어받는 상승(相承)의 법칙이 존재한다.

다시 말하면 「들불이 꺼지지 않네」는 「봄바람이 불어 일어나니」와 전후인과관계를 이루는데 이는 마치 흐르는 물과 같다는 것이다. 송강가사 가운데는 이러한 관대의 대우법이 많이 원용되어 작품의 미적 가치를 높이고 있지만 양미인곡에 한정하여 간략하게 정리해 보겠다.

관대(串對)	대우	관계
○ 이몸 살기실제 님을조차 삼기시니 한생연분이며 하날모랄 일이런가	쌍구대	인과 상하
○ 나하나 졈어잇고 님하나 날괴시니 이마음 이사랑 견졸대 노여업다	쌍구대	인과 상승
○ 마음의 매친 실음 텹텹이 싸혀이셔 짓나니 한숨이오 디나니 눈믈이라	쌍구대	상승
○ 염냥(炎凉)이 때를 아라 가난닷 고텨오니 듯거니 보거니 늣길일도 하도할샤	쌍구대	상승
○ 동풍이 건듯부러 젹셜을 헤텨내니 창밧긔 심근매화 두세가지 픠여세라	쌍구대	상승
○ 황혼의 달이조차 벼마태 빗최니 늣기난닷 반기난닷 님이신가 아니신가	쌍구대	상승
○ 꼿디고 새닙나니 녹음이 깔렷난대	당구대	상승
○ 동산의 달이나고 북극의 별이뵈니 님인가 반기니 눈물이 절로난다	쌍구대	상하
○ 건곤이 폐색(閉塞)하야 백셜이 한비친제 사람은 카니와 날새도 긋처잇다	쌍구대	인과

11) 串對就是構成對偶的上下兩個詞或句子, 在意義上具有相承因果, 假設等種種語法關係的一種對偶形式, 因爲這種對偶形同流水, 上下銜接很緊, 所以又叫流水對 (周生亞 古代詩歌修辭. p.58)

○마음이 매쳐이셔 골슈의 께텨시니 　편작(扁鵲)이 열히오나 이병을 엇디하리	쌍구대	상승
○어와 내병이야 이님의 타시로다	당구대	인과
○찰하리 싀어디여 범나븨 되올리라 　꼿나모 가지마다 간대죡죡 안니다가 　향무틴 날애로 님의 옷새 올무리라	격구대	상승
○님이야 날인줄 모로셔도 내님조차려 하노라	당구대	가정
○데가난 뎌각시 본듯도 한뎌이고 　텬샹 백옥경(天上白玉京)을 엇디하야 니별하고 　해다뎌 져믄날의 눌을 보라 가시난고	격구대	상승
○내몸의 지은죄 뫼갓티 싸혀시니 　하날히라 원망하며 사람이라 허믈하랴	격구대	인과
○셜워 풀텨혜니 조물(造物)의 타시로다	당구대	상승
○츈한고열(春寒苦熱)은 엇디하야 디내시며 　츄일동텬(秋日冬天)은 뉘라셔 뫼셧난고	쌍구대	상승
○오날도 거의로다 내일이나 사람올가	당구대	상승
○산쳔(山川)이 어둡거니 일월(日月)을 엇디보며 　지쳑(咫尺)을 모라거든 쳔니(千里)랄 바라보랴	당구대	인과
○샤공은 어대가고 뷘배만 결렷난고	당구대	상하
○져근덧 녁진(力盡)하야 픗잠을 잠간드니 　졍셩이 지극하야 꿈의 님을 보니 　옥갓탄 얼구리 반이나마 늘거셰라	쌍구대	인과
○마음의 머근말삼 슬카장 삷쟈하니 　눈물이 바라나니 말삼인들 어이하며	쌍구대	인과
○졍을 못다하야 목이조차 몌여하니 　오뎐된 계셩(鷄聲)의 잠은 엇디 깨돗던고	쌍구대	인과
○찰하리 싀여디여 낙월(落月)이나 되야이셔 　님겨신 창안해 번드시 비최리라	쌍구대	가정

나. 송강 수사미학의 발전

송강은 한시사부에 능한 사대부로서 송순의 문하생인 김인후, 기대승, 송순과 깊게 교유했던 임억령에게 학문과 시를 배워 현달한 문인으로 면앙정 송순의 영향을 크게 입었다. 송순의 면앙정가의 구성과 수사를 그대로 이은 성산별곡이 그러하고 송순의 오륜가 5편의 단가를 답습하여 창작한 훈민가 16수가 그러하다. 특히 훈민가 16수 가운데 1수와 오륜가 5편중의 1수는 똑같은 작품으로 국자와 사부형식이라는 표기수단만 다르다.

송강의 관동별곡도 송순과 교유가 있었던 백광홍의 관서별곡의 영향아래 이루어진 것을 감안한다면 송강 특유의 수사기교는 송순과 면앙정을 드나들었던 인사들의 절대적인 영향 아래 이루어졌다고 밖에 볼 수 없다.

이러한 내적인 요인 외에도 중국의 사부문학의 영향 속에 병체문의 양식적 특징과 수사기교의 절대적 요인을 들 수가 있다. 다시 말하면 한문만이 진서로서 인정받던 조선조에 우리 국문으로 이루어진 송강의 가사작품이 사대부들까지 참다운 문장이라고 평가를 받기에 이른 것은 이러한 내·외적인 영향을 크게 받았다는 반증이라는 것이다.

송강의 수사미학의 원천은 자연경물이나 자신의 서정을 유려한 필치로 자유분망하게 표출할 수 있는 사부문학이 외적 형식구조를 이루고 그러한 묘사로서 가장 효과적인 병체문의 대우법이 내적수사의 미학이 되었다는 말이다.

송강작품의 수사적 미학은 크게 사대우(事對偶) 즉, 사대(事對)와 언대우(言對偶) 즉, 언대(言對)로 크게 나눠지고 이들은 다시 각각 정대(正對), 반대(反對), 관대(串對)로 삼분되어서 송강 특유의 수사미학을 이루고 있다. 조선조의 사대부들 대부분이 중국에 대해 사대적인 사상에 집착해 있었으므로 아름다운 경물을 표현하고자 할 때는 으레 중국의 사적(史籍)이나 자연경관, 고사(故事) 등을 인용하기를 즐겨했는데 그러한 경향은 송강의 경우에서도 마찬가지였다.

아름다운 자연경물의 묘사에는 으레 '무릉도원'이나 '소선적벽(蘇仙赤壁)', '이적선(李謫仙), 여산(廬山), 소상남반(瀟湘南畔)' 등 사대(事對)의 수사기교가 원용되면서 주어 대 주어, 술어 대 술어, 목적어 대 목적어 등 풍부한 언대의 수사도 첨가되어 마음껏 아름다움을 표출해 내었다. 언대의 수사는 다시 서로 비슷하거나 같은 것들을 짝지운 정대(正對), 전혀 이질적이거나 상대적인 것을 대칭시킨 반대(反對), 상하관계나 인과관계, 앞의 것을 뒤에서 이어받는 상승(相承), 혹은 가정(假定) 등으로 작을 이루어 비유되는 관대(串對)로 나눠지며 그러한 수사가 어떤 구에서 이루어지는가에 따라 당구대(當句對), 쌍구대(雙句對), 격구대(隔句對)의 대우법으로 다양하게 표출되었다.

즉 '<u>닛난닷</u> <u>퍼티난닷</u> <u>헌사토</u> 헌사할샤'는 언대로서 정대의 수사가 당구대를 이루어 자연경물의 묘사에 있어 미적 극대화를 이룬다는 것이다. 식영정(息影亭)에서 자연과 하나가 되어 지락(至樂)을 누리고 있는 김성원의 신선적 자세를 부러워한 송강이 식영정에 감도는 안개구름을 정대와 당구대의 수사로 서경적으로 그렇게 묘사한 것이다. 이어진 것 같으면서 펼쳐져 있는 비단같은 구름이 그렇게 아름다울 수 없다는 것이다. 마치 동양화의 화폭을 담아내는 것 같은 생생한 서경적 묘사법으로 자연경물의 생생한 묘사는 이만한 수사기교가 없을 것 같다.

또 '인간(人間) 뉵월(六月)이 여긔난 삼츄(三秋)로다'와 '오월쟝턴(五月長天)의 백셜(白雪)은 므사일고'는 사대(事對)로서 회남자(淮南子)의 고사를 이끌어내어 충군과 연군지사(戀君之詞)의 서정을 극대화한 것이다.

추연(鄒衍)이 연나라 혜왕에게 츙성을 다했으나, 혜왕은 그러한 마음을 믿지 않는 것처럼 그를 감옥에 가두었는데 추연이 하늘을 우러러 통곡하자 여름인데도 하늘에서 서리가 내렸다는 고사를 대칭적으로 인용하여 임금에 대한 충성을 상징적으로 묘사하는 수법을 쓰고 있다는 것이다. 이러한 고사는 장설(張說)의 옥잠(獄箴)이나 이백의 고풍(古風)에서도 그대로 원용되고 있다. 이백은 회남자의 고사를 옛날 연나라 신하가 통곡하니 오월에 가을 서리가 내린다(燕臣昔慟哭五月飛秋霜)고 고풍에서 읊었는데 송강이 이러한 고사들을 사대우의 기법으로 옮겨 자신의 충절을 상징화하고 있다는 말이다.

즉 인간세상은 유월달 여름이지만 여기는 깊은 가을이라는 것이며, 더 나아가 오월 장천에 흰눈이 내린다고 묘사하고 있는 것은 임금에 대한 자신의 충절을 표상하고 있는 것이다. 전자는 성산의 울창한 송림을 차일 삼아 바위 길에 앉아 있으니 가을 서리가 내린 듯이 서늘하다는 것이므로 임금이 자신을 알아주지 못하는 추연에 비유되어 있고, 후자 역시 관동별곡 중 동해 바다 가운데 고래가 내뿜는 물거품이 오월 여름에 백설이 내린 것 같다고 하였으니 자신의 충절을 회남자의 고사를 빌어 상징화하고 있다는 말이다.

이러한 사대(事對)의 대우법은 반대(反對)의 수사기교와 쌍구대의 기법 속에서 고차원적으로 상승 미화되어 송강의 수사미학으로 자리잡고 있다. 이 경우 사대보다 언대(言對)에서는 그 미학적 멋과 기교가 훨씬 상승되고 있다는 사실을 알 수가 있다. 즉 '나난듯 드는 양이 쥬인과 엇더한고', '듯거니 보거니 일마다 선간(仙間)이라', '오르디 못하거니 나려가미 고이할가', '오라며 나리며 헤뜨며 바자니니' 등은 서술어가 반대의 기교 속에서 당구대, 쌍구대의 구조를 보이며 송강 특유의 수사미학을 정착되고 있다는 것이다.

끝으로 유수대(流水對)라고 불리는 상하나 인과관계 혹은 상승(相承)이나 가정(假定)의 관대(串對)의 대우법도 송강가사의 수사미학을 한층 차원을 높이고 있다는 것이다.

'꼿디고 새닙나니 녹음이 깔렷난대', '오날도 거의로다 내일이나 사람올가', '찰하리 싀어디어 범나븨 되올리라'는 전자를 상승(相承)한 관대이고 '마음이 매친 실음 텹텹이 싸혀이셔 짓나니 한숨이오 디나니 눈믈이라', '내몸의 지은죄 뫼갓티 싸혀시니 하날히라 원망하며 사람이라 허믈하랴' 등은 인과관계의 관대로서 송강가사작품을 관류하는 수사기교가 되고 있다.

2.3 결론

송강은 면앙정을 드나든 인사들과 사우(師友)관계의 정을 나누며 그들의 학문과 작품에서 직간접적인 영향을 많이 받았다. 송순의 문하생인 김인후, 기대승에게 수학하여 학문을 이루었고 송순과 깊이 교유했던 임억령에게서 사를 배웠으므로 송강은 면앙정과의 깊은 영향관계를 벗어날 수 없었다.

송강의 가사작품은 면앙정 장가와 단가, 잡가에 큰 영향을 입었다는 사실은 성산별곡과 단가 오륜가에서 그대로 드러난다. 자연경물의 묘사에서 동원된 국어의 풍부한 어휘의 수사기교는 이미 송순의 면앙정가와 백광홍의 관서별곡에서 사용되었던 대우(對偶)의 수사기교였다.

송강의 가사내면에 흐르는 정서나 수사기교의 원천은 한나라때 융성했던 고부(古賦)의 창작수법이었다. 고부는 첫째, 사물을 묘사하되 그 면면과 형상을 잘 그려내고 둘째, 과장이나 비유로서 사물을 그리며 셋째, 배비(排比)와 대우적 기교로서 아름다운 문사(文辭)를 동원하여 호쾌장활한 장면과 웅혼한 기상을 그려내는데 이와 같은 사부장르의 특성이 면앙정가나 송강가사에 그대로 원용되고 있다는 것이다.

송강의 수사미학의 원천은 자연경물이나 자신의 서정을 유려한 필치로 자유자재로 표출할 수 있는 사부장르가 외적형식구조를 이루고 그러한 묘사로서 가장 효과적인 병체문의 대우법이 내적수사기교의 미학이 되었다. 이 대우의 수사는 조선조의 사대부들이 자연경물이나 서정을 묘사할 때 으레 중국의 사적이나 자연경관, 고사 등을 인용하여 비유하기를 즐겨했던 사대(事對)와 명사, 동사, 혹은 형용사끼리 짝을 이루어서 묘사의 극대화를 꾀하는 언대(言對)가 있다. 이들은 다시 그 성격에 따라 정대(正對), 반대(反對), 관대(串對)로 삼분되는데 이러한 수사기교는 송강에 이어져 송강 특유의 수사미학으로 다음 세 가지의 특성을 형성하고 있다.

첫째, 송강가사 속에서 신선처럼 아름다움을 묘사할 때는 으레 무릉도원이나 소선적벽(蘇仙赤壁), 이적선(李謫仙)의 여산, 소상남반(瀟湘南畔) 등 사대의 수사기교를 원용하여 송강의 수사미학으로 자리잡았다.

둘째, 송강의 작품 속에는 명사 대 명사, 동사 대 동사, 형용사 대 형용사 등이 짝을 이루어서 자연경물의 묘사나 자신의 서정을 극대화하는 언대(言對)의 대우법을 원용하여 같은 것끼리 짝지운 정대(正對), 전혀 이질적이거나 상대적인 것들을 대칭시킨 반대(反對), 상하나 인과, 혹은 상승(相承), 가정(假定) 등으로 짝을 이루는 관대(串對)의 수사기교가 송강 수사미학의 주축을 이루고 있다.

셋째, 이러한 대우의 기교는 자연경물이나 서정의 묘사에 있어 아름다움을 고조시키기 위해 같은 구에서 짝을 이루는 당구대(當句對), 병체문과 같이 쌍을 이루는 쌍구대(雙句對), 한 구를 띄어서 짝을 이루는 격구대(隔句對)의 기교가 송강의 수사미학으로 잡았다고 할 수가 있다.

송강의 이러한 수사미학으로 인해 자연경물을 유려하게 펼치는 기행류의 가사나 자신의 서정을 극대화시킨 양미인곡과 같은 작품들이 조선조의 사대부들에 의해 동방의 이소(離騷)라거나 동방의 진문장(眞文章)으로 평가되었다고 보여진다.

3. 고산 윤선도의 국문시가

3.1 서언

고산 윤선도는 우리 국문학을 논할 때 송강 정철과 더불어 빼놓을 수 없는 조선조 굴지의 시가객이라 할 수 있다. 이 두 사람은 조선조의 선비들이 한문시가를 향유하면서도 자신의 정서를 그대로 표현해 내는데 한계를 느끼고 있었음으로 부득이 말과 글이 일치한 국문을 빌어 쓰지 아니할 수 없다는 생각에서 국문시가를 많이 창작하여 우리문학의 질량을 풍부하게 만들었다. 사실 고산과 송강만큼 우리말과 글의 묘미를 살려 국문시가를 아름답게 형상화한 작자도 드물다.

유려한 필치를 통해서 이루어진 윤선도의 작품들은 모두 짝－대우(對偶)－을 이루는 것에서부터 출발되었다. 이는 중국문학의 지대한 영향의 결과라 할 수가 있다. 그러나 이들은 중국의 한시문의 영향을 절대적으로 받았다 하더라도 우리나라 문학적 환경의 토양 위에 승화발전의 과정을 거치면서 또 다른 영역을 개척하였다는 점에서 고산이나 송강 문학의 독특한 정체성(正體性)을 확보했다고 할 수가 있다.

이러한 시각에서 이 논문은 고산의 수사미학의 본질이 무엇으로부터 출발하며 어떤 과정을 거쳐서 미학적 특성을 형성하고 있는가를 분석하여 고산의 수사미학의 특질과 가치를 분석 정리해 보려고 한다.

3.2 고산의 수사미학

3.2.1 기존연구성향

기존의 고산시가 연구는 작품에서 느껴지는 인상을 중심으로 미적 접근[12]을 하거나, 작품의 외연(外延)과 내포[13]적 측면에서 시어의 선택이나 구성의 완결성에서 그 미적 가치를 탐구하기도 하였고, 반복의 수사기교나 연장관계[14]를 중심으로 작품의 가치를 분석하기도 하였다. 그 가운데 김대행은 〈어부사시사〉의 시어의 선택에서 이 작품의 외연으로 작용했던 〈어부가〉와의 관련을 논하면서 7언 한시의 〈어부가〉와 똑같은 점을 내세워서 영향을 받았다거나, 모작(模作)이라는 관념적인 논의는 신중을 기해야 한다고도 하였다. 우리의 고시가 특히 시조와 같은 장르는 유사한 구절의 답습이나 전용이 장르의 관습상 필연적인 것이었기 때문이며, 또 어부의 생활이라는 제재의 한정성에 비추어 유사한 표현은 얼마든지 생겨날 수 있기 때문[15]이라고 하고서 '뜻을 부연하고'(衍其意), '우리말을 사용'(用俚語)했다는 사실을 덧붙였다. 그리고 고산의 시어선택 능력이 얼마나 두드러진 것인가를 입증해 주는 현상으로 대우(對偶)적인 표현을 들었다. 그것은 우리 시가에서 대우란 단순히 짝 맞추기를 넘어서서 의미의 율격을 형성하는 중요한 요소가 된다는 것이었다.

김대행의 이러한 발견은 우리 국문시가의 미학적 가치의 정체성을 확보하는데 크게 기여했다고 할 수가 있다. 사실 한문시가를 즐겼던 이들이 한문이 아닌 국문을 가지고 자신의 서정을 노래했다는 것은 우리의 관습

---

12) 박욱규, 漁父四時詞에 대한 미적 접근, 고산연구 창간호, 1987. p.153.
13) 김대행, 어부사시사의 외연과 내포, 전게서, p.1.
14) 김열규, 고산작품론, 전게서, p.65.
15) 김대행, 전게서, p.12.

적인 사고를 뛰어넘는 일이 아닐 수 없다. 실제 그들도 언문일치의 국문이 아니고서는 자신의 정서나 자연경물의 아름다운 흥취를 절절하게 표현할 수 없다는 생각을 가지고 있었다. 그러기 때문에 송강 정철이나 고산 윤선도, 서포 김만중 등에 의해서 유려한 국문시가작품과 국문소설들이 양산되었다고 할 수가 있다.

박욱규는 어부사시사의 미적 접근에서 작품의 외연상 느껴지는 미적 가치를 하트만16)이 분류한 숭고미와 우아미, 희극미의 3분법에 기초하여 처사적 우아미, 물아일체적 자연미, 파격의 미, 음악적 풍류미, 국어미17) 등으로 나누어 고찰하였다. 모두 고산문학에서 찾아 볼 수 있는 미적 탐구작업이라고 할 만하다. 그 중에서도 고산의 시가작품이 지니고 있는 미학 중 국어미의 분석은 그 본질을 분석하는데 대단히 중요한 영역이 아닐 수 없다고 할 수가 있다.

특히 의성어, 의태어, 부드러운 자음의 사용, 유음화 현상을 활용한 것도 결국, 국어의 아름다움을 표현한 것이라 했으면서도 무엇보다 대구적 방법으로 시상의 흐름을 또렷하게 보여주고 있는 것이 오히려 노래를 흥겹게 하여 국어미를 살리는 방법에서 효과를 내고 있다고 하였다. 이도 고산의 국문시가의 미학적 가치를 발견하는 중요한 버팀대가 되었다고 할 수가 있다. 그러나 그러한 미적 가치는 대구법과 순 우리말의 사용에 따른 교묘하고 능란한 수법에 의해 한 폭의 산수화와 같은 수법으로 이해되고 있다. 다시 말하자면 우리말의 교묘하고 능란한 수법의 근원이나 본원적인 원리를 찾아내지 못했다는 것이다.

김열규도 고산의 작품론에서 고산 시조의 초, 중장간의 대비적 대구

---

16) N. Hartmann, 「Asthetik」, Wallter De gruyter & Co. Berlin, 1966. p.390.
17) 박욱규, 전게서, p.156-174.

구조와 반복법의 문제에서 미적가치를 고구[18]하였다. 즉 '비오는대 들희 가랴(a), 사립닫고 쇼머겨라(b)'는 '마히 매양이랴(a"), 장기연장 다사려라 (b")'와 같이 a. a"의 반문법과 b, b"의 명령법 가운데 대비의 대구법이 존립되는 미적 구조를 이루고 있다고 분석하였다는 것이다.

또한 대구법이 반복법을 겸하면서 아름다움을 극대화한다는 사실이다. 그는 고산시가의 한 미학적 특성으로 시조나 어부사시사에서 찾을 수 있는 반복의 아름다움을 다른 작자들의 작품에서 분석해내고 있다. 즉 여타 작자들의 작품 가운데서 반복법이 우세한 작품을 무작위로 뽑아 고산시조에서의 반복법과 함께 시조 일반에서 반복법이 시조라는 텍스트 구성에 어떻게 관여하고 있는가를 개별적으로 분석했다는 것이다. 그는 반복법이 우세한 고산의 작품들은 강한 구술성을 지니고 있는데 특히 구술성이 두드러진 반복법에 의거하고 있다고 하였다. 그리고 이 반복법 에 의해 유지된 구술성은 암기성과 더불어함께 하고 있음을 지적하고 있다. 말하자면 고산의 시가 작품의 미학은 대구법이 반복법을 겸하면서 이루어지고 있다는 것이다.

그러나 이러한 작업에도 불구하고 고산의 유려한 국문수사미학의 본질 을 분석해내는 작업은 본격적으로 이루어지지 않았다고 할 수가 있다. 그것은 우리의 국문시가 작품의 주된 수사의 본질이 중국의 한시문학에서 비롯되었다는 점을 간과한 결과가 아닌가 한다. 사실 송강이나 고산의 시가작품들을 보면 이러한 점들을 발견하기가 어려울 정도로 여과 정제되 어 있으므로 중국문학의 영향가능성을 추론해 내기가 어렵다. 즉 중국 문학의 영향을 크게 받았다 하더라도 자국의 문학적 토양에 자연스레 접목시킴으로써 독창적인 국문시가작품을 생산했다는 것이다. 다시 말하

---

18) 김열규, 전게서, p.65-102.

면 한문학의 엄청난 영향 속에서도 조금도 그에 동화되지 아니하고 한층 승화시켜 국문시가작품을 생산함으로써 새로운 한국문학의 장을 독창적으로 개척했다고 할 수가 있다는 것이다.

3.2.2 병문의 수사기교와 고산의 수사

병문은 4·6병려문, 4·6문 등으로 범칭되는 양식인데 이는 양한(兩漢)시대에 시작되어 위나라 진나라 사람들의 노력으로 문체가 확립됨으로써 육조시대에 성행한 산문체를 말한다. 4자와 6자의 문체는 본디 당나라 때 유종원의 4·6일사(四六一詞)로부터 시작된 것으로 그의 걸교문(乞巧文) '병4 려6 금심수구(騈四儷六 錦心繡口)'[19]로부터 비롯되었다. 즉 4자구와 6자구가 나란히 짝을 이루어 아름다운 생각과 유려한 말로 그린다는 것으로, 이는 시와 문장이 뛰어나고 아름답다는 것을 의미한다는 것이다.

송 사륙문의 예술적 문체의 특징으로는 산문적 기세에 약간의 고사와 성어가 많이 원용되고, 대구 가운데 긴 장구(長句)를 만들어서 뛰어난 비평의 산문으로 참여되며, 경전(經典)어구 대 경전어구, 사적(史的)어구 대 사적어구, 시어(詩語) 대 시어 등을 잘 다듬어 만들고, 어구들이 소박하고 행의 기세를 돋우는 조사 등을 많이 쓰며 전고용사를 즐겨 쓰고 문장을 잘 세련되게 갈고 닦는다는 다섯 가지[20]를 들고 있다. 이 중에서도 병문의 문체적 특징으로 구나 어휘가 병렬적으로 상대를 이루는 것―이것을 배우(排偶) 또는 대우(對偶)라고 일컫고 있다―이라고 할 수 있다. 이것은 중국의 언어가 비교적 어휘나 구에 있어서 거의 상대나 대칭을 이루는 것들이 대부분이기 때문에 자연발생적으로 이루어진 일종의 수사수법[21]

---

19) 程千帆. 吳新雷. 兩宋文學史. 上海古籍出版社. 1998. p.519.
20) 程千帆 외. 전게서, p.522.

이라고 할 수 있다.

즉 어떤 자연경물의 연상(聯想)작용은 대부분 유사한 것들이나 상대가 되는 것들을 기억하는 것이 쉽기 때문에 문장에서 자연스레 가지런하게 대칭의 아름다움을 이루게 된다는 것이다. 이러한 수사는 중국의 고대민 요로부터 출발되어 자신의 의사표현이나 기술(記述)에서 자신이 경험했던 것들을 습관적으로 사용하게 되었고, 기억이나 암송에도 용이했으므로 대우의 형식이 많이 사용된 것으로 보인다.

대우의 근원적 원류는 음양의 이원론으로부터 찾을 수 있다. 낮과 밤, 들고 남, 밀물과 썰물, 높고 낮음, 암컷과 수컷, 해와 달 등 조화를 으뜸으로 한 우주만물의 대우적 평형에서 비롯된 자연발생적인 것이라는 말이다. 이러한 대우는 자연의 순환과 맞물리면서 조용한 가운데 조화의 아름다움을 자연스레 표출함으로써 미적 극대화를 이룬다.

최유찬은 박경리의 〈토지〉 비평집에서 그 소설의 기본적 구조를 주역의 음양론에서 찾고 있다. 〈토지〉의 제1편 서장 '어둠의 발소리'로 시작한 이야기는 한가위에 징과 꽹과리의 기명기 소리로 어둠과 밝음이 오고 가는 소리의 구조로 파악하고 있다. 굿 놀이판에서 이루어지는 커다란 원과 그 원을 가로지르고 휘 돌아가는 군무를 빈 원과 꽉 찬 태극, 무극과 태극, 내드리고 달고 굴리고 맺는 소리는 이제 가락을 넘어 우주의 화음을 이룬다고 하였다. 이렇듯 〈토지〉의 서사는 이 '비어있음' 또는 '드러나지 않음'과 드러남 또는 '성글어짐' 및 "짙어짐'의 통일로 이루어진다[22]고 하였다.

김대행도 '노래와 시의 거리'에서 노래가 노래인 자질을 이야기와의

---

21) 褚斌杰, 中國古代文體槪論, 北京大出版社, 1998, p.153.
22) 최유찬, 『토지』를 읽는다, 솔출판사, 1996, p.172.

대비에서 구한다면 리듬의 유무라 하고서 그 구획은 인간의 생리적·심리적 특질에 근거를 두고 강-약, 장-단, 긴장-이완, 듦-남… 등의 대립성을 단위로 하여 형성된다는 점23)을 지적하고 있다. 그러나 그러한 미학은 꼭 상대가 되는 대우에서만 찾아지는 것은 아니다. 유사한 것들이나 같은 것들에서도 찾아지고, 주종(主從)의 관계나 상승(相承)의 관계, 가정(假定)의 관계에서도 발견이 된다.

범문란(梵文瀾)은 문심조룡 주(注)에서 대우의 수사는 사람들이 사물을 묘사할 때는 반드시 자연물의 연상에서 이루어지고, 고대문장은 주로 사람의 입을 통해서 전해진 것들이 많은 바 유사한 것들을 취하거나 읽기 쉽고 쓰기 쉬운 것들을 취하는 것이며, 문장이나 어구를 가지런하게 만들거나 전체적으로 깊게 분석할 수 있기 때문에 즐겨 사용되었다24)고 하였다. 사실 고전 시가작품들을 보면 범문란이 지적한 바와 같이 자연물의 연상작용이 많고 옛 사람들의 입을 통해서 전해진 것들을 즐겨 쓰면서 문장이나 구절들을 가지런하게 통일시키기를 즐겨했음을 알 수가 있다.

대우는 본디 정대(正對), 반대(反對), 관대(串對)의 3대우가 있고, 그 가운데 언어의 대우인 언대(言對)와 어떤 사물의 대우인 사대(事對)로 세분할 수가 있다. 정대는 정대우(正對偶)의 약칭으로 한 사물을 느끼어 받아들이거나 해당사물의 성질이나 형태가 비슷하거나 같은 것들이 서로 상대가 되는 수사를 이름하고, 반대 역시 반대우(反對偶)로서 서로 상반되는 것들의 대조를 말하는데 이러한 수사는 이미지의 전달이 가장 선명하고 자극적이어서 한, 중, 일에서 공통적으로 많이 사용되고 있는 수사기교라고 할 수가 있다.

---

23) 김대행, 노래와 시의 세계, 도서출판 亦樂, 1999, p.5.
24) 程千帆 외. 전게서, p.156.

관대도 역시 관대우(串對偶)로서 사물의 인과관계나 주종관계, 또는 가정(假定)의 관계로 이미지를 전달하는 수사기교를 말한다. 언대는 언어 대우를 말하는 것으로 구(句)가 서로 평행이나 대칭을 이루고 언어가 서로 짝을 이루는 것으로 병문의 기본수사기교가 되었다. 구가 서로 대칭을 이룬다는 것은 주어 대 주어, 술어 대 술어, 목적어 대 목적어 등이 서로 상대가 되는 것을 말하며, 언어가 대칭을 이룬다는 것은 모양이나 형상의 대칭이 명사 대 명사, 동사 대 동사, 형용사 대 형용사, 허사 대 허사 등 품사의 대칭25)을 이름한 것이다.

고산 윤선도는 이러한 병문의 유려한 대우의 수사기교를 원용하여 그의 국문시가의 미학을 정립함으로써 우리 국문학의 수사미학을 정립했다고 할 수가 있다. 고산은 산중신곡과 속산중신곡, 어부사시사의 작품에서 주로 언대와 사대의 수사기교를 씀으로써 우리국문시가의 아름다움을 극대화하였다. 그는 뜻글자인 한문에서 우러나오는 멋보다 소리글자인 국어를 아름답고 세련되게 갈고 다듬어서 언어가 주는 아름다움의 극치를 작품에서 실험했다고 할 수가 있다. 고산의 작품에서 느껴지는 멋과 아름다움은 바로 이러한 결과의 소치였고, 그 결과 송강 정철의 작품을 능가했다는 측면에서 고산의 문학적 재능을 높이 평가하고 있는 것이다.

고산의 국문시가는 병문의 주된 수사인 대우의 기법을 주로 하였는데 이는 자연경물의 사실적 표현이나 묘사는 이러한 수사기교가 가장 알맞기 때문이라고 할 수 있다. 예컨대 '비오는듸 들희가랴/사립닷고 쇼머겨라' '마히 미양이랴/ 장기연장 다스려라' (산중신곡 중 夏雨謠)나 '심심은 ㅎ다마는/ 일업슬순 마히로다' '답답은 ㅎ다마는/ 한가홀순 밤이로다'(하우요), '집은 어이ㅎ야 되엳는다/ 대장(大匠)의 공이로다' '나무는 어이ㅎ야

<hr>

25) 程千帆 외. 전게서, p.170.

고든다/ 고조즐을 조찬노라' '술은 어이ᄒ야 됴ᄒ니/ 누룩석글 타시러라' '국은 어이ᄒ야 됴ᄒ니/ 염매(鹽梅)틀 타시러라'(산중신곡 初筵曲)는 대구적 대우의 기교로 자신의 서정을 극대화하고 있다는 것이다.

즉 산중신곡 중 하우요에서는 '비·마(장마)', '사립문·장기연장', '심심함·답답함', '일없음·한가함'이 대구적으로 정대와 반대의 수사기교를 보임으로써 산중의 적막함을 절절하게 묘사하였는데 이러한 수사는 초연곡에서도 동일하게 흥에 겨운 잔치의 모습이 나타나고 있다. 초연곡의 '집·대장장이', '나무·곧음' '술·누룩', '국·염매'는 인과관계나 주종관계로서 대우의 기교를 보인 관대의 기법으로서 두 사물의 특성과 멋의 아름다움을 상승시키고 있는 것이다.

또한 반복적 대우의 수사기법을 들 수 있다. 이는 반복법에 의한 대비적 대구법의 구성으로 논하는 이들이 많으나 대비적 대구법이라기보다 대우법이라고 해야 옳다. 이러한 수사는 고산이나 송강은 말할 것도 없으려니와 많은 시조작품들의 기법이 되어 왔고, 민요에서도 즐겨 사용되었다고 할 수가 있다.

예컨대 '고즌 므스일로 퓌며서 쉬이디고/ 플은 어이ᄒ야 프르ᄂ듯 누르ᄂ니'(오우가, 石), '나모도 아닌거시 플도 아닌거시'(오우가, 竹), '구룸빗치 조타ᄒ나 검기를 자로ᄒ다/ ᄇ람소리 맑다ᄒ나 그칠적이 하노매라'(오우가, 水), '더우면 곳퓌고 치우면 닙디거ᄂᆯ'(오우가, 松), 'ᄇ람분다 지게다다라/ 밤들거다 블ᄉ사라'(산중신곡 夜深謠), '엄동이 디나거냐 셜풍이 어듸가니'(산중속신곡 春曉吟), '소리ᄂ 혹이신들 ᄆ음이 이러ᄒ랴/ ᄆ음은 혹이신들 소리를 뉘ᄒ나니'(贈伴吟), '즐기기도 ᄒ려니와 근심을 니즐것가/ 놀기도 ᄒ려니와 길기아니 어려오냐', '술도 머그려니와 덕(德)업스면 난(亂)ᄒᄂ니/ 춤도 추려니와 예(禮)업스면 잡(雜)되ᄂ니'(罷宴曲), '압개예 안개것고 뒫뫼희 희비췬다/ 밤믈은 거의디고 낟믈이 미러온다', '우는거시 벅구기가 프른거시 버들숩가', '년닙희 밥싸두고 반찬으란 쟝만마리', '셕양이 됴타마는 황혼이 갓갑거다'(어부사시사), '슬프나 즐거오나 올타ᄒ나 외다ᄒ나', '뫼흔 길고길고 믈은 멀고멀고……외기러기는 울고울고'(遣懷謠)와 같은 반복적 대우의 수사기교를 들 수가 있다는 것이다.

대체적으로 위의 수사에서 고산이 즐겨 쓰고 있는 수사는 구절의 대우와 어절의 대우, 구절과 어절의 혼합적 대우라고 3대별할 수가 있다. 구절의 대우는 구절 대 구절의 반대우나 정대우로서 고산 특유의 사색적 의미를 가미함으로써 고산문학의 특질을 이루어내고 있다. 즉 꽃은 무슨 일로 피면서 쉬이 지고 풀은 어찌하여 푸르다가 시드는 것인가라는 설의법을 설정함으로써 불변의 바위를 드러내면서 일상(日常)과 자연의 무상(無常) 세계 사상(事象)을 분석해낸다는 것이다. 자연물의 속성에서 배워야 한다는 걸 노래하기 위한 오우가는 오우(五友)의 다른 대상 이를테면 대나무, 물, 소나무, 달에서도 똑같은 방법으로 이행되고 있다.

대나무는 나무도 아니요, 풀도 아닌 것 같은데 어찌하여 그렇게 곧으며(정직), 속조차 비어두고(무욕), 사시사철 푸른가(불변)라는 의문을 제기하고 고산은 온갖 물욕과 명예욕으로 형편없이 오염되고, 물질과 권력에 따라 무시로 변절을 거듭하는 인간과의 대비를 통해서 대나무의 아름다운 속성을 배워야 한다는 걸 강조하고 있다. 이와 같은 수사는 소나무에서도, 흐르는 물에서도, 밤이면 한결같이 어둠을 밝히는 달에서도 그대로 드러난다. 더우면 꽃이 피고 추우면 잎이지는 게 자연의 엄연한 이법(理法)인데 눈과 서리를 모르고 사시장철 변함없이 푸르른 소나무를 노래하고, 구름 빛이 아름다우나 갑작스레 검은빛으로 변덕을 부리고 바람소리 아름다우나 그칠 때가 많지만 언제나 쉼 없이 맑게 흐르는 물의 속성에서 시시 때때로 이해득실을 좇는 인간들을 질책하고 있다.

이러한 고산의 수사기교는 대우의 수사가 가장 효율적인 방법이라고 할 수가 있다. 어절의 대우에서는 구절의 대우를 돕는 가운데 음악적 율동미를 자아내게 함으로써 고산시가의 미학을 형성하였다. 즉 '나무도 아닌 것이─풀도 아닌 것이', '구름 빛이 깨끗하나─바람소리 맑다하나', '더우면…추우면…', '즐기기도 하려니와…놀기도 하려니와', '술도 먹으려니와…춤도 추려니와', '앞 개(浦)에…뒷산에…', '밤물은…낮물은', '우는 것이…푸른 것이', '석양이…황혼이', '슬프나 즐거우나 옳다하나 그르다하나', '뫼는 길고길고 물은 멀고멀고…외기러기는 울고울고'와 같이 같은 사상(事象)이나 전혀 상반되는 것들을 대비시키는 짝을 형성하는 대우의 수사기교를 씀으로서 의미의 상승효과를 배증(倍增)하고 스스로 언어적 율동미를 이루어 미적 효과를 거두고 있다.

특히 앞 갯가에 짙게 깔린 안개가 걷히니 뒷산에 햇살이 빛난다는 대우의 수사기교는 고깃배의 움직임과 맞물리면서 동적인 화면을 연상케 하는 생생한 수법이 아닐 수가 없고, 밤물이 거의 지니 낮물이 밀려온다는 것은 썰물과 밀물의 조수흐름을 표현한 것인데 국문수사로서는 고산 특유의 수사기교라고 할 수가 있다. 더욱 조수의 간조(干潮)나 만조(滿潮)라는 한자어나 썰물과 밀물이라는 우리말도 아닌, 밤물과 낮물이라는 용어 자체로 보더라도 고산의 특유의 언어적인 독창성을 엿볼 수 있지 않을까 한다. 또한 슬픔과 즐거움, 옳음과 그름, 뫼와 물, 긴 것과 먼 것의 정대우와 반대우의 수사는 고산에 이르러 국문의 수사로서 조화의 미적 차원에 이르렀다고 할 수가 있다. 또한 길고길고, 멀고멀고, 울고울고라는 첩어(疊語)를 써서 대우의 수사기교를 점증시키는 효과를 노렸다.

3.2.3 고산시가의 병문 수사 수용양태

원칙적으로 병문의 수사는 언대(言對)와 사대(事對)로 2대별하고, 이 수사는 제 각각 유사한 것이나 같은 것들을 짝 지운 정대(正對)와 서로 상대되거나 대칭적인 것들을 대조시킨 반대(反對), 주로 주종관계나 인과 관계로 대비시켜 통일과 조화를 이끌어낸 관대(串對)[26]로 나눌 수가 있다. 고산은 조선조의 어느 시가객보다도 우리 국문의 아름다운 멋을 병문의 이런 수사기교를 원용하여 독창적으로 수사의 영역을 확대해나간 작자라 고 할 수가 있다.

그러한 측면은 그만의 독창적인 시어를 통해서 그대로 드러나고 있다. 토속적인 우리 고유의 언어를 발굴하기도 하고 때로는 특유의 조어를 통해서 나타나기도 한다. '보리밥', '풋나물', '알마초', '슬카지', '녀나믄 일', '부랄줄', '머도록', '이렁구러', '다만당', '올타하나 외다하나', '불아사 라', '밤물', '낮물' 등이 그렇다. 이 중에는 토속적으로 내려오는 말들을 찾아내어 자연경물을 노래하는 것들도 있고, 밤물과 낮물처럼 썰물과 밀 물이나 간조(干潮)나 만조(滿潮)와 같은 기존어에 상대해서 그 속성대로 이름을 붙인 경우도 찾아낼 수 있다. 또한 '슬카지'나 '알마초', '머도록', '이렁구러' 등과 같이 지금 우리가 사용해도 손색이 없을 정도로 아름다운 국어의 잔영도 엿볼 수도 있다.

이와 같이 고산은 우리 국어를 아름답게 갈고 다듬되 나타나지 않게 대우의 기교를 끌어들여 자신만의 독특한 영역을 개척한 작자라고 할 수가 있지 않을까 한다.

---

26) 전일환, 송강 정철 국문시가의 수사기교, 한국언어문학 제 45집, 2000. p.263.

가. 정대우의 수사기교

앞에서도 말한 바와 같이 정대우, 곧 정대는 같은 것이나 유사한 것들을 짝을 지움으로써 문학적 효과를 거두는 일종의 수사기교를 말하는데 주로 주어 대 주어, 술어 대 술어, 목적어 대 목적어 등이 서로 짝을 이루게 된다. 이러한 수사는 송강 정철의 시가에서보다 고산의 시가에서 독특하게 두드러짐을 발견할 수가 있다.

예컨대 '보리밥, 풋나물', '청약립(靑蒻笠), 록사의(綠簑衣)', '내 좋는가, 제 좋는가', '비오는데 들에가랴/ 마히 매양이랴', '사립닷고 쇼머겨라/ 장기연장 다스려라', '심심은 하다마는/ 답답은 하다마는', '일업살손 마히로다/ 한가할손 밤이로다', '집은 어이하야 되었는다/ 나무는 어이하야 고든다', '술은 어이하야 됴하니/ 국은 어이하야 됴하니', '누록석글 타시러라/ 염매(鹽梅)탈 타시러라', '술도 머그려니와 덕(德)업스면 란(亂)하나니/ 춤도 추려니와 례(禮)업스면 잡(雜)되나니', '샹해런가/ 꿈이런가', '백옥경(白玉京)의 올라가니/ 십이루(十二樓)에 올라가니', '군선(群仙)이 꺼리나다/ 군선(群仙)이 꾸짇나다', '나무도 아닌 것이/ 풀도 아닌 것이', '구즌비 개단말가/ 흐리던 구름 걷단말가', '소리는 혹(或)이신들/ 마음은 혹(惑)이신들', '뫼흔 길고길고/ 물은 멀고 멀고', '많고 많고/ 하고 하고' 등은 온통 대우의 수사를 씀으로써 자연경물을 절절히 그리는 가운데 자신의 서정을 절실하게 형상화하고 있다는 것이다.

김열규는 '비오는데 들에가랴(a)/ 사립닷고 쇼머겨라(b)'와 마히 매양이랴(a')/ 장기연장 다사러라(b')를 대조시킨 뒤에 이 둘 사이엔 a·a'의 반문법과 b·b'의 명령법이 눈에 띠게 부각되었고, 이러한 기교는 두 작품 사이에서도 a·b/ a'·b'와 같이 밀접한 상관성이 있다고 하고서 그것은 그 둘이 하나의 공통기저언어(共通基底言語) 위에 설립된 서로 다른 텍스트란 것을 나타내 보여주고 있는 것27)이라고 하였다. 이는 앞에서 말한 바 있는 정대우나 반대우, 관대우의 수사기교의 미학을 그대로 강조한 결과로 이해할 수가 있다. 이들 미학의 기본은 조화(調和)의 미학, 즉 어울림의 미학에 있다 할 것이다.

조화나 어울림은 기본적으로 세 가지의 경우로 대별할 수가 있다. 하나는 유사한 것들이나 같은 것끼리 대비시켜 아름다움을 도출해내는 정대우(正對偶)나 유대우(類對偶)가 그것이고, 다른 하나로는 사상(事象)이 전혀 다른 것들을 대비시킨 반대우(反對偶)가 그것이며, 셋째로 두 사상이 주종(主從)관계나 인과(因果)관계로 대비시켜 미적 효과를 노린 관대우(串對偶)의 수사기교를 말할 수가 있다는 것이다.

이러한 수사는 병문의 기본 특징인 바 구(句)가 서로 평행대칭을 이루거나 언어가 서로 짝을 이룬다. 구가 대칭을 이룬다는 것은 주어 대 주어, 술어 대 술어, 목적어 대 목적어 등이 되고, 언어가 대칭을 이루는 것은 주로 품사의 대칭을 이르는 데 모양이나 형상의 대칭이 명사 대 명사, 동사 대 동사, 형용사 대 형용사, 허사 대 허사 등으로 짝을 형성하는 것을 말한다.

범문란(梵文瀾)은 문심조룡주(文心雕龍注)에서 병문의 대우의 수사가 나타난 원인을 첫째로 사람들이 사물을 묘사할 때는 반드시 자연물의 연상(聯想)에서 이루어진다28)고 하였다. 고산이 자연을 노래할 때도 자연물의 연상작용으로 자연스레 대우의 수사기교가 주로 사용되었다는 것을 앞에서도 확인할 수가 있다. 주로 주어는 주어로, 술어는 술어대로, 목적어는 목적어대로 짝을 이루게 함으로써 송강가사에 이어 고산의 산중신곡

---

27) 김열규, 전게서, p.77-78.
28) 程千帆 외, 兩宋文學史, 上海出版社, 1998, p.156.

과 속산중신곡, 어부사시사에 이르러 국문의 아름다움이 독창적으로 창출되었다고 말할 수가 있다.

구(句)가 대칭을 이루는 것 가운데 주어 대 주어로는 청약립(靑蒻笠)·록사의(綠蓑衣), 내·네, 집·나무, 술·국, 술·춤, 나무·풀, 소리·마음, 뫼·물 등이 있고, 술어 대 술어로는 좇는가·좇는가, 들에 가랴·매양이랴, 쇼머겨라·다스려라, 심심은 하다마는·답답은 하다마는, 마히로다·밤이로다, 어이하야 되었는다·어이하야 고든다, 됴하니·됴하니, 누록석글 타시러라·염매(鹽梅)탈 타시러라, 술도 머그려니와·춤도 추려니와, 란(亂)하나니·잡(雜)되나니, 백옥경의 올라가니·십이루에 올라가니, 꺼리나다·꾸짇나다, 개단말가·걷단말가 등이 있다. 같은 용어의 사용을 꺼려왔던 작문상의 관습과는 달리 술어의 대우수사기교 가운데는 '좇는다', '됴하니', '타시러라'와 같이 같은 것끼리 짝을 지어 대비시킨 것들도 상당히 찾아 볼 수 있다.

청약립은 머리에 써 있는데, 녹사의는 등에 걸쳤느냐는 것은 둘 다 자연과 일치된 작자의 서정을 같은 자연물로서 대비시킨 것이며, 나무와 풀, 집과 나무, 술과 국, 소리와 마음, 뫼와 물 등의 주어 대 주어의 대비를 통해서 자신의 서정을 노정하고 있다. 특히 술어의 경우, 무심한 백구는 내가 좇는 건지, 제가 좇는 건지 모르겠다는 몰아(沒我)지경의 경지를 똑같은 술어를 써서 노래하고 있다. 이러한 경우는 술이 어이하여 좋고, 국은 어찌하여 좋은 것이며, 둘 다 누룩이나 염매를 잘 섞을 탓이라 하였고, 임금을 만나러 가니 온갖 신하들이 꺼리거나 꾸짖는다는 술어의 대우를 씀으로써 정황(情況)을 구상화하고 있다. 구름이 개었단 말이냐, 흐리던 구름이 걷혔던 말이냐는 것도 동일한 술어의 정대의 수사기교다.

이러한 정대우의 수사는 자연스러운 조화를 이루어 부드럽게 동화시키고 문장 자체가 정감을 일으키게 함으로써 작품의 미적 감각을 배가(倍加)시키는 효과를 거두고 있다. 비슷한 것들이나 같은 것들끼리의 대립적 대칭은 가장 자연스러운 어울림을 이루어낸다. 그것은 우리 고시가나 민요에서 가장 많이 찾아 볼 수 있는 첩어(疊語)에서도 찾아낼 수가 있다. 앞에서 인용했던 '길고 길고', '멀고 멀고', '많고 많고·하고 하고'의 부사적 서술어가 그것이다.

우리네 성정(性情)은 유달리 동류의식이 강한 민족이다. 이러한 의식은 우리의 일상을 지배하는 관례적인 관습에서 우러나왔다고 보여진다. 지금도 혈연과 지연, 학연에 의해 일상적인 일들이 좌우되는 걸 보면 우리는 합리나 논리보다 감정이나 정의(情誼)에 지나치게 충실한 결과가 아닌가 한다.

유독 같은 혈족, 같은 집안, 같은 마을과 고장 등 동류(同類)의식은 다른 합리성을 훨씬 앞지른다. 이는 아마도 이질적인 것들의 조화보다는 동질적인 것들의 어울림이 훨씬 자연스럽고도 정감이 있다고 생각했기 때문이었다고 보여진다. 즉 비슷한 것이거나 같은 사물들의 조화는 이질적인 것들의 대비보다 훨씬 자연스럽고 부드럽기 때문에 잘 어울린다는 것이다. 고산이나 송강의 경우도 예외 없이 이러한 의식의 기저 위에 토속적이고도 일상적인 국어를 즐겨 사용함으로써 유려한 국문작품을 후세에 많이 남길 수 있었을 것으로 보인다.

나. 반대우의 수사기교

문심조룡(文心雕龍)에서 유협(劉勰)은 초나라 사람 종의(鍾儀)가 불행히도 적국에 잡혀 감옥에 갇혔는데 그가 고국을 생각하면서 초나라 음악을 연주하였고, 월나라 장석은 초나라에서 높은 벼슬에 올라 고향을 그리

위하며 월나라 음악을 노래하였는데 종의와 장석은 고향을 그리는 것은 같더라도 처해진 환경이 아주 다르기 때문에 반대(反對)라 하였다. 반대란 역시 서로 상반되는 두 가지 사건이나 사물을 대비시킨 사대(事對)와 주어 대 주어, 술어 대 술어, 목적어 대 목적어가 서로 상반되면서 미적 극대화를 꾀한 언대(言對)로 대별할 수가 있다.

반대는 반대우(反對偶)의 수사기교를 말하는 것으로 본디 서로 상반되거나 상대가 되는 사물이나 말들을 대비시킴으로써 작자가 전달하고자 하는 뜻을 가장 신선하고도 산뜻하게 만들어가는 일종의 강조법이라고 할 수가 있다. 그러므로 이 수사는 독자나 수용자에게 상당한 설득력을 지니게 되어 공감이나 감명을 쉽게 도출해 낼 수 있는 기교가 된다. 고산의 작품 속에는 정대에 못지않은 반대우의 수사가 많이 동원되고 있다. 역시 이 수사도 병문의 수사기교로부터 비롯되었다고 보고 싶다.

'고즌 무스일로 <u>퓌며서 쉬이디고</u>/ 플은 어이하야 <u>프르는 듯 누르나니</u>'(오우가-石), '<u>더우면 곳퓌고</u>/ <u>치우면 닙디거늘</u>'(오우가-松), '<u>즐기기도 하려니와</u>/ <u>근심을 니즐것가</u>'(파연곡), '<u>압개예 안개것고</u>/ <u>뒫뫼희 해비췬다</u>'…'<u>밤믈은 거의디고</u>/ <u>낟믈이 미러온다</u>', '<u>동호(東湖)를</u> 도라보며/ <u>셔호(西湖)로</u> 가쟈스라…<u>압뫼히</u> 디나가고/ <u>뒫뫼히</u> 나아온다', '<u>우는거시</u> 벅구기가/<u>프른거시</u> 버들숩가'(어부사시사-春), '<u>어션(漁船)이</u> 좁다하나/ <u>부셰(浮世)과</u> 언더하니'(어부사시사-秋), '<u>구룸거든후의/ 햏빋치</u> 두텁거다', '<u>여튼갣</u> 고기들히/ <u>먼소희</u> 다간나니', '<u>압희는</u> 만경류리(萬頃琉璃)/ <u>뒤히는</u> 천텹옥산(千疊玉山)…<u>션겐(仙界)가</u>/ <u>불겐(佛界)가</u>/ <u>인간(人間)이</u>/ 아니로다', '<u>거구셰린(巨口細鱗)을</u> <u>낟그나 몯낟그나</u>'(어부사시사-冬). '<u>샹해런가</u>/ <u>꿈이런가</u>…옥황(玉皇)은 반기시나/ <u>군션(群仙)이</u> 꺼리나다', '옥황(玉皇)은 <u>우스시되</u>/ 군션(群仙)이 <u>꾸짇나다</u>'(몽텬요), '<u>슬프나 즐거오나</u>/ <u>올타하나 외다하나</u>'(견회요)는 거의 반대우의 수사기교로서 자신의 서정을 절실하게 그려내고 있다.

위에 든 반대의 수사는 어떤 사상(事象)이나 현상을 묘사하는 방법으로 이만큼 분명하고 산뜻한 기교를 찾아내기가 힘들다. 즉 꽃은 피었다가 금방 시들어 떨어지고, 더우면 꽃이 피고 추우면 잎이 떨어진다. 풀은 따뜻한 봄날 푸른 것 같다가도 금새 가을로 접어들어 노랗게 시드는 자연의 무상성(無常性)을 오우가의 바위와의 대조 속에 노래하고 있으니 이만한 진술은 반대우의 수사 말고는 이렇게 절절하게 감당할 만한 게 없다는 것이다.

다시 말해서 꽃은 열흘 이상 붉지 아니하고, 권세란 십 년 이상 가지 않는다(花無十日紅, 權不十年耳)라는 관용구가 연상이 되고, 주희(朱熹)의 연못가 푸른 잔디 아직 봄꿈도 꾸지도 않았는데 벌써 뜰 앞 계단에는 오동잎 떨어지는 소리가 들린다(池塘未覺春草夢 階前梧葉已秋聲)는 권학시의 시상보다 훨씬 차원이 높은 수사라고 할 수가 있다. 어찌 보면 한시구보다 고산의 대우적인 수사기교가 오히려 우리의 정서에 그대로 절절이 녹아든다는 생각이 든다.

고산은 어부사시사에서 거의 반대우의 수사기교로서 동적인 박진감을 불어넣어 작품의 생동감을 상승시켰다고 할 수 있다. 즉 동쪽 호수를 돌아보며 서쪽 호수로 가자는 청유형과 앞 포구에 안개가 걷히니 뒷산에 해가 비치며, 밤물이 거의 떨어지니 낮물이 밀려오고, 앞산이 지나가니 뒷산이 다가온다는 반대우의 술어 대비가 동적인 생동감으로 박진감을 불러일으키고 있다는 것이다. 또 한가로운 어선과 떠들썩한 세상, 구름과 햇빛, 옅은 포구와 먼 소(沼), 앞과 뒤, 넓디넓은 유리알 같은 물과 천첩의 눈 덮인 산, 신선의 세계와 부처의 세계 혹은 인간의 세상, 옥황(玉皇)

과 군선(群仙) 등은 주어의 반대우로서 대비적 효과를 거두어 정조(情調)의 상승을 꾀하고 있다는 것이다.

이러한 고산의 수사기교로 인해 고산의 작품이 다른 작자의 그것보다 국문학적으로 한 차원 상승되었을 뿐만 아니라, 문학적 측면으로도 조선조의 굴지의 시가객으로 평가를 받았다고 할 수가 있다. 그러므로 고산은 송강 정철과 더불어 지금까지도 학자들에 의해 연구됨으로써 수많은 논저들이 쏟아져 나오는 소이연이 여기에 있다고 할 수가 있다.

다. 관대의 수사기교

관대(串對)의 수사는 서로 대칭되는 사물이 상하관계의 짝을 이루거나, 아니면 이들의 품사나 어구가 서로 짝을 이루는 기교로 서로 상승(相承), 또는 인과(因果)관계, 혹은 가정(假定) 등으로 대우의 형식을 지니는 일종의 수사법을 말한다. 그러므로 주생아(周生亞)는 이 수사법을 마치 물이 흘러가듯이 상하가 서로 긴밀하게 연결됨으로써 유수대(流水對)[29]라고도 하였다. 백거이의 5언시 '옛 언덕 풀섶가 송별'이라는 시구 가운데 '들불이 꺼지지 않네 봄바람이 불어 일어나니'의 예에서도 이 수사의 멋을 느낄 수가 있다.

즉 일년에 한 번씩 풀의 무성함과 시듦의 자연의 이법(理法)에서 일어나는 현상의 상승효과를 관대의 수사로서 그 효과를 노리고 있다는 것이다. 자연의 현상 가운데 본디 초목이란 무성하면 시들고 시들면 무성하기 때문에 시드는 것이므로 일정한 주기가 되면 이러한 자연 현상이 순환하고 반복되므로 자연은 앞에 일어나는 현상을 뒤에서 이어받는 상승(相承)

---

29) 周生亞, 古代詩歌修辭, 語文出版社, 1996, p.58.

의 법칙이 존재한다는 것이다. 앞에서 인용한 '들풀이 꺼지지 않네'는 봄바람이 불어 일어나니'도 이렇게 전후관계를 이루면서 마치 흐르는 물과 같이 이어진다는 것이다.

고산의 시가 속에는 이와 같은 관대의 수사가 많기 때문에 송강보다 국어의 세련된 기교를 느낄 수가 있다.

夕陽셕양 넘은後후에 山氣산기는 됴타마는
황혼이 갓가오니 물색이 어둡난다 　　　　　　　　(日暮謠)

바람분다 지게다다라 밤들거다 블아사라
벼개예 히즈려 슬카지 쉬여보쟈 　　　　　　　　(夜深謠)

내버디 멋치나하니 水石슈석과 松竹숑듁이라
東山동산에 달오르니 긔더옥 반갑고야 　　　　　(五友歌)

바람소리 맑다하나　 그칠적이 하노매라
조코도 그칠뉘　 업기는 믈뿐인가 하노라 　　　　(五友歌)

고즌 무스일로 퓌며셔 쉬이디고
플은 어이하야 프르난듯 누르나니 　　　　　　　(五友歌)

더우면 곳퓌고 치우면 닙디거늘
솔아 너는얻디 눈서리를 모르는다 　　　　　　　(五友歌)

東湖동호를 도라보며 西湖셔호로 가쟈스라
압뫼히 디나가고 뒫뫼히 나아온다 　　　　　　(漁父四時詞)

년닙희 밥싸두고 반찬으란 쟝만마라

青篛笠 약립은 써잇노라 綠簑衣녹사의가져오냐   (漁父四時詞)

마람입희 바람나니 篷窓봉창이 서늘코야
녀름바람 뎡할소냐 가는대로 배시켜라   (漁父四時詞)

간밤의 눈갠후에 景物경믈이 달랃고야
압희는 萬頃琉璃만경류리 뒤히는 千疊玉山천텹옥산 (漁父四時詞)

위에 든 고산의 시가는 주로 관대의 수사기교가 잘 어우러져서 마치 물이 흐르는 것처럼 문장의 호흡이 잘 이루어져 아름다움을 더해 준다. 문장의 상하가 잘 조화가 되고, 인과관계의 호흡이나 주종관계의 조건절과 종속절이 매끄러워 문장의 아름다움이 배가되는 게 고산의 문장기교의 특성이라고 할 수가 있다.

즉 석양이 지난 후에 산 기운이 더욱 아름답다거나, 황혼이 가까워오니 노을진 해질녘의 정경이 더 한층 아름답다는 것이 그렇다는 것이다. 그것은 밤이 깊은 산중의 정경을 바람이 부니 지게문을 닫고, 밤이 깊어가니 불을 끈 후에 베개에 의지하여 마음껏 쉬어보자고 노래한 야심요에서도 동일하게 나타난다. 이러한 수사는 물과 돌과 소나무와 대나무, 달의 다섯 벗을 노래한 오우가나 춘하추동 4계의 자연의 풍광에서 우러나온 서정을 형상화한 어부사시사에서도 똑같은 양상으로 그려지고 있다.

내 벗이 몇인가 하니 수석(水石)과 송죽(松竹)의 네 벗인데 마침 동산에 달이 둥실 떠오르니 다섯의 벗이 되므로 이것이 얼마나 좋은 일인가를 상하대응의 문장순리로 그려내고 있다. 이러한 기교는 바람소리가 맑고 아름답다 하나 그칠 때가 많지마는 그러한 변태가 없는 물이 얼마나 아름답고 좋은 것인가를 도출해내고 있고, 꽃은 어찌하여 피면서 쉽게 지며 풀은 왜 푸르다가 시드냐는 것으로 이어진다. 또한 더우면 꽃이 피고 추우면 잎이 지는 것은 자연의 이법인데 소나무는 사시장철 눈서리를 모르고 늘 푸르니 이것은 시시때때로 이해득실에 따라 변절하는 인간에 비한다면 얼마나 아름답냐는 것이다.

이러한 관대의 수사기교는 어부사시사에서도 그대로 이어진다. 물 맑은 동쪽 호수를 돌아보면서 서쪽 호수로 가니 앞산이 지나가고 뒷산이 다가온다는 것은 생동하는 자연물의 회화(繪畵)적인 묘사로서 현장감을 일으킨다. 연꽃잎에 밥을 싸두면 반찬일랑은 준비가 없어도 좋을 것이며, 푸른 갈대 갓을 쓰고 있으니 등에 걸칠 도롱이를 가져오라는 대응관계를 설정하여 어부생활의 즐거움을 노래하는 것도 그렇다는 것이다.

물위에 떠있는 마름 잎에 바람이 이니 배의 창문 속으로 들어오는 바람이 더욱 서늘하게 느껴지고 여름바람은 일정치 않으니 바람이 부는 대로 배를 맡겨 두겠다는 무위자연의 철리(哲理)가 관대의 수사를 원용함으로써 여름날 한가로운 어부생활의 정경이 아름답게 표상되고 있다. 간밤에 내리던 눈이 멈추니 은세계의 자연경물이 신선의 경지를 방불케 하고 앞으로 바닷물이 너른 유리알 같은 물결을 이루고, 뒤로는 첩첩의 옥산(玉山)으로 별천지를 이루는 정경을 문장 앞뒤의 상하관계로서 겨울 바닷가의 아름다운 정경을 그려내고 있다.

3.3 결론

고산 윤선도는 조선조의 시가객 중에서도 특히 산중신곡, 속산중신곡, 어부사시사 등 우리 국문으로 아름다운 작품을 생산한 작자로 유명하다. 그는 효종의 사부로서 광해군으로부터 인조, 현종 등 네 조정을 거쳤으나,

시류에 편승하지 못하는 강직한 성품 탓에 은둔 19년, 유배생활 20여 년의 세월이 말해주듯 파란과 형극(荊棘)의 일생을 살았다고 할 수가 있다. 이러한 고산의 일생은 고산을 속세로부터 격리시켜 자연 속으로 몰아넣었으므로 그는 자연의 품속에 안겨서 풍류를 노래하는 가운데 은일자락(隱逸自樂)의 즐거움을 누렸다.

그러므로 그는 자연 속에 몰입한 전원시인으로서 자연스레 도가(道家)의 초세간(超世間)적인 사상에 젖어들어 자연을 노래하는 가운데 자신의 서정을 아름답게 형상화하였다. 즉 산수(山水)간에 파묻혀 인간세상의 부귀와 명리(名利)를 떠나니 이 세상 그 무엇보다 부러울 게 없다는 안빈낙도의 절조(節操)가 높은 은사(隱士)가 되었다는 것이다.

이러한 정조를 언문일치의 국문으로 아름답게 조탁(彫琢)하여 조선조의 국문학 작품의 질량을 높였다. 국문의 조탁은 송강 정철과 같이 사륙병려문의 주요 수사인 대우의 기교가 그 근본을 이루고 있음을 알 수가 있다. 비슷한 것이거나 같은 동류(同類)의 사물을 대조시킴으로써 자연의 아름다움을 그려낸 정대우(正對偶)와 이와는 대조적인 기법의 반대우(反對偶), 서로 대칭되는 어구나 품사가 상하관계나 상승(相承)관계 또는 인과(因果)관계, 혹은 가정(假定) 등 관대우(串對偶)의 수사로 산중의 생활이나 어부의 생애를 형상화하여 조선조 제일의 시가작품을 이룩하였다는 것이다.

첫째, 고산은 정대우의 수사기교를 즐겨 씀으로써 자연스러운 조화를 이끌어내고 부드럽게 동화시키는 가운데 문장 자체로서 정감을 일으키게 되기 때문에 작품의 미적 가치를 배가시키는 효과를 거두었다. 그것은 우리의 고시가나 민요 등에서 가장 많이 접할 수 있는 첩어(疊語)에서도 찾아 볼 수가 있다. '길고 길고, 멀고 멀고, 많고 많고, 하고 하고' 등의 부사적 서술어가 그것이다. 이는 아마도 이질적인 것들의 조화보다는 동질적인 것들의 어울림이 훨씬 정감이 있다는 자연발생적인 현상일 것이며, 비슷한 것이거나 같은 사물들의 조화는 다른 것보다 자연스럽고 부드럽기 때문인 것으로 보여진다.

둘째, 고산은 정대에 못지않을 만큼 반대우의 수사를 많이 사용하였다. 이는 본디 서로 상반되는 것이나 상대가 되는 사물이나 말들을 대비시킴으로써 작자가 전달하고자 하는 뜻을 가장 강렬하게 만들어 가는 일종의 강조법이기 때문이었던 것으로 보인다. 이 수사법은 독자나 수용자에게 상당한 설득력을 지니게 되어 독자의 공감이나 감명을 도출해내기가 쉽기 때문에 고산은 정대보다 오히려 반대우의 수사를 즐겨 쓴 것으로 보여진다.

즉 '고즌 무스일로 <u>퓌며서</u> <u>쉬이디고</u>/ 플은 어이하야 <u>프르난 듯</u> <u>누르나니</u>', '<u>더우면</u> 곳퓌고/ <u>치우면</u> 닙디거늘', '<u>즐기기도</u> 하려니와/ <u>근심을</u> 니즐 것가', '<u>밤믈은</u> 거의디고/ <u>낟믈이</u> 미러온다' 등은 현상이나 사상(事象)을 정반대로 대비시킴으로써 한층 더 분명하고 산뜻한 정조를 북돋우고 있다는 것이다. 다시 말하면 어떤 사상이나 상황을 묘사하는 방법으로 이만큼 분명하고 산뜻한 기교를 찾기가 힘들다는 것이다.

고산은 산중신곡이나 어부사시사에서 거의 반대우의 수사기교를 즐겨 씀으로써 동적인 박진감을 불어넣어 작품의 생동감을 상승시켰다고 할 수가 있다. 꽂은 어찌하여 피면서 쉬이 떨어지고, 더우면 꽂이 피고 추우면 왜 잎이 떨어지며 밤물 즉 썰물이 지면 낮물―밀물―이 밀려온다는 반대우의 술어대비가 동적인 생동감으로 박진감을 불러온다는 것이다.

셋째로 고산은 서로 대칭되는 사물이 상하관계의 짝을 이루거나 아니면 이들의 품사나 어구가 서로 짝을 이루는 기교로 서로 상승(相承), 또는 인과관계, 혹은 가정(假定) 등으로 관대우의 수사를 즐겨 씀으로써 작품의 생동감을 불러 일으켰다. 자연 현상 가운데 초목이란 무성하면 시들고 시들면 다시 무성하기 때문에 시드는 것이므로 일정한 주기를 따라 자연은 순환과 반복을 되풀이한다. 이와 같이 자연은 앞에서 일어나는 현상을 뒤에서 이어받는 상승의 법칙이 존재하므로 관대의 수사는 전후관계를 이루면서 마치 물 흐르듯이 자연스럽게 어우러져 아름다움을 더하여준다.

문장의 상하관계가 잘 조화가 되고 인과관계의 호흡이나 주종관계의 조건절과 종속절이 매끄러워 문장의 아름다움이 배가(倍加)하는 이런 수사법을 썼으므로 고산의 작품이 송강의 작품보다 오히려 더 아름답다는 것이다. 즉 세련된 국어의 수사는 송강보다 훨씬 부드럽고 아름다우며 병려문의 대우의 기교도 외면적으로 나타나지 않으면서도 내면에 담아 자신의 정서를 담아내는 것도 참으로 자연스럽다는 것이다.

어쨌든 이러한 고산의 수사기교로 인해 고산의 작품이 국문학적인 입장에서 한 차원 상승되었을 뿐만 아니라, 문학적 측면으로도 조선조에서 굴지의 시가객으로 평가를 받고 있다고 할 수가 있다.

시가 3장 작품론

1. 사미인곡과 만분가의 거리

1.1 서언

작품간의 관련성이나 상관관계를 분석해내는 작업은 상당히 어려운 일이다. 왜냐하면 우리 선대들은 아름다운 시어나 구절을 인용하는 일을 작품상의 관례로 생각하는 일이 많았고, 같은 장르도 그 구성이 비슷한 것들이 허다했으므로 작품 속에 유사한 요소들이 많다고 하여 반드시 영향을 받았다거나 관련이 있다고 단정할 수가 없기 때문이다.

우리 가사문학은 본디 옛 고시가로부터 내면적인 율조를 형성하면서 중국의 사부문학의 유장성과 병려문의 대우의 수사기교가 한데 어우러진 양식이므로 전고용사(典故用事)의 수사가 많이 원용된 장르다. 그러므로 가사의 작자들은 좋은 작품을 전범으로 하여 창작하거나 아름다운 시구나 구절들을 인용하여 자신의 서정을 표출하는 자세로 작품을 쓰는 경우가 많았다. 그 결과 예로부터 송강가사를 연구하는 이들은 사미인곡이 초사 (楚辭)의 모방이니, 모방이 아닌 창작이니 하는 주장들을 펴왔던 것이다.

일본의 문학사가(文學史家) 소림정(小林正)이 말한 바와 같이 문학사상 한 나라에서 두 작가의 영향관계를 연구하는 일은 엄밀한 의미에서 비교 라기보다 대비라는 용어가 타당한 일이다. 그러므로 만분가와 사미인곡의 두 작품을 비교 연구하는 작업이라기보다 대비 분석하는 과정을 거쳐서 작품간의 관련성을 분석해 보아야 마땅하다. 우선 작품의 생산배경과 구 성면, 수사기교의 상관성, 작자와의 영향관계 등을 분석하는 과정에서 두 작품이 얼마나 관련하고 있는지를 도출해 보려고 한다.

1.2 만분가와 사미인곡의 관련양상

1.2.1. 작품 생산의 환위(環圍)와 내용

만분가는 매계(梅溪) 조위(曺偉)가 연산군조에 무오사화로 인해 전남 순천에서 유배의 쓰라린 삶을 살아가면서 자신의 억울한 처지와 심사를 여인의 자세에서 엮은 연군지사(戀君之詞)다. 처절한 유배생활 속에서도 오로지 사랑하는 임을 그리워하는 여인의 심사와 정조가 부드럽게 그려진 연가풍으로 창작된 것이 이 작품의 특질이라고 할 수가 있다. 이러한 기조의 시가로는 고려속요인 정과정곡이 최초의 작품이라고 할 수가 있는데, 조선조에 이르러서 조위도 그러한 정조를 이어받아 만분가를 창작했을 것으로 보인다.

이 작품은 작자의 억울한 처지를 임금께 하소연하는 것으로 시작하여 처절한 유배생활 속에서도 임금의 관대한 처분을 간절히 바라는 것을 주된 내용으로 하고 있다. 모두 124행 246구의 장형가사로 안정복의 잡동산이 44책에 국한문으로 씌어져 전해온다. 3.4조가 127구, 4.4조가 58구, 2.3조나 2.4조가 26구의 정연한 음수율을 지니는 전형적인 정격가사다.

만분가의 저변을 흐르는 사상적 기저는 유가적 사상이라기보다 오히려 도가(道家)사상이 주조를 이루었다고 할 수 있다. 이를테면 조위나 송강 정철(鄭澈)의 작품 속에는 신선사상의 선어(仙語)가 많이 나타나고 있는데, 이는 조선조 당쟁이라는 특수한 여건 속에서 사대부들 사이에 자연스럽게 형성된 하나의 행동양태라고 할 수가 있다. 특히 아무런 희망이나 기약 없이 절망적인 유배나 은둔생활을 지속하고 있는 선비들에게는 이러한 도가사상이 현실적 고통을 극복할 수 있는 유일한 길이었을 것으로 보인다.

그러기 때문에 조선조 유자문학인 강호문학 속에는 언제든 임금의 소명(召命)이 있으면 벼슬길에 오르게 되는 현달(顯達)형 문학과, 자의든 타의든 세상을 등지고 산야에 묻힐 때는 도가사상에 의지하여 자신을 추스리는 강호(江湖)형 문학의 두 가지 타입의 양상이 나타나게 되었다. 이 강호형 문학은 은둔도피사상이 그 주류를 이루고 있지만, 그 속에는 언제든 환속(還俗)할 수 있는 유가적 은둔과 도가적 은둔의 두 가지 양상이 존재[1]한다는 것이다.

조위의 만분가 역시 이러한 공통적인 문학의 양상이 내재하고 있다.

---

1) 全壹煥. 時調. 歌辭에 나타난 道家思想. 韓國言語文學 21집. 1982. p.100.

'천상백옥경 십이루 어듸메오'로 시작하여 자청전, 삼청동리 자미궁, 옥황 등의 도교적인 선어(仙語)가 많이 사용된 것은 앞에서도 말한 바와 같이 천상 백옥경과 같은 이상세계 속에 파묻혀서 견디기 힘든 현실적 고통을 잊기 위한 방편으로 이해할 수가 있다. 우리네는 삶과 죽음의 세계가 별개의 세상이 아니라 동질적인 삶이라는 의식이 내재되고 있다.

즉 죽음은 삶의 종말이 아니라 제2의 삶의 연속이라는 연장선상의 의식을 갖고 있기 때문에 현실의 고통이나 불행도 피안의 세계에서 얼마든지 평안이나 행복으로 변화시킬 수 있다는 내세관을 지니게 된다는 것이다. 반면 백옥경이나 삼청동 등은 현실세계의 대칭적 개념인 임금이 있는 궁궐의 상징적 은유로도 이해할 수도 있다. 따라서 옥황상제는 자신을 유배시킨 임금을 상징적으로 표현한 것이라고 할 수가 있는데, 다른 한편으로는 자신을 총애하던 성종일 수도 있다는 견해[2]도 있다.

조위는 유호인과 함께 성종의 극진한 총애를 받아 검토관, 시강관 등으로 경연에 자주 나가기도 했다. 지평, 문학, 응교를 지내고 노모를 봉양하기 위해 여러 차례 사임을 주청했으나 윤허를 받지 못했고, 이후 오히려 도승지와 호조참판을 두루 지냈다. 연산군 1년에는 대사성으로 지춘추관사가 되어 성종실록을 편찬하였다.

그 때 김종직이 쓴 조의제문을 사초(史草)에 수록하였는데 1498년 성절사로 명나라에 갔다가 귀국하는 도중에 무오사화가 일어나자 그 사초가 문제되어 체포되었다. 그러나 선왕 성종의 충신이었다는 이극균의 극간으로 사형만은 면하고 의주로 유배되었다가 다시 순천으로 이배(移配)되어 그 곳에서 만분가를 짓고 49세의 일생을 마쳤다.

사미인곡은 송강의 나이 50세 되던 선조 18년 동인이 합세하여 서인을

----

2) 林基中. 朝鮮朝의 歌辭. 成文閣. 1979. p.16.

맹렬히 공격하는 바람에 사간원과 사헌부의 논척(論斥)을 받고 조정을 떠나 3년 간 고양에 은둔하다가 창평으로 내려간 선조 21년경에 지은 것으로 보이는 강호형 가사다. 정확한 작품 연대는 알 수 없지만, 송강의 넷째 아들 기암(畸菴) 홍명(弘溟)이 택당(擇堂) 이식(李植)에게 보낸 편지 글 '기암답택당별지(畸菴答擇堂別紙)'나 '송강별집 권 7 부록 기옹소록(畸翁所錄)'3)을 보면 정해년이나 무자년간이라는 단서가 있으므로 작품시기를 대략 선조20년이나 선조 21년(1588년)경으로 보고 있다.

이 작품은 당쟁이라는 배경 속에서 자신만은 언제나 억울한 상황에 처했다는 생각으로 임금을 그리워하는 형태를 취한 충신연주류의 가사다. 이런 유의 작품들은 억울한 처지에서 임금이 사실의 진위를 가리지 아니하고 자신을 버리거나 유배를 보냈다는 생각에서 임금을 원망할 것으로 보이지만, 작품 속에는 그러한 정조를 조금도 엿볼 수 없다. 오히려 자신이 임을 이별한 여인네의 처지로 전환되어 임을 사모하고 연모하는 섬세한 여성적 톤으로 일관된 특질을 지니고 있다.

사미인곡은 강호형 은둔가사이지만, 본질적으로는 유배가사의 구성과 형식, 정조를 지니고 있어 오히려 유배가사라 보는 편이 옳을 것 같다. 가사의 기본율격인 3.4조가 77구, 4.4조 23구 등 총 63행 126구의 정격가사다. 임과 나와는 천생연분이지만 창평의 3년 세월은 늘 눈물과 한숨 뿐 이었다는 것으로 시작하여 사계절에 따른 그리움을 절절하게 서술하였다. 결사에는 상사지병을 치유하기 위해 차라리 죽은 후에 범나비가 되어서 향긋한 꽃향기를 임금께 바치겠다는 윤회(輪廻)의 정을 간절히 담아낸 상사(相思)류의 가사형태를 보이기도 한다.

송강 역시 조위와 마찬가지로 작품 속에서 유가적 은둔과 도가적 은둔

---

3) 松江別集 卷七. 畸翁所錄. 不記某年 似是丁亥戊子年間耳.

의 정서를 공통적으로 보이고 있다는 것을 알 수가 있다. 즉 전형적 유자(儒者)인 송강의 작품이지만 도가적인 사상이 상당히 뿌리내리고 있는 모습을 쉽사리 대할 수가 있다는 것이다.

성산별곡은 듣는 일이나 보는 일 모두가 신선의 세계일뿐만 아니라, 태을진인이 마치 은하수 건너 광한전에 오른 것 같다고 하고, 먼 하늘에 떠 있는 학이 마치 이 고을에 살고 있는 자신과 같은 참다운 신선이라 했다. 관동별곡에서도 천상세계에서 황정경 한 글자를 잘못 읽어 천상세계의 신선이 인간세계로 하강한 술 취한 취선(醉仙)으로 진술되고 있다.

이러한 경향은 사미인곡과 속미인곡에서도 거의 동질적으로 나타나고 있다. 화자는 엊그제 임을 모시고 광한전에 올랐는데 어찌하여 인간세계에 내려왔느냐고 반문하고, 천상백옥경을 웬일로 이별하고 해가 다진 저문 날 누구를 보러 가는 거냐고 묻고 있다. 해가 다진 저문 날이란 현실적 사실들을 제대로 파악하지 못하고 간신배들에게 둘러싸여 사정에 어두운 임금을 상징적으로 비유한 수사다. 이는 조선조 시가에서 으레 찾아 볼 수 있는 관례적인 수사라 할 수가 있다.

1.2.2 구성의 공통성과 수사기교의 동질성

유배가사나 강호형 가사는 억울한 처지를 애소(哀訴)와 애원으로 일관하고 있지만, 패배나 절망을 도가사상의 이상세계 속에서 이를 극복하고 득기(得機)하면 다시 벼슬세계로 환속하려는 염원을 주제로 하고 있다. 만분가나 사미인곡도 이러한 범주를 크게 벗어나지 않는 작품이다.

구성적으로도 거의 동질성을 띠고 있다. 서사와 본사, 결사 등 3단의 구성도 그렇거니와 각각의 단락 주제도 비슷하다[4]. 만분가는 서사에서 억울한 자신의 처지와 심정을 펼치고 본사엔 처참한 유배생활과 임금의

처분을, 결사에선 간절한 심정을 애소하는 구도를 취하고 있는데, 이러한
정조는 사미인곡에서도 거의 같은 정서로 노래되고 있다.

즉 유배와 같은 처지의 애환을 서사에서, 사계절에 따른 연군의 정과
임금의 처분을 본사에서, 임금을 그리워하여 잠 못 드는 상사지정을 결사
에서 노래하고 있는 구도가 만분가와 같다는 것이다. 다만 본사에서 사계
절에 따라 더욱 임금이 그리워진다는 구도는 달거리 노래 고려속요 〈동
동〉으로부터 시작된 우리 전통시가의 공통적 양태라고 보고 싶다.

또한 임금을 사랑하는 임으로 치환하여 자신의 서정을 노래한 정과정곡
에서는 현실적 고통과 억울함을 잊기 위한 방편으로 피안(彼岸)의 세계를
설정하고 있다. 작자는 닿을 수 없는 그 피안의 세계, 곧 임금이 있는
궁궐을 차라리 죽어서라도 들어가 자신의 억울한 사실을 절절히 하소연하
고 싶다는 것으로 나타난다.

정과정곡에서는 산 접동새가 되고자 했고, 만분가는 도교의 천상세계
백옥경과 자청전에 올라가거나, 두견의 넋이나 한 점 구름, 한 가지의
매화가 되어 임에게 마음에 쌓인 설음을 실컷 아뢰려 한다는 윤회(輪廻)적
정서에 의존하고 있다. 조위는 현실적 고통을 잊기 위한 방편으로 도교의
천상계나 불가의 윤회사상 속에 내세의 자연물을 설정하여 스스로를 위안
하고 있음을 알 수 있다.

이와 같은 정조는 송강에게서도 동질적으로 나타난다. 사미인곡에서는

----

4) 조위의 만분가와 송강의 사미인곡은 아래 표에서 보는 것처럼 각 단락의 구성과
   주제, 그리고 내용이 거의 일치하고 있다는 것을 알 수가 있다.

	만분가	사미인곡
서사	억울한 처지와 심정	은거의 애환
본사	처절한 유배와 임금의 처분	사계에 따른 연군의 정과 임금의 처분
결사	애소의 심정으로 안타까워함	연군지정으로 잠 못 들어함

천상에서 옥황상제와 함께 살아왔는데 어찌하여 지상세계에 내려왔냐는 설의법으로 시작하여 사계절에 따른 그리움을 노래하고 있다. 동짓달 긴 긴 밤에 청등을 걸어두고 꿈에서라도 임을 만나보려는 심사는 급기야 상사고(相思苦)에 이르고 만다는 청상의 이미지에 귀결되고 있다. 차라리 죽어서 범나비가 되어 향기 묻은 날개로 임의 옷에 앉겠다는 윤회사상의 바탕구조도 만분가와 동일하다.

또한 송강 작품의 기저를 이루게 한 다른 한 요인은 그의 스승인 송순의 영향이라고 보고 싶다. 성산별곡의 전범이 된 송순의 면앙정가가 제월봉을 중심으로 펼쳐진 너른 들판의 사계절에 따른 경관을 아름답게 묘사하면서 사계절의 구성과 구도를 성산별곡에서 처음으로 시도했고, 이어 사미인곡에서도 성공적으로 구사하고 있다는 것이다.

대개 우리나라 시가의 창작은 3단이나 4단의 구성법이 보편적인데 이는 한시를 지을 때 기, 승, 전, 결의 구성이 시상을 전개하는데 가장 적절한 방법일 뿐만 아니라, 그들에게 익숙한 형태였기 때문으로 보인다. 또한 승(承)과 전(轉)을 한데 묶어 기, 서, 결의 3단의 구성을 취하는 경우도 마찬가지다. 이것은 시를 짓는 경우만이 아니라 다른 어떤 양식의 글에서도 통용되는 구성법이라 할 수가 있다. 그래야만 작자의 시상이나 사상을 전달하는데 가장 논리적이고 합리적일 수 있기 때문이다.

이 양가(兩歌)의 수사법도 너무나 혹사(酷似)한 면이 많다. 첫째, 도가적인 선어(仙語)가 많이 용사되고 있는 점이다. 백옥경, 자청전, 삼청동, 자미궁, 선간, 태을진인, 광한전, 진선, 취선, 황정경 등 도교의 선어가 두 작품에 두루 씌어지고 있다는 것이다. 이는 어디까지나 빈번한 당쟁으로 인해 앞날을 예측하기 어려웠던 조선사회이라는 특수한 정치적 환경의 소산이라고 할 수 있다.

끊임없이 이어지는 당쟁과 그에 따른 사화(士禍)로 인해 조선 사대부들에게 닥친 유배의 한과 억울함을 극복할 수 있는 길이란 도교의 이상세계를 그리는 것 외에는 따로 길을 찾을 수가 없었기 때문이라는 것이다. 현실적인 고통이나 한을 극복하는 방법이란 예나 지금이나 술에 의지하거나 이상세계를 찾는 것 말고는 다른 길이 없다. 그러나 피안의 세계를 끌어들인 작자의 근본적인 의도는 피안의 세계가 지상계로부터 도피하고자 끌어들인 공간이 아니라 지상계의 문제를 해결5)하기 위한 방편이라고 보는 견해도 있다.

백옥경이나 광한전은 천상의 세계다. 여기서 천상의 세계란 곧 임금이 살고 있는 궁전이다. 그러나 현실적 세계는 그가 유배되어 있는 호남의 순천이며 창평이다. 그러므로 천상의 세계인 궁전과 현실세계인 유배나 은일의 지상세계라는 공간의 간극이 너무 크기 때문에 비극적이다.

작자는 그러한 비극이 당쟁이라는 회오리바람으로 닥친 일이기 때문에 그 억울함이 극단으로 치닫는다. 그러므로 이는 '억만번 변화하여', '백척간에 올랐더니', '삼천장 백발이', '만리붕정을', 만장송이 되여', 윤회 만겁하여'라는 과장적 표현으로 억울한 감정이 폭발하고 있다는 것을 읽을 수가 있고, 그만큼 임금과의 거리를 좁힐 수 없다는 생각에서 불안과 초조가 상승된다는 것을 알 수 있다.

둘째, 병문의 주된 수사인 대우의 수사기교를 많이 원용하여 자신의 절절한 심사를 확대하고 있다는 것이다. 만분가의 '어루는 듯 괴는 듯', '이몸이 녹아져도 이몸이 식어져도', '비되고 물이되어', '노가디고 식어져여'의 정대우(正對偶)는 사미인곡 '듯거니 보거니', '늦기는 듯 반기는 듯',

---

5) 최상은. 연군가사 짜임새와 미의식. 신편 고전시가론(김학성, 권두환 편). 새문사. 2002. p.423.

'짓ᄂ니 한숨이오 디ᄂ니 눈믈이라', '흐ᄅ도 열 두때 흔둘도 셜흔날', '마음에 믹쳐이셔 골슈에 끼텨시니', '머흐도 머흘시고' 등으로 발전하였고, '밀거니 혀거니', '동룽이 놉픈작가 수양이 ᄂ즌작가'의 반대우(反對偶)는 사미인곡 '가는 듯 고텨오니', '님이신가 아니신가', '산인가 구름인가' 등으로 확대되어 자신의 서정을 극대화하고 있다.

이러한 대우의 수사기교는 조선조 사대부들이 자연경물이나 서정을 묘사할 때 으레 즐겨했던 기교로서 중국의 사적(史蹟)이나 자연경관, 고사 등을 인용하여 비유하기를 즐겨했던 사대우(事對偶)와 명사, 동사, 혹은 형용사끼리 짝을 이루어서 묘사의 극대화를 꾀하는 언대우(言對偶)[6]로 나뉘어진다. 이들은 다시 그 성격에 따라 정대우, 반대우, 관대우(串對偶)로 3분되는데 이러한 수사기교가 송강으로 이어져 송강 특유의 수사미학[7]으로 자리 잡았다고 할 수가 있다.

대우의 수사는 동양사상의 주맥을 형성하고 있는 음양이원론으로 어디까지나 조화와 어울림을 생명으로 하고 있는 기교다. 서로 상반되는 사상(事象)이나 비슷하거나 같은 것끼리, 혹은 인과나 주종관계, 상승(相承)관계를 짝 지움으로써 조화나 어울림을 극대화하는 미적 구조를 취하는 수사기교로서 시조나 가사의 주된 수사기교가 되어왔다는 것이다.

셋째, 작중화자가 모두 여성으로 변환되어 버림받은 여성이 사랑하는 임을 향해 억울함과 한을 절절히 하소연하는 여성적 자세로 일관하고 있다는 것이다. 이러한 유형의 작품은 고려 의종 때 정서(鄭叙)가 신하들의 간언(諫言)에 밀려 동래로 귀양을 간 뒤 다시 부르겠다는 임금의 소명(召命)이 없자, 임금을 그리워하면서 노래한 정과정곡이 그 단초가 된다.

---

6) 程千帆,吳新雷. 兩宋文學史. 上海古籍出版社. 1998. p.170.
7) 전일환. 송강 정철 국문시가의 수사기교. 한국언어문학 제 45집. 2000. p.274.

이후 조위의 만분가가 그와 같은 톤과 딕션으로 자신의 서정을 노래하였고, 송강 정철도 이와 똑같은 정조에 빠져들어 같은 서정을 노래하였다고 볼 수 있다.

만분가에서 조위는

'오색실 이음이 짧아 임의 옷을 못 지어도',
'백옥같은 이내마음 님을위해 지키더니',
'유란(幽蘭)을 꺾어쥐고 님겨신데 바라보니',
'초췌한 이얼굴이 님그려 이런건가',
'옥같은 얼굴을 그리다가 말것인가',
'내의 긴소매를 누굴위해 적시는고',
'하늘같은 우리임이 전혀아니 살피시니',
'님의 창밖의 외나무 매화되어',
'설중(雪中)에 혼자피어 침변(枕邊)에 시드는 듯
월중소영(月中疎影)이 님의 옷에 비취거든
어여쁜 얼굴을 네로다 반기실까',
'내묻은 누역속에 님향한 꿈을깨어',
'어와 이내가슴 산이되고 물이되어
어디어디 쌓였으며
비되고 물이되어 어디어디 울어옐가',
<잡동산이 44책, 만분가, 현대문 발췌>

라 하여 완연히 작자가 여성적 자세로 바뀌어 사랑하는 임을 그리워하는 연가풍의 노래로 일관된다는 것이다. 임을 여읜 여성적 자세는 청상(靑孀)의 이미지를 담고 있기 때문에 훨씬 더 애절함이 상승되어 절절함이 배가되는 효과를 거둘 수가 있다. 아름다운 오색실도 짧아서 임의 옷을 지을

수도 없고, 그윽한 난초를 꺾어서 임이 계신 곳을 바라보지만 얼굴은 마치 꺾여진 난과 같이 초췌하니 그리워하다가 끝나고 말 것인가라고 읍소(泣訴)하고 있다.

하늘과 같이 고귀한 임이 자신을 살펴주질 아니하니 차라리 죽어서라도 눈 속에서도 창밖의 한 그루 매화로 피어나 임의 베갯머리에 시들거나, 아니면 달그림자에 실려 임의 옷에 비치거든 나라고 반기실까라고 애태우는 간절한 심사에서 애절한 청상의 이미지를 느끼게 한다. 그러나 현실적 자아는 억울한 마음이 산이 되고 물이 되어 어디에 쌓이고 어디로 울면서 흘러갈까라는 비장미를 자아내고 있다.

송강도 조위와 같은 정조에 젖어 만분가와 같은 여성적 자세로 임금을 그리워하는 연군의 정을 버림받은 여인의 목소리로 더 절절히 노래하고 있다. 이렇게 연군지정을 노래한 것은 당시 사대부들이 모두 유교적인 스토우어시즘(stoicism; 禁忌, 禁慾主義)에 젖어 있었기 때문[8]으로 보인다. 불사이군(不事二君)이라는 유교적 윤리는 한 임금만을 섬겨야 한다는 것을 강요한 나머지, 자신의 욕망이나 이상을 모두 버려야 하기 때문에 도가적 자세를 견지하면서도 때가 오게 되면 현실세계에 뛰어들고픈 이중적 자세에 서게 된다는 것이다.

사미인곡과 속미인곡은 규방가사라고 할 만큼 규방여인들의 소품(小品)이 나열하면서 섬세한 여인의 정서로 일관되고 있음을 알 수가 있다. 정서의 정과정곡으로부터 출발된 이러한 연군류의 시가는 조위의 만분가의 교량(橋梁)을 지나 송강의 양미인곡으로 꽃을 피우고 이후 여타의 연군 시가에 많은 영향을 주었다. 그리하여 송강 이후에도 조우인의 자도사(自悼詞)와 김춘택의 별사미인곡 등으로 이어졌다고 보여진다.

----

8) 千二斗. 綜合에의 意志. 一志社. 1974. p.31.

이몸 삼기실제 님을조차 생기시니
한생 연분이며 하늘모를 일이런가
평생에 원하요대 함께녜쟈 하였더니
올적에 빗은머리 헛틀언지 삼년일세
연지분 있네마는 눌위하여 곱게할가
저매화 꺾어내어 님겨신데 보내오져
님이 너를 보고 어떻다 여기실고
원앙금 베어놓고 오색실 풀어내어
금자로 겨누어서 님의옷 지어내니
수품은 말할 것 없고 제도도 갖추었구나
홍상을 걷어차고 취수를 반만걷어
청등 걸어놓은 곁에 전공후 놓아두고
꿈에나 님을보려 턱받치고 기대어서니
앙금도 차도찰샤 이밤은 언제샐가
잠시라도 생각마라 이시름 잊자하니
마음에 맺혀있어 골수의 사무치니
편작이 열이와도 이병을 어이하리
어와 내병이야 이님의 탓이로다
차라리 싀어디어 범나비 되오리라
꽃나무 가지마다 간대쪽쪽 앉았다가
향묻힌 날개로 님의옷에 옮으리라
님이야 날인줄 모르셔도 내님따르려 하노라
〈이선본 송강가사, 사미인곡 현대문 발췌〉

이상에서 보는 바와 같이 송강가사는 조위의 만분가의 영향을 크게 입었다고 할 수가 있다. 규방여인이 사랑하는 사람을 위해 옷을 짓는 정조(情調)도 그렇고, 연군의 그리움이 결국 상사고(相思苦)에 이른다는 정서도 너무나 혹사하다. 그리고 현실적 고통을 극복하는 방편으로 피안

의 세계를 그리거나 내세에 자연물이 되어 임과 함께 지내고 싶다는 정서
는 조위의 영향이 컸던 것으로 보인다. 즉 죽어서라도 억울한 자신의
처지를 임금께 아뢰고 본래의 자리로 복귀하여 한을 풀고 싶은 욕망이
불가의 윤회적 정서로까지 발전하는 경지에 이르는 것이 두 작품이 지닌
동질성이라는 것이다.

시어의 구사도 조위의 만분가를 그대로 이어받았다고 할 수 있다. '츳라
리 싀여디어 억만번 변화ᄒ여/ 늦즌봄의 두견의 넉시되여/ 이화 가디우희
밤낫을 못울거든'은 사미인곡의 '출하리 싀여디여 범나븨 되오리라/ 곳나
모 가지마다 간듸죡죡 안니다가/ 향ᄆ튼 놀애로 님의오시 올므리라'에
그대로 전사(轉寫)된 것처럼 자신의 서정으로 그려지고 있다는 것이다.

'백구와 벗이 되어 함께 늙자 하였더니'→'평생에 원하요되 한데네자
하였더니', '어루는 듯 괴는 듯 남의 없는 님을 만나'→'느끼는 듯 반기는
듯 님이신가 아니신가', '일모수죽(日暮脩竹)의 취수(翠袖)도 냉박(冷薄)할
사'→'취수(翠袖)를 반만걷어 일모수죽(日暮脩竹)의 헴가림도 하도 할사',
'어여쁜 네 얼굴을 네로다 반기실가'→'이르거든 열어두고 날인가 반기실
가', '님계신데 바라보니 약수가 가로놓였는데 구름길이 머흐레라'→'님계
신데 바라보니 산인가 구름인가 머흐도 머흘시고'로 사미인곡에 그대로
옮겨놓은 듯이 그려지고 있다. 이처럼 송강의 사미인곡에서는 만분가와
같은 시어나 구절들이 수없이 발견9)됨으로써 조위의 만분가가 사미인곡
의 창작에 많은 영향을 주었을 것으로 생각된다.

1.2.3 작품기저의 사상적 배경

우리 국문학 작품을 논의할 때 그 철학적 배경을 흔히 유, 불, 도 사상이

---

9) 표현면에서 두 작품의 상사한 시어나 구절들을 대비해 보면 다음과 같다.

라고 거론해 왔다. 유, 불, 도 가운데 불교는 삼국시대 이후 고려조까지 크게 융성하였고, 고려 때에는 국교로서 국가적인 사상철학이 되어 국가의 비호를 받게 됨으로써 우리 민족의식에 깊게 뿌리를 내렸다. 그러나 도교도 내우외환의 와중에서 불교 못지않게 민간에 깊숙이 파고들어 신비적이고도 몽상적으로 신화와 전설을 만들면서 우리 시가에 녹아들었다. 특히 전쟁과 폭정에 시달린 사람들이 자연 깊숙이 묻혀 자기 나름의 이상향을 만들어 스스로를 위무(慰撫)하였기 때문에 우리의 시가 속에는 도가(道家)적인 사상이 작품의 저변을 형성하게 되었다.

또한 당쟁으로 인해 자신의 뜻과는 아무런 관계가 없이 유배나 은둔생활을 하는 사대부들은 유교적 현실주의 속에서도 도가적인 사상에 젖어 현실적 고통을 극복하는 행태의 특이한 양면구조를 보인다. 이는 당쟁이라는 특수한 여건이 낳은 산물이라고 보여 진다. 당쟁은 자신의 승리를 위해 수단과 방법을 가리지 않고 모함이나 비방을 일삼음으로써 억울한

만 분 가	사 미 인 곡
· 五色雲 깁픈곳의 紫淸殿이 ᄀ려시니 · 추라리 싀여디여 億萬번 變化ᄒ여 남산 늣즌 봄의 杜鵑의 넉시되여 梨花가 디우희 밤낫즐 못울거든 · 白鷗와 버디되여 흠께 늘자 ᄒ엿더니 · 어루ᄂ듯 괴ᄂ듯 남의 업슨 님을만나 · 五色실 니음절너 님의 옷슬 못하야도 · 日暮脩竹의 翠袖도 冷薄 훌샤 · 어엿븐 이얼굴을 네 로다 반기실가 · 님겨신듸 바라보니 弱水 ᄀ리진듸 구름 길이 머흐레라 · 님의 집창밧긔 외나모 梅花되여 東風이 有情 ᄒ여 暗香은 블어올려 高潔흔 이내싱계 竹林으나 부티고져	· 엇그제 님을뫼셔 廣寒殿에 올랏더니 · 출하리 싀여디여 범나븨 되오리라 곳나모 가지마다 간대죡죡 안니다가 향므든 놀애로 님의옷싀 올므리라 · 平生에 願ᄒ요대 흔듸녜자 ᄒ얏더니 · 늣기ᄂ듯 반기ᄂ듯 님이신가 아니신가 · 鴛鴦衾 버혀노코 五色線 플텨내어 금자히 견화이셔 님의옷 지어내니 · 日暮脩竹의 헴가림도 하도 훌샤 · 니거든 여러두고 날인가 반기실가 · 님겨신듸 바라보니 산인가 구름인가 머흐도 머흘시고 · 뎌梅花 것거내여 님겨신 듸 보내오져 東風이 겨듯부러 積雪을 헤텨내니 창밧긔 심근梅花 두세가지 픠여세라 갓득 冷淡흔듸 暗香은 므스일고

사람들이 양산되기 마련이다. 따라서 죽거나 유배되는 일이 많았고, 스스로 노부모 봉양이나 병을 핑계하여 벼슬을 버리고 고향으로 돌아가거나 은둔의 방편을 취하는 가운데 쓴 시가 속에는 유가(儒家)적인 자세와 도가적인 정서가 함께 하고 있음을 알 수가 있다.

만분가 속에는 조위가 무오사화로 인해 순천 유배지에서 성종으로부터 지극한 총애를 받던 지난날을 그리면서 현실적 고통을 잊으려 애쓰는 모습을 찾아볼 수 있다. 그렇지만 그러한 벼슬살이가 한 바탕 꿈이었다는 비애 속에 세사의 모든 것을 체념하는 도가의 염세(厭世)적 허무사상의 성향을 띠기도 한다.

그러나 송강의 사미인곡이나 속미인곡에서는 군왕의 은총을 받을 수 없는 현실적 비애 속에서 임금의 극진한 총애를 받던 지난날로 향하는 가식(假飾)적 허무−조선조 사대부에게서 흔히 볼 수 있는−를 느낄 수도 있다. 이러한 경향은 조위에게도 그대로 나타나고 있는 것처럼 실로 출(出)과 처(處)가 무상했던 조선조 사대부들에게는 염세적 허무사상이나 가식적 허무사상의 양면성을 작품에서 찾아 볼 수가 있다.

또한 이 두 가사에는 자신이 신선이 되거나 아니면 신선경에 도취된 나머지 현실의 한이나 억울함을 극복하는 도가적 신선사상이 자연스레 작품의 기저를 이루고 있다는 것이다. 조위의 만분가는 송강가사와는 달리 자신을 직접 신선이 되는 것으로 묘사하지 않았다. 그러나 임금을 옥황상제라 하여 천선(天仙)으로 비유하였고, 임금이 사는 궁궐을 도교의 태청, 상청, 옥청이라 한 것을 총칭하여 '삼청동리'라 하였다. 이런 것을 보면 조위도 자신이 간접적으로 도교의 신선사상에 젖어 현실적 고통을 잊으려 했다는 것을 알 수가 있다.

그러나 송강은 자신을 '장공(長空)에 떠있는 학(鶴)'이나 '이골의 진선(眞

仙)’〈성산별곡〉이라 하기도 했고, ‘황정경(黃庭經) 한 글자를 잘 못 읽어 지상에 귀양온 진선(眞仙)’〈관동별곡〉이라고도 하였다. 또한 엊그제는 임금을 모시기 위해 ‘광한전(廣寒殿)’에 올랐으나 어찌하여 ‘하계(下界)’에 내려왔냐〈사미인곡〉고도 했고, ‘천상 백옥경(白玉京)’을 어찌하여 이별하고 해가 다 저문 날에 누구를 보러 가냐〈속미인곡〉고 함으로써 송강의 전신(前身)이 신선이었음을 강조하였다.

꿈에 나타난 선인이 그대는 상계(上界)의 진선이었으나 황정경이란 도가서를 잘 못 읽어 지상에 귀양을 온 적선(謫仙)이라는 것이다. 이는 이태백이 그렇게 하여 세상에 귀양 왔기 때문에 이적선(李謫仙)이라고 한 것을 전고(典故)한 것으로 송강이 얼마나 이백이나 신선의 경지를 동경했는지도 알 만하다.

그러면서도 마음의 저변에서는 죽어서라도 두견새가 되어 ‘흉중에 싸힌 말씀 쓸커시 사로리라’는 불가의 윤회적 정서에 빠져들어 절망적 상황을 벗어나고 싶어 했다. 이러한 불가(佛家)사상은 만분가와 사미인곡 작품의 도처에 산재되어 절망을 극복하는 방편으로 나타나고 있다.

만분가는 ‘차라리 죽어지어 억 만 번 변화하여 남산 늦은 봄의 두견의 넋’이 되거나, ‘삼청동리(三淸洞裏)의 적은 한 점 구름’이 되어 궁궐로 날아가 가슴에 쌓인 억울한 사연을 임금께 실컷 아뢰고 싶다고 하였다. 아니면 ‘곤륜산 제일봉의 만장송(萬丈松)’이 되어 비바람 뿌리더라도 변하지 않는 솔바람 소리를 임금의 귀에 들리게 하고 싶다고도 했다.

또 ‘윤회(輪廻) 만겁(萬劫)하여 금강산 학(鶴)’이 되어 일만 이천 봉에 마음껏 솟아올라 가을 달 밝은 밤 두어 소리 슬피 울어 억울한 사연을 임금께 들리게 하고 싶다고 절절히 노래하고 있다. 뿐만 아니라 임의 창밖에 한 그루 매화가 되어 눈 속에서라도 꽃을 피워서 임의 베갯머리에 시들거나, 달빛에 임의 옷에 비친다면 나라고 반길까라는 대목에서는 차라리 청상(靑孀)의 이미지까지 불러 일으켜서 오히려 애절함이 극대화된다.

송강의 사미인곡에서도 자신이 '차라리 죽어지어 범나비'가 되어서 꽃나무 가지마다 옮겨 다니며 아름다운 향기를 묻힌 날개로 그 향기를 '임의 옷'에 옮기고 싶고, 혹여 나인 줄 몰라줘도 나는 한 임만 좇겠다는 유교의 윤리를 불가의 윤회사상 속에 담아내고 있다. 이러한 정조는 속미인곡에서 '차라리 낙월(落月)'이나 되어서 임 계신 창안에 반듯이 비추거나 '궂은 비'가 되어서 임 계신 곳에 듬뿍 뿌리고 싶다는 정서로 더욱 상승되었다고 할 수가 있다.

실로 조선조 시가에서 나타나고 있는 이러한 도가사상이나 불가사상은 현실의 아픔을 극복할 수 있는 피안지향성(彼岸志向性)에서 비롯되었다고 할 수가 있다. 이는 당쟁 등 내우외환으로 소외된 유자(儒者)들이 비참한 현실 속에서 인간세계의 모함이나 억울함이 없는 피안의 세계로 일탈하려는 염원에서 자연스럽게 소산된 결과라 보여 진다. 즉 이는 현실적 불만이나 불안한 상황을 벗어나기 위한 초인적이고 초세(超世)적인 신비의 세계로의 비약임과 동시에 심리적인 위안처의 설정으로 난세를 극복하려는 한 방편으로 이해되어진다는 것이다.

1.2.4 작자와의 영향관계

우선 만분가와 사미인곡의 창작의 환위(環圍)가 너무도 혹사(酷似)하다는 점이다. 즉 송강의 나이 50세 되던 선조 21년 임금의 지극한 총애를 받던 송강이 사헌부와 사간원의 논척(論斥)을 받고 벼슬에서 물러나 전남 창평에서 절망과 실의로 고독한 삶을 살면서 사미인곡을 지은 것과 조위가 성종과 연산군으로부터 극진한 사랑을 받았으나 연산조에 일어난 무오사화로 인해 삭탈관직하고 전남 순천에서 쓰라린 유배생활의 절망과 억울함을 만분가에 실어놓은 것이 같다는 것이다. 만분가가 연산군 1년(1498년)에 지어졌고, 사미인곡은 선조 21년(1588년) 경에 창작된 것으로 보아 이 두 작품의 시간적 간극(間隙)은 90년간으로 보인다.

그러나 송강이 조위가 역간(譯刊)한 〈두시언해〉를 소지하면서 탐독했다[10]는 정황으로 보아 송강이 창평에서 실의의 나날을 보내고 있을 때, 자신의 처지와 너무도 비슷한 정서를 노래한 만분가를 소지하고 몇 번이나 탐독했을 가능성도 배제할 수가 없다. 즉 송강은 두보의 원작시보다 오히려 조위가 서문을 쓰고 언문으로 번역 출간한 두시언해를 더 좋아한 것으로 보인다는 것이다. 또한 앞에서 말한 바와 같이 처하여 있는 환경이나 처지가 서로 비슷한데다가 송강이 개인적으로도 인간 조위를 숭모했을 가능성이 높다는 것으로도 이를 해석할 수가 있다. 그러므로 송강은 같은 호남에서 조위의 만분가를 본받아 같은 주제의 사미인곡을 지었을 가능성이 높다는 것이다.

이러한 견해와는 달리 이병기(李炳基)는 다른 작품의 영향성을 내세우기보다 오히려 독창성이라는 문제에 더 접근하기도 했다.

그러나 筆者의 생각으로는 速斷은 禁物일 것 같다. 왜냐하면 獨創性이니 또는 模倣이니 하는 槪念과 規定의 문제이며 見解에 따라 달라질 수 있겠기 때문이다. 우리는 우선 文學的 慣習(literary convention)이라는 見地를 버리지 말아야 할 것같이 특히 松江의 創作活動은 이른바 〈寫本時代〉에 屬하는 것으로 보아야 하는데 이런 時代에는 文學的 慣習이 크게 作用하는 法이다. 다시 말하면 토씨 하나, 語句 하나 바꾸는데

---

10) 松江別集 卷一 書. 行間切勿入 州府粉華處 以虧繩檢 把表策兩 溫理爲可 鄕家 所藏 諺解杜詩 全秩持來爲可

도 作家는 큰 創作力을 발휘하는 것이다. 따라서 松江의 作品과 같은 寫本時代의 作品은 表面的인 類似性이나 大同小異만을 들어서 獨創性이 없는 것으로 처리할 수 없는 그 무엇인가를 特性上 가지는 것이다.11)

이 말은 송강이 소재에 있어서나 표현의 기법에 있어서 모방이 아니라 자신의 천부적인 독창의 그릇에 용해시켜 형상화했다는 것이다. 즉 송강의 작품이 씌어지던 〈사본시대〉에는 '토씨 하나 어구 하나 바꾸는데도 작가는 큰 창작력을 발휘한다는 것'이라 하였다. 이는 두 작품의 관련성을 분석한 이 글의 내용과는 다소 차이가 있는 주장이다.

이러한 주장과 달리 정익섭은 송강의 위 작품들은 엄밀한 의미에서 창작이라고 할 수 있을지 퍽 의심스러운 바가 없지 않다12)라 하여 다른 작자와의 영향이나 심지어 모방작이라는 견해를 밝히고 있다. 이상에서 살핀 바와 같이 송강의 사미인곡계 가사는 조위의 만분가에 크게 영향을 받아 창작되었고, 따라서 주제나 표현도 상당히 조위의 작품을 모방했다는 결론에 이를 수 있다고 생각할 수가 있다.

1.3. 결론

조위의 만분가와 송강의 사미인곡은 외형적으로 유배와 연군을 다룬 서로 다른 유형의 가사로 보이지만, 내용적으로는 두 작품 모두 임금으로부터 억울하게 내쳐져 유배나 은일할 수밖에 없는 한(恨)과 애소(哀訴)가 주조를 이룬다는 동질성을 갖고 있다. 작자는 남성이지만 작품 속에서는

---

11) 李炳基. 關西, 關東, 關東續別曲의 形態的 考察. p.76.
12) 丁益燮. 앞의 책. p.310.

여성화자가 되어 나를 버린 임을 원망하지 않고 언제나 그 임만을 좇겠다는 여필종부적인 사랑을 노래한 연주사로서 두 작품의 정조(情調)도 같다.

이 두 작품은 첫째, 외형적으로는 유배가사와 은일가사이기 때문에 서로 무관한 작품 같이 보이지만 창작의 동기나 배경이 같고 내용적 측면에서도 동질적이다. 조위는 성종의 총애를 받은 신하였지만 무오사화를 당해 김종직의 사초(史草)문제로 억울하게 순천에 유배된 처지에서 만분가를 썼고, 송강은 선조의 극진한 사랑을 받은 신하였으나 동인이 합세하여 서인을 맹렬하게 공격하는 바람에 사간원과 사헌부의 논척을 받고 창평에 은거하는 가운데 임금을 그리워하는 사미인곡을 창작했는데 이렇듯 두 작품이 씌어진 환위(環圍)도 같다는 것이다.

둘째, 두 가사의 구성이 같고 수사기교도 동질적이라는 것이다. 양 가사 모두 3단 구성법을 취하고 있는데 만분가는 서사에서 유배의 애환과 자신의 심정을, 본사에서 처절한 유배생활과 임금의 처분을 노래하고, 애소(哀訴)의 심정과 안타까움을 결사에서 다루었다. 사미인곡도 서사에서 은일의 애환, 본사에서 사계에 따른 연군과 임금의 처분을 노래하고, 연군지정으로 불면(不眠)의 서정을 결사에서 다루고 있는 게 만분가와 흡사하다는 것이다.

또 정대우(正對偶)나 반대우(反對偶)의 수사로 자신의 마음을 절절하게 표현하는 수법도 그렇거니와 너무 혹사한 수사기교가 두 작품의 관련성을 높게 하고 있다는 것이다. 대우는 자신의 서정을 극대화하는데 가장 알맞은 기교로서 가사나 시조에서 많이 원용되는 수사법이기 때문이다.

셋째, 작품 내면을 흐르는 사상적 배경의 기저가 도가(道家)적인 사상과 유가(儒家)적 사상이라는 것이다. 만분가는 억울한 유배생활 속에서도 지난날의 화려한 벼슬살이가 한 바탕 꿈이었다는 도가의 염세(厭世)적 허무사상에 젖어 현실적 고통을 극복하는 방편을 구하고 있고, 사미인곡은 고독한 은둔생활 속에서 임금의 극진한 총애를 받던 지난날을 회상하면서 언젠가는 다시 군왕께 나아가려는 욕망을 동반한 도가의 가식(假飾)적 허무사상에 젖어 있다는 것이다.

그러면서도 두 작품 모두 죽은 후에는 두견이나 학, 매화, 범나비, 낙월 등의 자연물이 되어 임 계신 곳에 나아가 억울한 심사를 실컷 아뢰겠다는 불가의 윤회(輪廻)사상도 나타나고 있다. 이는 당쟁 등 내우외환으로 인한 현실적 고통이나 한을 내세에서 찾으려는 피안지향성에서 비롯된 결과라고 할 수가 있다.

넷째, 송강은 억울한 누명을 쓰고 사간원과 사헌부의 논척을 받아 벼슬에서 물러난 후 전남 창평에 은둔한 가운데, 무오사화에 억울하게 연루되어 순천에서 쓰라린 유배생활을 하면서 쓴 조위의 만분가를 읽고 그와 같은 정조(情調) 속에 빠져들어 사미인곡을 지었을 가능성이 높다. 이는 앞에서 밝힌 것처럼 작품의 구성이나 수사기교, 사상적 배경 등이 너무나 혹사할 뿐만 아니라 90년간이란 시간의 간극을 극복하고 시공을 뛰어넘는 두 작자적 측면에서도 엿볼 수가 있다.

또한 송강은 평소 조위가 한글로 번역한 두시언해를 늘 곁에 두고 즐겨 읽었다는 송강별집의 기록으로 보아 두시언해만이 아니라, 자신의 처지와도 너무나 흡사한 조위의 만분가를 즐겨 읽었을 것으로 추정할 수 있기 때문에 두 작품의 깊은 관련성을 찾아 볼 수가 있다는 것이다.

이와 같은 여러 가지 작품창작의 환위(環圍)와 작품구성, 수사적 측면으로 보아 조위의 만분가는 송강의 사미인곡의 창작에 직간접적으로 영향을 주었을 것이고, 따라서 두 작품의 상관성이 그 만큼 높을 것으로 생각된다.

2. 관산별곡의 정체(正體)

2.1 서언

관산별곡은 이수광의 지봉유설에 경기체가, 가사와 더불어 그 명칭만 전해져 왔을 뿐[13] 작자에 관해서는 일체 미상인 채 학계에 알려진 바가 없었고, 가람 이병기, 백철 공저의 국문학전사에 막연하게 조선 전기의 가사문학으로만 소개된 이래[14] 창작연대, 작자, 작품내용, 문학양식 등에 관한 일체의 논급이 없었다. 그러다가 박노춘 교수에 의해 경흥부사로 제수된 반석평(潘碩枰)이 창작하고 이문중이 윤색(潤色)한데 불과하다[15]고 간명하게 소개한 바가 있었는데도 국어국문학사전에는 「관산별곡〈작품명〉작자·제작연대·미상의 가사」[16]라고 일별해 버린 작품이었다.

원래 관산(關山)이 갖는 사전적인 의미는 고향의 산이란 뜻과 변경의 산이란 뜻을 아우르고 있는 까닭에[17] 관산별곡은 우리나라 변방의 중요함

---

13) 我國歌詞, 雜以方言, 故不能與中朝樂府比竝, 如近世宋純, 鄭澈所作最善, 而不過膾炙, 口頭而止 惜哉, 長歌則感君恩, 翰林別曲, 漁父詞最久, 而近世退溪歌, 南冥歌, 宋純俛仰亭歌, 白光弘關西別曲鄭澈關東別曲思美人曲續美人曲將進酒盛行於世, 他如水月亭歌, 歷代歌, <u>關山別曲</u>, 古別離曲, 南征歌之類甚多, 余亦有朝天前後二曲亦戲耳(李晬光, 芝峯類說, 卷十四, 東詩條)

14) 또 한쪽으로는 <u>關山別曲</u>, 關西別曲, 關東別曲(鄭澈), 星山別曲, 還山別曲, 江湖別曲, 江村別曲, 相思別曲, 崧陽別曲,……仙樓別曲과 같은 歌詞도 있다.(國文學全史 五, 歌詞文學發達條, 1980, p.122)

15) 朴魯春, 關山別曲, 鰲山歌에 對하여, 藏菴 池憲英先生華甲記念論叢, 1971, p.135.

16) 國語國文學事典, 서울大東西文化研究所編, 新丘文化社, 1981, p.99.

17) 關山 가)謂關與山也, 木蘭詩, 萬理赴戎機關山度若飛.
　　　나)鄕里也 徐陵 關山月詩, 關山三五月, 客子憧秦川.
　　　다)鎭名(中文大辭典, 景仁文化社影印, 1981, p.191)

과 거기에 살고 있는 백성들과 변방을 지키는 장사(將士)를 위무(慰撫)하기 위하여 지은 시가장르다. 또한 별곡이란 고려속요나 경기체가 형식을 아울러 일컫기도 한 명칭이지만, 가사 작품에도 두루 쓰여 지던 광범위한 시가 장르상의 명칭이었다.

필자가 관산별곡에 관한 국문학적 사실에 접하게 된 것은 우연히도 김 준영 교수로부터 금호유고(錦湖遺稿) 상·하권 사본을 빌어 볼 수 있었기 때문이었다. 이 금호유고 상권 98쪽에는 금호 임 형수(林亨洙)가 관산별곡을 보고 난 후 작품에 대한 내용과 작자·작품동기 등의 사실들을 기록해 놓은 '서관산별곡후(書關山別曲後)'을 보고 학계에 미쳐 알려지지 않았던 국문학적 사실들을 밝힐 수 있었다. 더구나 서(書)를 쓴 시기가 금호가 등과하기 전인 중종 19년이었으므로 관산별곡이 창작된 지 약 7, 8년 후의 일이라는 점에서 이의 신뢰도를 높이고 있기 때문이다.

그러므로 이 '서관산별곡후'는 지금까지 묻혀져 있던 관산별곡의 시가 양식, 창작 연대 및 그 동기, 작자, 작품내용 등 광범위한 국문학적 사실들을 조명해 볼 수 있는 중요한 자료가 된다. 다만 앞으로 이 작품의 발굴을 기대해 보면서 여러 분석과정을 통해 미흡하나마 이에 대한 나름대로의 관견(管見)을 밝혀 보고자 한다.[18]

2.2 서관산별곡후의 조명

2.2.1. 금호유고의 문헌적 고찰

금호유고는 상·하 2권으로 된 목판본이다. 이 유고는 중종 30년(1535

[18) 이 논문은 全北文學 제110호(p.57~60), 111호(p.50~66)에 두 차례에 걸쳐 간단하게 발표했던 것을 토대로 한 것임을 밝혀 둔다.

년) 을미별시 11인으로 급제하여[19] 여러 번 대관(臺官)과 시종(侍從)을 거쳐 회령판관을 역임하고, 을사년에 제주목사로 갔다가 정미년 벽서옥(壁書獄)에 연루되어 원찬(遠竄)을 받고 배소(配所)에 이르기 전 사약을 받음으로써 43세의 젊은 나이로 요절한 임형수의 유고집이다. 이 유고를 처음 간행한 것은 숙종 조에 대제학과 이조, 예조, 호조판서를 두루 역임한 서하 이민서의 서(序)의 말미에 '정사 칠월 하순 완산후인 이민서 서(丁巳 七月 下旬 完山後人 李敏敍 序)'라 한 것으로 보아 정사년은 숙종 3년인 1677년임으로 금호가 죽은 지, 130년이 지난 7월 하순으로 보아야 한다. 또한 현재 유전(遺傳)하는 중간본 금호유고는 구한말 의병장으로 활약했던 기우만의 서 말미에 '세 정미 춘삼월 삭조 행주 기우만 근서(歲丁未 春三月 朔朝 幸州 奇宇萬 謹書)'라 한 것을 보면 정미년은 순종 원년인 1907년이므로 초간본이 나온 지 230년 후에 간행된 것으로 상·하 2권으로 되어 있다.

홍섬(洪暹)이 죄 없이 옥사에 연루되어 귀양 가는 도중, 공주 금강 나루터에 이르렀을 때, 호남의 선비들과 함께 과거를 보러 상경하던 금호 임 형수가 이를 보고 홍섬은 사류(士類)중의 사류인데 죄 없이 매 맞고 귀양 가는 것을 보니 과거에 응하여 무엇 하겠냐면서 울분을 토하고 발길을 돌렸다는 것[20]이 대동야승(大東野乘)에 전하는 것으로 보아 금호는 벼슬길에 뜻이 없다가 31세가 되던 중종 30년에 등과한 것으로 보인다. 그리고 이 '서관산별곡후'는 금호가 등과하기 훨씬 전인 중종 19년(1524년)

---

19) 乙未別試十一人. 光州人. 翰林. 刑判. 曾經八道監司. 五道兵使 庶(國朝科榜目 卷之六)
20) 吾聞洪暹乃士類, 無罪杖流, 必是小人當國, 吾輩安用應擧於此時乃相與回鞭 暹在臥與呻病中, 聞此言不覺心神酒然, 徐問其姓名乃林亨秀也(大東野乘卷 十九, 海東雜錄 I, 洪彦弼條)

에 썼기 때문에 관산별곡이 창작된 지 7, 8년 후의 일이 된다. 그러므로 이 서(書)는 금호가 관산별곡을 보거나 들은 후에 쓴 것이 되므로 그 어느 것보다 신빙성이 높은 자료인 셈이다.

이와 같은 사실은 금호가 쓴 '서관산별곡후'의 말미에 '알봉군탄 장지 근서(關逢涒灘 長至 謹書)'라 했던 간지로 미루어 확인이 된다. 즉 '알봉'은 고갑자(古甲字)요, '군탄'은 고신자(古申字)인 까닭에 알봉군탄은 갑신년이 라는 결정적 단서가 되기 때문이다. 다시 말하면 갑신년은 중종 19년인 1524년이 되고, 장지(長至)는 하지나 동지를 일컫기 때문에 금호가 관산별 곡을 보고 이 서를 쓴 시기가 중종 19년(1524년) 6월이나 12월임을 확인할 수가 있다.

상술한 바와 같이 금호유고는 금호가 죽은 지 130년이 지난 1677년에 초간(初刊) 되고, 이로부터 230년 후인 1907년에 중간(重刊)한 문집임으로 관산별곡을 밝힐 수 있는 '서(書)'는 서지적인 측면에서 거의 정확한 자료 가 되기 때문에 무엇보다 신뢰도가 높다고 생각할 수가 있다.

2.2.2 사회적 배경과 관산별곡

연산군의 폭정으로 1506년 성희안, 박원종 등에 의한 중종반정이 일어 나 연산군은 폐위되고 중종을 옹립함으로써 문란했던 국가의 기강이 잡혀 짐에 따라 조정에서는 유자(儒者)들을 과감하게 등용하여 새로운 기풍을 진작하였다. 특히 중종은 1515년경부터 조광조를 중용(重用)하여 도학(道 學)정치를 실현함과 동시에 적서(嫡庶)의 차별이 있음에도 불구하고 유능 한 인재를 많이 등용하였다. 그 당시 변방에는 왜인과 야인들의 출몰이 잦아 백성들이 마음 놓고 살 수 없었으므로 문무(文武)를 겸한 젊은 선비 들을 선발하여 장수로 삼아 그들로 하여금 성곽을 보수하게 하고 진을 설치하는 한편, 여연, 무창에 정주한 야인들을 추방하여 변방의 수비에도 크게 주력하였다.

이러한 사실은 중종 19년 참의 반석평이 중종께 아뢴

> 「엎드려 아뢰옵건대 평안도병사 조윤손의 장계(狀啓)에 의하면 야인들을 모두 쫓아 버렸지만, 다시 그 뒤에 여연 등에 들어와 밭을 갈고 집을 짓고 살고 있으니 이는 필시 그들이 우리 병사들의 위세를 두려워하지 아니하며 업신여기는 마음이 있기 때문입니다. 만약 저들로 하여금 마음 놓고 농사를 짓게 하여 편안한 업으로 생각한다면 후일에 그들을 내쫓기가 어렵습니다.」[21]

라는 것에서 엿볼 수가 있다. 더욱이 반석평은 중종께 아뢰기 8년 전에 이미 경흥부사(慶興府使)를 지냈기 때문에 변방의 사정을 더욱 소상하게 아뢸 수 있었다. 즉 중종 11년 병자년간(1516년)에는 조정에서 훌륭한 유학자 가운데 반공부와 이문중을 뽑아 오랑캐들의 환난으로 백성들이 마음 놓고 살 수 없고, 그 곳을 지키는 장졸들의 노고가 다른 어느 지역보다도 극심한 함경도 종성과 경흥에 북변열사(北邊列師)를 삼음으로써 무도한 야인들의 침입을 막으면서 백성들이 마음 놓고 농사지을 수 있도록 배려하였다.[22]

즉 중종은 정국이 안정은 되었으나 북변에 야인들이 출몰하여 백성들이

---

21) 參議潘碩枰議啓曰, 伏見平安道兵使 曺閏孫啓本云, 驅逐後, 野人復入, 閭延
等處, 耕田作廬, 是必彼人不畏我兵威, 有輕侮之心而然爾, 若使彼人, 着心作
農而安業, 則後日難可開諭出送(中宗實錄卷五十, 十九年甲申六月條)
22) 歲丙子年間, 朝家選重望, 雜之以北邊列師, 今元戎李公文仲爲鐘城, 前節
度使南道潘公公父爲慶興, 俱以宿儒出也, 雖無專一方之制, 無不事度(度
或作處)而預定之者, 嘗念北門受冠尤劇, 其民易驚, 控理之勤, 將臣之勞,
視他倍蓰, (錦湖遺稿上, 書關山別曲後)

마음 놓고 살 수가 없으므로 문신들 가운데 덕망이 높은 사람들을 뽑아 변방의 부사를 삼음으로써 그 곳에 사는 백성들을 안무(按撫)하고자 했던 것이다. 이러한 중종의 시책이 적중되어 과연 백성들이 평화롭게 살 수가 있었고, 야인들의 출몰도 사라지게 되었다.

이문중과 반공부는 변방의 경계를 철저히 하고 백성들이 마음 놓고 살 수 있도록 힘썼다. 그러므로 변방과 성곽에는 사람과 가축들이 평화롭게 어우러져 살았고 농부나 부녀자들이 사는 마을과 거리가 연이어 있으니 모든 사람들이 망극한 임금의 성덕으로 알았다. 그리하여 이 두 장수는 태평을 노래하는 한편, 장졸들을 위로하기 위하여 8장으로 된 노래를 지어서 유연지구(遊衍之具)와 음사지물(飮射之物)로 삼았는데 이것이 곧 관산별곡[23]이다. 이로 보면 관산별곡이란 태평을 노래하는 태평가와 장수를 위로하는 위안가의 성격에다가 장졸들의 사기를 북돋우기 위한 목적에서 씌어진 교술적인 성격을 지닌 시가임을 알 수가 있다.

2.2.3 창작동기 및 문학양식

관산별곡은 우선 변방의 경계를 튼튼히 하고 백성들을 위무하여 그들이 마음 놓고 생업에 종사할 수 있도록 하기 위해서는 우선 장졸들로 하여금 자나 깨나 국방에 힘쓰도록 항상 경각심을 불러일으키는 한편, 백성들을 교화하여 보국하는 마음이 스스로 고취시키기 위한 목적에서 창작되었다. 이러한 작자의 의도는 금호유고에 잘 나타나 있다.

백성들이 평화롭게 살도록 국가가 그 기반을 튼튼하게 하기 위해서는

---

23) 幸今聖澤遐濡 狼烟欠熄 民勤而業 卒勵而休 人烟鷄犬 堡塞相錯 紅婦農夫 閭落相連 皆罔知所賜 可無歌詠昇平 愍安將士 爲遊衍之具 飮射之物乎 遂撰歌八章 曰關山別曲 (同書, 前揭文)

장졸들이 술잔을 나누는 시간에도 경계를 소홀함이 없게 하고, 마시고 활 쏘는 사이에도 예를 지켜서 스스로 절제함을 최상의 방제(防堤)로 삼아 마음의 해이함과 방심을 막아야 한다는 작자의 의도를 알 수가 있다. 그러므로 날마다 빈교(賓校)나 요좌(僚佐)와 더불어 이 관산별곡을 노래하고 즐기면서 이를 반복함으로써 군자가 이 노래를 듣게 되면 감격하게 됨으로 스스로 본받고자 하는 마음이 솟아나고, 소인들이 들으면 강토를 지키고자 하는 애국심이 저절로 생기게 된다. 그러기 때문에 결국 관산별곡을 부르게 되면 자기도 모르는 사이에 스스로 마음을 가다듬게 되고 또 실행하게 되는[24] 교훈적인 기능을 갖는 시가장르인 셈이다.

그러므로 이상보가 이유원의 '임하필기(林下筆記)' 권38 해동악부조에 나와 있는 칠언시 '관산별곡'을 이수광의 지봉유설이나 '금호유고 서'의 관산별곡과 같은 것으로 제시한 바 있는데, 이는 이와는 전연 별개의 작품이다. 이상보는 '관산별곡의 작자는 미상인 채 그 원사(原詞)도 발견되지 못한 터'라 했으면서도 '지봉유설'에서 언급한 관산별곡은 작자 실전(失傳)의 가사였는데, 이유원이 부회(附會)한 것으로 볼 수 있다[25]는 여운을 남기기도 하였다.

또 해동악부에는 '백평사 광홍작차곡(白評事光弘作此曲)'이라 하여 칠언시를 실었는데 이는 아마도 관서별곡과 혼동했던 까닭인 듯도 하지만, 여기에 '고인제시왈(古人題詩曰)'이라 하여 고려조의 시인 김황원(1045~1117년)이 썼다[26]는 시구를 곁들여서 다음과 같이 실어 놓았다.

---

24) 極昇平之樂事 則懼縱心弭備也 戒存於杯酌之間 禮行於飮射之際 要皆節制爲防堤不泰不康 和節於謠 正離於若 誠所謂治世之音也 日與賓校僚佐而樂之歌且反之 使君子得聞之 而感激思效之心 油然而生 小人得聞之 而保守疆土之念 無容小衰 諷詠之間 其潛移默運換易人心者
25) 李相寶, 關西別曲硏究, 國語國文學26호(1963.6.20) 국어국문학회영인본 p.315.

關山別曲

春山點點水溶溶, 城上樓臺望幾重, 綠窓歌咽園子, 家在垂楊一色濃,
白評事光弘作此曲, 古人題詩曰, 長城一面溶溶水, 大野東頭點點山,
爲着題關西竹枝詞, 曰綠窓朱戶笙歌咽, 盡是梨園弟子家.

상게한 관산별곡이라는 제하의 시는 백광홍이 지었다는 칠언시에 김황원의 연구(聯句)가 합쳐져서 이루어진 한시다. 그러므로 필자가 논하고자 하는 관산별곡과는 내용면이나 형식면에 있어 무관하고도 이질적인 것으로서 곡명만이 공교롭게도 같은 것이다.

본디 관산별곡은 군자나 소인들을 막론하고 이 노래를 듣거나 부름으로써 애국심을 고취하는 한편, 이를 본받고자 하는 마음을 북돋우며 장졸들로 하여금 경계심을 더욱 철저히 하기 위해서 창작한 8장의 시가다. 그러기 때문에 해동악부조에 '관산별곡'이라 하여 전해지고 있는 칠언시는 번역된 시도 아닌 별개의 시가였다는 것이 확인이 된다.

다음으로 관산별곡은 이제까지 내용 미상의 가사장르라거나 또는 경기체가(별곡체)로[27] 일별해 버렸지만, 우리는 이를 더욱 숙고해 볼 필요가 있다. '수찬가팔장 왈관산별곡(遂撰歌八章 曰關山別曲)'이라는 금호의 서(書)로 보아 이 '찬가팔장(撰歌八章)'은 국문학 장르규정상 중요한 관건이 아닐 수 없다. 즉 이 8장이란 국문학 양식을 특징지을 수 있는 연시형(Stanzaic Poems)이라는 형태를 제시한 것이므로 비연시형(Non-Stanzaic

---

26) 城在江上絶壁上, 有練光亭江外, 遙山遠控於활野, 長林之外明媚, 秀嫩不可名狀, 高麗詩人 金黃元, 登亭終日沈思只得一聯曰, 長城一面溶溶水, 大野東頭點點山, 而思涸不復練, 仍痛哭而下, 此最可笑詩, 亦非佳句(擇里志 平安道條)
27) 朴魯春, 전게논문, p.314.

Poems)의 가사와는 일단 거리가 있고, 무관하다는 것을 시사해 주기 때문이다. 확실한 것은 작품이 발견되어야 문학양식을 정확하게 규정할 수 있겠지만 우선 관산별곡이 8장으로 구성되었다는 사실만으로도 국문학상 양식을 충분히 추정할 수가 있다.

그것은 가사가 본디 전 2음보와 후 2음보의 중간에 반드시 휴지(Breath Group)를 두어서 음영하기 위하여 창작된 문학양식이지만, 관산별곡이 8장으로 구성되었다는 것은 경기체가나 고려속요와 같이 창 중심의 시가 양식상 특징을 나타낸다는 점에서 스스로 구분이 된다는 말이다. 주지하는 바와 같이 고려속요나 경기체가는 별곡, 별곡체라고도 일컫기도 했으며, 거의 공통적으로 6장(연)이나 8장으로 구성된 것들이 많다.

특히 경기체가는 거개가 사대부 계층에 의한 작품이 대부분이며, 'XX별곡'이라는 곡명의 작품이 많다는 점을 감안한다면 관산별곡이 8장으로 구성되었다는 것만으로도 경기체가와 같은 양식일 것이라는 것은 너무도 당연한 귀결이 아닐 수 없다. 또한 한림제유(翰林諸儒)가 지었다는 한림별곡과 안축의 관동별곡 등이 8장으로 이루어진 전형적인 경기체가라는 별곡문학의 특성은 8장의 관산별곡에도 그대로 적용되는 공통성을 지니는 까닭에 관산별곡이 국문학 장르상 경기체가 형식일 것이라는 점은 의심할 여지가 없을 것 같다. 그러나 한편 연시조도 몇 수라고 하거나 몇 장이라고 한다는 점에서 시조양식일 가능성도 배제할 수가 없다.

2.2.4 작자 및 창작 연대

전술한 바와 같이 박노춘에 의해 관산별곡의 작자를 반석평이라고 주장했음에도 불구하고 10년 뒤에 발간한 국어국문학사전엔 여전히 관산별곡은 작자나 창작 연대, 작품 미상의 가사작품이라고 하였다. 그리하여 관산별곡은 대부분 그렇게 알려져 왔지만, 금호의 서(書)로써 작자나 창작 연대가 확연하게 밝혀지게 되었다. 즉 관산별곡의 작자는 종성의 전절도 사였던 반공부 석평이며, 이문중이 윤색한 작품으로 창작 연대와 작자 및 윤색자28)까지도 밝힐 수 있다는 것이다.

병자년 간에 야인들의 잦은 출몰로 환난이 극심하여 변방의 백성들이 마음 놓고 살 수 없으므로 조정에서 문무를 겸한 덕망 높은 선비를 각각 종성과 경흥부사로 제수하여 그들로 하여금 성곽을 보수하게 하고 변방의 경계를 철저히 하게 함으로써 백성들이 평화롭게 농사를 지을 수 있도록 하였다. 이러한 사실은 금호유고 외에도 중종실록 권23, 11년 병자 정월 조에 '이기 위경성부사(李芑 爲鏡城府使)'라는 기록과, 같은 책 권36, 14년 기묘 7월 조에 '상 인견경흥부사반석평(上 引見慶興府使潘碩枰)'이라는 문 헌적인 자료가 이를 뒷받침해 준다.

그러므로 중종 11년(1516년) 병자년에 이기와 반석평이 각각 종성부사 와 경흥부사를 제수 받아 그들이 변방의 성곽을 보수하고 국방의 토대를 구축하였으므로 반공문 석평이 관산별곡을 쓴 시기는 1, 2년이 지난 중종 12년경이나 13년경(1517년 혹은 1518년)으로 보고 싶다. 그리고 금호 임형 수가 관산별곡의 서를 쓴 시기가 '알봉군탄 장지 근서'라 했으므로 '알봉군 탄'은 갑신년 곧 중종 19년에 해당되기 때문에 창작년대는 최소한 그 이전으로 거슬려 올려야 마땅하다.

다음으로 경흥부사 반공문은 백성들에게 애국하는 마음을 고취시키고 장졸들이 경계를 소홀하지 않도록 경각심을 일으키기 위해 관산별곡을 창작하였고, 종성부사였던 이문중이 이를 윤색하여 시가의 격조를 높였다

---

28) 歲丙子年間……今元戎李公文仲爲鍾城 前節度使潘公公父爲慶興 俱以宿孺
　　出也……遂撰歌八章曰關山別曲 實公父創之 元戎潤色之 (同書, 前揭文)

는 것이다. 작자 반공문은 거제반씨대동보에 의하면 중종조에 조광조의 문인으로 당대 혁혁한 문사였던 반석평이며, 이문중은 덕수이씨 대동보에 의하면 을사사화의 보익일등공신(保翼一等功臣)으로 영의정까지 오른 이기(李芑)임을 손쉽게 발견할 수가 있다. 그러나 금호유고에 나와 있는 반공부는 중종때 팔도감사를 지낸 반석평으로 자(字)가 공부(公父)가 아닌 공문(公文)이라는 사실이다. 이는 금호유고의 간행과정에서 '공문'을 '공부'로 잘못 쓰고 또 판각과정에서도 오각(誤刻)했으리라고 추정된다. 왜냐하면,

첫째, '문(文)'이 '부(父)'로 쉽게 오독될 만큼 자형이 비슷할 뿐만 아니라, 중종 때 사람으로 자를 '공부'로 한 사람이 반씨대동보나 중종실록에 전혀 나타나질 않고,

둘째, 반석평의 자가 공문(公文)인데 그의 형 석정이 정문(正文), 동생 석권도 평문(平文)이므로 자연히 석평의 자가 '공부(公父)'일 가능성은 전혀 희박하며,

셋째, 금호유고 서에 조정에서 병자년 간에 반공부를 경흥부사로 뽑아 썼다는 기록과, 조선왕조실록 중종 14년 7월에 중종이 반석평을 인견하여 북방의 방어가 제일 중대하니 불가불 삼가 조치하고 또 형벌이 과중하면 백성의 삶이 고달플 것이니 이를 삼가하라고 당부했다는 점[29] 등으로 미루어 볼 때, 이는 반석평이 경흥부사로 임명된 지 2, 3년만의 일로 반공부와 반공문 석평이 동일한 인물이라는 것을 증명하는 좋은 근거가 된다.

----

29) 上, 引見慶興府使潘碩枰, 敎曰, 北方防禦最大, 措置不可不謹, 且守令刑罰過重, 民生甚困, 其愼之, 碩枰曰, 臣承命, 固欲盡力, 但愚昧才短, 恐不副上意(中宗實錄 卷三十六, 十四年, 己卯七月條)

왜냐하면 병자년은 중종 11년, 1516년이므로 반공문이 경흥부사로 임명된 지 만 3년 만인 중종 14년(1519년)에 왕이 반석평을 불러 북방의 방어가 중대함을 역설하고 경계를 소홀하게 하지 말 것과 백성을 잘 보살피라고 당부했다는 왕조실록의 기록이 시간적 순서로 보아 지극히 합당하기 때문이다.

넷째, 금호유고의 서에 '금 원융 이공 문중 위종성 전절도사 남도 반공 공부 위경흥(今元戎李公文仲爲鐘城, 前節度使南道潘公公父爲慶興)'이라 한 것은 금호가 관산별곡의 서를 쓴 시기가 중종 19년이었음으로 중종실록 18년 계미 10월초에 '남도병사 반석평, 남도절도사 반석평(南道兵使潘碩枰, 南道節度使潘碩枰)'이라는 기록과 일치한다. 즉 전에 남도절도사를 지냈던 반공문을 7년 전인 중종 11년 병자년 간에는 경흥부사로 제수했었다는 사실(史實)과도 같다는 것을 알 수가 있다.

이상에서 살펴본 바와 같이 금호유고의 서와 중종실록의 역사적 사실(史實)과 일치함으로써 금호유고의 간행과정에서 반공문을 반공부로 잘못 오록(誤錄)하였다는 사실을 확인할 수가 있다. 그러므로 금호유고의 서 속에 있는 반공부는 자(字)가 '공부'가 아닌 '공문'의 오각으로 보아야 하며, 따라서 관산별곡을 창작한 사람은 반석평임이 틀림없다. 비록 그는 서얼(庶孼) 출신30)이지만 중종 조에 조광조의 문인으로 들어가 마침내 등과하여 형조판서와 팔도감사를 두루 역임한 유능한 사람이었다.

반석평은 세계(世系)31)에 의하면 고려 원종조에 문하시중을 지냈고,

---

30) 國朝文科榜目卷之六에 中宗 丁卯 丙科二十六人 三等二十三人 生員 潘碩枰, 公文父瑞麟, 祖崗, 曾思德, 妻父, 光州人, 翰林, 曾經八道監司, 五道兵使庶라 하였고 中宗實錄卷二十九, 九年, 甲戌二月條에 潘碩枰門地微賤……碩枰出於 賤孼于鄕曲이라 적혀 있다.
31) 亘濟潘氏大同譜, 丙辰刊.

기성(岐城)부원군으로 봉해진 시조 반부(潘阜)의 11세손이며, 조선 태조조에 개국원종좌명일등공신 해양군과 광주백으로 봉해진 반충(潘忠)의 현손이다. 그는 중종 2년 병과 26인중 3등 23인으로 등과하여 경흥부사, 5도병사, 8도감사, 형조판서를 두루 역임하였다.

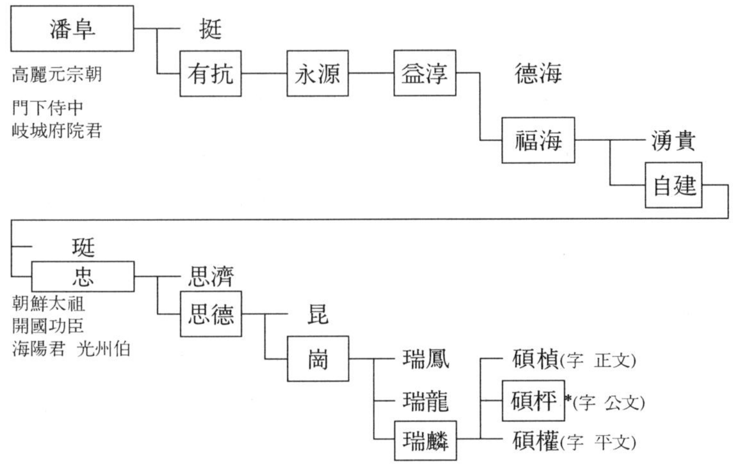

중종조에 예조판서, 공조판서를 거쳐 명종조에 대제학과 판중추부사를 역임한 정사룡이 찬(撰)한 반공문의 행장에 의하면, 반공문은 어릴 적부터 특이한 체질과 성품으로 뭇사람 가운데서 뛰어났다고 기록되어 전한다. 그리고 약관(弱冠)이 채 되지 못한 나이였는데도 재주와 학업이 탁월했으며, 차차 장성함에 따라 문장과 사어(射御)에도 능통했고 권모지략도 많은 사람이었다고 전해지고 있다.

뿐만 아니라 성품이 본디부터 어질어서 곤경에 처한 사람을 그냥 지나치지 아니하고 가엾게 여기며 정성을 다해 돕는 성정을 지녔기 때문에 특히 휘하 사람들에게 많은 환심을 얻어 덕망이 높았다고 한다. 항상 마음과 몸가짐이 언제나 흐트러지지 아니하고 시종여일하여 용모와 의표가 수매(秀邁)하며, 사람을 사귀되 교언영색(巧言令色)한 자를 멀리함으로서 망령되이 사귀지 아니하고 밝고 높은 마음으로 악함을 싫어하였고, 형제간의 우애함도 돈독하여 모든 사람들이 감동하고 사모했다고 전한다.32)

이러한 반공문의 성정은 대동야승 안당(安瑭)전과 김구(金絿)전 등에 잘 나타나 있다. 이 기록에 의하면 그는 어진 대부라 특별히 차례를 밟지 않고 뽑혀 쓰였으며, 경상감사 재임 중에는 어떤 부인이 여행하다가 길을 가지 못하고 곤경에 처했을 때 그냥 지나치지 않고 길가에 머물며 그 사정을 물어 본 다음 민망하고 측은하게 여겨서 양식과 물품을 찾아주고 하도(下道)로 가는 영사를 시켜서 배행(倍行)하도록 하였다33)고 했다. 이러한 행적만 보아도 아랫사람이나 불쌍한 사람을 그냥 지나치지 않고 그들을 얼마나 섬세하게 돌보고 배려를 했는지 그의 후덕한 마음씨를 엿볼 수가 있다.

반공문은 그러한 아름다운 성정을 지닌 사람이었기 때문에 조정에서 그를 변방수호의 중책인 함경북도평사를 제수하였고, 공은 그 직분에 면려하고 충실했으므로 백성들과 이속(吏屬)들의 칭송이 자자하였고 덕망도 높았다고 하였다. 그러한 공적과 치적으로 인해 일시 내직으로 옮겼다가 중종 18년 8월에 조정에서 공을 다시 함경남도 병마절도사로 제수하였다.

----

32) 鄭士龍撰 正憲大王 議政府左贊成 刑曹判書兼 五衛都摠府都摠管潘壯節公行狀(巨濟潘氏 大同譜, 丙辰刊)

33) 金慕齊 金沖庵 宋參判 欽潘判書碩枰, 亦請不次擢用, 後皆爲名宰相(安瑭傳), 慶尙監司潘碩枰, 於路上見一婦人之行, 被拘不得發行, 留駐路左, 深問知之, 愀然愍惻覓給粮物, 且使下歸營吏陪行焉(金絿傳), (大東野乘卷十, 己卯錄補遺卷上)

그리하여 서북방에 출몰하는 야인들을 구축(驅逐)하였는데 공이 군사들과 더불어 빈틈없이 성첩(城堞)을 지키며 병졸들을 훈련시켜 환난을 막으니 병사들의 사기가 충천하였다. 그렇게 함으로써 백성들은 마음 놓고 들에서 농사를 짓게 되니 변란 속에서도 평화로워서 여기저기에서 배경들의 환성이 드높았다[34]고 한다.

그러므로 반공문 석평이 중종 11년(1516년) 병자년 간에 경흥부사로 제수되어 변방을 철저히 지키고 백성들을 안무(按撫)하였다. 변방의 경계를 철저히 하고 백성들을 위무하기 위한 한 방편으로 관산별곡을 지어서 병졸이나 백성들의 국방의식과 애국심을 고취하였다는 것은 지극히 자연스런 일이 아닐 수 없다.

다음으로 관산별곡을 더욱 아름답게 하기 위해서 이문중이 윤색했다는 내용이 금호유고의 서에 기록되어 있다. 이문중은 덕수인(德水人)으로 율곡 이이의 재종조(再從祖)가 되고, 충무공 이순신과는 족숙지간(族叔之間)으로서 명종조에 을사사화의 보익일등공신이 되어 풍성부원군에 봉해진 후, 우의정과 영의정을 역임한 이기(李芑)다.

이기의 세계(世系)[35]를 보면

---

34) 三公及兵曹備邊司, 承命會實廳, 以潘碩枰書狀啓曰, 平安道所驅逐池寧怪, 則不過一月程, 咸境南道所驅逐茂昌, 則幾三四日程程途遠近不均, 故日期不同, 或先或後則甚不可也(中宗實錄卷四十九, 十八年癸未十月條) 및 潘壯節公行狀과 錦湖의 書의 내용에 의함.

35) 韓國系行譜, 天, 趙龍承編, 1980, pp.358~362.

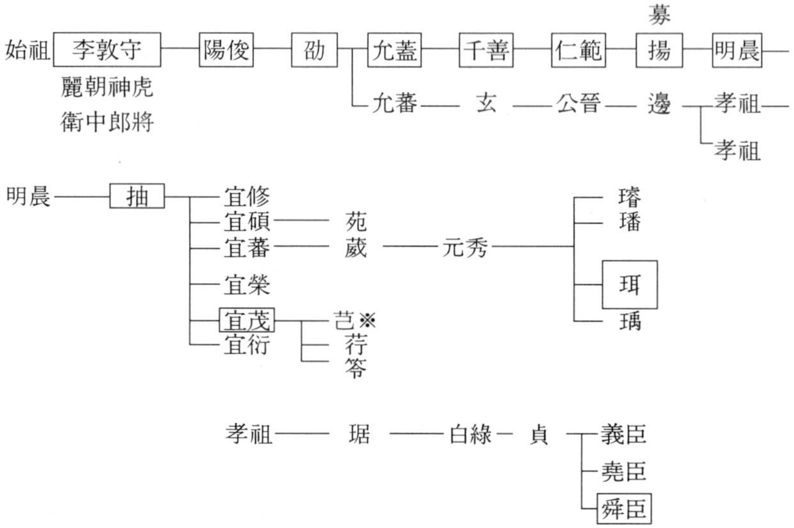

상게한 바와 같이 이기는 고려조에 신호위중랑장(神虎衛中郞將)을 지낸 덕수 이씨의 시조 이돈수의 11세손으로 연산 신유 7년 3등 25인에 등과하여 중종 11년 병자년에 종성부사가 되었다.[36] 이즈음 반공문은 경흥부사가 되어 북방의 변경을 수비하고 백성들을 보살피면서 애국심을 고취하는 한편, 장졸들로 하여금 변경의 경계의식을 북돋우기 위해 관산별곡을 지었다.

이문중 기(芑)가 이를 보고 더욱 매끄럽게 다듬어서 장졸들에게 부르도록 권장하였다. 그리하여 술을 마시고 즐기는 가운데서도 경계를 소홀하지 않도록 국방의식을 일깨우며 활 쏘는 시간에도 애국하는 마음이 저절

36) 展力 李芑, 文仲, 父宜茂, 祖抽, 曾明晨, 外成熺, 妻父金震, 德水人荇兄, 丙申 領相耆社乙巳元凶追奪七十八 (韓朝文科榜目卷之六).
以尹珣爲漢城府尹……李芑爲鐘城府使(中宗實錄, 卷二十三, 十一年, 丙子, 正月條)

로 솟구치도록 하였다. 그러므로 관산별곡은 본디 반공문이 창작하였던 것을 이문중이 더 아름답고 훌륭하게 윤색한 작품이다.

관산별곡의 윤색자 이기의 성정에 대한 기록은 대동야승에 의할 수밖에 없다. 대동야승에는 이기는 재주와 기상이 넘쳐 가히 쓸 만한 인물이라 하였고, 특히 국경의 방비에도 합당하다고 보았으므로 그를 종성부사로 제수[37]했을 것으로 보인다. 그가 재임 중에 북방의 경계를 튼튼히 하고 백성들을 보살핌이 지극했다는 것은 금호의 서에서도 이미 밝혔을 뿐만 아니라, 반공문이 창작한 관산별곡을 정성을 다하여 윤색했다는 의지로도 짐작할 수 있다.

그러나 그러한 그도 벼슬이 높아 중임을 두루 거치는 동안 점차 남을 모함하고 배척하여 그에 의해 죽거나 귀양 간 사람이 한 둘이 아니었다는 기록이 대동야승의 여기저기에서 산견(散見)이 된다. 대동야승에 나타난 이러한 이기의 부정적인 성정을 다음 몇 가지로 요약할 수가 있다.

첫째, 이기의 성품은 음험하거나 음흉하다는 것이다. 대동야승에 중종 께서 이기를 병조판서로 삼으려 하자, 공이 말하기를 "기는 부정한 관리의 사위로서 좋은 자리에 등용함이 마땅치 않습니다."라고 저지하였는데 이 는 공이 벌써 이기가 음험하여 나라를 흉하게 할 것을 염려했으며 이기의 원한이 여기서 싹텄다[38]고 하였다. 또 회재(晦齋) 이선생전에서도 이언적 이 경상감사가 되었을 때 도사 이천계가 지평의 부름을 받아 임지로 떠나 가면서 정승감이 이기로 여론이 돌아간다고 하니 회재가 그 사람은 음흉 해서 정승의 자리에 앉힐 수 없다[39]고 하였다.

------

37) 金克成文武兼備, 可堪重任, 成雲李芑 才氣可用, 芑亦合邊奇 (大東野乘 卷五
　　十三 東閣錄記上, 本朝璿源寶錄條)
38) ……蓋公己慮芑之陰險終能凶國, 而企之怨亦萌此矣(大東野乘卷十二乙巳傳
　　聞錄權灌)

둘째, 이기는 성품이 거칠고 험하며 바르지 못하고 아주 추하다는 점이다. 대동야승 권12 을사전문록 김진종전에는 '상론이기 추험부정(甞論李芑, 麤險不正)'이라 하여 이기의 인간됨이 거칠고 험하고 바르지 못하다고 하였다. 또 장빈거사호 찬(長貧居士胡 撰)에는 이기는 오가는 길에 늘 선생(송규암)을 찾았으나, 선생은 한 번도 답을 하지 않았으니 이는 이기를 추한 사람으로 취급했기 때문이었다고 기록하고 있다.

셋째, 이기는 학문을 알지 못하고 거칠고 험해서 만나서는 안 된다는 것이다. 대동야승 월정만필(月汀漫筆)에 모재(慕齋) 김안국이 들어오게 되어 송규암이 가서 뵈니 모재가 "이기는 실제로 학문을 알지 못하고 거칠고 험하여 만나봐서는 안 된다."고 극언하였다는 기록이 보인다. 그러나 이러한 부정적인 인물관과는 대조적으로 이기는 재주가 있고 허통할 만한 사람이라는 점과 재기가 쓸 만하여 국경의 방비에도 합당한 사람[40]이라는 비교적 긍정적인 견해도 있다. 이러한 견해는 그가 현달하여 벼슬길에 익숙치 않았던 비교적 젊은 시절의 이기의 모습이 아니었던가 한다.

2.3 결론

지금까지 살펴 본 관산별곡에 관한 새로운 국문학적 사실들은 금호유고 속에 자신이 쓴 '서관산별곡후'를 토대로 하여 시도되었다. 그 동안 문헌으로만 그 명칭이 전해졌을 뿐, 이에 관한 창작 연대, 창작동기, 작자, 문학양식, 작품내용 등이 미상인 채 막연하게 가사 작품으로만 소개되어 오다가

---

39) ……今當卜相, 時論皆歸李芑何如曰, 其人陰險不可置相位而已(同書, 晦齋李先生傳)
40) 李芑在中廟朝. 以贓吏女婿, 不得爲顯職, 廷議以芑有才, 可破格許通(상게서, 卷五十三, 同閣雜記下)

박노춘 교수에 의해 작자와 윤색자 및 문학양식의 간명한 의견이 제시된 적도 있었다.

그러나 이에 관한 본격적인 분석이 시도되지 못하였다. 필자가 우연히 금호유고를 보게 되었고, 그 속에서 금호 자신이 쓴 서를 읽게 됨으로써 지금까지 묻혀져 있던 국문학적 사실들을 새롭게 조명해보게 되었다.

첫째, 이문중 기(芑)가 종성부사로 제수된 시기가 중종 11년(1516년) 병자년이었고, 반공문 석평이 경흥부사가 된 시기도 그 때쯤이었음으로 관산별곡이 창작된 시기는 그 이듬해인 중종 12년이나 13년경인 1518년 경으로 추정할 수가 있다. 더구나 금호가 관산별곡을 보고 서(書)를 쓴 시기가 '알봉군탄 장지 근서'로 보아 갑신년(중종 19년, 1524년)이다. 그러므로 관산별곡의 창작 연대는 갑신년 이전으로 거슬러 올려야 하기 때문에 이 시기는 이 작품의 창작연대로 더욱 확실하게 성립이 된다.

둘째, 관산별곡을 쓰게 된 주된 동기는 반석평과 이기가 백성들이 마음 놓고 살 수 있도록 변방의 경계를 철저히 하는 한편, 장졸들이 술잔을 나누는 사이에도 이 노래를 부름으로써 경계심을 북돋우고 스스로 절제하여 마음에서 일어나는 방심과 해이함을 막기 위해서 창작한 교술적인 목적에서 씌어졌다는 것이다. 그러므로 날마다 이 노래를 반복하여 부름으로써 군자는 이에 감격하여 스스로 본받고자 하는 마음이 솟아나고, 소인들로 하여금 강토를 지키고자 하는 마음이 저절로 일어나게 되는 교훈적인 내용을 지닌 시가였다고 본다.

셋째, 관산별곡은 지금까지 가사 장르로만 소개되었지만, '수찬가8장(邃撰歌八章)'이란 결정적 단서를 발견함으로써 비련형의 가사가 아닌 경기체가 형식이나 연시조 장르일 가능성이 있다는 것이다. 왜냐하면 이 '8장'이란 것은 연시형의 고려속요나 경기체가에도 두루 나타나는 형식이며 연시조에서 볼 수 있기 때문이다. 그러나 '별곡'이라는 명칭으로 보아 연시조라기보다는 경기체가 양식일 가능성이 더 높다. 그것은 본디 '××별곡'이란 시가상의 명칭이 가사나 고려속요에서도 두루 붙여졌던 양식상의 명칭이 었지만, 주로 경기체가 형식을 일컫는 경우가 허다했기 때문이다.

넷째, '수찬가팔장 왈관산별곡, 실공부창지, 원융윤색지(遂撰歌八章 曰 關山別曲, 實公父創之, 元戎潤色之)'로 보아 작자는 경홍부사, 함경북도 병마절도사 및 8도감사를 지낸 반공문 석평이며, 종성부사를 거쳐 을사사화의 보익일등공신으로 풍성부원군에 피봉되고 영의정까지 오른 이문중 기(芑)가 관산별곡을 손질하여 더욱 알차고 매끄럽게 윤색하였다는 것이다.

다섯째, 금호유고 속의 반공부는 '공부(公父)'가 아닌 '공문(公文)'으로서 반석평이다. 그것은 거제반씨 대동보를 보면 중종 때 자(字)를 '공부'로 한 사람이 전혀 없고 자체(字體)가 '문(文)'을 '부(父)'로 오기, 오각할 만큼 비슷하다는 것이며, 반석평 형제의 자(字)가 모두 정문, 평문임으로 그 역시 '공부'가 아닌 '공문'이라 해야 옳다.

여섯째, 반석평과 이기는 모두 문무를 겸하고 재주가 뛰어나 변방을 굳게 지키는 일에 힘으며 국방을 튼튼히 하였음으로 백성과 이속(吏屬)들에게 덕망이 높았다는 점이다. 다만 이기는 첫 사환(仕宦)생활과는 달리 벼슬이 높아져 중임을 두루 거치는 동안 남을 모함하거나 죽이는 일이 많았고, 따라서 성정도 점차 음험하거나 음흉하였다는 것이다.

이상과 같은 새로운 사실들의 분석과정을 거쳤는데도 아쉬움이 남는 건 직접 작품을 대할 수 없는 안타까움 때문인 것 같다. 앞으로 이들 작자와 윤색자를 면밀히 탐색하는 과정에서 관산별곡 작품이 발굴되기를 기대해 본다.

3. 옥경헌 고산별곡

3.1 서언

필자가 세상에 알려져 있지 않은 옥경헌유고(玉鏡軒遺稿)를 접하게 된 것은 거년 봄 본 대학 도서관 도서실에 근무했던 김종진으로부터다. 마침 호남을 중심으로 하여 수집한 고서의 해제작업을 준비하던 그로부터 이 문집에 있는 고산별곡가사에 대해 몇 가지 의문점을 문의해 왔기 때문에 이 작품을 대할 수가 있었다. 그러나 문집에 실려 있는 대로 이 작품은 가사(歌辭)가 아니었다. 거개의 고전작품에서 발견할 수 있는 것처럼 노래하기 위한 말(글)로서 가사(歌詞)였지, 장르적으로 통칭되는 뜻으로서 가사(歌辭)는 더욱 아니었고 국문학 장르상 연시조였다.

처음엔 그저 강호시가류에서 늘상 대해 왔듯이 산수를 노래한 그런 범주를 벗어나지 않은 것으로 생각해 버렸다. 하지만 작자의 문집 속에 있는 시문과 발(跋), 소(疏) 등을 읽어가면서 선각자다운 작자의 투철한 삶의 철학이 이 작품에 투영되었다는 생각에 이르고 보니 그 의미가 한층 고조되었고 따라서 학계에 알려야겠다는 생각을 하게 되었다.

우선 이 고산별곡의 고산(孤山)은 조선조 시가문학의 대가인 고산 윤선도가 자호한 고산과 일치한 동호이인(同號異人)으로서 윤선도보다 30년 정도 늦게 태어난 사람이다. 옥경헌(玉鏡軒) 장복겸(張復謙)이 나이 7~8세에 어머니를 여의고 외조모 슬하에서 자라난 것과 고산이 6세의 어린 나이에 생부모의 슬하를 떠나 물설고 낯 설은 해남 백부댁에 입양된 문학적 환경이 둘 다 비슷하다. 특히 그러한 후천적 외로움을 씹으면서 문학적 체질이 되어버린 고독이 둘 다 너무 혹사(酷似)하다는 점이 유달리 눈에 띠었다.

더구나 이 두 사람은 세상을 등지고 고독한 산중에서 자오자락(自娛自樂)하면서 그들의 의경(意境)을 우리말과 글로서 자연스럽게 노래하였다는 점에서, 또 고산 윤선도의 시가작품들과 대비될 수 있는 국문시조라는 관점에서 고산별곡의 분석은 의의 있는 작업이라고 생각할 수 있다.

3.2 문집 옥경헌유고

3.2.1 서지적(書誌的) 고찰

옥경헌유고는 조선조 중기의 은일처사 장복겸(광해군9년, 1617~숙종 29년, 1703년)의 문집이다. 그의 7세손 진욱(鎭旭)의 서(序)에 의하면 이 문집은 고종 8년(1871년)에 간행된 것으로 보인다. 전 4권 2책으로 20.4×31cm의 한지에 인쇄된 목활자본이다. 권1에 오언절구, 오언율, 칠언절구 등 231수, 권2에 칠언율 47수, 권3에 칠언율 52수, 칠언배율 2수와 고산별곡 가사41) 10장 등 64수, 권4에 소(疏)2, 소상(訴狀)1, 서(書)1, 서(序)4, 발(跋)1, 제문(祭文)2, 만사(輓詞), 칠언율 1수 등 13편이 있고, 이외에 후손이 쓴 행장(行狀)과 기(記), 발(跋) 등이 있다. 이중 오언절구인 '지상대작(池上對酌)'과 '상서암회집(上瑞菴會集)', 칠언절구인 '영옥경헌(詠玉鏡軒)'3수와 '한적(閑寂)8수', '한중잡영(閒中雜詠)'4수 등은 고산별곡의 시상과 일치하다는 관점에서 고산별곡을 이해하는데 중요한 자료가 될 것으로 보인다.

---

41) 여기선 국문학 장르상의 명칭이 아닌 것으로 노랫말(글)로서의 歌詞임.

3.2.2 작자 옥경헌

옥경헌은 이 문집의 저자인 장복겸의 호이며 자는 익재(益哉)다. 그의 관향은 흥성(현 전북 흥덕)이며 남원부 거령현[42]에서 광해군 9년(1617년) 아버지 장사랑(將仕郎) 담(膽)과 호령대군 2대손인 석성(石城)의 정증손녀를 어머니로 하여 태어났다. 7~8세의 어린 나이에 어머니를 여의고 외조모의 슬하에서 어린 시절을 보냈고[43] 숙종 29년(1703년)에 졸하니 그의 나이 87세로서 고산 윤선도보다 30년 이후의 시문객이다. 그의 가계(家系)를 보면 고려 광종시(950년경) 광평시랑(廣平侍郎)을 지낸 유(儒)를 비조(鼻祖)로 하여 아래와 같은 계보를 형성하고 있다.

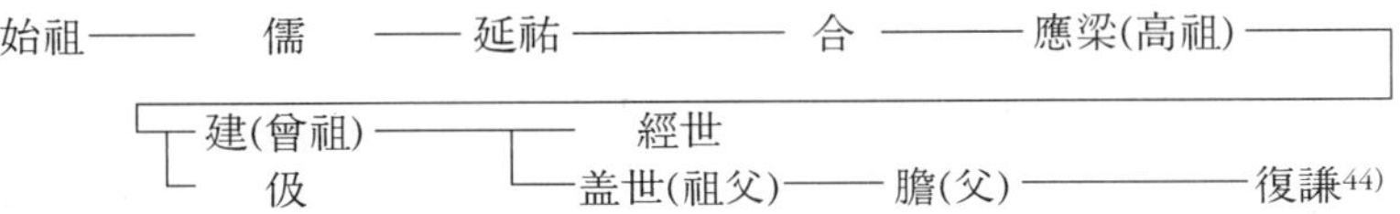

그러나 시조 유(儒)로부터 고조 응양(應梁)에 이르기까지 7~800년의 장구한 세월동안 겨우 연우(延祐), 합(合)이란 단선계대(單線系代)를 이루고 있음은 가계기록상 한국족보에서 거의 공통적으로 발견되는 불합리한 점이다. 이는 성씨의 시조를 추심해 나가는 과정에서 필연적으로 부딪히는 난제일 수밖에 없다. 고조인 응량은 성균관 사성(司成)을 지냈고, 중조인 건은 선조조에 문과에 올라 남상군수를 거쳐 예조정랑에 올랐으며, 조부인 개세(盖世)는 장악주부(掌樂主簿)를 지냈다. 이러한 사대부집안의

---

42) 현재 행정구역은 전북 임실군 지사면 영천리이다.

43) 玉鏡軒遺稿 下, 行狀條, 萬歷丁巳十一月二十三日公生, 而穎悟天姿卓異, 未及毀齒奄遭內憂哀毀, 若成人仍鞠, 養於外祖母平康蔡氏.

44) 曹龍承, 韓國系行譜(地), 서울, 1980, p.1504.

가계를 이은 장복겸은 자연 경전(經典)과 제자서(諸子書)를 가까이 하여 시문을 즐길 수밖에 없었을 것으로 보인다.

옥경헌은 당시 조선조 사회규범이었던 서얼(庶孽)에 대해 비판적 안목을 지녔던 선각자였다고 할 만하다. 그가 양육되었던 외가에는 후사가 없었고 다만 서자(庶子)만 있으므로 외조모께서 국전(國典)에 따라 전답을 골고루 나누었는데 외손자에게도 분배하는지라 제사를 지내야 할 서자를 위하여 자기에게 분배된 재산을 내놓았기 때문에 향당에서는 그의 너그러운 마음씨에 감복45)하여 칭찬이 자자했다는 기록을 그의 행장에서 찾아볼 수 있기 때문이다.

다음으로 옥경헌은 민중을 사랑하고 그들에게 특별한 애정을 지녔고, 무위도식(無爲徒食)하는 선비를 3등급으로 분류하여 국가에 봉사토록 해야 한다는 선각자적인 주장을 한 선비였다. 현종 11년(1670년) 흉년에 따른 기근(饑饉)으로 민생고가 극심하자 현종이 전국의 유림들에게 구언(求言)을 하였던 바, 옥경헌은 이에 구폐소(救弊疏)를 올렸는데 구폐소 속에는 그의 실천적 철학이 옹글게 담겨 있음을 발견할 수가 있다. 즉 백성이 도탄에 빠지는 주요한 요인 중의 하나는 환상(還上)의 제도인데, 이 환상이 본래의 목적대로 구휼(救恤)이 수행되지 못하고 고리(高利)의 이식(利殖)으로 민생고를 부추기는 원인이 된다는 것과, 사농공상 사민(四民) 중 농사짓기가 가장 어렵고 공상(工商)은 그 다음이요, 선비는 그 중 아무 일도 하지 않는 무위도식 계층임으로 이를 과감하게 시정하여 그들의 소임을 다하게 해야만 국방과 민복을 꾀할 수 있다는 민주적인 의무론을 제기하였다.

---

45) 玉鏡軒遺稿 下, 行狀, 外家無后, 只有妾子數人, 蔡氏均分田民 一依國典, 而公
　　憫其外家之零替, 爲其妾子之承祀, 出其自己之物, 特加優恤鄉黨, 莫不歎服焉.

선비란 어릴 때는 배우기에 열중하고 장성해서는 몸소 그 도를 실행해야 하지만, 하는 일 없이 포식(飽食)하고 종일 유담(遊談)하는 자가 많으므로 이를 마땅히 개혁해야 한다고 했다. 그러한 뜻에서 양반자제로 하여금 모두 소학(小學)과 사서(四書)를 공부하게 하여 이를 터득한 선비를 업유(業儒)라 하고, 활과 말 타기를 익혀 소질이 있는 자를 업무(業武)라 하여 이들을 적재적소에 등용함으로써 국가가 환난에 빠지지 않도록 미리 대비해야 한다는 방안도 제시했다.

이 외의 사람들은 업농(業農)의 무리에 포함시켜 세납미(稅納米) 일석을 내도록 하여 이를 국가의 기근시에 구황(救荒)의 방편으로 삼아서 방출한 후 거두어들이지 말아야 한다는 주장을 하였다. 이와 같이 소위 선비라는 계급을 3등급으로 분류하여 그들로 하여금 본분에 충실하도록 함으로써 유의유식(遊衣遊食)하는 일이 없게 해야만 국리민복(國利民福)을 꾀할 수 있다는 선구자적인 옥경헌의 철학은 높이 평가되어야 마땅하다.

셋째로, 옥경헌은 정의롭고 투철한 도의 실천자로서 지방교화에 면려한 사람이다. 경차관도진재등장(敬差官道陳災等狀)에 의하면 나라에서 남부지방의 가뭄으로 흉년이 들자 경차관을 보내어 그 정황을 살피도록 하였는데 수자원이 풍부하고 관개시설이 좋아 풍작을 이룬 남원부 동남쪽 일부 지방의 작황(作況)을 남부지방 전체적인 것인 양 보고하려 하자, 그렇지 못한 거녕(居寧)을 중심으로 한 남원부의 북쪽 산간부의 어려운 상황을 상세히 상소하였다.

특히 그가 살고 있는 남원부의 북쪽은 옛날에 거녕현이라 하였는데, 이곳은 남원부에서 60여리나 떨어져 있고, 율치(栗峙)와 호현(虎峴)의 사이에 산이 높고 물이 찬 땅이 많았다. 뿐만 아니라 땅이 척박하여 늘 심한 가뭄을 입는 곳이어서 태반이 이앙을 하지 못하므로 수확이 2, 3할에 그치는 곳인데도 경차관의 순력(巡歷)이 이곳에 미치지 못하였기 때문에 이러한 오류를 낳게 되었다고 분석하였다.

또한 위서당학도정서본부(爲書堂學徒呈書本府)를 보면 지방의 유학(幼學)을 위해 가숙(家塾)을 열어 수업토록 하는 일이 가장 훌륭한 사업이라는 인식을 가지고 그 지방에 있는 노유(老儒)들과 함께 가숙을 설치하고 그들 중에서 한 사람을 뽑아 사장(師長)으로 정했다. 그리하여 봄과 여름에는 시나 문장을 짓도록 지도하고(製述) 봄, 겨울에는 경서와 사서를 강론토록 하였다. 특히 오산리에 있었던 가숙은 6~70호에 불과한 마을이므로 가숙의 수리(修理)나 연료 채취를 위하여 동원되는 인부들은 관에서 특별히 부역을 면제해 주어야 한다고 청원하기도 하였다.

넷째, 옥경헌은 시문에 능하였기 때문에 많은 작품을 남겼는데 특히 우리글을 사용하여 절절한 심회를 노래한 고산별곡이란 연시조를 창작하였다. 이것은 이황, 심수경, 김만중 등이 주장했던 것처럼 임천에 묻혀 일어나는 상념과 시상을 솔직 담백하게 진술하기 위해서는 한문보다 우리말과 글이 아니고서는 불가능하다[46]는 인식에 이르렀기 때문이라고 보여진다. 이는 당시 대부분의 유자들이 한문만이 진서(眞書)라는 사대적 사상에 젖어있는 일반적인 현상과는 달리 유다른 자국어문의식의 발로라 해도 지나치지 않는다. 이러한 현상은 전술한 바와 같이, 옥경헌 장복겸 뿐만 아니라 유가의 대가들인 퇴계 이황이나 서포 김만중, 심수경 등에게서도 발견할 수 있는 자주의식이라고 할 만하다.

---

[46]拙稿, 朝鮮前期의 歌辭文學硏究, 全北大學院, 1987, p.68.

3.3 고산별곡과 그 배경

3.3.1. 문학적 배경 불고정과 옥경헌

불고정(不孤亭)은 남원부 거녕현 동쪽[47]에 옥경헌 장복겸이 세웠던 정자다. 집문 밖에 고산(孤山)이라 부르는 작은 산이 있는데, 그 산 위에 정자를 지어 불고정이라 하였다. 이는 불우헌 정극인이 태인 칠보 동진강 가에 집을 짓고 걱정을 하지 않는 집이라는 뜻에서 불우헌(不憂軒)이라 명명한 것과 궤를 같이 한다. '고산(孤山)'과 '불고(不孤)'의 아이러니는 옥경헌 스스로의 심회를 표현한 것이지만 그 행장을 보면 소동파가 산은 외롭지 않다 라고 한 말에서 취의(取義)했다[48]고 기록되어 있다. 이는 고산은 장수 팔공산에서 시작된 산 줄기를 따라 맑은 물을 안고 흐르다가 거녕현에 이르러 자라 모습처럼 뚝 떨어진 작은 멧부리다.

그 곳에 누대동안 살아온 사람 중에는 마을 앞 조그만 산을 예로부터 '독뫼'라고 불러왔다는 사실을 알고 있는 점으로 미루어 보거나, 고산 불고 정서(不孤亭序)와 옥경헌기(玉鏡軒記)의 내용을 바탕으로 하면 이 '독뫼'가 고산이라는 사실에 쉽게 접근이 된다. 옛 지명 속에는 이 독뫼의 조어처럼 한자와 순국어가 혼합된 것이 많다. '곰+재'를 곰치라고 하고, '솔+재'를 솔치라고 하는 예가 그것이다.

아이러니 하게도 이 고산에 외롭지 않다는 '불고정'을 세워놓고 산은 외롭다는 이름으로써 '고산'이라 하고 정자는 결코 외롭지 않다는 뜻으로써 불고정이라 했다. 그리고 산은 외양과 내면을 있는 그대로 표현하는

---

47) 현 행정구역으로는 전북 임실군 지사면 영천리를 말하는데 장수군 산서면 대창리와의 중간지점이라 한다.

48) 玉鏡軒遺稿, 行狀, 門外有一小山 號孤山 結搆於其上 名之曰不孤亭 盖取東坡 道人有道 山不孤之義也.

얼굴이요, 정자는 덕을 나타내는 것이라고 그 서(序)에 밝히고 있다.[49] 옥경헌은 때로 이 정자에 노닐며 스스로 외로움을 달래고 외롭지 않다는 것을 읊조리기도 했고, 달 밝은 창가에 고요히 앉아 도의(道義)를 강론하고 닦는 즐거움을 스스로 누리고 살았는데, 바로 이러한 것들이 불고정이라고 명명한 작자의 의취였다는 것이다.

그는 자라 모양 같은 자그만 이 독뫼에 불고정을 짓고 이 산과 정자는 수천만대를 이어오다가 어느 날 스스로의 몫이 된 것을 천간지비(天慳地秘)타가 자기에게 넘겨준 것이라고 무한히 즐거워하고 있다. 그러면서 고산은 속세에서 찾아보기 힘든 신선의 영역으로 가히 정광부(鄭廣父)도 아름다운 이 선경과 어우러져 일어나는 심상을 가사를 지어 기록했다고 하였지만, 애석하게도 지금 그 가사를 대할 수가 없다고 하였다.

옥경헌은 역시 고산에 있었던 일종의 정각(亭閣)으로 만년에 등척(登陟)의 수고로움을 덜기 위하여 서호의 상류에 지었는데, 이 역시 전해지지 않는다. 옥경이라는 자의(字意)에서 느낄 수 있는 것처럼 보는 사람마다 이 고산의 물 맑기가 마치 옥과 같고 달이 밝으면 거울처럼 물과 달이 하나같이 아름답기로 옥경헌이라 했다고 전해진다.[50]

또한 지나는 과객들의 눈에 옥경헌 주인이 옥 같은 유자(儒者)처럼 비춰지고 말이나 마음 역시 명경지수처럼 맑고 깨끗하게 보였다고 하니, 가히 신선의 경지에서 수많은 한시문과 국문시조인 고산별곡이 창작된 것은 오히려 당연한 귀결인 것 같다. 특히 달 밝은 밤이면 옥경헌과 서호천 맑은 물의 어우러짐은 선경처럼 아름다웠을 것으로 보인다.

---

49) 孤山不孤亭序. 山以孤名 亭以不孤名 山言容也
　　　　亭言德也 來不麓 起不漸 鰲頭一点
　　　　平地上斗起 則吁玆山也 其亦孤也
50) 玉鏡軒序, 主人曰, 客知夫水與月乎, 水淸如玉, 月明如鏡

즉 달빛이 잔잔한 물 위에 부서지는 모습은 수정유리가 푸르른 물 위를 구르는 것 같고, 정자가 거꾸로 비치면 벽과 창이 더욱 더 영롱한데 이는 마치 빈주(濱主)가 수정궁에 앉아 있는 신선인 양 착각에 빠져들고도 남게 한다.

그러므로 넘실대는 푸른 물을 노래로 옮기지 아니할 수 없고 밝은 달을 읊지 않을 수 없으며, 흐드러지는 그 노래는 한번 부르면 세 번 이상 탄복하지 아니할 수 없었을 것으로 보인다.

3.3.2 고산별곡의 이해

가. 고산별곡

옥경헌유고 속의 가사(歌詞)란에 '고산별곡'이라 제(題)하고 고산별곡의 창작과 향유방식을 옥경헌 스스로 다음과 같이 술회하였다.

위에 고산의 승경과 아래로 서호의 아름다움이 있는데 이 고산과 서호의 중간에 정자를 짓고 스스로 교만하고 오만한 자 주인이 아니런가? 주인의 성정이 시를 사랑하고 술을 즐기므로 서호와 고산이 아니고서는 주인의 즐거움을 받들지 못할 것이며, 주인이 없다면 서호와 고산의 아름다움도 그려낼 수 없을 것이다. 그러므로 이에 가사(歌詞) 10장을 지어서 달 밝고 청량한 바람이 부는 밤이나 꽃이 피고 술 익는 때에 노래하는 아이들로 하여금 이 노래를 부르게 하였는데 그것이 바로 고산별곡이다.[51]

이 서(序)를 살펴보면 고산과 서호의 절경에 옥경헌과 불고정을 지어 멋과 아름다움을 아는 장복겸이 있었기에 이를 시문으로 표현하지 아니할 수 없었다는 작품의 창작동기를 발견할 수가 있다. 거개의 조선조 사대부

---

51) 玉鏡軒遺稿 下, 歌詞 孤山別曲條

들이 시가를 향유했던 방식처럼 옥경헌도 바람 서늘한 밤이나 꽃이 흐드러지게 핀 시절에 술자리를 만들어서 동자(童子)-대부분 기녀들임-로 하여금 고산별곡을 부르게 했다는 것이다.

그러나 고산별곡은 일반 사대부들의 시가 작품과는 대별이 된다. 강촌에 묻혀 자연을 노래했던 강호류의 시가들은 대부분이 환로(宦路)에 나갔다가 자신의 뜻과는 관계없이 벼슬길을 떠나게 됨으로써 자연의 품속에 안겨서 그 아픔을 달래고 스스로 자위(自慰)하는 수단으로서 음풍농월(吟風弄月)을 하였다. 그렇지만 고산별곡은 애당초 작자가 벼슬길에 나가지 아니하고 아름다운 자연을 벗하는 생활 속에 시조를 지어 스스로 즐겼다는 데서 여타의 다른 작품과 다르다는 것을 알 수 있다.

나. 고산별곡의 분석

고산별곡을 현대어로 옮겨 보면 아래와 같다.

가) 靑山은 에워들고 綠水는 돌아가고
   석양이 거들때에 新月이 솟아난다
   眼前 一尊酒가지고 시름플자 하노라

나) 山林에 늙은몸이 詩酒에 病이되니
   앉으면 盞을잡고 醉하면 붓을잡네
   이밖에 여나믄人事는 全未全未 하노라

다) 江山에 눈이익고 世路에 낯이서니
   어디서 뉘門에 이허리 굽닐손고
   一尊酒 三尺琴가지고 百年消日 하리라

라) 내말도 남이마소 남의말도 내아닌내
　　孤山 不孤亭에 조히늙는 몸이로세
　　어디서 妄佞의 손이 검다세다 하나니

마) 玉鏡軒 잠을깨어 嫩柳莊 안니다가
　　青溪石 흩디디어 不孤亭을 올라가니
　　아이야 一壺酒가지고 날을찾아 오너라

바) 엊그제 빚은술이 다만세甁 뿐이로다
　　한甁은 물에놀고 또한甁 뫼에노세
　　이밖에 남은甁가지고 달에논들 어떠리

사) 生涯도 苦楚하고 世味도 淡泊하다
　　흰술 한두잔에 푸른글귀 뿐이로세
　　玉鏡軒 平生行狀이 이밖에는 없어라

아) 人生이 百年內에 憂患에 싸였으니
　　盞잡고 웃는날이 한달에 몇적일고
　　술두고 벗만날날이야 아니놀고 어이리

자) 七絃이 冷冷하니 옛소리는 있다마는
　　鍾期를 못만나니 이曲調 게뉘알리
　　碧空에 一輪明月이 내벗인가 하노라

차) 국安酒 깊은盞은 座上께 나소오고
　　노래춤 장고북은 젊은이 맡겨두고
　　아이야 종이붓먹드려라 聯句한작 하옵세

모두 10수의 연시조인 고산별곡은 강산에 묻혀 자오자락(自娛自樂)한 일상을 노래한 작품이다. 대부분의 사대부들이 읊었던 시조들은 재도(載道)적인 것들이 주류를 이루거나 시주(詩酒)로서 자신의 처지를 정당화하고 자위하는 작품들이 많은데, 고산별곡도 이의 범주를 크게 벗어나지 못하고 있다. 이 작품의 주된 소재가 된 것은 청산(靑山), 녹수(綠水), 석양(夕陽), 달, 술, 삼척금(三尺琴)과 지필묵(紙筆墨)으로 고산별곡은 시를 읊조리는 가운데 시름을 잊고 소일하면서 자오(自娛)하는 게 작자의 주된 정서가 되고 있다.

① 형식적 특성

10수의 연시조 가운데 마)는 초장과 중장이 종장에서 유기적으로 결합하여 새로운 해결의 실마리를 제시하였고, 아)는 초장과 중장의 상황을 종장에서 전환시키는 구성법을 취하였다. 기타 8수는 3장 모두 각각 독립적으로 존재하면서 한 작품을 구성하고 있다[52]는 것을 발견할 수가 있다.

율격적 측면에서도 고산별곡은 시조의 일반적 정격인 4음보와 3·4조의 음수율이 발달할 수밖에 없고, 3음보와 4음보의 진행이 자연스러울 수밖에 없다[53]는 국어 생리상의 논리성을 그대로 대변해 주는 결과로 보여진다. 다만 시조의 일반적 구조인 종장의 첫 구가 눈에 띄게 파격을 이루고 있음이 여타의 시조와 다르다는 것이다. 즉 '眼前 一尊酒가지고',

---

52) 林鍾贊, 時調文學의 本質, 大邦出版社, 1986, p.133.

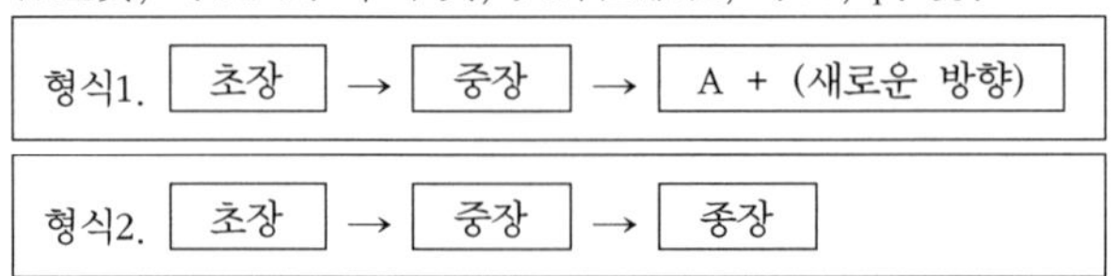

53) 拙稿, 조선전기의 가사문학연구, 전북대대학원, 1987, p.49.

‘이밖에 여나믄人事는’, ‘아이야 一壺酒가지고’, ‘술두고 벗만날날이야’, ‘아이야 종이붓먹드러라’와 같이 10수 중 4수의 정격을 제외하고는 종장 첫 구의 제2음보가 6음절 이상의 변칙을 이루고 있고, 10수 째의 종장 제2음보는 7음절의 음율을 형성하고 있다는 말이다.

그러나 음영위주의 가사와는 달리 시조는 창에 의해 수용 향유되기 때문에 5음절로 거의 고정된 음수율을 이루게 되는 것은 국어의 조어상 5음절보다 더 큰 단어가 거의 없고 대부분의 언어가 2음절에서 5음절어 사이에서 조직된다는 언어학적인 요인이 근간이 되는 것이며, 한 호흡군의 발화량이 5 Mora를 넘기가 어려울 뿐더러 그렇게 되면 자연적으로 리듬이 파괴된다는 음성생리상의 문제라고 할 수가 있다.[54]

또 시조는 창의 방식으로 향유되기 때문에 음절의 과다에 커다란 영향을 미치지 아니한다. 실제로 이주환에 따라 그가 시조창을 채보한 가사보(歌詞譜)[55]에 의하면 한 음절이 5～6박이 되기도 하고, 6～7음절이 불과 1～2박으로 창할 수도 있기 때문이다. 다만 고산별곡 마)와 차)의 시조는 전통시가의 낙구에 나타나는 차사격(嗟辭格)인 ‘아이야’의 감탄사가 있어 시가의 정통성을 지니고 있음을 보여주고 있다.

그러나 고산유고에 실려 있는 어부사시사는 국문학 장르상 40수의 연시조라고 논의하여 왔지만, 매 시조마다 여음구가 있고, 또 전술한 바와 같은 시조 종장의 형식상의 특성이 나타나지 않는다. 뿐만 아니라 춘하추동 사계에 따라 10수씩 연이어 간 가사(歌辭)의 형식과 상사한 점이 많다는 점에서 장르의 재고작업이 이루어져야 한다는 점도 지적하지 아니할 수가 없다. 다시 말하면 정통시조 형식상의 특징인 ‘어즈버, 아이야, 아마

54) 拙稿, 전게서, p.62.
55) 李珠煥, 歌詞譜, 續, 국립국악원 가곡연구회, 1962.

도'등 상투적인 시조의 차사격이 40수나 되는 어부사시사에 단 1수도 발견
되지 않는다는 것이다. 그리고 매시조마다 초장 끝에 '닫드러라 닫드러라',
'배브텨라 배브텨라', '배떠라 배떠라' 등의 여음과 종장이 시작되기 전에
'至菊蔥 至菊蔥 於思臥'의 여음이 필수적으로 온다는 점을 간과해서는
안 된다는 뜻에서 장르의 재고작업이 있을 수 있다는 것이다.

② 작품내용

가)의 시조 '靑山은'은 여타 은일류의 작품이 그렇듯이 청산, 녹수, 석
양, 신월(新月), 일존주(一尊酒)를 주된 소재로 하고 있다. 푸른 산은 첩첩
이 안으로 에워싸고 있지만 푸른 물이 돌아서 주야창천 흘러가는 공간을
제공하는 가운데, 한낮이 지나면 석양이 오고 석양이 지나면 동녘에 청신
(淸新)한 달이 솟아오른다는 만유불변의 자연의 이법을 제시함으로써 상
대적으로 왜소하고 변화무쌍한 인간들에 대한 서글픔을 노래하고 있다.
세상에 나가지 아니하고 한 잔의 술과 한 구의 시로서 시름을 달래는
고산별곡 10수는 그가 지은 오언고시 '지상대작(池上對酌)'의 이미지와도
동질적이다.

池上黃花嫩	못가의 국화가 아름답고
樽中白酒香	술잔의 소주는 향기롭구나
故人臨邂逅	옛 친구 찾아와 반기니
新月耀輝光	초저녁달이 웃음을 띠네
四美今宵具	이 밤 이 넷의 아름다움이 있어
三秋一日良	3년도 하루같이 즐거웁구나
逢場無限興	만남의 이 자리 무한한 이 흥취
大醉賦詩章	대취하면서 시 한 수 읊조리네　　　〈필자 옮김〉

우선 이 한시는 고산별곡 전편의 주된 소재인 녹수(綠水), 백주(白酒), 벗, 신월(新月), 시 등이 전편을 이루고 있을 뿐더러, 고산별곡 전편에 흐르고 있는 이미지가 압축되었고 특히 고산별곡 가), 마), 바), 아), 자), 차)의 시조와도 그 주된 정서가 동질적이다.

나)의 시조 '山林의'는 산림 속에 시를 읊고 술 마시는 것을 병적인 즐거움으로 노래한 작품이다. 앉으면 술잔을 기울이고 취하면 붓을 잡아 시를 읊조리는 생활이 인생의 전부이며, 여타 다른 사람들의 일은 전혀 알 바 아니라고 역설하고 있다. 이러한 정서는 시조 다)의 '江山의'에서도 두드러지게 나타난다. 강산에는 익숙하지만 세상일에는 낯설기만 하니 어느 누구에게 다가가 부탁하겠는가로 이어진다. 이러한 번뇌에서 벗어나는 방법을 나)의 시조에서 보여줬던 시주(詩酒)라기보다 한 걸음 진전된 술과 삼척금(三尺琴) 곧 거문고로 평생을 소일한다는 것에서 찾고 있다.

그러나 세상이란 이러한 은일군자를 스스로 자오자락(自娛自樂)하도록 허여하질 아니한다. 그러한 야속한 세정(世情)이 라)의 시조 '내말에'에 이어져 가슴앓이를 앓고 만다. 내 멋에 따라 산다 해도 세상 사람들은 그대로 놓아두질 아니하고 시시비비를 하는 법이어서 이러한 세정에 대한 원망스러움을 종장에서 '어디서 妄佞의 손이 검다셰다 하나니'로 꾸짖으며 가슴아파하고 있다. 세상 못된 사람들이 자신의 척도에 따라 남의 일을 검다고 하고 때론 희다고 함부로 재단하며 비난을 일삼는다는 것을 못마땅해 하고 있다.

마)의 시조 '玉鏡軒'은 하루의 일상을 압축하여 마치 일기 쓰듯이 서술하고 있다. 옥경헌에서 잠을 깨어 눈유장에 있다가 푸른 이끼가 낀 징검다리를 지나 불고정에 올라서 술과 벗하며 살아간다는 것이다. 빚은 술이 세 병뿐인데 한 병은 물과 벗하며 놀고, 다른 한 병은 산에서 놀며, 또한 병은 달 속에서 신선처럼 노닌다는 것을 바)의 시조 '엇긔제'에서 노래하고 있다.

시조 사)의 '生涯도'도 시주(詩酒)로 일관하고 있다. 생활도 고초스럽고 세상도 무미하니 소주 한 두 잔에 시를 읊으며 평생을 지내겠다는 작자의 이미지가 그대로 나타나고, 아)의 시조 '人生이'는 인간세상을 떠나 산림에 묻혀 살아가더라도 세상의 생노병사의 질곡 외에 사람과 사람 사이의 갈등으로 늘 우환이 끊일 날이 없기 때문에 술잔을 기울이며 세상사를 떠나 즐길 수 있는 날이 많지 않다는 진솔한 고백을 늘어놓고 있다.

그러면서 세상사의 우환을 치료하는 한 방법으로서의 전환을 벗과 만나는 일을 제시함으로써 상황의 변환을 꾀하고 있음을 발견케 한다. 벗을 만나 즐거움을 나누는 것에 동반되는 거문고도 변환의 주된 소재로 등장한다.

자) '七絃이'의 시조에서 거문고 소리는 옛적의 그 소리이지만 거문고 소리를 듣고 이해할 수 있는 종자기(鍾子期)[56]를 만날 수 없으니 오직 밤하늘에 오연히 떠 있는 달만이 내 벗일 수밖에 없다고 한스러워하고 있다. 이 시조의 정조는 고산 윤선도의 고금영(古琴詠)의 그것과 아주 흡사하다. 즉 '七絃이 冷冷하니 옛 소리는 있다마는 / 鐘期를 못 만나니 이 曲調 게 뉘 알리'는 고산의 '버렸던 가얏고를 줄언저 놀아보니 / 淸雅한 옛 소리 반가이 나는 고야 / 이 曲調 알 리 업스니 집겨 놓아 두어라'[57]라 하여 고산 윤선도의 정서와 동질적으로 노래하고 있다는 것이다. 또 인간에게서 기대할 수 없는 옥경헌은 고산 윤선도가 오우가에서 수(水), 석

---

56) 춘추전국시대 거문고의 명수 伯牙는 자신의 거문고 소리를 알아주던 유일한 鍾子期의 죽음을 한탄하고 거문고 줄을 끊었다고 전해진다.
57) 孤山先生遺稿 卷 六 下, 別集, 歌辭.

(石), 송(松), 죽(竹), 월(月)을 통해 불변성을 노래한 것과 마찬가지로 '一輪明月'을 벗으로 삼고 있음도 우연의 일치라고만 보아 넘길 수 없을 것 같다.

　차) '국안주'의 시조는 고산별곡의 마무리 장으로서 시주(詩酒)와 벗과 달, 거문고로서 위안을 삼아 보았지만, 그것만으로 자위할 수 없는 옥경헌은 청산별곡의 마지막 8연에서와 마찬가지로 '깊은 盞'에 의지하며 현실의 아픔을 달래었고, 더욱이 노래, 춤, 장고, 북소리를 즐기며 인간 본연의 고독을 치유하려 안간힘을 쓰고 있음을 발견할 수가 있다. 그러면서도 사대부 시가에서 관행적 수단으로 동원되었던 것처럼 옥경헌도 시작(詩作)으로 귀결 짓고 있다는데서 작자의 이지적인 성격이 우러나고 있다.

　이와 같이 고시조에 있어서는 이념을 앞세운 '정제된 소재 또는 공식화된 소재'로서 시조작품을 다루고 있다58)는 사실을 이 고산별곡에서도 동일하게 느낄 수 있다. 출세하지 아니하고 초야에 묻혀 지절(志節)을 노래할 때 으레 관례적으로 물이나 달을 주된 소재로 등장시키면서 더욱이 인간이 아닌 달을 유일한 벗으로 삼아 노래하고 있는 옥경헌 자신의 모습이 일목요연하게 나열되고 있다. 고산별곡 10수의 연시조는 개개의 작품으로 독립되지 아니하고 소재나 주제가 하나의 연결고리로서 연쇄적으로 연결 구성되어 있는 것도 특이하다 할 수 있다.

3.4 결론

　옥경헌 장복겸은 광해군 9년(1617년)에 태어나 숙종 29년(1703년) 향년 87세로 일생을 마친 은일시문객으로서 고산 윤선도와는 30년 뒤의 은일처

---

58) 林鍾贊, 전게서, p.109.

사이다. 고산처럼 많은 국문 작품을 남기지는 못하였지만, 오언절구와 오언율, 칠언절구, 칠언율, 칠언배율 등 332수와 가사(歌詞)라 하여 국문으로 지은 고산별곡 10수가 있고 이외에 소(疏), 서(書), 서(序), 발(跋), 제문(祭文), 만사(輓詞) 등 13편의 비교적 많은 시문을 남겼다.

특히 옥경헌은 과거에 올라 출세할 수 있는 좋은 여건이었는데도 불구하고 환로(宦路)에 나가지 않았다. 산림에 묻혀 시를 읊조리며 야심을 키우지 않고 오로지 후진교육에 진력하였다. 뿐만 아니라 현종 11년에는 왕이 전국의 유림들에게 구언(求言)을 요청하자, 백성이 도탄에 빠져 고생하는 까닭을 환상(還上)의 제도 때문이라고 보고 이에 대한 문제를 구폐소에 일일이 논거하였다.

즉 환상이 본래의 목적대로 수행되지 못하고 더구나 사농공상 사민(四民) 중 농사짓기가 가장 어려운데도 농민에게는 합당한 대우가 따르지 않는다고 지적하였다. 또한 선비는 무위도식하는 계층인데 이를 과감하게 시정하지 않으면 국리민복을 꾀할 수 없다는 선각자다운 실천적 철학을 역설하였다.

또 당시 조선조의 사회규범이었던 서얼제도에도 비판적 안목을 지녔던 그는 그가 양육되었던 외가에 후사가 없고, 서자만 있는 까닭에 외조모께서 국전(國典)에 따라 전답을 골고루 자신에게도 분배하는지라, 서자를 위하여 자신에게 분배된 재산을 내놓았다는 사실만으로도 범상한 인물이 아니었다고 생각되어진다.

그가 남긴 많은 시문 가운데서도 국문으로 지은 고산별곡 10수의 연시조는 다른 은일류의 시가가 그렇듯이 청산, 녹수, 석양, 신월, 일존주 등을 소재로 하면서 거기에 벗, 거문고 등이 하나의 연결고리로서 스스로의 시름을 일탈하려고 시도되고 있다는 것이다.

고산별곡의 연시조는 고시조의 율격을 그대로 유지하고 있으면서도 종장 첫 구는 고시조의 정격을 깨뜨리고 있다는 것이다. 고산별곡 10수 가운데 율격상 3수의 정격을 제외하고는 7수의 시조가 중장 제2음보의 음수율이 6음절 이상의 변격을 이루고, 맨 끝장의 시조는 7음절을 형성하고 있음도 특이하다. 차사격인 종장 첫 구는 2수만이 '아이야'라는 감탄사가 있어 고시조의 정격을 유지하고 있다는 점이다.

그러나 이러한 율격상의 변격은 음영위주의 시가와는 달리 시조란 시조창에 의해 수용 향유되기 때문에 커다란 영향을 미치질 아니한다. 실제로 창에 있어서는 한 음절이 5~6박으로 길어지기도 하고, 6~7음절이 1~2박으로 짧아질 수도 있기 때문이다.

다음으로 고산별곡은 아직 학계에 알려지진 않았으나, 현종조 장복겸이란 은일 사대부에 의해 국문으로 씌어지고 창으로 향유된 문학장르[59]라는 데서 큰 의의를 찾을 수 있겠다. 고산 윤선도의 산중신곡이나 산중속신곡, 어부사시사 등 작품과의 영향관계는 아직 살피지 못하였지만, 옥경헌 장복겸은 윤선도보다 30년 이후에 활동했던 시문객이고 보면 그럴 가능성도 배제할 순 없을 것 같다. 왜냐하면 절해고도와 같은 산림 속에 묻혀서 은일자락하는 자세가 서로 동질적이며 특히 고산의 고금영의 시조와 옥경헌의 자)의 시조 '七絃이'는 그 주된 정서와 표현이 거의 상사할 뿐만 아니라, 여타의 작품들도 주된 정조가 같기 때문이다. 다만 작품의 질적 측면이나 수사적 기교가 고산과 비교하여 우위에 있다고 볼 수 없는 면이 서로 다를 뿐이다. 앞으로 이 작품에 대한 문학적 연구가 더 깊게 이루어지기를 기대하며 고산별곡의 작품소개 정도로 가름코자 한다.

---

59) 玉鏡軒遺稿, 孤山別曲, 上有孤山之勝, 下有西湖之景 作亭於湖山之間……乃作歌詞十章, 月白淸風之夜, 花開酒熟之時, 使童子歌之, 名曰孤山別曲

4. 후산 이산구곡가

4.1. 서론

「이산구곡가」는 1925년경 후산 이도복(李道復)이 마이산 아래 이산정사를 낙성한 후 주자의 「무이구곡가」, 율곡의 「고산구곡가」를 전범으로 하여 창작한 조선 후기 가사 형식의 은일가사이다. 이 작품은 진안군 문화원장으로 있는 안일이 1985년 「마이산」이라 한 소책자에 약간의 해설을 붙여 소개한 바가 있고, 1987년 유재영 교수에 의해 이 작품의 양식·작자·창작 년대 등이 밝혀졌으며, 1992년 진안군에서 발행한 진안군사에도 소개되었다. 「이산구곡가」는 이산정사 미간(楣間)에 음각하여 걸어두었으나 필자 역시 지나쳐버린 작품으로 학계에 지금까지 소개되지 않았다. 1996년 여름 '문화의 해' 사업의 일환으로 필자가 '한국문학지도'의 원고 청탁을 받고 무주, 장수, 진안을 기행 하던 중에 발견되어 학계에 소개하게 되었다.

작자 이도복은 연재 송병선과 면암 최익현 선생의 문하에서 공부한 우국충절의 조선조 말 유자다. 그의 가사 작품 「이산구곡가」를 이들 계통의 9곡류의 작품, 즉 「무이구곡가」, 「고산구곡가」의 구성과 형식, 내면의 정조를 통해 얼마나 영향을 받았는지를 살펴보겠다.

우선 작자가 남긴 『후산문집』 등을 통해 작자의 시문과 성정, 사상 등을 살피고 구곡가류의 작품을 분석한 뒤 「이산구곡가」의 분석 과정을 통해 「무이구곡가」, 「고산구곡가」와의 상호관련성을 찾아보고 조선 후기 말 가사의 형식, 내용적 특성을 분석해 보고자 한다.

4.2. 이산구곡가와 구곡가류

4.2.1 작자와 작품

4.2.1.1 이도복

작자 이도복은 철종 13년(1862년) 경남 산청군 단성면 수월리에서 월암 이동범의 장자로 태어났다. 성주를 본관으로 한 시조 장경의 19세손이고, 고려 충혜왕대 정당문학 예문관 대제학을 지낸 이조년의 18세손이다.

후산 이도복이 20세 되던 고종 19년(1882년)에 월암공의 권유로 연재송 병선을 찾아가 그의 문하가 되었다. 그해 가을 애산 정재규가 후산의 이름을 도복(道復)이라 짓고 자를 양래(陽來)라 했다. 후산이 22세 되던 1884년 8월 조정에서 모든 제도를 변경했으나 이를 따르지 않았고, 연재 송병선도 의제 등의 변혁이 합당치 않다고 논박하는 상소를 올렸다.

25세 때는 향리인 수월리에 정자를 짓고 수월대(水月台)라 이름하고 여러 선비들과 강론을 게을리 하지 않았다. 또 동네사람들이 후산을 위해 집을 지어 주었는데 정재규는 그 집을 조한재(照寒齋)라 이름 했다.

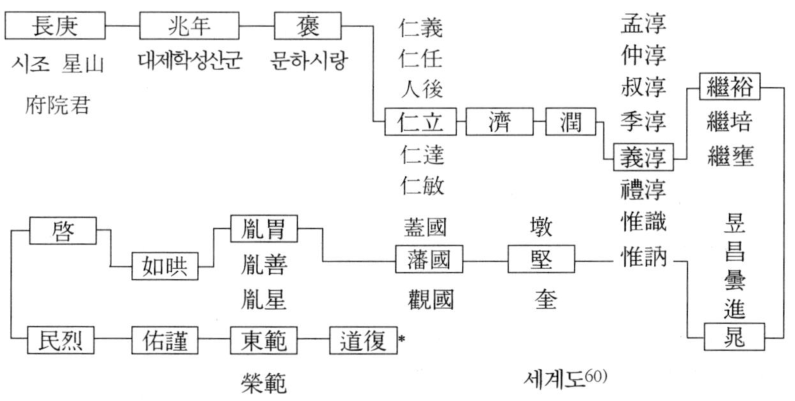

세계도[60]

29세 때인 1891년에는 면암 최익현을 찾아가 문하생이 되었고 면암으로 부터 수신사명(修信俟命)이란 글을 받았다. 면암의 제자가 되었지만 그의 학맥은 연재로부터 벗어나지 않았으므로 면암이 구국의병을 일으켰을 때에도 이에 가담하지 않았다. 그러나 1905년 12월에 나라를 팔아먹은 매국노 이지용, 박제순, 이근택, 이완용, 권중현의 목을 베고 이등박문을 온 세상의 공법에 의해 처단해야 한다[61]는 '청토오적소'를 올려 선비의 기상을 다하였다.

1906년 11월 면암이 대마도에서 단식 끝에 죽자 칩거하여 저술에만 전념하였다. 『문충공연재집』의 교정, 『통시세기』 간행, 『최면암선생문집』 간행, 『송심석문집』과 『회헌 안선생위보』교정 등에 참여하였고, 1915년 봄에는 단군으로부터 철종조에 이르는 역사서 『기정통감』을 편집했다. 또 1917년에는 『충선충숙양세실기』를 수정하고 1918년에는 『정여창선생 실기』를 교정하였다.

1938년(76세) 7월 그가 세상을 떠나기까지 29년 동안 칩거하면서 이룩해 낸 저술활동에는 그의 역사적인 안목과 정통유학정신을 읽어낼 수가 있다. 지금도 진안군 마령면 사곡리에 면암과 연재와 더불어 배향된 영곡사에 가보면 후산의 선비정신과 그의 족적을 엿볼 수가 있고, 인근의 이산묘에 가보면 그가 남긴 이산구곡가를 대할 수가 있다.

4.2.1.2 후산문집과 이산구곡가

『후산문집』은 가로 20cm, 세로 27cm의 10책 20권의 활자본이다. 권

---

60) 星州李氏世譜.

61) 請斬 賣國賊 李址容, 朴齊純, 李根澤, 李完用, 權重顯之首 竿之藁街以絶 伊藤 之籍口 而亦爲聲明於天下列國 斷之以公法也(厚山文集 卷之四 疏)

1에는 부, 사, 시, 권2, 3은 시, 권 4, 5, 6에 서, 소, 권 7, 8, 9에 잡저, 설, 논, 권 10, 11에 기, 권 20~20에 발, 잠, 명, 찬, 상량문, 고유문, 제문, 애사, 비명, 묘지명, 묘표, 표, 묘갈명, 행장, 유사, 전 등이 실려 있어 질량면에서 다른 문집과 비교될 바가 아니다.

「이산구곡가」는 「마이산기」와 더불어 후산 이도복이 19256년 봄 마령면 동촌리 이산정사에서 마이동천의 구곡승경을 음미하며 지은 가사다. 이도복은 3·1운동의 좌절과 망국의 한을 달래며 영호남을 전전하면서 500여 문하생들에게 민족혼을 불러 일으켰다.

「마이산기」와 「이산구곡가」는 이러한 면에서 우리 민족의 정기를 고취시키기 위해 창작한 작품이다. 권1에 전해지는 자규사는 이러한 정신이 승화된 작품이 아닐 수 없다. 1926년 3월 순종황제가 승하하자 후산은 오령(鰲靈)에게 쫓겨난 망제(望帝)의 원혼이 되었다는 소쩍새에 비유하여 지은 작품이기 때문이다.

「마이산기」는 조선을 개국한 태조 이성계와 깊은 관련이 있는 마이산 곳곳의 유적들을 노래함과 동시에 연재 송병선 선생과 면암 최익현 선생의 유사와 유적들을 부각시켰다. 「이산구곡가」 역시 마이산 구곡의 승경을 노래하는 가운데 민족정기를 고취시키기 위해 창작된 가사로 이산정사의 낙성과 더불어 널리 배포된 목적적인 가사이다.

4.2.2 구곡가류의 작품

4.2.2.1 무이구곡가

구곡가류의 시원은 아무래도 주자의 「무이구곡가」라고 보아야 할 것 같다. 이 작품은 남송 효종 11년 순희(1184) 봄 주회가 무이구곡 중 5곡에 있는 무이정사(자양서원)에서 후진들을 강학하면서 지은 뱃노래다.[62] 7언시로서 서사와 구곡의 노래로 모두 10연으로 구성되었다.

<pre>
                      ┌─서사 : 무이산하의 뱃노래
                      │ 1곡 :   비갠 강가의 만정봉
                      │ 2곡 :   옥녀봉의 아름다운 자태
                      │ 3곡 :   신선암의 풍등포말설법
    ┌─────────┐   │ 4곡 :   동서 두 바위의 아름다움
    │ 무이정사 │──────┤ 5곡 :   만고성현의 심사
    └─────────┘   │ 6곡 :   푸른 벼랑, 물가의 뱃노래
                      │ 7곡 :   은병, 선장봉가의 뱃노래
                      │ 8곡 :   고루암가의 아름다움
                      └─ 9곡 :   별천지 도원길
</pre>

〈서곡〉 무이산상에 신선이 살고
        산 아래 시원한 물이 굽이굽이 맑구나
        그 중에 기절처를 알고자 하나
        뱃노래 두세 소리만 한가로이 들리네
        (武夷山上有仙靈 山下寒流曲曲淸
         欲識箇中奇絶處 櫂歌閒聽兩三聲)

〈1곡〉 1곡 시냇가 낚싯배에 오르니
        만정봉 그림자는 강가에 잠겼어라
        무지개 다리 끊어지니 소식이 없어
        만학천봉이 숲속 안개에 갇혀 있네
        (一曲溪邊上釣船 慢亭峰影蘸晴川
         虹橋一斷無消息 萬壑千岩鎖翠烟)

〈2곡〉 2곡 정정한 옥녀봉
        물가에 꽃 꽂고 누구 위해 단장했나

---

62) 雅誦. 淳熙甲辰中春精舍閒居 戱作武夷櫂歌.

도인은 황대의 꿈을 찾지 아니하고
일어나 앞산에 드니 안개가 몇 겹인가
　　(二曲亭亭玉女峯　揷花臨水爲誰容
　　道人不復荒台夢　興入前山翠幾重)

〈3곡〉 3곡 그대는 선선암에 걸려 있는 배를 보았는가
뱃노래 그친지 몇 년인지 모르겠네
뽕밭이 바다됨이 이와 같으니
포말 풍등 같은 인생 가련해지네
　　(三曲君看架壑船　不知停櫂幾何年
　　桑田海水今如許　泡沫風燈敢自燐)

〈4곡〉 4곡은 동서 두 바위로세
바위에 핀 꽃 이슬 떨어지고 길게 늘어진 풀 푸르도다
금계닭이 울지 않으니 사람도 볼 수 없고
공산에 달빛만 가득, 못에는 물만 가득하구나
　　(四曲東西兩石岩　岩花垂露碧監毛
　　金雞叫罷無人見　月滿空山水滿潭)

〈5곡〉 5곡 산은 높고 구름은 깊은데
안개비로 수풀이 오래도록 어둡구료
수풀에 있는 손님은 사람을 알지 못하니
노젓는 소리만 만고성현 가슴에 있네
　　(五曲山高雲氣深　長時烟雨暗平林
　　林間有客無人識　欸乃聲中萬古心)

〈6곡〉 6곡 푸른 벼랑 파란 물결을 두르고
띠집은 종일토록 사립문 닫혀 있네
객은 뱃노래에 의지해 오고 바위엔 꽃 떨어져도

　　잔나비 새들 놀라지 않고 봄빛만이 한가로워라
　　　(六曲蒼屏遶碧灣　茅茨終日掩柴關
　　　客來倚櫂岩花落　猿鳥不驚春意閒)

〈7曲〉 칠곡 푸른 여울 위로 배 저어가며
　　　은병산 선장봉을 되돌아보네
　　　도리어 어젯밤 봉우리에 내린 비로
　　　폭포물 불어 몇 줄기 차가운 물 쏟아져 내리네
　　　(七曲移船上碧灘　隱屏仙掌更回看
　　　却憐昨夜峯頭雨　添得飛泉幾道寒)

〈8曲〉 8곡 바람으로 안개가 걷히려 하니
　　　고루암 아래 물이 휘돌아가네
　　　이곳에 가경이 없다고 말하지 말라
　　　사람들은 이곳을 몰라 오지 않는구료
　　　(八曲風烟勢欲開　鼓樓岩下水縈洄
　　　莫言此處無佳景　自是遊人不上來)

〈9曲〉 구곡 끝 눈앞에 넓게 열리니
　　　뽕나무 삼대 비이슬에 평평한 냇물 같네
　　　어부가 다시 무릉도원 가는 길 찾으니
　　　여기가 바로 세상이 아닌 별천지구료
　　　(九曲將窮眼豁然　桑麻雨露見平川
　　　漁郎更覓桃源路　除是人間別有天)

　　중국 복건성 숭안현에 있는 무이산 위에 신선이 살고 있다는 건 노장 사상에서 연유된 것으로 보인다. 인생이란 본디 공을 세우고 자취 없이 사라지는 것(功成自退)이라 하여 세상의 명리를 백안시하고 산간에 은둔하여 양생하는 길이 참다운 도인이라 했던 도가적 은자의 은둔사상이 이 서곡에 깔려 있다.

도가적 은둔은 장자의 각의편에 연못이나 골짜기, 산곡의 소 등에 한가하게 낚시질을 하거나 소요로 무위의 자연을 즐기는 해강지인(海江之人) 또는 피세지인(避世之人)으로 스스로 양생하고 보명하는 가운데 도를 닦는다[63]고 했는데 주자는 그런 도인으로서 이 서곡이 도의 전체(言道之全體)라고 하였다.

1곡은 서곡과 같이 산곡의 강가에 낚싯배를 띄워놓고 낚시질을 하며 한가로이 지내는 해강지인의 도가적인 은자의 모습을 노래하였다. 공자, 맹자 사후 도통(道統)이 오래도록 끊어졌음을 무지개나 짙은 안개가 가로막았다고 비유하고 있다.

2곡도 1곡과 같이 옥녀봉이 아름다운 강가에 피어있는 자연의 꽃을 보면서 안개가 자욱한 산곡에 사는 즐거움을 노래하고 있다. 인간 세상사가 덧없는 것으로 생각하여 대자연의 산수에 묻혀 사는 것을 즐기는 은자의 모습이 잘 드러난다.

3곡~9곡의 노래는 신선이 산다는 선선암과 선장봉, 고루암의 가경, 뱃노래가 들리는 무릉도원의 신선경을 노래하고 있다. 8곡의 전, 결구 '莫言此處無佳景 自是遊人不上來'는 9곡의 무릉도원 '別有天'에 귀결됨을 노래하기 위한 것이다.

4.2.2.2 고산구곡가

「고산구곡가」는 율곡 이이가 42세 때 황해도 해주 석담에서 제자들의 교육에 힘쓰면서 그곳 수양산에 들어가 아름다운 자연풍광을 읊은 연시조

---

63) 拙稿, 「時調, 歌辭에 나타난 道教思想」, 『韓國語文學』 21집 1982, 100면

이다. 서곡 1수, 본곡 9수로 모두 10수다. 1184년 봄 남송의 주희가 무이 정사에서 후진들을 가르치면서 읊은 뱃노래 형식의 「무이구곡가」를 전범 으로 하여 지은 연첩형의 시조작품이다. 이 작품 역시 조선조 사대부들에 게서 보듯이 전고용사의 수사기교가 주종을 이루고 있음을 알 수가 있다.

우선 구성형식이 서곡 1수와 본곡 9수, 전 10연으로 「무이구곡가」의 구성과 똑같다. 무이정사가 있는 무이구곡의 승경과 해주 석담의 자연을 대조시킨 것이나 양곡에 두루 쓰이는 용어 등에서도 공통적이거나 유사한 것들이 많아 깊은 영향관계가 있음을 알 수가 있다.

```
                  ┌─ 서사 : 무이상상학주자(武夷想想學朱子)
                  │  1곡 : 관암송간록준(冠岩松間綠樽)
                  │  2곡 : 화암승경(花岩勝景)
                  │  3곡 : 취병반송(翠屛盤松)
   ┌─────────┐    │  4곡 : 담심암영(潭心岩影)
   │ 고산구곡담 │───┤  5곡 : 수변정사의 강학
   └─────────┘    │  6곡 : 한암금수(寒岩錦繡)
                  │  7곡 : 풍암조어대월귀(楓岩釣漁帶月歸)
                  │  8곡 : 옥진금휘로창수삼곡(玉軫金徽唱數三曲)
                  └─ 9곡 : 기암괴석의 별천지(奇巖怪石別天地)
```

〈서곡〉 高山九曲潭을 사름이 모로더니
　　　 誅茅卜居ᄒ니 벗님ᄂᆡ 다오신다
　　　 어즈버 武夷想想ᄒ고 學朱子를 ᄒ리라

고산은 황해도 해주에 있는 산으로, 이 산의 구곡담을 사람들이 모르고 있다고 노래한 것은 주자의 「무이구곡가」의 서곡 전구 '欲識箇中奇絶處' 를 번안한 시상이다. 작자는 남송 때 주자가 복건성 무이산 구곡담의 승경을 읊었던 경지에 점입(漸入)하여 '어즈버 武夷想想^{무이상상}ᄒ고 學朱子^{학주자}를 ᄒ리라'고 직설하고 있다.

> 〈1곡〉　一曲은 어ᄃᆡ메요 冠岩에 ᄒᆡ 비쵠다
> 　　　　 平蕪에 니거드니 遠山이 그림이라
> 　　　　 松間에 綠樽을 노코 벗오ᄂᆞᆫ양 보노라

중장 '들판에 안개가 걷히니 먼 산이 한 폭의 그림과 같다'는 건 「무이구곡가」의 결구 '萬壑千岩鎖翠烟^{만학천암소취연}'을 옮겨놓은 정조이다. 소나무 수풀 속에 잘 익은 술동이를 준비하고 벗 오는 걸 기다리는 도학자의 풍류가 그림처럼 다가든다. 중국 남북조 시대에는 전란으로 인해 어지러운 세상을 등지고 산수 간에 많은 문사, 묵객들이 은둔하여 음풍농월하고 음주하면서 세월을 보냈는데 이 때 산수자연을 배경으로 한 서경시와 산수화의 발달을 보게 되었다. 이 신선경에는 언제나 신비로운 오색구름이나 안개 등으로 둘러싸이는 전범을 취하게 되는데 「무이구곡가」의 결구에 짙은 안개가 둘러싸인 만학천봉이 그렇고, 안개 걷힌 들판의 「고산구곡가」의 중장이 그러하다. 또한 음주취락하면서 자연과 일체가 되려는 작자의 심상이 종장에 잘 드러나 있다.

> 〈2곡〉　二曲은 어ᄃᆡ메오 花岩에에 春晚커다
> 　　　　 碧波에 곶을 ᄯᅴ워 野外로 보네노라
> 　　　　 사람이 勝地를 모로니 알게ᄒᆞᆫ들 엇더리

2곡은 「무이구곡가」 9곡의 전, 결구를 번안한 것으로 보인다. 즉 「무이구곡가」 '고기 잡는 어부가 다시 무릉도원으로 가는 길을 찾으니 이곳이

별천지가 아니냐를 번안한 시상이라는 것이다. 이것이 「고산구곡가」 '푸른 물결에 꽃을 씌워 野外로 보내고 사람이 그 勝地를 알지 못하니 알게 함이 좋지 않겠느냐'와 일치된다는 것이다. 무릉도원은 별천지요, 신선경이다. 푸른 물결에 꽃을 띄워 야외로 보내어 그곳이 무릉도원의 별천지임을 알리는 게 어떠냐는 자문은 자신이 몰아지경에 빠진 진인(眞人)이라는 걸 노래하기 위한 것으로 보인다.

> 〈3곡〉 三曲은 어듸메오 翠屏에 닙퍼젓다
> 錄樹에 山鳥는 下上其音 흐는적의
> 盤松이 바름을 바드니 녀름景이 업세라

3곡은 「무이구곡가」 6곡과 상사하다. 즉 기구 '푸른 벼랑 파란 물결을 두르고', 결구 '잔나비와 새들 놀라지 않고 봄빛만이 한가롭네'가 「고산구곡가」 '푸른 벼랑에 녹음이 깔렸는데 산새는 푸른 나무 위 아래로 옮아가며 사랑 노래 지저귄다'에 시상이 그대로 전개되었다.

> 〈4곡〉 四曲은 어듸메오 松崖에 힌넘거다
> 潭心岩影은 온갖빗치 줌겨셰라
> 林泉이 깁도록 됴흐니 흥을 계워흐노라

4곡은 소나무 벼랑에 해가 걸린 석양 무렵, 물가에 비친 바위 그림자를 보면서 자연에 묻혀 사는 삶의 진락(眞樂)을 노래하고 있다. 무위이화의 자연의 경지에 몰입하여 안분지족하는 은자의 삶이 표백되어 있다. 인간 세계의 부귀공명을 초탈한 삶은 자연과 일체가 되는 삶이므로 강산풍월과 벗하며 산채를 먹고 사는 것을 자신의 분수로 삼고 낚싯줄을 담그는 일상을 추구하고 있다.

<5곡> 五曲은 어듸메오 隱屛이 보기됴히
　　　　水邊精舍는 蕭灑홈도 ᄀᆞ이 없다
　　　　이중에 講學도 흐려니와 詠月吟風 흐리라

　5곡은 「무이구곡가」 5곡 '林間有客無人識 欸乃聲中萬古心'과 같은
심사를 노래하였다. 사람의 눈에 잘 띄지 않는 절벽아래 수변정사에서
제자들을 가르치면서 음풍영월하는 은자의 일상을 노래하는 심사가 구름
과 안개가 끼어 사람이 알 수 없는 가운데 무이정사를 짓고 노 젓는 소리를
들으며 만고성현의 심사를 깨닫는 경지와 일치하다는 것이다.

<6곡> 六曲은 어듸메오 釣峽에 물이넙다
　　　　나와 고기와 뉘아 더욱 즐기는고
　　　　黃昏에 낙듸를 들고 帶月歸를 흐노라

　6곡은 낚시질을 하는 계곡에서 낚시를 물에 담그고 한가로이 세월을
낚는 은자의 멋을 노래하고 있다. 중장에서 낚시질하는 나와 입질을 하고
있는 물고기는 주객이 누구인가를 노래하고 있는데 이는 물아일체, 몰아
지경의 경지로 승화시킨 것이다. 종장은 무이구곡가 4곡 결구 '공산에
달빛만 가득, 못에는 물만 가득'을 옮긴 것에 불과하고, 선자화상(船子和
尙)의 어부사 '빈 배 달빛만 가득 싣고 돌아온다'를 번안한 것이라 할
수 있다.

<7곡> 七曲은 어듸메오 楓嵒에 秋色됴타
　　　　淸霜옅게 치니 絶壁이 錦繡로다

寒岩에 혼조안쟈셔 집을 잇고 잇노라

7곡은 단풍으로 가을빛이 찬란한 풍암을 읊고 있다. 단풍은 찬 서리가 내려 이슬에 맺혀있을 때 그 아름다움이 절정에 이른다. 그러기 때문에 암벽이 모두 비단을 펼친 듯 아름다운 절경에 도취된 채 속세를 잊고 있는 은자의 모습이 표상된 것으로 「무이구곡가」 4곡 '岩花'를 번안한 것으로 보인다. 일체의 물욕이나 영욕이 배제되어 있는 순수한 자연, 즉 무위자연의 아름다운 자연을 노래하고 있다.

〈8곡〉 八曲은 어듸메오 琴灘에 들이 붉다
　　　 玉軫錦徽로 數三曲을 브롤말이
　　　 古調를 알니업스니 혼조 즐겨 ᄒ노라

8곡은 옥 같은 물이 소(沼)를 이루어 마치 거문고 소리처럼 아름답게 흐른다 하여 금탄(琴灘)이라 한 것을 노래한 것이다. 옥으로 만든 진과 금박으로 박은 휘가 있는 좋은 거문고로 몇 곡을 부르면서 진락에 젖어듦을 읊고 있다.

'古調을 알니업스니 혼조 즐겨 ᄒ노라'는 조선조 사대부들이 흔히 즐겨 쓰는 일종의 관형구이다. 이는 춘추전국시대 거문고의 명수 백아(伯牙)가 자신을 알아주는 유일한 벗인 종자기(鍾子期)가 죽자, 이를 한탄하고 거문고 줄을 끊었다는 고사를 번안한 것에 불과하다. 이런 정조는 고산 윤선도의 고금영(古琴詠)[64]에서도 '이 曲調알리업스니 집겨 놓아 두어라'로 이어졌고, 현종대 장부겸의 고산별곡 10곡 중 9곡 '種期를 못만나니 이 曲調 게뉘알리'[65]로 이어진 것으로 보인다.

---

64) 『孤山先生遺稿』 卷之下 別集 歌辭.

〈9곡〉 九曲은 어듸메오 文山에 歲暮커다
　　　　奇巖怪石이 눈속에 무쳐셰라
　　　　遊人은 오지아니코 볼것업다 ㅎ더라

9곡은 기암괴석이 아름다운 문산을 노래하였다. 문산의 문(文)이란 글월이라는 뜻 외에도 미(美), 화(華), 식(飾) 등의 뜻이 있으므로 지명이 아니라 아름다운 산을 의미한다. 이 아름다운 산 문산은 「무이구곡가」의 9곡 전결구 '어부가 다시 무릉도원 길 찾으니 여기가 바로 세상이 아닌 별천지구료'의 별천지와 대비된 자연이다.

　　종장 '遊人은 오지아니코 볼것업다 ㅎ더라'라 한 것은 「무이구곡가」의 8곡 결구 '自是遊人不上來'를 그대로 번안해낸 수사라고 할 수 있다.

4.2.2.3 이산구곡가

이도복의 「이산구곡가」는 이이의 「고산구곡가」나 주회의 「무이구곡가」와 구성이나 그 내면에 흐르는 은자들의 정조가 동질적이다. 즉 모두 서곡 1수, 본곡 9수로 모두 10연의 형식을 취하고 있고, 배경도 각각 마이산, 고산구곡담, 무이구곡의 절승이 되고 있지만 그들 모두가 은자의 자세에서 자연을 노래하고 있다는 것이다.

　　안일의 「마이산」[66]에 소개된 「이산구곡가」는 원가가 잘못 옮겨진 게 서너 군데가 발견이 된다. 즉 서곡 3행 '武夷九曲 歷覽하니'는 '巴串九曲'을 '武夷九曲'이라 한 것이며, 4곡 끝구 '八陣圖를 벌여놓고'는 '八陣圖를 버려노코 漢室興復하얏서라'로, 5곡 '淵勉에 나타나니'는 '淵勉兩翁 愛

---

65) 拙稿, 「玉鏡軒孤山別曲研究」, 『국어국어국문학』 102, 1989, 213면
66) 安鎰, 「馬耳山 천지현황」, 1985. 97면

國思想(국사상) 七分像(칠분상)에 나타나니'로, 6곡 2행 '飛花啼鳥를'은 '飛龍啼鳥'로 교정이 되어야 한다.

「무이구곡가」는 7언 절구의 형식을, 「고산구곡가」는 연시조 형식을 취하고 있지만 「이산구곡가」는 전형적인 조선조 은일가사의 형식을 취하고 있음도 특이하다. 「이산구곡가」는 '어아 우리 번임네야 절머실제 귀경가세'의 발어사로 시작하여 '이 景致(경치)를 못다보면 平生遺恨(평생유한) 되오리라'의 결어사로 끝나는데 조선 후기가사의 면모를 지니고 있다. 또한 조선 전기가사의 주된 율조인 3.4조, 4음보의 전형에서 임란 이후 후기가사에서 볼 수 있는 4.4조의 율조와 가끔 6음보의 변격을 취하고 있지만 낙구는 양반가사의 전형을 취하고 있다.

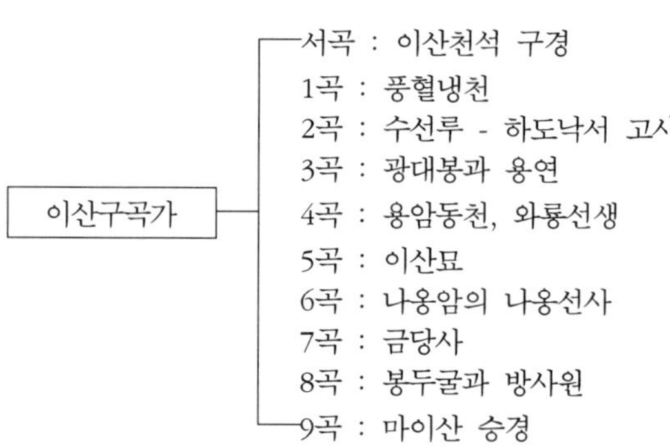

〈서곡〉 어아 우리 / 번임네야∨절머실제 / 귀경가새 /

蓬萊方丈 / 귀경말고∨駟山泉石 / 차자가자 /

武夷九曲 / 귀로듯고∨高山九曲 / 가서보며 /

巴串九曲 / 歷覽하니∨耳聞目睹 / 하던중에 /

이런 / 名勝도 잇스랴∨이내술잔 / 停止하고 /

九曲歌를 / 드러보소 /

이 서곡은 작자가 유자로서 주자의 무이구곡과 이이의 고산구곡을 흠모하고 또 그 곳에서 읊은 작품들이 전범이 되고 있음을 서술하고 있다. 그러면서 이곳 진안 마이산의 9곡이 무이구곡이나 고산구곡에 뒤지지 않음을 내포하기도 한다.

〈一曲〉 一曲은 / 어대인고∨風穴冷泉 / 차운氣候 /
　　　　 깁흔녀름 / 頓忘하다 /
　　　　 三友堂中 / 講論할제∨勉菴先生 / 오시압고 /
　　　　 千仞岡頭 / 鳳凰台에∨東方一士 / 올나도다 /
　　　　 우리先師 / 지낸後에∨月浪山川 / 빗치나네 /

1곡 첫 행은 후기가사에서 자주 볼 수 있는 바와 같이 6음보구 진행이다. 이 1곡은 풍혈냉천을 노래하고 있는데 이 풍혈냉천은 진안 마이산에 속해 있는 곳이 아니다. 진안군 성수면 양화리 대두산 기슭 섬진강 상류 냇가에 자리하고 있는데 찬바람과 3℃의 찬물이 사시사철 땅굴에서 나오는 곳이므로 풍혈냉천(風穴冷泉)이라 하였다. 이곳은 1780년경 발견된 것으로 당시에는 체온보다 높은 온천수와 3℃의 냉천이 두 곳에서 솟았다고 전해지는 곳이다.

1곡은 대한제국 말 의병봉기의 선장에 선 면암 최익현 선생이 이곳 삼우당에 다녀갔기 때문에 진안이 더욱 충절로 빛나는 고장이라고 노래하고 있다.

〈二曲〉 二曲은 / 어대인고∨睡仙樓下 / 깁흔골에 /
　　　　 거벅못이 / 宛然하네 /
　　　　 洛龜呈端 / 하얏싀면∨八卦기림 / 그려내야 /
　　　　 吉凶消長 / 알지로다 /

　　2곡은 진안군 마령면 강정리 월운마을 앞 섬진강 상류 오천천을 따라 1km 쯤 오르면 천변의 암굴이 있는데 여기에 있는 수선루는 숙종 12년(1686년)에 연안 송씨 4형제 진유, 명유, 철유, 서유 등이 건립한 누각이다. 이 누각엔 한말 한일합방이 되자 음독 자결한 연재 송병선 선생의 중수기가 있기 때문에 「이산구곡가」의 2곡 승경을 읊은 시가 걸려 있다.

　　특히 수선루가 있는 골짜기의 거북 못을 8괘의 그림이 그려진 하도낙서의 고사를 빗대어 낙구정단(洛龜呈端)이라 하고 이 나라 길흉소장의 장래를 짐작할 수 있다고 노래하였다.

〈三曲〉三曲은 / 어대인고∨廣大峰의 / 天然態度 /
　　　　玉女下降 / 하얏고나
　　　　九折杖을 / 노피집고∨龍淵瀑布 / 귀경後에 /
　　　　甘露水를 / 잔질하고∨洗頭盆에 / 沐浴하니 /
　　　　半日半仙 / 내아닌가 /

　　3곡은 마이산 서쪽 능선인 광대봉(해발 609m)과 옥녀봉을 노래했고, 북수사 아래에 있는 용연폭포를 그리고 있다. 또 세두분(洗頭盆)이란 마이산 계속 곳곳이 물길에 패여 마치 목욕탕처럼 소를 이루고 있음을 노래한 것이다. 이것은 하늘에서 하강한 옥녀, 즉 선녀를 강조하기 위한 것으로 마이산 일대를 나라와 관련된 신성한 강토라는 것을 상징적으로 나타내려는 작자의 의도를 엿볼 수가 있고, 4곡 '英雄男子 漢室興復를 연결하기 위한 것이다. 여기서 '九折杖'은 '九節竹杖'을 줄여 쓴 것인데 '折'은 '節'의 오자다.

〈四曲〉四曲은 / 어대인고∨萬壑千峰 / 집흔곳에 /

龍바회가 / 이 아닌가∨臥龍先生 / 英雄男子
龍馬기림 / 아라내야∨八陣圖를 / 버려노코 /
漢室興復 / 하얏서라 /

4곡은 삼국지의 제갈량이 용바위에 새겨진 용마그림을 알아낸 뒤 팔진도의 전법을 벌여 나라를 부흥시킨 것을 마이산 이산정사에 창의한 의병장 이석용 장군의 거병에 빗대어 상징적으로 노래한 것이다. 1907년 8월 이산묘에서 면암이 의병봉기를 선창함에 따라 이 고장 의병장 이석용과 전기홍을 중심으로 300여명의 우국동지들이 의병을 일으키기 위해 동맹단을 조직했다. 이들은 이산묘 앞 바위 '용암'에 제단을 설치하고 소를 잡아 천지신명께 고제(告祭)한 뒤 거병하여 진안읍으로 진격한 것이 호남 의병운동의 효시가 되었는데 4곡은 왜놈들과 맞선 거룩한 창의를 노래한 것이다.

〈五曲〉 五曲은 / 어대인고∨駒山精舍 / 여기잇네 /
　　　　太祖太宗 / 駐蹕한데∨淵勉兩翁 / 愛國思想 /
　　　　七分像에 / 나타나니∨朝夕膽拜 / 하난弟子 /
　　　　江漢秋陽 / 懷抱깁다 /

5곡은 이산정사를 노래하였는데 이 이산묘는 친친(親親), 현현(賢賢)의 양계(兩契)가 '黃壇致誠'의 정신을 이어가는 중심이 됨으로 고종이 '非禮勿動 德壽宮主人'이라는 어필을 하사한 곳이며, 이산묘의 오른쪽 바위 옆에는 주필대라 음각한 글씨가 있고, 바로 옆에 허준이 쓴 마이동천의 글씨가 선명하게 드러난다.
　주필대는 이성계가 고려 우왕 6년(1380년) 7월에 왜장 아지발도를 남원

운봉 황산에서 물리친 뒤, 꿈속에 하늘의 신선으로부터 금척을 받은 산이 이 마이산과 흡사했으므로 이곳을 찾아 머문 곳이라 전한다.[67]

이곳 주필대에서 읊었다던 속금산(束金山)과 몽금척요(夢金尺謠)[68]가 태조 실기에 전하고 있는데 이것은 조선 개국의 꿈을 상징적으로 드러낸 것일 뿐만 아니라 왜놈에게 짓밟힐 수 없는 조선임을 비유한 것이다. 그러한 민족혼은 '淵勉兩翁(연면양옹) / 愛國思想(애국사상) / 七分像(칠분상)에 / 나타나니'에 그대로 드러난다.

연면양옹은 연재 송병선과 면암 최익현 선생을 말하는데 백범 김구가 '영광사(永光祠)'라 휘호한 사당에 송병선과 최익현 등 조국광복을 위해 충절을 바친 27위를 배향하였고, 해공 신익희가 '영모사(永慕祠)'라 쓴 사당에는 전문부, 정희계, 남재, 하연 등 역대 청백리와 충신, 효자, 열사 등 32위를 모시고 있다. 또 이산묘 뒤에는 이승만 전대통령이 '大韓光復(대한광복) 記念碑(기념비)'라 쓴 친필휘호의 비각이 있는데 이곳엔 모두 조선의 건국이나 광복과 관련된 것들이 산재해 있다.

〈六曲〉 六曲은 / 어대인고∨天下窟 / 冥冥한대 /
　　　　懶翁禪師 / 어대가고∨飛龍啼鳥 / 天機로쇠 /
　　　　騷人韻士 / 노넌구나 /

6곡은 금당사 사지에서 50m 쯤 오르면 마이산 중턱에 나옹선사가 수도 했다는 나옹암의 암굴이 있는데 이 나옹암을 읊었다. 이 굴은 커다란 바위가 박혔다가 빠져나간 듯한 Dome 형상으로 깊이가 10m, 높이가

---

67) 필자기고, 『한국문학지도』(下), 계명사, 1996. 74면.
68) 天馬東來勢已窮　霜蹄未涉蹶途中　涓人買骨遺其耳　化作雙峰屹半空(馬耳山, 束金山) 山之四面　金石屹立　兀然如棹　佳景奇節(夢金尺謠)

5m가 넘는 바위굴이다. 역시 나옹선사가 등장한 것은 태조와 관련시키기 위한 것으로 조선 개국의 천기(天機)를 상징한 것이다. 이 마이산은 연재 송병선과 면안 최익현 선생을 위시한 전국의 시인 묵객들이나 선비들이 모여 암울한 조국에 대한 우국충정을 발현했다는 성지였음을 나타내려한 영산이다.

〈七曲〉 七曲은 / 어대인고∨平林烟雨 / 空濛中에 /
　　　　金塘절이 / 歸然하다 /
　　　　절摸樣 / 蕭瑟한덜∨우리선비 / 상관하랴 /

7곡은 금당사를 읊고 있는데 '平林烟雨'는 「무이구곡가」의 5곡 '5곡은 산 높고 구름이 깊네 오랫동안 안개비로 수풀이 어두우니 숲속에 사람이 있어도 아는 이가 없네'[69]의 시상을 옮겨 놓은 것이다. '우리 선비 상관하랴'는 옛 유림들이 불교를 어떻게 보고 있는가를 보여주기도 하지만 「무이구곡가」의 전구 '林間有客無人識'의 번안이라고 봄이 옳을 것 같다.

〈八曲〉 八曲은 / 어대인고∨鳳頭窟 / 다다르니 /
　　　　丹穴이 / 斑斑하고∨五色색기 / 별다르다 /
　　　　이산에 / 숨은선비∨龐士元이 / 아니신가 /

8곡은 탑영제 위에 있는 타포니라는 것으로 굴이 잘 발달되어 있는 봉우리의 봉두굴을 읊었다. 이것은 삼국지의 방통 즉 방사원 같은 선비가 이 산 속에 살고 있다는 것을 나타낸 것으로 「이산구곡가」를 쓴 이도복이

---

69) 雅誦, 「武夷九曲歌」, 五曲山高 "雲氣深 / 長時烟雨暗平林 / 林間有客無人識 / 欸乃聲中萬古心."

거나 아니면 면암 최익현 같은 은자를 상징하고 있다고 보아야 할 것
같다.

> 〈九曲〉 九曲은 어대인고∨馬耳山 / 奇絶形狀 /
> 金으로 / 묵그고∨ 으로 / 소신峰이
> 말귀갓고 / 童佛갓치∨重重이 / 羅列하니 /
> 彩筆로 / 그려내도∨形容치 / 못하겟다 /
> 이 景致를 / 못다보면∨平生遺恨 / 되오리라/

9곡은 마이산의 신기한 형상을 노래한 것으로 이산은 금강산과 같이
4계절에 따라 그 이름이 다르다. 즉 봄철엔 주위 산들이 마치 바닷물과
같이 초록빛처럼 바람에 흔들리는데 마이산은 그 위에 돛대처럼 우뚝
솟았다 해서 '돛대봉', 여름엔 잡목이 우거져서 마치 녹용뿔 같다 해서
'용각봉', 가을엔 말귀와 같다 하여 '마이봉', 겨울엔 하얀 눈 위에 먹물을
묻힌 붓처럼 생겼다 하여 '문필봉'이라 칭하고 있다. 또 신라 때는 솟다가
섰다라는 뜻의 한자음을 딴 '서다산(西多山)'이라 했고, 고려 때는 솟는다
는 뜻의 '용출산' 혹은 '솟금산'이라 했는데 이 솟금산을 태조의 '몽금척'과
관련하여 금척(金尺)을 묶었다는 뜻으로 '속금산(束金山)'이라 하였다.
즉 '속금산'이란 태조 이성계의 꿈에 나라 다스림의 상징인 '금척' 여러
개를 묶어 하늘의 신선으로부터 받았다는 의미를 지니고 있으므로 조선개
국을 상징적으로 보여주는 명칭인 셈이다. 또 어떤 때는 말귀와 같이
신기한 형상을 띠기도 하고, 또 어떤 때는 아기부처와 같이 소담스럽게
보이기 때문에 '童佛갓치'라고 표현되기도 했다.
'馬耳山 奇絶形狀'은 무이구곡을 주자가 '欲識箇中奇絶處'70)라는
「무이구곡가」 서곡에서 따온 것으로 보인다. 그러므로 이곳 지명을 신령

스럽다는 뜻을 가진 마령(馬靈)이라 칭하고 있는 소이연도 여기에 있지 않을까 한다. 그러기에 「이산구곡가」의 낙구에서 이러한 성지를 보지 못한다면 평생에 한이 될 것이라는 기행가사의 형식을 빌어 노래하고 있다.

4.2.3 무이구곡가와 고산구곡가의 상관관계

이상에서 보는 바와 같이 「무이구곡가」와 「고산구곡가」는 그 구성이나 작품동기, 작품 내면의 정조가 유사하다. 작품의 명칭도 세 작품 모두 '○○구곡가'라 했고, 서사와 함께 모두 10곡의 노래의 구성도 그러려니와 사용된 어휘도 같거나 비슷한 게 많다.

아래에서 보는 바와 같이 같은 어휘는 武夷와 隱屛이며 거의 동질적인 것으로는 蒼屛과 翠屛, 岩花, 茅茨와 誅茅卜居, 猿鳥와 山鳥가 있다. 또 「무이구곡가」에서 石岩을 「고산구곡가」에서는 冠岩, 花岩, 松岩, 寒岩, 楓岩 등으로 확대 수사하였고, 碧灘을 「고산구곡가」에서는 碧波 와 琴灘으로 번안적으로 수식하였음을 알 수가 있다.

무이구곡가	고산구곡가
武夷(서곡)	武夷(서곡)
隱屛(7곡)	隱屛(5곡)
蒼屛(6곡)	翠屛(3곡)
石岩(4곡)	冠岩(1곡) 花岩(2곡) 松岩(4곡) 寒岩(6곡) 楓岩(7곡)
岩花(4곡, 6곡)	花岩(2곡)
茅茨(6곡)	誅茅卜居(서곡)
猿鳥(6곡)	山鳥(3곡)
碧灘(7곡)	碧波(2곡) 琴灘(8곡)

---

70) 雅誦, "武夷山上有仙靈 山下寒流曲曲淸 欲識箇中奇絶處 櫂歌閒聽兩三聲."

이 양가는 각각 봄과 가을의 기승(奇勝)을 노래하였지만 소재가 동질적임을 발견할 수도 있다. 즉 「무이구곡가」는 무이구곡을 이르는 형승들, 이를테면 仙靈, 寒流, 溪邊, 釣船, 幔亭峯, 晴川, 虹橋, 翠烟, 玉女峯, 揷花, 荒臺, 泡沫, 風燈, 石岩, 岩花, 垂露, 金鷄, 月, 水, 潭, 林間, 欸乃聲, 蒼屛, 碧灣, 茅茨, 猿鳥, 碧灘, 隱屛 등이 주된 소재인데, 「고산구곡가」 역시 誅茅卜居, 冠岩, 綠樽, 花岩, 碧波곶, 翠屛, 山鳥, 綠水, 盤松, 松岩, 林泉, 隱屛, 釣峽, 寒岩, 楓岩, 낙대, 琴灘, 文山, 奇巖怪石 등으로 아주 상사함을 발견할 수가 있기 때문이다.

특히 이이는 번안의 수사를 사용함으로써 무이구곡의 경승보다 고산구곡담의 절승을 더욱 아름답게 구상화하고 있다. 즉 「무이구곡가」의 2곡 '揷花臨水爲誰容'은 '碧波곶을 씌워 野外로 보내노라' 하였고, 「무이구곡가」의 서곡 '欲識箇中奇絶處'는 2곡 '사람이 勝地를 모르니 알게한들 엇더리'로, 「무이구곡가」 8곡 '八曲風烟勢欲開'는 「고산구곡가」 1곡 '平蕪에 늬거드니 遠山이 그림이라'로, 「무이구곡가」 8곡 '自是遊人不上來'는 「고산구곡가」 9곡 '遊人은 오지 아니코 볼것업다 하더라'로 시상을 발전시켰음을 알 수가 있다.

더구나 작자는 고산구곡담에 주모복거함은 주자가 무이구곡에 무이정사를 짓고 강학하던 주자의 전범을 따르고자 함을 노래한 것이다. 또한 「고산구곡가」의 서곡 종장에 '어즈버 武夷想想도 흐소 學朱子를 흐리라'라고 진술하게 표현하고 있음은 조선조 사대부들의 전고용사의 수사가 일상적인 차원을 벗어나 일종의 자랑이었음을 나타낸 것이라 할 수 있다.

4.2.4 3구곡가의 상관관계

	무이구곡가	고산구곡가	이산구곡가
서곡	武夷山의 뱃노래	武夷想想 學朱子	馹山泉石구경
1곡	비갠강가 만정봉	冠岩松間綠樽	風穴冷泉
2곡	옥녀봉 자태	花岩勝景	수선루
3곡	신선암	翠屛盤松	광대봉과 용연
4곡	동서바위	潭心岩影	용암동천, 와룡선생
5곡	만고성현 심사	수변정사의 강학	馹山精舍와 성현
6곡	翠屛물가 뱃노래	寒岩錦繡	나옹암의 나옹선사
7곡	隱屛, 선장봉가 뱃노래	釣漁帶月歸	금당사
8곡	고루암가의 아름다움	玉轓金徽로 唱三曲	鳳頭窟과 廢士元
9곡	別天地 桃源路	기암괴석의 별천지	마이산 절경
낙구			이景致로/못다보면/ 平生遺恨/되오리라

　이상에서 보는 바와 같이 「무이구곡가」, 「고산구곡가」, 「이산구곡가」 등 3구곡가는 그 구성이 서곡 1수, 본곡 9수 등 모두 10연으로 같고 작품의 제목도 모두 구곡가라 하였다. 「무이구곡가」를 원류로 한 「고산구곡가」나 「이산구곡가」는 각각 그 서곡에 주자의 무이정사가 있는 무이구곡을 용사하고 있다는 것을 알 수가 있다. 즉 「고산구곡가」의 서곡은 「무이구곡가」 '무이산상에 선령(仙靈)이 있고 산 아래 시원한 물이 골골마다 맑은데 그 가운데 기승(奇勝)을 알고자 하나 다만 뱃노래 두 세곡만 한가로이 들리네'를 전범으로 하였다는 것이다. '그 가운데 奇絶處를 알고자 하나'는 「고산구곡가」의 초장 '고산구곡담'을 사름이 모르더니'로 번안하였고, 종장에서는 '어즈버 武夷想想도 호소 學朱子를 호리라'라고 무이정사에 은거하는 주자를 상상하며 전범을 삼으라고 직설하고 있다.

　이러한 경향은 이도복의 「이산구곡가」에서도 공통적으로 나타나고 있다. 이 작품의 서곡에서는 '武夷九曲 귀로 듯고 高山九曲 가서보니'라 하여「무이구곡가」와 구산구곡가를 모태로 삼아「이산구곡가」를 창작했음을 진술하고 있다. 또「무이구곡가」와「고산구곡가」는 각각 봄과 가을의 정경을 노래하고 있지만「이산구곡가」는 계절이 나타나지 않았다는 점도 특이하다.

이 셋의 구곡가 중 5곡은 모두 무이정사, 수변정사, 이산정사에서 성현의 심사에 젖어들거나 후진들을 위해 강학(講學)에 힘쓴다는 것을 주로 하고 있으며 9곡은 각각 별천지인 도원길, 기암괴석의 별천지, 기암괴석의 마이산 등의 비경을 사람들이 알지 못하고 또 구경하지 못해 안타깝다는 내용을 공통적으로 지니고 있는 점도 특이하다 할 수 있다.

이외에 앞장에서 살펴본 바와 같이「무이구곡가」나「고산구곡가」는 같은 어휘나 비슷한 어휘를 용사하거나 무이구곡의 싯구를 번안하는 수사를 하고 있다는 점도 빼놓을 수 없다. 즉 무이, 은병, 창병, 취병, 석암, 관암, 화암, 송암, 풍암, 한암, 암화, 원조, 산조, 벽탄, 금탄, 벽파 등이 그러하다. 또「무이구곡가」의 2곡 '揷花臨水爲誰容'은「고산구곡가」2곡에 '碧波 곷을 씌워 야외로 보내노라'라 하였고,「무이구곡가」의 서곡 '欲識箇中奇絶處'는「고산구곡가」2곡 '사람이 勝地를 모르니 알게한들 엇더리'로,「무이구곡가」8곡 '八曲風烟勢欲開'와 '自是遊人不上來'는「고산구곡가」1곡 '平蕪에 늬거드니 遠山이 그림이라'와 9곡 '遊人은 오지아니코 볼 것 업다 흐더라'라고 번안하고 있다는 것이다.

그러나「이산구곡가」는 이 양가와는 그 정조가 사뭇 다르다. 마이산은 '속금산'이라고도 하는데 이는 개국의 전조인 몽금척요에서 볼 수 있는 꿈속의 산이며, 조선건국과 연관이 있는 산이기 때문이다. 또한 조국의 광복과 관련된 충신, 의병장, 열사 등을 배향한 이산정사가 있고 그 옆에는 태조 이성계가 머문 주필대, 연재, 면암 선생 등의 행적과 사적이 많은 곳이기도 하다. 다시 말하자면 마이산 아래 이산정사를 짓고 강학에 힘쓰며 자연을 노래한 작품이기도 하지만 「이산구곡가」는 자연을 노래하는 가운데 조국의 광복을 내면에 깔고 있다는 목적적인 가사라 할 수 있다.

4.3. 결론

「이산구곡가」는 「마이산기」와 더불어 후산 이도복이 1925년 봄 마령면 동촌리에 이산정사를 낙성하고 마이동천의 구곡승경을 음미하며 지은 목적적인 가사이다. 즉 이 작품은 1919년 3.1운동의 좌절과 일제에 의한 망국의 한을 달래고 조선조의 개국과 깊은 관련이 있는 마이산 기슭의 승경 속에 우리 민족의 기상을 불러일으키기 위해 창작된 가사라는 것이다. 이러한 정신은 그가 남긴 「마이산기」(『후산집』권 10)과 자규사(『후산집』권1)에 잘 나타나 있다.

이 작품은 서곡 1수, 본곡 9수로 모두 10연의 단형 형식의 가사를 연작한 것으로 주자의 「무이구곡가」, 이이의 「고산구곡가」와 똑같은 구성을 보인다. 이 3구곡가가 무이구곡, 고산구곡담, 마이산 등의 절승을 배경으로 삼아 그들 모두가 은자의 자세로 자연을 노래하고 있다는 공통점을 보이지만, 「이산구곡가」는 4곡에서 삼국지의 와룡선생 제갈량을 용사하여 진안지방에서 창의한 의병장 이석용 장군의 거병을 상징적으로 노래하였다는 점이 특이하다. 이러한 정조는 5곡에서 충신열사 연재 송병선과 면암 최익현의 애국사상과 조선을 건국한 태조 이성계, 태종 이방원이 머물렀다는 주필대의 유적, 조선 개국을 상징적으로 나타내는 몽금척과 관련이 있는 속금산의 승경을 노래한 9곡에서 잘 나타난다.

다음으로 이 작품은 서곡에서 읊는 바와 같이 「무이구곡가」와 「고산구곡가」를 원형으로 삼아 가사형식을 빌어 읊조렸다는 점이다. 각각 행수나 음보수가 고르지 않지만 조선 전기가사의 주음수율인 3·4조보다 4·4조를 주음수율로 하고 4음보구 율조를 간혹 깨뜨린 6음보구의 변격을 취하고 있는 것으로 보아 조선조 후기 가사의 특성을 보인 기행가사라는 것이다.

끝으로 이이의 「고산구곡가」는 주자의 「무이구곡가」를 전고용사하고 있으나, 후산 이도복의 「이산구곡가」는 이들 작품의 구성형식을 빌면서도 서사와 9곡을 제외하고는 그들의 전범에서 벗어나 마이산 승경의 묘사 속에 망국의 한과 구국의 의지를 구상화하고 있다는 것이다. 또한 이 작품의 서곡에 무이구곡을 귀로 듣고 고산구곡을 가서 본다고 하였고, 이 셋의 구곡가 5곡에서는 모두 무이정사, 수변정사, 이산정사에서 성현의 심사에 젖거나 후진들의 강학에 힘씀을 노래하였다. 9곡에서는 별천지인 무릉도원길, 기암괴석의 별천지, 기암괴석의 마이산 등 비경을 읊고 있음도 특이하다 할 수 있다.

5. 상사의 한-상사별곡

5.1 서언

상사별곡(相思別曲)은 규방가사이다. 규방(閨房)가사, 혹은 내방(內房)가사라고 명명된 이런 가사들은 여탄형(女嘆型)[71]이 주종을 이루고 이외

---

71) 李在秀의 내방가사 (1976. 형설출판사)에서는 여탄형 등 6型으로 나누었고 權寧徹

에 계녀형(戒女型), 야유형(野遊型), 기행형(紀行型) 등의 유형으로 대별된다. 특히 상사별곡이라는 명칭의 규방가사들이 많고 필사과정에서 조금씩 변이된 이본성(異本性)의 가사들이 있기도 하지만, 이 가사와 같이 전혀 별개의 상사별곡들도 많다. 이 상사별곡은 미발표된 것으로 국문학적 가치가 있는 가사 작품이다.72)

두꺼운 한지의 표지에 '상사별곡'이라 제하였는데 바로 옆에는 다른 필기도구로 쓴 다른 필체의 '대정원년구월일(大正元年九月日, 서기 1912년)이라고 쓰여 있고 본문 가운데 '한국충신 손중낭께 전하야다고'라는 가사 행으로 보아 창작년대는 서기 1897년 광무 1년 이후일 것 같다. 이 해는 고종 34년으로 그해 10월 일제에 의해 황제즉위식을 갖고 국호를 '대한제국'이라 했기 때문이다.

이 가사는 21.2×30.7cm의 한지 14장을 접어 양면에 붓으로 쓴 것으로 장형의 작품인데 사별한 남편에 대한 연모의 정이 곡진할 뿐만 아니라, 상사(相思)의 한을 극복하는 방법으로 산천을 유람하는 기행형을 취한 작품이라는데 그 특성이 있다. 조선조의 여인네들에게 있어 남편이란 존재는 하늘과 같았고 또 그렇게 믿고 살아왔다. 그런 하늘같은 남편이 횡사(橫死)하는 건 극복할 수 없는 괴로움인 동시에 뼈 속 깊이 파고드는 상사의 그리움은 치유할 길이 없다. 그러나 이 작품에서는 산천을 유람하면서 그러한 고독과 괴로움을 극복한다는 것으로 일관하는 어떤 허구성까지 내포하고 있다.

의 규방가사 연구 (1980. 이우출판사)에서는 誡女敎訓類, 相思所懷類 등 21類型으로 분류하였다.

72) 이 작품은 익산군 함열읍 석매리에 사는 본교 국어교육과 4년에 재학했던 鄭大偉군이 제공한 것으로 증조모가 소장해 왔다고 했고, 증조모가 지었는지는 확실치 않았다고 한 바 있다.

이 외에 규방가사의 창작과 수용, 향유의 분포가 영남에 국한되었다고 보는 견해가 지배적인데 이 상사별곡은 전북 완주군 봉동면에서 발견된 홍규권장가와 더불어 호남의 규방가사라는 점에서 큰 의의가 있다 하겠다. 그것은 전라방언인 'ㄱ'의 'ㅈ'화 즉 구개음화 현상이 뚜렷하고 'ㅎ'음의 음운변화가 'ㅎ'의 표준음이 아닌 'ㅅ'이나 'ㅆ'으로 일어났다[73]는 사실에서도 엿볼 수 있는 일이다.

5.2 내용분석

2, 3세부터 호부(呼父), 호모(呼母)라는 말을 배워 7, 8세에 공맹안증(孔孟顔曾)을 배우고 15세에 결혼한 후 2, 3년간의 꿈같은 신혼의 정을 나누기도 전에 남편이 병을 얻었으므로 정성을 다해 간병을 하였다. 그러나 백약이 무효하여 세상을 떠나므로 청춘의 나이에 과부가 되었다. 임이 없는 독수공방은 바람이 불거나 비가 오는 날에는 임 생각이 더 절실하고, 가을비에 오동잎이 떨어지는 소리가 마치 임이 오는 발자국 소린가 하여 귀를 번뜩이는 서정이 애절하게 묘사된 단락은 일반 상사류의 가사와 다른 차원 높은 수사(修辭)라는 점이다.

임의 그리움이 달거리로 노래된 고려속요 '동동'과 같이 2, 3월 자연의 풍광에 따른 그리움과 4, 5월에 쌍쌍이 노니는 꾀꼬리의 환우성에 그리움이 절절이 녹아나고 있는 것도 이 상사별곡만이 가지는 특성이다. 외로움과 그리움을 견디지 못해 목을 매거나 물에 빠져 자살을 할까도 생각해 보지만 그것도 천명이 따라주지 않아 여의치 않다. 베틀에 앉아 베를

---

73) 제우(겨우) 질너(길러) 발질(발길) 도도서고(돋아커고) 집피(깊이) 진한슘(긴한숨) 집은심회(깊은심회) 지미끼여(기미끼어) 불을쓰고(불을켜고) 심을(힘을)

짜면서 그 시름을 잊으려하나 짝짝이 나는 베틀소리가 더 그 임을 못 잊게 한다는 구절은 차라리 지나치리만치 육정적이어서 더 서글프다.

그런 단장의 세월이 수 십 년이 지나니 검던 머리 백발 되고 곱던 얼굴에 검버섯이 피는 인생무상에 홀로 탄식에 빠져 있다가 차라리 모든 것 훌훌 떨치고 산천유람을 떠남으로써 상사의 정을 잊으려 한다. 노정(路程)이 구체적으로 서술되지 않았으나 명산대천, 무변창해, 악양루, 고소대, 봉황대, 강동, 귀가 등으로 이어졌고, 말미는 으레 세상 사람들에게 스스로의 한과 슬픔을 알아달라고 하소연하면서도 역시 수절(守節)할 것을 경계하는 교훈적 형태를 취하고 있다.

또 규방가사는 서사의 허두에 으레 '어화 세상 사람들아 이내말씀 드러보소'로 시작되는 게 보편적인데, 이 상사별곡은 세상만물의 생성이 천지와 일월 등 음양이 화합하여 이뤄지고 작자 자신도 그런 자연의 한 부분인 여자의 몸으로 태어났다는 철학적 해석으로 출발하고 있음이 특이하다. 그러나 작품화자는 그런 허두로 시작, 어렸을 적 귀엽게 자라서 2, 3세에 말을 배우고 7, 8세에 이르러 공맹안중 성현의 가르침을 배우면서 여성으로서 지녀야 할 정절, 예의, 염치, 효도, 우애 등을 익혀서 15세에 결혼을 하였다.

5.2.1 생장과 혼인택정

앞에서도 서술한 바와 같이 허두에서 하늘과 땅, 해와 달이 차고 기울면서 만물이 생성되는 가운데 각기 남자와 여자로 태어나는 것을 노래하였다. 망부가류에서는 여자로 태어남이 분하다는 게 아니라, 인간으로 태어남을 기뻐하는 것으로 나타나 남자냐 여자냐에 초점이 있는 게 아니고 인간인가 아니면 동물인가에 관심이 오히려 더 크다. 그러므로 남자에겐

요조숙녀(窈窕淑女)가 필요하고, 여자면 군자호구(君子好逑)가 필요한데 이 양성(兩性)의 화합으로만 인간의 행복을 추구할 수 있다[74]고 하였다. 상사별곡에서도 이와 비슷한 형태를 취하여 여자로 태어난 것을 한탄하거나 강한 불만을 토로하는 그런 여탄류의 패턴을 취하지 않고 있다.

2, 3세에 아버지와 어머니라는 말부터 배우고 7, 8세에 이르러서 공자, 맹자, 안자, 증자의 가르침을 받아 부모에게 효도와 형제간의 우애를 익힌다. 그리고 여자로서 마땅히 해야 할 침선(針線)과 자수(刺繡)와 방적(紡績)을 배운 후인 15세 꽃다운 아름다운 나이에 각별히 배필을 취택(取擇)하는 과정이 상세하게 진술되고 있다.

> 그렁저렁 성인하야 십오세가 당도하니
> 玉顔雲髮 고흔얼굴 만인중의 빼여나매
> 우리부모 이르기를
> 당명황 시절의 양귀비가 갱생한듯
> 한나라 시절의 王昭君이 갱생한듯
> 아모도 우리 천하는 우리딸이 무쌍이라.
> 인근읍의 유명하기로 구혼하는 매파들이
> 만수산의 구름이요
> 영주의 호걸뫼듯 사방으로 오고갈제
> 우리부모 나를 두고 이아니 고를손야
> 뒥셔하기 일을 삼아 각별히 가릴적의
> 영웅군자 얻을랴고 晝捨夜擇 하건마는
> 천생만민 하올적의 각각짝이 있는지라
> 하날이 정한배필 인력으로 어찌한가.

---

74) 李在秀, 內房歌辭硏究, 1976. 형설출판사. p.93.

자신의 아름다움을 절세미인이라던 당나라 현종비인 양귀비에 비유하고 한나라 원제의 궁녀였으나 흉노와의 친화정책으로 흉노의 장에게 시집간 아름다운 왕소군에 비유하기도 했다. 그런 보옥(寶玉)같은 딸이었기 때문에 구혼하는 매파들이 만수산의 구름처럼 모여들었지만 인간의 뜻이라기보다 오히려 하늘의 뜻으로 이뤄진 배필을 어찌할 수 없었다는 원망이 저변에 깔려있다. 남녀궁합을 보고 좋은 날을 택일한 후 다시 중단(中段)[75]을 보아서 각종 옥살(獄煞)을 피하도록 완벽을 기하기도 했지만 종국에 가서는 그것도 필요가 없는 헛된 짓이었다는 것이다.

5.2.2 교배례(交拜禮)

대개의 규방 가사들은 여자로 태어난 한과 서러움이 담겨져 있고 또 생면부지 남의 집에 시집을 가야하는 운명적인 슬픔을 노래하거나 부끄러움을 토로 한다던지, 아니면 고되고 쓰라린 시집살이로 들어가는 숙명적인 교배의식과 그런 전통적인 법속이 원망스럽다고 노래하는 것이 보통이지만, 상사별곡에서는 그러한 정조가 눈에 띄지 아니한다.

> 이화도화 만발하고 백백홍홍 난만한대
> 곳곳마다 우난새는 춘흥을 화답할제
> 혼인날이 돌아오니 원근친척 친고벗님
> (중략)
> 앞으난 안부셔고 뒤흔 후배오니
> 반가울사 벽져소래 반공의 솟아더라
> 견안소의 득달하야 허리를 반만굽히고

---

75) 음양가가 음역의 曆가운데 단에 기입되어 있는 建, 除, 滿, 平, 定, 執, 破, 危, 成, 納, 開, 閑의 12글자를 가지고 말속에서 길흉을 판단하는 일을 말함.

> 국궁사배 하는양은 천상선관 받드난듯
> (중략)
> 교배석의 나올적의 함교함태 하는양은
> 동영의 비친달이 운간의 솟아난닷
> 추칠월 홍련화가 가을무름 아침이슬
> 머금은듯
> (중략)
> 요조숙녀 완연하니 군자호구 아닐런가
> 대례를 갖초올제 옥호를 기울여서
> 거포주닌 상속할제 양인대작 산화개하니
> 일배일배 부일배요

으레 교배(交拜)날은 복숭아꽃 살구꽃이 만발하고 쌍쌍이 노니는 새들이 춘흥(春興)을 못 이기어 서로 화답하는 양춘가절(陽春佳節)이다. 양춘가절은 인생의 봄인 꽃다운 나이의 혼인과도 동질적인 상징성을 띠고 있다. 교배석에 나타난 자신의 모습은 동창에 비친 달이 구름 위에 솟은 것 같고, 추칠월 홍련화 꽃이 아침 이슬을 머금은 듯 청초하기 이를 데 없다는 비유로 나타난다. 이처럼 교배의식이 즐겁고 행복하게 묘사되어 나타나고 있는 것은 뒤에 따라오는 하늘이 무너지는 것 같은 남편의 병사에 대비된 슬픔과 불행을 극대화하기 위한 의도적인 구도라고 할 수 있다.

5.2.3 초야정사(初夜情事)와 신행(新行)

> 신랑신부 서로만나 여군동침 하올적의
> 섬섬옥수 마조잡고 사랑으로 노닐적의
> 옥안을 상대하니 여운간지 명월이라

마음이 호탕하야 다야담화 즐길적의
朱脣을 半開하니 약수중지 연화로다.
은은한 둘이정을 게뉘라서 다알소냐
동영의 비친달이 서창에 다지도록
연연한 둘이심사 罷情을 못다하고

신혼 초야인데도 신랑신부의 정이 무르녹고 있다. 마치 고려속요 만전춘 별사의 정조와 흡사하다. 동쪽 창가에 비친 달이 서창에 다지도록 사랑하는 마음이 다하지 않음이 얼음 위에다 댓닢자리를 보아 두 사람이 얼어 죽을망정 이 밤 더디 새었으면 좋겠다는 만전춘별사의 심사와 동질적이라는 말이다. 그러나 다른 상사가나 여탄가류에서는 훨씬 더 노골적이고 육정적인 내용도 많다.

망부가의 경우 '원앙금침 잔 이불이 雲雨之情 깊이든 잠'이라 표현하고 있는데 이 때의 운우(雲雨)는 대담하고도 육정적인 성행위의 상징으로 볼 수가 있다. 또 여자자탄가의 경우도 '금침에 누었으니 異性之合 분명하다 / 부끄러움 멀어지고 인정은 깊어온다'라 했는데 혼인 첫날치고는 상당히 과장적인 표현으로 느껴진다.

夫唱婦隨 禮를조차 媤家로 다려갈제
그아니 좋을시고 부모전의 뵈온후의
山草花木 다알거든 형우제공 오직할가
男奴女婢 다사릴제 仁義를 가라치니
修身齊家 하는법이 더할사람 뉘있는가
부부금술 각별할제 주야로 즐거하니
비할곳이 전혀없다.

혼례와 초야정사가 끝나면 으레 시가집의 신행길이 있어야 한다. 신행 날이 가까워 오면 시집살이의 두려움과 초조함이 역력하게 서술되는 게 규방가사의 공통적인 성격이지만, 상사별곡은 이와 전혀 다른 양상을 보이고 있다. 두려움이나 초조함보다 오히려 시댁의 형제간 우애와 비복(婢僕)들을 다스리는데 있어 인의(仁義)가 제일임을 교훈적으로 강조하고 있다는 것이다.

오히려 시가로 가는 신행길을 부창부수의 여자유행(女子有行)이요, 즐거움으로 묘사되고 있는 점이 특이하다. 더구나 시집은 시집살이의 고통이나 한이 있질 아니하고 부부의 금실이 좋아 밤낮으로 즐겁게 살아간다고 묘사하고 있는 것은 '남녀의 결합으로 인생의 가장 큰 행복이 됨을 강조할수록 망부의 슬픔이 커지는'[76]그런 대조적인 효과를 노리기 위한 것이라고 보아진다.

5.2.4 득병(得病)과 망부의 한

천지조화로 이뤄진 혼인으로 밤낮으로 즐거운 부부의 행복이 남편의 불치의 득병으로 인하여 죽음의 벼랑에 떨어지는 건 하늘이 무너지는 슬픔이다. 부부간의 이같이 깊은 사랑을 천지가 작해(作害)한 것인지 몰라도 천만년 같이 살아갈 것이라 철석같이 믿었는데 백약이 무효라고 한탄하고 있다.

> 이렇닷이 집픈정을 천지가 미워한가
> 귀신이 作害한지 어여불사 우리낭군
> 千萬歲나 믿었더니 우연히 得病하야

---

76) 李在秀, 앞의 책, p.94.

百藥이 무회로다 의약이 분주하야
아모리 치회하되 살일질이 전혀없다.
인하여 別世하니 청강의 노던원앙
녹수로 나라나고 단사의 노던봉황
짝을잃은 적니로다 어찌아니 불상할가
신체를 붓들고서 千呼萬呼 불너본들
눈이나 떠서볼까 대답이나 하야볼가

(중략)

금풍이 소실하야 오동잎은 떨어지고
오곡이 성실하야 梭鷄는 실피울제
동방이 蟋蟀聲은 내의수심 자어내고
秋夜長 긴긴밤의 어찌아니 한심할가
가을이 도라가고 우리임은 아니온다.
그렁저렁 冬節이 도라오니 백설이
분분하니 滿乾坤이라
窮巷寂寞의 飛禽走獸는 집피들고
산천초목의 白髮世界로다.

고칠 수 없는 병을 얻어 불귀(不歸)의 객(客)이 된 남편에 대한 그리움과 가눌 길 없는 슬픔의 독수공방은 이 상사별곡의 클라이맥스에 해당한다. 망부의 한과 독수공방의 슬픔의 단락이 이 가사 가운데 가장 많은 부분을 차지하면서 극적 전환을 이루기도 한다.

독수공방의 한과 설움을 더해주는 요소로 등장하는 소재는 예나 지금이나 바람, 비, 오동잎, 베짱이와 귀뚜라미 울음들이다. 밤이 깊어갈수록 울어대는 이런 풀벌레들의 구슬픈 소리는 상사(相思)의 그리움의 정을 더 깊게 하는 법이다. 사별한 남편에 대한 그리움의 정은 계절의 변화에 따라 더욱 상승되어 나타난다. 동지섣달 긴긴 밤이면 그리움에 비례하여 슬픔이 고조되기 마련이고 과세(過歲)하기 더욱 어려울 수밖에 없다.

봄이 오면 잎이 떨어진 나무마다 새잎이 돋아나고 다시 꽃이 피어 나비나 벌들이 날아들며 쌍쌍이 나는 새들은 춘흥을 못 이기어 화류경(花柳景)을 즐기는데 한번 간 임은 왜 돌아올 줄 모르는 것인가 한탄하고 있다. 자연경물의 변화에 더욱 임 생각이 간절히 묘사되는 건 우리 고전시가의 공통적인 성격이다. 봄이 가고 사오월이 오니 녹음이 산야에 가득하고 황금 같은 꾀꼬리는 쌍쌍이 날아들어 환우성을 즐기는데 한번 간 임은 어찌하여 날 찾거나 부를 줄 모르는 것인가 한탄하는 모습은 먼 산만 바라보아도 눈물이 나고, 긴 한숨 자진 강탄하여 끝내 잊을 수 없다고 하소연하고 있는 것으로 나타난다.

오지 않는 임의 한탄은 수양가(首陽歌)에서와 같이 당 시인들의 시구 가운데 좋은 것들만 취사하여 선행구(先行句)를 삼은 다음에 설명적 형태(expositive form)를 취함으로써 작자의 정서를 직서적으로 표출하여 구체화하는 시작태도(詩作態度)[77]를 보이고 있는 것은 규방가사에서는 흔히 볼 수 없는 현상이기도 하다.

春水는 滿四澤하니 물이 집퍼 못오던가
夏雲은 多奇峰하니 봉이높아 못오던가
秋月은 楊明輝하니 달이없어 못오난가
山外에 山不盡하니 路中의 路無窮이라

길이없어 못오난가
千山의 鳥飛絶이요 萬徑의 人蹤滅하니

77) 拙著, 朝鮮歌辭文學論, p.38, 啓明文化社, 1990.

벗없어 못오던가 어이그리 못오던가

　그러나 이상에서 보는 바와 같이 수양가에서는 한시구를 선행구로 하고 설명적 형태를 후행구조로 하는 정연미가 있는데 비해 상사별곡의 형식은 한시구를 선행구와 후행구로 중첩시킴으로써 오지 못하는 사연을 더 절실하게 구체화하고 있는 것을 알 수가 있다. 독수공방 홀로 앉아 가슴만 두드리다가 사창을 열고 뜰 앞을 바라보다가 매화꽃이 난만한 곳에 남편이 서있는 환상 속에 잠시 빠졌다가 바로 현실로 돌아와 "허사로다"라는 자탄의 인식에서 더욱 상사의 아픔을 절절히 느끼게 한다.

空山夜月 밝은밤에 슬피우는 두견새야
네심사 생각하니 날과같이 不如歸라
너도본시 촉국새로 만리타국 나왔다가
외로히 죽은후에 불상한 그 혼백이
돌아갈줄 모르고서 고국소식이 망연하다
지금몇해 지내도록 좌촉강산 보기실허
주야로 슬피울어 불여귀를 일삼으며
네목궁기로 피를내어 그놈먹고 살아나니
어찌아니 가련하리 불상하다 우리님도
황천객되야 험악한 地府에서 무엇먹고
지내난고
차라리 모진목숨 세상을 아주잊고
물에빠져 죽자하니 그도또한 天命이요
목을매어 죽자하니 차마아파 못죽겠네
절절개탄 이내몸이 어찌하야 죽거드면
십왕전에 드러가서 청춘원혼 우리낭군

무삼죄가 지중하야 이대지 枉死한지
橫死가 아닐런가 이내심중 쌓인 怨情
구구이 다써올려 자상이 알련마는

억울함이나 한탄의 소리가 정한(情恨)의 새인 두견새에 이입하여 강조
되고 있는 것은 전통적 관례인데 여기선 훨씬 더 구상화되어 나타나고
있다. 귀촉도, 촉혼이라 했던 촉나라 때 망제의 넋의 서사적 내용에 대입
시켜서 간절한 마음을 점증시키고 있다는 것이다. 목구멍으로 토해내는
피를 다시 먹고산다는 원(怨)과 한(恨)의 극한적 상황을 열거함으로써 작
자의 상사(相思)의 정을 처절하게 노정하고 있다.

또한 죽음의 인식도 매우 사실적으로 묘사되고 있다. 죽은 남편이 지부
(地府)에서 무엇을 먹고 어떻게 지내는 것이며, 자신이 스스로 목숨을
끊을 생각도 하지만 물에 빠져죽는 것도 천명으로 그것도 허락되지 아니
한다. 목을 매어 죽는 일도 생각해 보지만 그것도 사람 힘으로 어찌할
수 없음을 서술하고 있다.

晝夜長嘆 맺힌서름 무엇으로 잊을손가
바래난 靑天이요 우나니 한심이라
옥수나삼 거더치며 죽비황농 열드리고
緞紗나 짜려하야 옥난간에 배틀노코
사창을 의지하여 안질개를 도도녹코
遠山을 바라보니 짝짝한 베틀소래
소상강 저문날에 백학이 짝을부르는
소리 愁心 자어나고
홀래비때 느린거동 어찌아니 한심할가

(중략)

검던머리 백발이고 곱던얼골 지미끼여
箭同같던 이내팔독 나문거시 피골이요
桃花같은 이내얼굴 금버셔시 피난고나
하릴업시 늘거시니 독한마음 새로난다.
내홀로 생각하야 이러타시 탄식하되
상봉키난 고사하고 일장셔간 업셔시니
그처로 하던일이 인제안자 생각하니
부질없이 헛강탄을 어찌그리 하야던고

보고픔과 그리움으로 인한 한을 달래고 독수공방의 고독으로부터 헤어날 수 있는 방편으로 길쌈과 방적의 방법을 찾지만, 짝짝거리는 베틀소리에 오히려 그리움이 고조되어 상사고(相思苦)는 더욱 상승되어 버린다. 더구나 소상강 저문 날에 백학이 짝을 부르는 것과 같이 생각되어 오히려 그리움이 절절해져 괴로움만 더해간다. 그런 세월이 무상하게 수 십 년이 흘러 흑발이 백발이 되고 꽃같이 아름답던 얼굴이 검버섯이 피어나며 전동(箭同)같던 팔뚝이 피골만 남아버리니 인생무상은 더 절실해진다. 그와 같은 상사고에 전 인생을 다 허송해버린 자신이 너무나 부질없음을 깨닫는 것이다.

그러나 상사별곡의 특성은 여느 상사가류(相思歌類)나 여탄류(女嘆類)의 경우와 달리 그리움과 고독을 치유하기 위해 여러 가지 방편을 모색하였고, 특히 산천을 유람하면서 그러한 고통을 잊으려 한 기행형을 취한다는 데 있다 할 것이다.

5.2.5 유람기행(遊覽紀行)

> 차라리 다바리고 천하강산 다니면서
> 풍경이나 귀경하며 슈심이나 잇자하고
> 생각이 드는지라 마음을 강인하야
> 죽장망혜 단표자로 직일에 발행하야
> 명산대천 차자갈제 처량한 이내마음
> 정쳐업시 귀경하니 산천경개 조흘시고
> (중략)

유람기행의 노정을 보면 명산대천 → 무변창해 → 악양루 → 고소대 →봉황대 → 강동으로 되어 있다. 그런데 마지막 강동의 유람에서 '오가는 배'에 관한 사설은 전고(典故)와 용사(用事)의 수사가 많이 동원되고 있는 데 이러한 수사가 양적인 측면에서도 상당부분을 차지하고 있는 것도 이 가사가 다른 작품과의 차별성이라고도 할 수가 있다.

그러나 아무리 좋은 산천경개를 유람한다고 해도 오히려 그러한 아름다움 속에서 새삼 홀로 살아야하는 자신이 오히려 더 처량하게 느껴질 수밖에 없다. 온갖 꽃들이 찬란하게 피어있는데도 뭇 새들은 어디론가 날아가고 날아들면서 처량하게 울고 있으니 잠간 잊었던 자신의 수심과 한이 그 소리에 되살아나 괴로워하고 있는 모습이 역연하게 그려지고 있다.

강동을 바라보니 기러기 떼들이 일자로 선을 그으면서 쌍쌍이 날아가는 데 그 가운데 짝 잃은 기러기가 홀로 날면서 우는 소리가 일천 간장 굽이굽이 다 녹아내리듯 구슬프다고 노래하고 있는 것도 작자의 심사와 동질적이기 때문이다.

각색화초 만발하야 紅紅白白 난만중에
出入飛鳥 뭇새들은 날아가고 날아오며
온갖으로 울음우니 비감한 내의수심
그간에 잊었더니 무심한 저새소리
우연히 지어낸다.
          (중략)
남해의 저기러기 날개를 떨떨피고
청천에 떠나가며 일자로 작당하야
쌍쌍이 벗부르며 소상강 동정호를
하직하고 북해로 나러갈제
그중에 짝잃은 저기러기 노화를
입의물고 저만홀로 나러갈제
질곡질곡 우는소리 일천간장 구부굽이
다녹는듯 슬프다 저기러기 너는무삼
일이있어 이제야 홀로가며 저렇듯이
홀로 울며   (중략)

 외로움과 그리움에 지친 작중화자는 자연물에 스스로의 감정을 의탁하여 호소하는 형태를 취하고 있는데 이런 방법은 규방가사는 물론이요, 양반가사인 속미인곡 등에서도 동질적으로 씌어지고 있다. 이는 끓어 넘치는 감정을 그대로 감당할 수 없을 때 차원을 달리하여 자기감정을 승화, 전이하는 태도[78]라 할 수 있다. 난만한 각색화초든지 출입비조(出入飛鳥)나 남해의 저 기러기 등은 자연물의 공통적 속성인 불간섭적인 자유로움이라는 상징적 본성을 특성으로 하고 있는 것이다.

---

78) 李在秀, 앞의 책, p.101.

조선조의 규방여인이란 자유로움과는 무관하게 자유의 속박과 유교적 규범에 얽매어 철저하게 규제되었기 때문에 자기 스스로의 뜻을 옮길 수 있는 자연물을 동원할 수밖에 없다. 뿐만 아니라 그러한 자연물이 자기의 서정을 제대로 표현할 수 있고, 상징적으로 암시될 수 있어야 하기 때문에 궂은비나 달, 두견, 기러기 등의 자연물이 적절한 대상으로 쓰일 수밖에 없다.

그러므로 작중화자는 기러기를 통해 구만리 장천을 훨훨 날면서 스스로의 고통과 한을 정화(淨化)하게 된다. 쌍쌍이 나는 기러기 가운데 대열을 이탈한 짝 잃은 기러기가 더욱 자신과 일체화되기 때문에 질곡질곡 우는 소리에 일천간장이 굽이굽이 다 녹아내리듯 구슬프기 이를 데 없다고 하소연할 수밖에 없다.

또한 이 단락은 앞서 말한 바와 같이 용사와 전고의 수사가 태반으로 동원되었다. 이백의 산중문답인 '도화유수묘연거 별유천지비인간(桃花流水杳然去 別有天地非人間)'이라는 등의 당시구(唐詩句)가 많이 용사되어 서술되어 있고, 또 중국 춘추시대 아버지 사(奢)와 형 상(尙)이 초나라 평왕에게 피살되자, 오나라에 가서 오나라를 도와 초나라를 친 초나라의 오자서(伍子胥)와, 순에게 시집을 보낸 요임금의 두 딸 아황과 여영, 소자첨, 채석강의 이적선, 소동파 등이 많이 동원된 그런 수사가 주류를 이루고 있음도 규방가사인 이 상사별곡의 특징이라 할 수 있다.

> 娥皇女英이 슬피통곡하니 솟는눈물 피점되야
> 소상강 대밭에다 그눈물을 뿌렸더니
> 대밭이 아롱아롱 이른바ㅣ 소상반죽이라
> (중략)

소자첨이 벗과함께 배를타고 적벽강에
서유하며 노어를 많이낚아 배반이
낭자로 술먹고 노던밴가
　　　　　　　(중략)
사백년 굳은 제업 조조에게 파군할가
주야로 염려할제 제갈선생 찾을랴고
관우장비 세사람이 동원결에 심맹하고
남양쵸당 풍설중에 지성으로 차자갈제
와룡강으로 가는밴가
　　　　　　　(중략)
만고영웅 진시황이 신선 되랴하고
삼신산 불로초를 천하의 구할적에
방사 서시라하는 사람의 의사로
일본에 터를가다 임금이 되랴하고
　　　　　　　(중략)
낙동 칠리탄에 고기낚던 엄자릉이
간의대부 마다하고 양구를 떨쳐입고
공산중의 깊이 숨어 경우로 원할적의
심양강 짚은물에 범피중유 하는밴가

　이상과 같은 용사의 예가 스무 군데가 넘게 장황하게 널려져 있다.
이 유람 기행의 단락은 차라리 상사별곡과 관계가 없는 작자의 넋두리
같거나, 아니면 해박한 자신의 과정적 표현이라고 보아야 할 것 같다.
소상반죽(瀟湘斑竹)의 대나무가 아황과 여영의 피눈물이 소강과 상강의
대밭에 뿌려져 얼룩져서 만들어졌다는 전설적 내용이나 진시황이 삼신산
불로초를 구하기 위해 보낸 방사(方士) 서시의 말을 듣고 진시황이 속임을

당했다는 사실, 낙동 칠리탄에서 고기잡던 엄자릉이 간의대부도 마다하고 심양강에서 뱃놀이를 즐겼다는 일 등등 20여 가지가 넘는 고사(故事)들을 용사했다는 사실은 규중가사로서는 찾아보기 힘든 일이다.

더구나 서초대왕 항우가 거느리는 8천 장사들이 장양의 퉁소 소리를 듣고 고향에 두고 온 부모처자 생각에 회심(廻心)하여 전의(戰意)를 상실하고 도망하는 자들이 많아 대패했다는 고사는 적벽가를 원용한 결과라 할 수 있다. 또한 형식상 가사의 4음보의 정연한 율격이 파격된 곳이 많이 나타나고 있는 것도 특이한 점이다.

5.2.6 호소(呼訴) 및 경계(警戒)

> 여보소 세상사람들아 청춘과부 되어서
> 망극히 슬프거든 이내몸 불상한줄
> 이 책보와 자세히 알소
> 과부의 깊은설음 과부되어야 알것이지
> 게뉘라서 다알손가 수절수절 말을마소
> 잘하면 수절이요 못하면 우세로세
> 우리천하 못할일이 과부외에 업으리라
> 세상에 사람낼제 팔자마련 하던사람
> 내내동락 하올이라
> 생전에 미진한원이 그뿐이니 부디부터
> 내말을 듣고 수절을 잘하소
> 그만저만 그뿐이라

마지막 결미는 세상 사람들에게 자신의 고통과 어려움을 하소연하는 동시에 같은 처지에 있는 사람들을 경계하는 교훈적인 의미를 주종으로 하고 있다. 과부설음 과부가 알아준다는 속설까지 원용하는 작자의 심정은 수절한다는 것처럼 어려운 게 없다고 하소연하는 것으로 나타난다. 사실 인간은 자신이 직접 체험하지 않고서는 고통과 설음을 알 수가 없는 게 사실이다. 관념적 해석만으로는 실제상항에 도달할 수가 없는 게 우리 인간들이라는 것이다.

잘하면 수절(守節)이지만 잘못하면 우세하기 알맞은 것이며, 세상의 허구헛날 가운데서 사람으로서 못할 짓은 과부로서의 삶이라고 토로하고 있다. 그러면서 가장 팔자가 좋은 행복한 삶이란 내내 동락(同樂)하는 것이라고 밝히고 있는 것이다. 그리고 이 상사별곡을 쓴 근본적인 까닭은 '부디부디 내말듣고 수절 잘 하소'라는 결미(結尾)처럼 후세 같은 처지에 있는 사람들이 교훈삼아 잘 살아가도록 계도(啓導)하기 위한 것으로 보인다.

5.2.7 구조와 수사적 특성

이상과 같은 상사별곡은 총 590행 1042구의 장형 내방가사다. 구조상으로 보면 이 작품은 하나의 작품처럼 이루어져 있으나, 실제적으로 보면 두 작품을 교합시킨 것에 불과하다는 사실을 알 수가 있다. 즉 규방가사인 상사별곡과 기행가사를 결합시켰고 이것이 하나의 작품과 같이 얽자매 말미에 상사별곡의 결미부분을 이어 놓았다고 보고 싶다.

그렇게 본다면 상사별곡은 총 253행 527구가 되고, 기행가사는 237행 515구가 된다. 상사별곡은 일반적인 규방가사와 같은 서정과 구조로 되어 있지만, 기행가사는 상사(相思)의 아픔을 잊고자 하는 방편으로 유람기행을 떠나 산천경개를 구경하면서 과부의 원과 한을 달래는 특수한 구조를 지니고 있다.

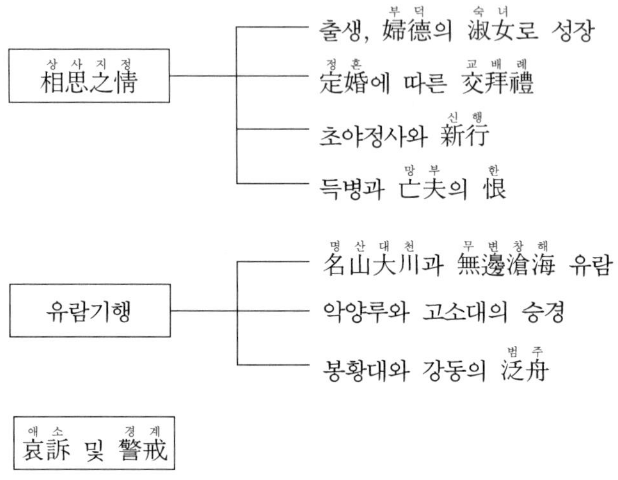

　거개의 규방가사들이 그렇지만 이 상사별곡도 규방가사들이 지니는 전형적인 범주에서 크게 벗어나지 않는다. 천지조화와 음양의 화합으로 세상에 태어나 공맹(孔孟)의 예법을 배우고 부덕을 닦아 숙녀로 성장하여 출가하게 되는 시간적 질서를 근간으로 하고 있다. 꿈같은 초야정사를 마치고 신행길을 떠나 밀월(蜜月)을 즐기었지만, 그것도 순간으로 끝나고 만다. 온갖 정성이나 백약으로도 치료할 수 없는 불치의 병을 얻어 남편이 횡사를 했기 때문이다. 그러므로 청상(靑孀)과부의 고독과 한을 극복하지 못하고 눈물과 한숨으로 세월을 보낼 수밖에 없다고 한탄하고 있다.

　그러나 이 상사별곡은 여느 규방가사와 같이 그러한 한탄과 슬픔 속에 자탄(自嘆)의 세월만 보내는 게 아니라, 그것을 극복할 수 있는 새로운 전기를 발견하여 극적인 국면전환을 시도하고 있다는 데서 이 가사의 특수성을 발견할 수가 있다. 부녀자들이 외부출입이 제한되었던 조선조에서 그것도 상사의 한과 슬픔을 억제치 못하여 산천유람의 길을 떠남으로서 한과 슬픔을 잊고자 했다는 자체가 이해키 어렵기 때문이다. 물론 규방가사 가운데는 화전(花煎)놀이나 부여노정기처럼 유람기행형의 가사가 없는 것도 아니지만, 상사별곡과 같은 구조의 규방가사는 흔히 볼 수 있는 가사가 아니라는 데서 그 의의를 발견할 수가 있다.

상사지정(相思之情)은 기, 승, 전, 결의 4단락으로 구성되어 있고, 유람기행은 기, 서, 결의 3단락으로 구성되어 있다. 그리고 단락 끝에 상사별곡의 결미를 두어 애소(哀訴)와 경계로서 후세인들의 교감이 되게 한 단락으로 짜여 있다. 유람기행의 단락은 명산대천과 무변창해를 유람하니 악양루와 고소대의 경치가 아름답고 특히 강동의 범주(泛舟)를 여러 가지로 분류 추정하는 작자의 반복적인 설의법이 특이하다.

강동을 지나는 배들이 '저물 많이싣고 장사로 가는밴가', '장안을 찾을려고 강동을 가는밴가', '배반이 낭자로 술먹고 노던밴가'라고 한 것처럼 무수한 반복적 설의로서 나열되고 있다. 이러한 반복적 설의는 여탄(女嘆)의 규방가사들이 공통적으로 함유하고 있는 수사기교다. 특히 득병(得病)하여 병사한 남편이 한번 가고 아니오니, 불귀(不歸)의 원인이 무엇인지 나열하고 있는 설명적 형태는 수양가의 그것과 아주 유사한데 이 역시 이러한 수사기교로서 절절한 심사를 표출하고 있는 것이다. 다시 말하면 올 수 없이 가버린 임을 기다리는 답답한 심회를 '물이 집퍼 못오던가', '달이 없어 못오난가', '길이 없어 못오던가', '어이 그리 못오던가', '이대지 아니온가'로 절절히 표현하고 있다는 것이다.

또 상징적 자연물을 동원하여 자신의 처지와 동일시함으로써 감정이입적인 수사기교를 보이는 전통시가의 관례적 수사를 원용하고 있다는 점이다. 고독한 심사를 알고 울어주는 자기 편의적 사고 가운데 자연물인 베짱이나 귀뚜라미 같은 풀벌레들이나, 피맺힌 정한의 상징인 소쩍새들이

동원되어 상사(相思)의 슬픔을 구상화하고 있다. '오곡이 성실하야 梭鷄는
실피울제', '동방의 蟋蟀聲은 내의 愁心 자어내고', '독수공방 홀로 안자
가슴을 두드리며 밤새도 슬피울고', '슬프다 저기러기 너는 무삼 일이 있
어', '空山夜月 밝은 밤이 슬피우는 두견새야 네심사 생각하니 날과 같이
不如歸라', '너도 본시 촉국새로 불상한 그 혼백이 돌아갈줄 모르고서',
'주야로 슬피울어 不如歸를 일삼으며 목궁기로 피를내어 그놈먹고 살아
나니' 등은 전술한 것과 같이 작자와 동일시할 수 있는 자연물을 동원하여
스스로의 정회를 상징화하고 있는 것들이다. 특히 두견새가 촉국새라거나
불여귀라는 별칭이 있는 정한조(情恨鳥)라는 전설적인 내용까지를 용사한
것은 자신의 한과 원을 절실하게 구상화하기 위한 설정이라고 할 수가
있다.

다음으로 비유적 수사기교를 들 수 있다. 작자가 15세의 꽃다운 나이의
모습을 '당명황시절의 楊貴妃가 更生한닷', '한나라 시절의 王昭君이 갱
생한닷', '掌中寶玉같이 밤낮으로 사랑하야'라는 직유적인 비유를 하고
있다. 그렇게 아름답기 때문에 구혼하러 오는 매파(媒婆)들이 만수산의
구름이라고 은유하고 있다.

또 교배석의 신랑 모습을 천상선관(天上仙官)이 반도를 받드는 것과
같고 삼태육경(三台六卿) 조회하야 봉영하고 서있는 것같이 늠름하다고
직유적 수사를 쓰기도 한다. 신부의 모습은 '동영의 비친달이 雲間의 솟아
난 닷', '홍연화가 가을무름 아침이슬 머금은닷', '모란화 향기찾아 날아들
며 춤추난닷'이라 직유적 비유로서 아름다운 모습을 묘사하고 있다. 특히
'玉顔을 상대하니 如雲間之 明月이라', '朱脣을 反開하니 弱水中之 蓮
花로다'의 은유에서 보조관념을 명월과 연꽃으로 설정하여 원관념을 선명
하게 구상화하고 있음은 현대적 수사에 못지않은 수사법이라 할만하다.

이외에도 수많은 전고용사의 수사기교를 들 수 있다. 이백의 산중문답의 전결구를 용사한 것이라든가, 유명한 당시(唐詩)들을 용사하여 자신의 서정을 구상화하는 표현법은 용사나 전고를 문장수사의 중요한 작문기법으로 여겼던 사대부들의 작문술로 보았을 때 규방가사로서 높이 평가되어야 할 점이 아닐 수 없다.

즉 '도화유수묘연거(桃花流水杳然去)니 별유천지비인간(別有天地非人間)이라'라는 단순한 용사보다는 '春水는 滿四澤하니 물이집터 못오던가'라거나, '夏雲은 多奇峯하니 봉이높아 못오던가'라는 수사법은 단순한 용사의 표현기교를 벗어나 자신이 서정을 극대화한 표현법이라 할 수 있다. 또 기행유람의 단락에서는 상사의 정한보다 적벽가의 서사적인 내용들이 전고 용사되어 나열되고 있음도 특이하다. 즉 요나라의 딸 아황과 여영이 순임금에게 시집갔으나 순임금이 죽은 뒤 상강에 빠져죽어 상군(湘君)이 되었다는 것이나, 그들이 슬피 울어 대밭에 그 눈물이 뿌려졌는데 그 대나무가 소상반죽이 되었다는 것들이 모두 전고의 수사법으로 원용되었다는 말이다.

5.3 결론

상사별곡은 주로 여자의 한을 주로 한 여탄형이 대종을 이루나 이 논문에서 다룬 상사별곡은 이러한 일반적인 성격에서 벗어난 특별한 규방가사로서 문학적 가치가 있는 작품으로 주목된다. 청상과부의 관념적인 怨과 恨을 주조로 하되 이를 극복하는 방법으로 사대부의 기행류의 형식을 위한 점이 특이하다. 이런 형식적 특성이 전통적인 규방가사와 대별된다고 할 수 있다.

이 상사별곡은 1897년쯤 창작된 규방가사로 거의 호남에 분포되지 않았다는 종래의 관점에서 벗어나 홍규권장가와 더불어 호남지방의 규방가사로 보고 싶다. 그것은 전라방언인 'ㄱ'의 'ㅈ'화인 구개음화 현상이 뚜렷하고 'ㅎ'의 음운변화가 표준음 'ㅋ'이 아닌 'ㅅ'이나 'ㅆ'으로 일어났다는 점과 '네 목궁기로 피를 내어 그놈 먹고 살아나니'와 같이 지시대명사 '그놈' 등의 용법으로 보아 상사별곡이 전라도에서 창작되고 수용, 향유되었다고 볼 수가 있다.

다음으로 이 작품은 일반 규방가사와 같이 출생으로부터 성장, 출가 등이 시간적 질서에 따라 서사적으로 서술되었고, 남편의 갑작스런 병사(病死)도 일반적인 상사류의 가사에서와 대동소이하지만, 남편의 사별에 따른 상사(相思)에 따른 고통은 이런류의 가사들이 따를 수 없는 특수한 수사라는 것이다. 특히 임에 대한 그리움이 달거리로 노래된 고려속요 동동(動動)과 같이 2, 3월 자연의 풍광에 따른 그리움을 노래하고 4, 5월에는 쌍쌍이 노니는 꾀꼬리의 환우성에 그리움이 절절이 녹아나고 있는 것도 특이하다 할 수 있다.

또한 상사의 아픔을 잊기 위해 베틀에 앉아 베를 짜면서 그 시름을 잊으려 하나 짝짝이 나는 베틀소리가 더 임을 못 잊게 한다는 육정(肉情)적 표현은 청상과부에게는 방아를 찧게 하지 않게 한다든가 방아간에 보내지 않는다는 그런 전통적인 관습과 심사와도 동질적인 것이라고 할 수가 있다.

또 상사별곡은 총 590행 1042구가 넘는 장형의 내방가사지만, 구조상 상사별곡과 기행가사의 두 작품이 교합된 형태를 취하고 있다고 보고 싶다. 전자는 순연히 상사지정으로 출생과 성장, 정혼(定婚)에 따른 교배례(交拜禮), 초야정사와 신행(新行), 득병(得病)과 망부(亡夫)의 한(恨)으로 나누어져 있다. 후자는 유람, 기행의 서정으로 명산대천과 무변창해의 유람, 악양루와 고소대의 승경(勝景), 봉황대와 강동의 범주(泛舟)로 나누어졌으며 마지막 끝부분은 호소 및 경계로 구성되어 있다.

끝으로 이 작품은 상징과 은유, 직유 등 고도의 수사기교를 동원하거나 전고용사의 수사법으로 상사지정을 구상화한 문학성이 높은 상사가사라 할 만하다는 것이다.

6. 치부(致富)의 노래 — 치산가(治産歌)

6.1. 서언

치산가는 계녀가류(誡女歌類)의 가사로서 주로 재산을 늘려 집안을 일으키는 것을 내용으로 한 작품이다. 이 가사는 죽은 남편을 그리워하여 노래한 망부가나 명당을 찾아 산천을 답사하면서 쓴 답산가와 마찬가지로 재산을 잘 다스려 일으키는 내용을 중심으로 한 가사라는 의미로서 치산가(治産歌)이다. 이 작품은 연전에 이 고장 전주의 한 고물상에서 발견할 것으로 '신유년 정월 팔일 효심곡 열녀전합부'라 병기하고 한글로 「열녀젼이라」고 표제한 것이다.

그리고 이면엔 '치산가라'하여 한지는 32×21cm의 크기로 접어 궁체흘림붓글씨로 14장 28쪽으로 쓴 가사작품이고, '쑥겁젼이라' 한 산문체의 이야기가 18장 36쪽으로 병합된 수제본이다. 끝에는 좀 다른 필체로 '고창군 대산면 성남이 成소져시라'라고 기록된 것으로 보아 성소저는 이 작품을 필사한 사람으로 보여지는 사람이다. 그것은 치산가 결구 뒤에 '임슐년 정월 쵸파일 치산가 쓴디노라'는 본문과 필체가 같은 것으로서 치산가의 작품년대에 해당하는 것으로 추측되기 때문이다. 표지에 씌어진 신유년 정월 팔일은 고창군 대산면 성남리 성소저라 쓴 글씨체와 같으므로 이 작품을 소장해 온 이 지방 성씨 성을 가진 여자임을 추정할 수가 있다.

이 작품은 안빈낙도하는 도학자풍과는 전혀 다른 근세 실학적 사상이 근간으로 되어 있다는 특성을 지닌다. 그것도 조선조를 주도해 왔던 남성적 언어가 아니라, 규중여인네의 목소리였다는데 주목하고 싶다. 대개 계녀가(誡女歌)란 근검절약하여 가산을 잘 보존해야 한다는 것을 치산(治産)의 개념으로 정립하고 있지만, 치산가는 그러한 소극적 차원을 벗어나서 치산의 구체적이고도 실천적 방법을 제시하는 것으로 다른 계녀가사와 다른 특성을 보인다.

그러므로 홍규권장가(紅閨勸獎歌), 상사별곡79)과 더불어 영성한 호남지방의 규방가사 가운데 질량을 더해줄 이 치산가의 성격과 구조, 내용 등을 분석함으로써 영남의 규방가사들과 대비해 보고 또 다른 차원의 규방가사의 특성을 규명해 보고자 한다.

6.2. 치산가의 분석

6.2.1. 창작연대와 특성

이 작품의 창작시기는 치산가의 결구 뒤에 '임슐년 정월 쵸파일 치산가 쓴디노라'로 보아 임술년 1월 8일인 것은 분명하나, 임술 간지가 어느 해인지 분별하기란 그리 쉬운 일이 아니다.

그러나 이 작품의 사상적 배경으로 보면 이용후생(利用厚生)과 실사구

---

79) 拙稿, 相思別曲研究, 全州大論文集, 1991, p.6.

시(實事求是)의 실학이 성행했던 조선 정조대 이후로 추정할 수가 있다. 그렇다면 순조 2년 1802년이 임술년이고, 철종 13년인 1862년이 임술년인데, 사용된 국어법이나 종이의 지질, 또는 사상적 배경 등으로 보면 1862년 정월 팔일에 창작된 것으로 추정할 수가 있다.

이 작품은 영남의 계녀가류와는 다른 양상의 특수한 구조를 보인다. 영남의 계녀가는 서언(序言), 사구고(事舅姑), 화동생지친(和同生至親), 봉제사(奉祭祀), 접빈객(接賓客), 태교(胎敎), 육아, 어비복(御婢僕), 치산(治産), 행신(行身), 항심(恒心), 결언80) 등으로 구성되어 있으나, 치산가는 이와 같은 규방가사의 10덕목을 포괄하는 한편, 특히 치산의 덕목을 주로 하면서 구체적이고도 실제적인 방법을 제시하여 서술하고 있다는 것이다. 치산가의 구성은 서언, 화동생지친, 사구고, 행신, 접빈객, 봉제사, 치산, 태교, 육아, 장원급제 및 도문(到門), 진심갈충(盡心竭忠), 결언(여인탄)으로 되어 있는바 영남의 계녀가류와는 여러 측면에서 다르다.

치산가의 결언 가운데는 '有錢이면 家事貴'라 하여 치산을 잘해야만 자식의 권학에 힘을 쓸 수 있고, 이후에 온갖 영화를 누릴 수 있다는 진보적인 자본주의적 사회관도 엿볼 수도 있다. 뿐만 아니라 결언 속에 나타난 여인탄은 계녀가류에서 보는 일상적인 탄식의 유형이 아니라, 남자가 되지 못해 과거에 오르지도 못하고 산천경개의 유람이나 오음육률(五音六律)을 즐기지 못한다는 자탄으로 나타나고 있음도 특이하다.

그러나 그 무엇보다도 이 작품의 특성을 이루는 것은 치산의 덕목이라고 말할 수가 있다. 길고 긴 장장춘일(長長春日)에 죽 한 사발로 하루를 보내야 하고 차고 찬 동지섣달에 홑옷 하나로 지내야 하는 가난으로 출발

---

80) 李在秀, 內房歌辭硏究, 형설출판사, 1976, p.61.
   權寧徹, 閨房歌辭硏究, 二友出版社, 1980, p.190.

하고 있다. 이러한 가난으로 굶주린 자식들이 밥을 달라, 옷을 달라고 울부짖다가 동네로 걸식하러 나가는 광경을 보고는 세상가난을 원수라고 토로한다.

치산의 방법으로 첫째는 농사짓기라고 이르고 있다. 아무리 산꼭대기 논밭이라도 때 잃지 아니하고 거름하고 제초하면 가을에 풍성한 수확을 거둘 수 있다는 것이다. 둘째는 길쌈과 양잠으로 의복을 마련하고 남은 것은 내다 팔아 재물을 만들며, 셋째는 육축(六畜)짐승을 잘 길러 암 짐승을 가려두어서 번식에 힘을 쓰고, 넷째 온갖 채소를 잘 가꾸어서 반찬을 마련하되, 집안의 성패사가 주부의 음식에 있음을 강조하였으며, 다섯째 청결, 여섯째 뒷 뜰의 소나무와 대나무를 잘 길러서 내다 팔면 논밭을 살 수 있다는 등 치산의 구체적 방안을 구체적으로 제시한다는 점이다.

6.2.2 작품의 구성

치산가는 총 252행 501구의 장형가사로 4음보의 정격율을 지닌 것이 480행이며 변격인 6음보구가 3행, 5음보구가 6행, 3음보구가 3행으로 구성되었다. 이 작품은 앞에서 말한 것처럼 영남의 계녀가사류와는 구성이나 서술된 내용이 사뭇 다른 호남의 규방가사라는 점에 유념해야 한다. 사용된 용어 가운데는 호남지방의 방언이나 그 어투들이 많다는 점도 이를 뒷받침한다.

예를 들면 가막간치(가마귀와 까치), 짐생(짐승), 셔긋태(혀끝에), 몬져(먼저), 심을(힘을), 질고진(길고긴), 질쌈(길삼), 문디(먼지), 정지(주방), 성세(형세) 등은 전라방언들이며, 특히 '고창군 대산면 성남이 成소져시라'는 글자는 成씨 성을 지닌 규수가 지었거나 필사했다는 것을 알려주는 것이 되므로 호남의 규방가사라고 보는데 주저하지 않는다.

이외에도 영남의 규방가사인 계녀가류들의 구성과 내용들이 거의 같은 패턴을 보이고 있는 것에 반해 치산가는 그것과는 상당한 차이가 있다는 것으로도 영남의 규방가사류가 아니라는 사실을 반증한 것이 된다.

이 작품의 구성은 서사에 인생무상을 한탄하고 후생경계(後生警戒)를 목적으로 치산가를 창작했다는 창작동기를 밝혔고, 본사에는 나열식으로 부모봉양, 동기간의 우애와 화목, 부녀행실수업, 삼종지의(三從之義)와 삼강오륜, 출가 후 남편과 시부모 공경, 일가친척 화목과 노비사랑, 칠거지악, 행실조심, 언행조심, 접빈객의 도리, 봉제사와 이웃사랑, 치산으로 가난퇴치, 길쌈과 양잠 가축으로 치산, 채소농사로 자급자족, 송죽임산관리로 치산, 태교와 교육, 장원급제, 사당고사(祠堂告祀)와 영친영선(榮親榮先), 고굉지신(股肱之臣)으로 진심갈충(盡心葛忠), 결사로 되어 있는데 결사에선 치산으로 재산을 늘리고 자식을 잘 가르치면 영화를 누릴 수 있다는 내용으로 되어 있다.

또한 '有錢이면 家事貴'라는 속설을 인용하면서 남자 몸이 되지 못해 과거에 오르지도, 유람과 주색으로 인생을 즐기지도 못한 자탄(自歎)을 주조로 한 특징을 보여준다. 이러한 것은 규방가사에서 보여주는 여인탄적인 내용의 그것들과는 큰 차이를 보이는 것이기도 하다. 규방가사의 여인탄이란 남자만이 귀할 뿐, 여자에게는 귀함이 없다는 차별의식과 시집못간 노처녀의 한[81], 남편의 생이별이나 사별에 따른 독수공방, 고된 시집살이, 주체할 수 없는 가난, 늙음으로 인한 무상감 등인데 앞서 말한 바와 같이 과거에 오르지도 못하고 산천을 유람하거나 오음육률을 고르면서 주색을 즐기지도 못한다는 내용으로 서술되어 있기 때문이다.

유가(儒家)의 양반가사에서는 물질적인 풍족보다 정신적 생활을 중시하

---

81) 李在秀, 內房歌辭硏究, 형설출판사, 1976, p.115.

고 오히려 청빈을 긍지로 여겼기 때문에 빈곤을 탄식하는 노래가 적은데, 돈이 많으면 가정의 모든 것들이 귀하게 취급되어지는 것으로 서술된 것도 여느 규방가사와 다른 점이다.

6.2.3 작품의 내용분석

가. 서사

치산가 역시 다른 규방가사와 마찬가지로 '치산가라'하여 가사의 '사'자를 빼놓고 있다. 이는 가사 작품이 애초 음영중심이었던 것이 음영보다 오히려 창조적(唱調的)인 성격의 작품이었다는 것을 대변해주는 것으로 생각된다.

발어사 역시 일반 규방가사와 같이 시작되고 있다. 즉 '아해야 들어바라 내일은 신행이라'라든지 '어와 세상 사람들아 이내소회 들어보소', '어와 우리 지친님네 이내말삼 들어보소'와 같이 '어와우리 소년들아 이내말삼 드러보소'로 시작되고 있다.

뿐만 아니라 일반적인 규방가사들처럼 교훈을 주기 위해 작품을 썼다는 창작 동기가 서술되어 있다. 흑두백발도 순간이며, 백년광음(百年光陰)이 유수(流水)라는 비유 속에 무상한 인생을 한탄하기도 했다. 후회 막급한 쓸모없는 노인이지만 '녀행치산 노래디어 후생경계 하오리라'는 의지를 망령으로 알지 아니하고, 정담(正談)으로 들어 달라고 하소연하는 형태로 나타난다.

나. 본사

〈부녀행실수업〉

천지간 만물 가운데 가장 신령한 게 사람이라고 시작하는 것도 규방가

사의 일반적 형식에 맞춘 것으로 유교적 윤리의 전범에 의거하였다. 훈계가의 '천생만물 하올적에 유인이 최귀로다'도 유교적 윤리를 바탕으로 한 것으로서 소학의 구절 '천지지간 만물지중 유인최귀(天地之間 萬物之衆 唯人最貴)'를 그대로 용사한 것에 지나지 않는다. 이런 것은 '신체발부 이내몸은 부모님께 받아있다.'(身體髮膚受之父母)라든가 '가막간치 져짐생도 반조할줄 능히아내'(反哺鳥) 등은 모두 논어, 맹자, 소학, 대학 등의 유교전서에 전거하고 있다는 것이다. 이런 바탕 위에 송나라 때의 '주자가훈'이나 주천구가 찬한 '여범(女範)'이 근간이 된 인효문황후가 찬한 '내훈(內訓)'은 규방가사의 전범이 되었다. 내훈은 우리나라에서는 인효문황후(AD 1407년)의 것보다 70년이 지난 소혜왕후(성종비)가 찬한 게 있으나 목록은 비슷하지만 내용은 서로 다르다. 명나라의 내훈은 영조 12년(1736년)에 이덕수가 '여사서(女四書)'의 권2에 전문을 수록하여 놓았는데 그 목록들은

章第一	德性	章第十一	景賢範
章第二	修身	章第十二	事父母
章第三	愼言	章第十三	事君
章第四	謹行	章第十四	事舅姑
章第五	勤勵	章第十五	奉祭祀
章第六	警戒	章第十六	母儀
章第七	節儉	章第十七	睦親
章第八	積善	章第十八	慈幼
章第九	遷善	章第十九	逮下
章第十	崇聖	章第二十	待外戚

등으로 20덕목 모두가 규방가사에 구체적인 사례나 도덕적 행동양식으로

서술되어 있다. 그러나 이 내훈보다 더 구상적인 것은 이보다 30년 늦게 간행된 명나라 무종의 모후 장성자인황태후가 쓴 '여훈(女訓)'이 있는데, 규방가사의 내용과 너무도 혹사하다. 이 여훈의 목록들은 규훈(閨訓), 수덕(修德), 수명(受命), 부부(夫婦), 사구고(事舅姑), 경부(敬夫), 애첩(愛妾), 자유(慈幼), 임자(妊子), 교자(敎子), 신정(愼靜), 절검(節儉) 등 12덕목으로 내훈보다 더 구체적이다. 특히 여훈이 지향하는 '정정유한(貞靜幽閒)'과 '화경(和敬)'의 실현에는 시집살이를 하는 실제적인 과정을 단계적인 교훈방법에 의거하여 이를 제시하고 있다. 즉 효구지도(孝舅之道) → 경부지도(敬夫之道) → 체하지도(逮下之道) → 자유지도(慈幼之道) → 태교지방(胎敎之方) → 육아지법(育兒之法) → 신정지상(愼靜之像) → 절검지본(節儉之本) → 결론과 같은 전개방법은 우리의 전형계녀가의 전개방법의 그 구조와도 방불되는 것[82]으로 규방가사의 성립과 발달에 큰 영향을 주었다고 보여진다.

천지간 만물중의 실녕한게 사람이라
얼골노 이른것과 행실로 이르미라
신체발부 이내몸은 부모님게 바다잇다
효도로 지애하고 지셩으로 봉양하소
가막간치 져짐생도 반죠할쥴 능히아내
하물며 사람이야 부모봉양 셤셔하랴
부모은덕 논난하면 태산이 가부야우니
정셩츙양 극기하나 반분인덜 가풀소야
귀하도다 우리형제 부모정긔 함긔바다
형슈동긔 형제간의 우애화목 아니하랴

---

82) 權寧徹, 앞의 책, p.197.

────────────(중략)────────────
행동거지 조심하고 언어슈족 삼가하소
과년애 츌가하기 녀자의 녜사로다
이친츌가 무삼인고 삼종이 지즁하다

　32구의 본사 1절에서는 앞에서 논의한 바대로 유교전서 외에 주자가훈이나 여범(女範), 내훈(內訓), 여사서(女四書), 여훈(女訓) 등에 들어있는 여자로서 말을 삼가하는 일, 덕성을 기르는 일, 부지런함, 남편을 모시는 일, 형제간의 우애와 친척간의 화목을 도모하는 일 등등이 구체화되고 있다. 천지간 만물 중에는 사람의 얼굴과 행실로서 다른 것들과 달리 인간만이 가장 신령스럽고 귀중한 존재인 것이며, 사람의 신체발부는 부모께 받은 것이므로 지성으로 효도하여 봉양해야 한다고 강조하고 있다.
　새끼 때는 어미가 물어다 준 먹이로서 자라고, 성장한 뒤에는 어미를 먹여 살린다는 반포조(反哺鳥)인 까치를 용사하여 인간이 미물인 까치만도 못하다는 것을 대조를 통해 강조하였다. 부모정기를 함께 받아 태어난 형제간에는 우애 화목해야 하고 출가하면 후회하지 않도록 규중범절을 익히면서 침선(針線)과 주조(酒造)도 게을리 해서는 안 된다고 경고하고 있다. 행동거지를 조심하고 언어와 수족을 삼가 해야 한다고도 하였다. 특히 언문공부를 게을리 하지 않고 열심히 해야 한다는 것을 보더라도 언문은 학문이 아니고 규중여자들의 필수적 수신과목이었음을 알만하다.

〈삼종지의와 삼강오륜〉

과년애 츌가하기 녀자의 녜사로다
이친츌가 무삼인고 삼종이 지즁하다

──────────(중략)──────────
오륜이라 하난뜨슨 부부간 친애하고
님군신하 츙의잇고 부자간의 분별잇고
어룬소연 차례잇고 삼강오륜 뜨슬알면
너행의도 유조하리

여자가 과년하면 의당 출가하는 것이 예사로운 일이라고 하면서도 부모 곁을 떠나 출가하는 게 무엇인지 스스로를 확인해 보지만, 여자는 삼종(三從)의 질곡(桎梏)이 운명이라고 체념하기도 한다. 그러면서도 삼종의 뜻을 설명하고 삼강오륜의 윤리를 알고 실행하면 여자의 행실은 자연 아름다워 진다고 호소하고 있다.

삼종이란 친정에서는 부모의 말씀을 따르고 출가하면 남편을 따라야 하며 남편이 죽은 뒤에는 자식을 따라야만 한다고 이르고 있다. 삼강 중에서 임금이 신하들의 벼리가 되어야 한다는 것을 지적함이 없이 자식의 벼리는 아버지인 것이고, 부처(夫妻)의 벼리는 가장(家長)이라고 서술하였다. 오륜은 부부간에 친애하고, 임금과 신하 간에는 충의가 있어야 하고, 부자간에 분별이 있어야 하며 어른과 소년 간에는 차례가 있어야 한다고 서술하고 있다. 삼강에서 군신간의 벼리가 빠진 것처럼 오륜에서도 벗들 간에는 믿음이 있어야 한다는 조목도 빠져있다.

〈사구고(事舅姑), 목친(睦親)〉

출가삼일 지낸후의 甘旨熟手 조심하소
시부모긔 효양하면 녀즁효부 네가되고
가장의긔 공경하면 彛倫烈女로다

―――――――(중략)―――――――

구세동거 어이한고 차믈인자 백자로다
차믈인자 명심하면 구세동거 나도하리
노비사랑 하난거시 내의슈족 아일넌가
활난천 슈화중의 不顧死生 거행하랴

출가하여 삼일을 지낸 뒤에는 음식을 맛있게 만들어 공친(供親)을 잘해야 하는데, 시부모께 효양을 잘하면 세상 여자들 중에서 가장 훌륭한 효부가 되는 것이며, 가장을 공경하면 세상에서 범상치 아니한 열녀가 된다고 하였다. 시부모는 남편의 부모로서 곧 나의 부모와 같으므로 어육(魚肉)과 떡, 과실을 얻게 되면 부모께 받들어 모셔야 한다는 것을 예거하고 있다. 벗들 간에는 신의가 있어야 하고 일가친척 간에도 화목해야 함과 아울러 슬하의 노복(奴僕)들은 나의 손발같이 사랑해야 한다는 것이다.

옛적에 종공예는 9대에 걸쳐 집안화목을 이루었는데, 그 구세동거(九世同居)의 방법이란 참는 일이 가장 좋은 것이라고 서술하고 있다. 즉 백인지당(百忍之堂)이면 집안 간에 화목을 유지할 수 있다고 하였다.

〈칠거지악(七去之惡)과 신언(愼言)〉

이목총명 가다드마 칠거지악 뜨슬듯소
한가디난 불 부모요 두가디난 음행이요
세가디난 무자식이라 네가디난 투긔로다
―――――――(중략)―――――――
口是禍門 일너시니 부대말을 삼가하소

房外女聲 일너시니 병입갓치 막어두소
행동거지 조심하고 언어슈족 삼가하소
惡聲으로 하지말고 溫然脣舌 하랴시면
가중도 무사하고 이웃도 종용하리
남의노고 공경하면 남도또한 그러하리
남의자식 사랑하면 남도또한 그러하리
노오노급 긔인노와 유오유급 긔인유을
만고셩인 孟夫子가 후학경게 하시도다

칠거지악이란 부모에게 불손, 음탕한 행위, 자식이 없음, 투기하는 마음, 병든 몸, 그릇되고 간특한 말, 도적질 등인데 이중 부모에게 불손한 것은 대죄에 속한다고 설파했다. 투기하는 마음이나 도적질은 명심하여 조심하고 특히 간특한 말이 많고, 음탕하면 망신(亡身)과 망가(亡家)가 저절로 이뤄지는 것이니 각별히 근행(謹行)해야 한다는 것이다. 인간사란 한번 실수를 하게 되면 돌이킬 수도 없을 뿐만 아니라, 시가(媤家) 본가(本家) 양가가 다 망할 수밖에 없는 법이니 사설(邪說)을 삼가 해야 한다고 강조하고 있다.

특히 '장단딥의 자조가도 말단딥의 가지마소/ 넷늘근니 증엄해야 속담으로 일러도다'는 홍만종의 순오지에도 나와 있는 '언감가 장불감(言甘家 醬不甘)'의 속담으로 실증되는 일이며 '口是禍門 일너시니 부대말을 삼가하소 房外女聲 일너시니 병입갓치 막어두소'는 연산군이 무오사화 이후 사림(士林)의 입을 막기 위해 입은 화(禍)를 불러들이는 문(門)이요, 세치 혀는 사람을 죽일 수도 있다는 말의 용사(用事)라고 할 수가 있다. '남의노고 공경하면 남도또한 그러하리/ 남의자식 사랑하면 남도또한 그러하리'는 내가 남을 공경하면 그도 또한 나를 공경하게 된다는 지극히 상대성의 인간심성을 나타내고 있다.

<접빈객(接賓客)과 봉제사(奉祭祀)>

外堂의 손이와도 근염소래 하지마소
內庭소리 들릴진댄 손의마음 편할소야
찬가지유무 먹는대로 종용이 차라내소
우리媤父 우리가장 집떠나면 손이로쇠
────────(중략)────────
제사후의 조흔음식 동내사람 난아쥬소
이웃친척 난아쥬소 모쳐모쳐 생각하야
지성으로 난아쥬소
음식굿태 실인심이 명약관화 절통하리
음식허비 실인심은 원통코 통분하리

   손님이 오는 것을 싫다는 내색을 해서도 안 되는 것이며, 혹 부녀자들의 그런 말소리가 손님의 귀에 들어가서도 안 된다고 경계하고 있다. 반찬 등 음식도 평소처럼 정성스럽게 내는 것이면 족하다는 것이다. 나의 시아버지나 남편도 집 떠나면 손님이 되는 것이니 역지사지의 정성으로 손님을 대해야 한다고 역설하고 있다.

   선조의 제일(祭日)을 당하거든 삶과 죽음이 같으니 정성으로 봉양해야 한다고 도리를 깨우치고 있다. 우리나라 사람들이 삶과 죽음은 별개의 다른 차원이 아니라, 동질적인 것으로 인식하는 특성이 잘 나타나 있다. 그러므로 제사를 정성스럽게 잘 지내면 선영이 감동하여 복록(福祿)이 넘친다는 발복(發福)사상이 구상화되어 나타나고 있다.

   제사를 지낸 뒤에는 제물(祭物)음식을 고루 동네사람에게 나누어주고 이웃친척에게 골고루 나누어서 빠진 곳이 없나 잘 살펴야 한다는 것이다.
옛 부터 잔치나 제사 후에 음식을 잘 나누지 못하여 인심을 잃는 경우가
많다는 것이다. 그러므로 혹시나 음식 나눔에 있어 빠진 곳이 없나 잘
살펴서 절통(切痛)한 일이 없도록 하여야 한다는 것이다.

〈치산(治産)〉

    왼갓행실 닥근후의 치산하기 심을쓰소
    어와소연 녀자드라 치산하기 심써셔라
    원슈로다 녀자드라 치산하기 심써셔라
    원슈로다 세샹가난 원슈로다 원슈로다
    인간세샹 원통한게 가난밧기 또잇난가
    백발 샹 이노인은 어이치산 못하였던고
    ────────(중략)────────
    치샨하라 이른마리 우션농사 심을쓰소
    샹샹육등 박토라도 거름하면 곡식되리
    네사람언 전하되 농불실시 일너또다
    상평전의 하평전의 농사하기 재미내소
    ────────(중략)────────
    농사도 하려니와 딜삼일도 하여셔라
    여자몸니 되야시니 딜삼말고 무엇하리
    츈하양절 풍화시의 맙포겹포 심써낫소
    셕달농사 잠농이니 뉘에치기 공부하소
    ────────(중략)────────
    우마계돗 양시등물 암중생을 가려두소
    육축즘생 잘되기 사람의게 잇난이라
    온갓채소 잘가구와 삼시반찬 장만하여셔라
    조혼반찬 겻태두고 갑쥰고기 사지마소

────────(중략)────────
난전단속 한녁하야 후원승죽 키워내소
송죽이라 하난거슨 여렴가의 허다이서
쓰고나믄 송죽베혀 파라다가 전답사소
바슬사고 논을사면 가세자연 요부하리
압페노젹 두에노젹 셕순왕가 가소로다

치산가의 주제인 살림살이와 가난퇴치의 방법이 구체적으로 서술된
단락이다. 재산을 늘려야만 집안이 융성할 수 있다는 자본주의적 사상철
학이 두드러진 부분이다. 이는 아마도 실학정신이 두드러진 정조대 이후
조선조 말엽의 사회의식이 그대로 반영된 것으로 여겨진다.

가난은 이 세상에서 가장 서러운 일이다. 길고 긴 봄날 하루를 죽 한
사발로 연명하고, 굶은 아들 손자가 굶주림을 이기지 못해 동네를 돌면서
걸식(乞食)하는 일이란 인간의 기본적 삶이 무너진 절망이다. 걸식하는
아이들이 걸식은커녕 매를 맞고 돌아오는 상황이라든지, 우는 아이 달래
려고 밥이나 고기를 주겠다고 속임수를 써서 울음을 달래는 것은 처절한
가난의 극한상황이다.

'매터을 만지면서 매마지면 쉬큰단다/ 우지마라 지발덕분 우지마라/
밥을쥬마 우지마라 고기쥬마 우지마라'는 극단의 가난을 표현하는 패러그
랩이다. 부모 자신의 고통은 스스로 견디어 참을 수 있지만, 분신(分身)같
은 자식의 고통과 쓰라림은 참고 견딜 수 없는 게 이 세상 부모들의 공통된
심정이다. 이런 가난의 극한상황 속에 부모가 느끼는 고통과 슬픔이란
이 세상 그 무엇보다 강하고 처절하다. 오죽했으면 '밥을 주고 고기를
줄 테니 우지마라'라고 거짓으로 달래었을까 말이다.

이런 처절한 고통은 치산(治産)하지 못한 자신의 탓이라고 스스로를

자책하고 치산하는 방법을 구체화하고 있다. 첫째, 제초와 시비로 농사에 힘을 기울이면 산상육등 박토(薄土)일망정 수확이 가능하며 특히 농사란 때를 놓치면 안 된다고 강조하고 있다. 상평전이나 하평전에도 농사하기 재미내고, 모맥 서숙 두태전에도 제초하기 힘쓴다면 가을 수확은 양양만가(揚揚滿家)일 것이니 이 아니 좋은 일인가라고 노래하고 있다.

둘째, 농사일만 아니라 양잠과 길쌈 일에도 힘을 써야 한다고 강조하고 있다. 봄, 여름 두 계절에 마포(麻布)와 저포(紵布)를 힘써 낫고, 석 달 농사는 양잠이니 누에치기를 힘을 써야 한다는 것이다. 의식(衣食)이 일체(一體)이니 농사만이 아니라, 의복에도 힘을 써서 거느리고 있는 종에게도 옷을 만들어 입힌 후에 남은 것은 내다 팔면 그것 또한 재물이 된다는 것이다.

1925년에 창작된 것으로 보이는 경북대학교 도서관 소장인 「계녀사」의 치산(治産)도 치산가의 경우처럼 소작(小作)과 방적(紡績), 직면(織綿)을 밤낮없이 계속하고 삯바느질까지 하여 재산을 모으는 것으로 구체화되고 있다. '이리벌고 저리벌어 푼푼이 모아놋코/ 냥냥이 쾌를지어 관돈모아 백냔되고/ 백냥이 천냥되고 천냥이 만냥되니/ 압들에는 논을사고 뒷들에는 밧철사며/ 이영것고 기와이고 울을뜻고 담을싸며/ 안팍중문 소슬대문 동편으로 유고고왕/ 서편으로 전곡고왕 실과와 해물고왕/ 간간이 채와놋코'[83]는 작자인 어머니의 체험담이다. 재물이 많아지면 자연히 귀한 손님도 많아지고 판서자제, 참판, 수령방백이 모여드는 법이다. 이 계녀가 역시 본 치산가와 같이 재물이 있어야 집안이 홍성할 수 있다는 생각 끝에 길쌈과 양잠, 심지어는 삯바느질을 불사(不辭)하고 근검과 절약, 저축으로 치산에 힘을 쓰고 있는 게 특이하다.

---

83) 李在秀, 앞의 책, p.84.

셋째, 소나 말, 닭과 돼지 등은 암컷을 잘 가려둬서 번식시킴으로서 재물이 된다는 것이다. 소나 말 닭과 돼지, 양과 개 등은 사람이 어떻게 양축하는가에 달려 있는 법이라고 강조하고 있다.

넷째, 채소를 잘 가꾸어서 반찬을 마련해야 한다는 것이다. 옛날 우리나라의 경제구조 자체는 순연히 자급자족에 의해 이루어졌는데, 이런 자급자족하는 과정 중에 남은 것은 내다 팔아 재물로 만든다는 것이 주된 치산의 방편이다. 채소와 같은 좋은 반찬을 두고 값진 고기를 사지 말 것이며, 삼시 세 때 정성으로 반찬을 마련하되 쓰도 맵도 아니하게 알맞게 장만해야 한다는 것이다. 특히 음식이란 그 집안의 성쇠(盛衰)를 가늠하는 척도가 된다고 경고하고 있는 것도 주목하고 싶다.

다섯째, 청결과 불조심을 해야 한다는 것이다. 자고 나면 뜰을 쓸고 상 밑과 그릇까지 정성스럽게 닦아 청결을 유지하여 가정의 건강을 유지해야 하며, 부엌을 잘 단속해야 하고 만일 불조심을 게을리 하여 화재를 만난다면 모든 게 헛수고라는 것이다.

여섯째, 송죽(松竹)의 임산관리로서 재물을 늘려가야 한다는 것이다. 송죽이라는 것은 여염가(閭閻家)에 흔히 있는 것으로서 쓰고 남은 것들을 베어내어 팔아다가 논과 밭을 사게 되면 가세(家勢)가 자연 요부(饒富)하게 된다는 것이다. 양반가에는 울창한 산이 광활한 법이므로 그것을 베어다가 전답을 사서 농사를 짓게 되면, 앞에 노적가리, 뒤뜰에 노적가리로 진나라 때 부호인 석숭(石崇)이가 부럽지 않다는 용사(用事)까지 하고 있다.

치산가에서 가장 중요한 덕목은 역시 치산의 방법이다. 일반 규방가사는 이 치산조가 얼마 되지 않지만 이 작품은 47행 96구나 되어 큰 비중을 차지하고 있음을 알 수 있다. 거개의 '내훈'조의 규방가사들은 '근려'와 '절검' 덕목으로 입치레 곧 군음식금지, 몸치레 곧 의복치레금지, 헌옷

기워 입기, 잡음식도 버리지 말 것, 집안을 자주 쓸 것, 기명(器皿)간수를
잘해 깨지지 않게 할 것[84]으로 되어 있는데 앞에 든 계녀사와 같이 치산가
는 훨씬 더 구체적인 방법을 제시하고 있다는 특징을 보이고 있다.

　　　〈태교(胎敎)와 교육〉

　　　녯적의 해임태사 임태하야 태교하내
　　　태교란뜻 드러보소 나키젼의 가리키소
　　　구진빗과 음탕소래 보고듯디 아니하내
　　　이러탓 십삭만의 탄생하매 옥동자라
　　　　　　　　　────(중략)────
　　　어딘스승 마져다가 글공부를 가라치소
　　　사셔삼경 백가어를 무불통리 가라치소
　　　근본재조 잇난고로 슈용산츌 기지로다
　　　문장탁월 무삼일고 태교덕이로다
　　　조음모송 붕화시니 문장재사 되것구나
　　　향경을 할제 논자업서 근심하리

　　태교는 여훈 속에 '임자(妊子)'로 나와 있고, 특히 소학의 '성학십도(聖學
十圖)'의 입교편에 입태육보양지교(立胎育保養之敎)조를 근저로 한다. 치
산가의 '구진빗과 음탕소래 보고듯디 아니하내'는 소학 권1 '입교'편의 '목
불시사색 이불청음성(目不視邪色 耳不聽淫聲)'을 그대로 옮겨 놓은 것에
불과하다.
　　다른 규방가사의 경우도 소학의 입교편을 국문으로 그대로 옮겨놓았다
고 말할 정도로 너무 혹사하다. 자식을 가르치는 것도 소학의 맹모삼천지

----

84) 李在秀, 앞의 책, p.73.

교의 전범을 그대로 따르고 있다. '맹자의 어머님은 세번옴겨 가라칠제 / 쳐음으로 난 쟝가이요 두번채난 맷가이요 / 새번채난 학당이라'는 여느 규방가사와 같이 소학 권4 계고(稽古)조[85)]의 가사를 그대로 용사한 것에 불과하다. '어진스승 차자가라치니 천고의 맹자로다'는 성학십도의 입교 가운데 '입사제수수지교(立師弟授受之敎)'로 '어딘스승 마져다가 글공부를 가리치소'에 그대로 연결된다.

〈장원급제와 영친(榮親) 및 영달(榮達)〉

향시장원 득첩하야 회시장원 년중하고
츈당대 알성장원 장원급제 됴을씨고
인셩만셩 만장즁의 즉일듕방 더욱죳타
머리우의 어샤화요 손의쥔 옥홀이라
쳘이쥰총 대마샹의 두려시 안쟈시니
————————(중략)————————
인재을 뽀부랴고 츈당대과 보였더니
쟝원급제 징을보고 츙신인재 분명하다
盡心竭忠 알음답다 국가태평 하여셔라
알음답다 쟝원급제 쟝하도다 내의츙신
하날이 도으사 股肱之臣 어더도다
————————(중략)————————
무산벼슬 졔슈할꼬 할님급제 영화로다
디평장녕 승디졍은 차려로 다디내고

85) 孟軻之母, 其舍近墓, 孟子之少也, 戱嬉爲墓間之事, 踊躍築埋, 孟母曰, 此非所以居子也, 乃去舍市 其嬉戱, 爲賈衒, 孟母曰, 此非所以居子也, 乃從舍學宮之旁, 其嬉戱, 乃設俎豆, 揖讓進退, 孟母曰, 此眞可以居子也

각읍슈령 각도방백 차려로셔 디닐젹의
북당부모 거동보소 쌍교타고 독교타고
호사로다 만두일산 호사로다 만두일산
심니오리 前馬聲^{전마셩}은 내의호강 아닐넌가

치산가가 아니더라도 집안을 일구어서 부자로 만들고 자식을 잘 길러내어 과거에 급제하고 영달하게 되는 것은 규방가사의 일정한 전형이며, 이 또한 여인네들이 한결같이 소망했던 꿈이었다. 그러므로 과거급제자는 거의 모두가 장원으로 과장되는 게 보편적이다. 장원급제하고 도문(到門) 차 내려오는 자식의 모습이 너무도 의젓하고 장하다 못해 당나라 때 시인이며 호걸인 두목지(杜牧之)의 비유가 '만성견자수불애(滿城見者誰不愛)요 취과양귤만거이(醉過楊橘滿車耳)'의 용사로 나타나고 있다.

치산을 잘해 자식이 장원급제까지 하였으니 '到門절차 차려벌제 錢穀업셔 못할소야'라고 의기양양할 수 있을 것이다. 도문잔치 차려벌제 '肉山脯林 삼아노코 병풍채일 둘러치고/ 대년 석산의 濟濟跡跡 널사할제/ 굿보자고 오는 사람 남여 노소업시/ 불원철이 오는거동 용문산의 안개못듯'할 수 밖에 없을 것이다. 의젓한 자식의 모습 또한 '어사화를 빗기곳고 백옥홀을 손의 쥐고/ 청포옥대 져신원이 큰말우의 안자시니/ 쌍쌍 나열하고 각색풍뉴 진동할제/ 쥬순반개 이소하고 凜然히 드러오내'로 묘사되는 것이 오히려 당연하다.

사당고사와 영친(榮親)은 자식으로서 최대한 효요, 부모로서도 선영에 대한 최대한의 도(道)인 셈이다. 이러한 모든 영화의 근원은 치산 잘한 필자의 탓이라는 자랑과 자부(自負)는 일반 규방가사의 범주를 벗어나 대단히 노골적으로 나타난 것도 또한 이 작품의 특징이다. '져양반 무엇한고 자식녕화 내덕이제/ 글공부 잘하기도 내치산 잘한덕이요/ 져양반은

무엇한고 치샨잘한 내덕이제/ 초시딘사 급제하기 치샨잘한 내덕이제'를 보면 흥에 겨운 나머지, 우리 고유의 겸양의 미덕을 찾아볼 수 없는 즐거움의 절정(絶頂)이라 할 수 있다. 이와 같은 자식의 영화(榮華)도, 글공부 잘한 것도, 초시(初試)와 진사(進士)에 급제한 것도, 남편 덕이 아니라 치산을 잘한 자신의 덕이었다는 것이다.

도문과 영친의 절차가 끝난 다음, 서울로 올라가 전하를 뵈니 하늘이 도와서 고굉지신(股肱之臣)을 보냈다고 즐거워하고 있다. '은나라 은왕성탕이 尹(윤)을어더 성균되고/ 쥬나라 쥬무왕도 呂尙(여상)어더 성균되고/ 장양 한 신등은 한고조의 고굉이요/ 당나라 위증이도 택조의 柱石(주석)이라'고 전고용사 하였다. 정5품 사헌부의 지평과 정4품 사헌부의 장령, 정3품 승정원의 승지, 정3품 돈녕부의 정의 벼슬을 다 거쳐 현달했다는 것에서는 마치 고대 소설적인 서사성까지 엿보인다고 할 수 있다.

〈결사〉

이바소연 녀자드라 자식권학 심을쓰소
진샤급제 벼슬하기 공부잘한 덕이로쇠
자식공부 권하기도 가난하면 못하난이
일후영화 보랴거든 치산보틈 심을쓰소
——————(중략)——————
애돌읍다 이내몸 남자못된 한이로다
남자몸이 되야시면 부귀공명 못할소야
화류장안 호시절의 쥬셕으로 노라보소
강포대 촉셜누의 난간비켜 노라보소
월츌산 금강산을 경개좃차 노라보소
八景八卦(팔경팔괘) 조혼영화 五音六律(오음육율) 풍악소래

詩酒故人 버슬불너 隨時隨景 놀년마는
슬프다 이내몸이 여자몸이 되야시니
명승디 귀경하기 한탄한들 무가내라
언제야 이내몸이 인도환생하야 남자
몸이되야 노라볼고

결사에서는 자식의 권학에 힘을 써야 한다는 것이 가장 중요한 일이라 했으나, 권학도 가난하면 불가능한 것이라 했다. 자식영화를 보려거든 치산부터 시작하여야 한다는 실사구시의 실학정신을 바탕으로 하고 있다. 그러므로 '남의 形勢 부러워할 것이 못되고 남의 벼슬 소망할 것'이 못 된다고 하였다. 그리고 유전(有錢)해야 가사귀(家事貴)할 수 있다는 속담까지 용사하면서 규중여자들이 치산해야 한다고 역설하고 있다.

그러나 치산가는 남자가 되지 못한 여자의 한을 끝맺음으로 하고 있는 특성을 보인다. 남자가 되었으면 과거에 왜 오르지 못할 것이며, 부귀공명을 왜 누릴 수 없을 것인가라고 한탄한다. 뿐만 아니라, 화류장안에서 밤낮으로 놀아보고, 강포대 촉석루의 난간을 비겨서 놀기도 하고, 월출산 금강산의 경개 따라 놀아도 보며, 팔경팔괘(八景八卦) 좋은 영화 오음육율 풍악을 즐기면서 놀 수도 있건마는 남자 못된 여자 몸이 한스럽다는 것이다. 급기야 그것은 이내몸이 언제나 남자로 환생하여 놀아볼 것인가라는 한탄하는 것으로 발전되어 나타나기도 한다.

본디 규방가사의 여인탄(女人嘆)이란 남자만이 귀하다는 차별의식이나 노처녀의 한(恨), 남편의 사별이나 생이별로 인한 독수공방, 고된 시집살이, 주체할 수 없는 가난, 늙음으로 인한 무상감이 보편적인데 앞에서 서술한 바와 같은 여인탄이 아니었다는 데 그 특성이 있다고 할 수가 있다.

6.3 결론

치산가는 필자가 몇 년 전에 전주의 한 고물상에서 발견한 것으로 조선조의 계녀가류에서 볼 수 있는 규방가사가 아니고, 실사구시의 실학적 사상이 농후하게 배어나는 작품이다. 그것은 조선조의 여인네들에겐 치산이란 기껏해야 근려나 절검 등으로 재물을 어떻게 써야하는 것인가의 절용(節用)이나 저축을 말하는 것이었으나, 치산가에서는 구체적인 치산의 방법을 제시하고 실행했다는 점에서 그 특색을 찾을 수 있다.

제초와 시비로 농사짓기를 열심으로 하고, 길쌈과 양잠으로 의복을 마련한 후 남은 것은 내다 팔아 재물을 만들며, 육축짐승을 잘 길러 번식에 힘쓰고, 온갖 채소를 잘 가꾸어서 반찬을 마련하고 청결에 힘쓰는 한편, 뒷뜰의 송죽을 잘 길러서 내다 팔아 전답을 마련하면 집안을 흥성시킬 수 있다고 강조하였다.

치산가는 홍규권장가, 상사별곡과 더불어 호남지방의 규방가사라는 점이다. 전라방언이 농후하게 많고 가사의 결사 끝에 '고창군 대산면 성남이 成소져시라'를 보더라도 적어도 치산가는 성씨 규수가 지었거나 필사한 것이라 보여진다. 또 이 작품은 '임슐년 정월 쵸파일 치산가 끗디노라'에서 보듯 조어의 어법이나 종이의 지질, 사상적 배경으로 볼 때에 철종 13년인 1862년경에 창작된 것으로 보이며, 모두 252행 501구가 되는 장형가사이다.

일반적으로 계녀가는 서언, 사구고(事舅姑), 화동생지친(和同生之親), 봉제사(奉祭祀), 접빈객(接賓客), 태교, 육아, 어비복(御婢僕), 치산(治産),

행신(行愼), 항심(恒心), 결언 등 10덕목으로 되어 있다. 그러나 치산가에서는 구체적인 치산의 실천적 방법이 소상하게 서술되어 있을 뿐만 아니라, 치산의 결과로서 자식의 장원급제, 도문절차(到門節次), 진심갈충(盡心葛忠), 여인탄(女人嘆) 등의 덕목이 더 추가되어 있는 게 특이하다고 할 수가 있다.

7. 치산가 2

7.1 서언

치산가는 본디 계녀(誡女)하기 위한 가사로서 치산(治産)하여 집안을 일으키는 것을 내용으로 한 목적적인 규방가사이다. 이 치산가는 앞서 발표했던 치산가 연구와 같은 제목의 작품이나 내용이 전혀 다른 작품임을 밝혀 둔다. 그리하여 전자와 구별 짓기 위해 치산가2라 제하였다.

이 작품도 이 고장의 고서화점인 국보서적에서 발견한 것으로 '치산가'라 종서한 14.5×19.5cm의 수제본인데 5장 1면 3줄의 치산가와 6장 1면의 회심가가 함께 실려 있다. 회심가는 회심곡의 이본이랄 수 있는 '별회심곡'류이지만, 사용된 어구가 다른 면이 많은 작품이다. 끝장 이면에는 '己卯 八月 二十二 得用記'라 했으므로 이 작품의 필사나 창작이 '득용'이라는 사람에 의해 이뤄졌음을 알 만하고, 특정한 연대를 상고하기 어려우나 기묘년 8월 22일에 필사나 창작이 이뤄졌다는 사실을 추정할 수가 있다.

이 치산가는 도학자풍의 사대부 가사와는 전혀 다른, 치산해야 잘 살 수 있다는 실학적 사고가 주종을 이루고 그 실천적 방법을 구체적으로 나열한 작품이다. 본디 계녀가류의 이런 가사들은 근검절약을 치산의 개념으로 정립하고 있지만, 이 작품은 그러한 단계를 벗어나서 치산의 구체적 방안을 제시하고 있다는 특성을 지닌다. 그렇지만 앞서 발표했던 치산가보다는 그러한 방법이 구체적이지 않다는 점에서 이 작품이 먼저 지어지고 향유된 것으로 보여 진다.

이 작품은 홍규권장가, 상사별곡[86], 치산가[87]와 더불어 영성한 호남지방의 규방가사라는 데 큰 의미를 두고 싶다. 작품의 성격과 구성, 내용 등을 분석함으로써 영남의 규방가사와의 차이를 발견하고 필자가 발표했던 동명이작(同名異作)의 치산가와도 비교해 보려고 한다. 이를 통해 또 다른 전범의 규방가사의 성격을 고찰해 볼 수 있으리라 보여지기 때문이다.

7.2 치산가 작품 탐색

7.2.1 창작년대 및 작자

이 작품이 창작된 시기는 숙종 22년인 1696년보다 3년 뒤인 현종 25년인 1699년 기묘년인 것으로 추정된다. 그러한 결정적인 단초는 작품 결사부분에

> 요세와 병자흉년을 만나 할릴업시 긔민소식 듯고 긔민패를 품의품고 써러진 배중의를 몸의입고 찬죽을 깨진쪼박의 타다가 언손으로 위녀들고 유걸 막단니다가 곳불리 강성하야 독한병의 긔한을 견되지 못하니 눈쓴송장 가련하다

---

86) 全州大 論文集, 1991, p.6.
87) 治産歌 硏究, 姜銓燮教授華甲論文集, 1992.

라고 노래한 것에서 찾을 수 있다. 병자흉년은 숙종조 22년 서기 1696년이요, 그 3년 뒤인 현종 25년 기묘년은 이 작품의 끝에 표기한 '기묘 팔월 이십이 득용 기'의 간지에 해당한다고 할 수 있다.

실제로 숙종실록에 의하면 숙종이 팔도감사에게 내린 교지 가운데 망극한 기근(饑饉)을 만나 비참하게 굶어죽는 백성들이 가을과 겨울에 더욱 많으니 오늘의 위급함을 어이해야 하는 것[88]이냐고 했고, 진휼청에 기민(飢民)들이 많이 모여듦으로써 동대문 밖에 죽소(粥所)를 설치해야 한다는 요청에 따라 이를 허락하였다.[89] 또 죽소에 별감을 보내어 기민들로 하여금 죽을 먹도록 하였지만[90] 서울의 진휼청엔 굶어죽는 사람들이 많았는데, 그 시체들을 잘 매장하도록 했다[91]는 숙종실록의 사실(史實)들을 보면 앞에서 인용했던 치산가의 일부와 일치한다는 점에서 이 작품이 이루어진 시대적 배경이 숙종 22년 병자년으로 보아도 조금도 무리가 없을 것 같다.

즉 '요세와 병자흉년을 만나'는 숙종 22년 병자년의 극심한 흉년의 역사 현장이고, "긔민패를 품의품고 쩌러진 배중의를 몸의입고/ 찬죽을 깨진 쪼박의 타다가……독한병의 긔한을 젼되지 못하니/ 눈쓴송장 가련하다"는 앞의 주5), 6), 7)의 숙종실록의 기록과 일치한다는 점에서 이 작품의 시대적 배경이 된다고 할 수 있다.

그리고 이 작품의 창작 시기는 숙종 22년 병자년보다 3년 뒤인 현종 25년 기묘년이라고 보아야 한다. 이는 이 작품의 말미에 기록된 '기묘 팔월 이십이 득용 기'와 그대로 합치가 됨으로써 이때를 이 작품의 필사시

---

88) 肅宗, 二十二年 丙子正月, 獨罹此罔極之饑饉 此離道殣之慘 在秋冬而已多 矧 今日氣像之岌岌 尤如何栽……
89) 같은 실록 正月, 賑恤廳 以饑民多聚 請加施設粥所 於東大門外 允之
90) 같은 실록 二月, 傳曰 設粥所 頃送別監 持求饑民所 喫之粥……
91) 같은 실록 二月, 賑恤廳 以京都殣殍浸多 理宣埋

기가 아니라, 창작시기로 보는 것이 옳은 일이며, 작자도 성씨를 알 수 없는 득용이란 이름을 가진 사람이라고 보아야만 한다.

본시 조선조의 유자(儒者)의 세계는 공자의 안빈낙도(安貧樂道)의 철학이 근간이 되어 왔으므로 물질 위주의 가치체계가 이루어진 사회가 아니었다. 그런데도 치산을 잘해야만 사람들에게 인정받고 대접받으면서 잘 살 수 있다는 실용적 특성을 보여주고 있다. 즉 "못나도 유(裕)한사람보고 난 사람마다 추세하고 / 잘나도 간난하면 뉘가반기 보올손가"라고 노래하였다는 것이다.

이러한 인식에 이른 것은 실생활과 동떨어진 공리공담(空理空談)만을 일삼아 온 관념철학인 성리학에 대한 반동의 결과다. 즉 실사구시(實事求是)와 이용후생(利用厚生), 기술의 존중과 국민경제의 향상에 관하여 연구했던 실학의 영향이라고 보아야 한다. 이는 지존지고의 절대군주체제였던 조선왕조가 야만민족이라고 홀대했던 일본에 의해 철저하게 짓밟혔던 임진왜란을 겪은 민중들의 개안(開眼)의 결과이기도 하고, 숙종조의 처참한 기한(飢寒)에 따른 자각의 결과라고도 보여진다.

7.2.2 작품의 구성과 특성

치산가는 모두 150행 287구의 비교적 긴 장형가사로 4음보의 정격율(正格律)을 지킨 것은 137행, 5음보구가 7행, 6음보구 5행, 7음보구 1행으로 구성된 규방가사이다. 특히 결말부에 이르러서는 4음보율의 정격율을 깨뜨려 5음보, 6음보, 7음보 등으로 변격(變格)을 이룸으로써 가사의 정형성을 부정한 산문화된 성격을 보여준다. 거개의 가사 작품의 결사 부분은 시조 종장과 같은 4음보의 율격을 이루지만, 이 작품이 6음보의 변격을 이루고 있는 것도 여느 것들과의 차이를 보이는 것이라 할 수가 있다.

그러나 그 무엇보다 독특한 특성을 보이는 것은 용비어천가 등에 보이
는 기표(記標)가 있다는 것이다. 용비어천가와 같은 악장의 경우, 1구의
끝마다 기표(ㅇ)을 하여 악곡상의 구분을 시도했던 것처럼, 치산가에서도
1구마다 기표를 하여 창조상(唱調上)의 특성을 나타낸다는 점은 여느 규
방가사에서 볼 수 없었던 특성이라 할 수 있다.

海東六龍이 ᄂᆞᄅᆞ샤○ 일마다 天福이시니○ 古聖이○ 同符ᄒᆞ시니
불휘기픈 남ᄀᆞᆫ○ ᄇᆞᄅᆞ매 아니뮐씨○ 곶됴코 여름하ᄂᆞ니
ᄉᆡ미기픈 므른○ ᄀᆞᄆᆞ래 아니그츨씨○ 내히이러○ 바ᄅᆞ래 가ᄂᆞ니
(용가 1장)

어와세상 사람드라○ 이내말삼 드러봅소○
드르면 유됴하고○ 안드르면 잘못되리○
귀귀이 살펴보고○ 말말리 니기듯소○
사람이 세상의나셔○ 무어살 판단할가○
공명도 운슈요○ 부귀도 재천하니○
천지간의 만한사람○ 부귀공명 다줄손가○ (치산가 서두)

이상에서 볼 수 있는 것처럼 악장인 용비어천가와 치산가는 1구 끝마다
악조상의 기표(記標)가 있어 두 작품 모두 음악과 관련이 있음을 알 수
있다. 특히 용비어천가가 2구 4음보 뒤와 반드시 한 어절 1음보 뒤에
기표가 표시되어 있는 것과 마찬가지로 치산가 역시 일정하진 않지만,
이런 기표가 나타나고 있는 것은 창조상(唱調上)의 특성을 그대로 보여준
결과라고 보여진다.

이는 가사창의 원형을 찾아볼 수 없는 일이긴 하나, 그 여적(餘滴)처럼
보이고 있는 창(唱)의 허두가(虛頭歌)인 호남가, 사철가, 장부가 등 단가에

서 볼 수가 있는 북소리 장단의 하나라고 생각된다. 그러므로 이는 음악상의 일정한 장단을 나타내는 특정한 박자의 단위로 보여 진다는 것이다. 이렇게 보면 치산가는 음영본위라기보다는 오히려 창본위의 문학형태로 보아야 한다.

다음으로 이 작품은 영남의 계녀가사류와는 내용이 사뭇 다른 호남의 규방가사이다. 영남지방의 계녀가사류는 주자가훈(朱子家訓)이나 여범(女範), 내훈(內訓) 등을 전범으로 하여 유교정신을 근간으로 하고 있으나, 이 치산가는 그러한 범주에서 벗어나 직접적이면서도 현실적인 처방과 실행을 기본으로 하고 있다. 이러한 내용적인 특성 외에 사용된 어휘 가운데는 호남의 독특한 방언이 많다는 점도 이 작품이 영남의 규방가사가 아닌 호남의 규방가사라는 것을 알 수가 있다.

예를 들면 질기난니(즐기나니), 질기기난(즐기기는), 질기면(즐기면), 못견디네(못견디네), 액기기를(아끼기를), 한듸소매(한데 소변), 집픠 너코(깊이 넣고), 액겨두고(아껴두고), 쌔녀두고(쌓아두고), 진진밤의(긴긴밤에), 헛불써고(헛불켜고), 헐때난(할때는), 성을내어(화를내어), 질길손가(즐길손가), 쇠아치(송아지), 멱기면(먹이면), 굴머사면(굶주리면), 쇠기지(속이지), 절실을(결실을), 되야지(돼지), 아적(아침), 제우먹고(겨우먹고) 등이 모두 전형적인 전라방언들이라는 것이다.

또 이 작품의 구성은 영남의 계녀가사류의 일반적 내용인 서언, 사구고(事舅姑), 화동생지친(和同生至親), 봉제사(奉祭祀), 접빈객(接賓客), 태교(胎敎), 육아(育兒), 어비복(御婢僕), 치산(治産), 행신(行身), 항심(恒心), 결언[92] 등과 같은 일반적 형태를 취하지 않는다. 치산가는 이러한 덕목들

---

92) 李在秀, 內房歌辭硏究, 형설출판사, 1976, p.61.

을 포괄하면서도 재산을 늘리는 방법을 실제적으로 구상화하고 있는 특성을 보여주고 있다. 즉 이 작품은 서사, 간난생활 근면(勤懇生活 勤勉), 가화만성(家和萬成), 재물 준절(樽節)과 질삼, 치산, 부모효양, 시비(施肥) 장만과 농사근면, 언행조심, 치산으로 일가화목, 참담한 가난, 결사 등으로 구성되어 있다는 것이다. 영남의 계녀가류가 유교적 경전의 교훈을 관념적으로 직설한 것에 비한다면 이 작품은 가난을 씻기 위한 실제적이고도 구체적인 방안이 제시되고 있는 특성을 보여준다.

예를 들면 부지런한 생활, 길쌈과 절검(節儉), 재와 소변 등의 거름 장만, 근면농사 등의 실천적 방법을 강조하였다는 것이다. 그러나 이 작품은 필자가 발표했던 치산가연구에서 서술된 태교육이나 교육, 장원급제와 도문(到門)절차 등이 나타나지 않는 것이 일반적인 계녀가류나 치산가류와 다른 점이라 할 만하다.

일반적으로 치산이라는 개념은 물질적 차원의 관리나 축적을 의미하는 것이지만, 그러한 물질적 차원보다 더 중요한 것은 인간교육을 통한 인재의 육성이라는 점이다. 그러나 이 작품은 태교나 교육을 통한 인간교육으로 아들을 장원급제하도록 가르쳐서 부모에게 효도는 물론 국가사회에 이바지해야 한다는 공리적 진술이 없다. 이러한 측면에서 본다면 이 작품은 가치철학이나 지식수준면에서 앞에 논의한 작품보다 낮은 작품으로 보여 진다.

7.2.3 작품분석

가. 서사

이 작품의 표제가 '치산가'라 하였는바, 가사문학이 원래 음영(吟詠) 중심적이었던 것이 가창적인 성격으로 바꾸어진 것의 결과일 것으로 보여진다. 또 발어사(發語詞) 역시 거개의 규방가사에서 관용적으로 씌어진 것처럼 "어와 세상 사람드라"로 시작되고 있다. 으레 감탄과 호소로 출발하는 가사의 관용적 용법을 쓰고 있다는 말이다.

또한 교훈이나 도덕을 근간으로 한 교술(敎述)적 가사처럼 교훈을 목적으로 창작했다는 작품동기를 찾아 볼 수 있다. '들으면 유조(有助)하고 안 들으면 잘못될 것이니 귀귀(句句)이 살펴보고 말마다 익히 들어야 한다'는 경고 속에 일마다 근간(勤懇)하면 가난을 면할 수 있다고 경계하였다. 그러면서 큰 부자는 하늘에 달려 있고, 작은 부자는 부지런함에 관련된다고 진술하고 있다.

아무리 좋은 직업이 있다한들 게으르면 무슨 소용이며, 훌륭한 선비라도 글공부를 게을리 한다면 걸인(乞人)되기 쉽다고 경계하였다. 그러므로 글공부를 잘하면 귀하게 되고 일 잘하면 치산하여 치가(治家)한다고 술회하고 있다.

나. 본사

(1). 부부화순(夫婦和順)

철저한 유교적 윤리를 근간으로 하여 집안의 평안이 으뜸이라고 진술하였다. 집안이 화목해야 세상 모든 일들이 순탄하다는 논리를 바탕으로 하고 있다. 즉 이 사회와 국가의 최소 단위이자, 기본단위인 가정이 화목해야 하고 그러기 위해서는 부부가 화순(和順)해야 한다는 요건을 제시한 것이다. 이는 논어에 제시된 수신제가치국평천하(修身齊家治國平天下)의 철학이 그대로 수용된 결과라고 생각된다.

어와세상 사람드라 부부니 화순하야

널널리 의논하면 무삼널리 잘못되랴
가장의 그른널은 가족의긔 유하고
가속의 그른널은 가장니 경계하면
니웃도 화목하고 일가도 화목하여
부모도 평안하고 형제도 질기난니
부모동생 질기기난 부부화목 아닐손야
마음니 질기면 무삼널리 잘못될가

이는 지극히 평범한 세상살이의 순리요, 기본논리라고 말할 수 있다. 부부가 화목하지 아니하고는 자식의 교육이 제대로 이뤄질 수 없을 뿐만 아니라, 부부도 스스로의 직분을 올바로 수행할 수 없기 때문이다. 가장(家長)과 가속(家屬)과의 상관성을 연쇄고리로 설정하여 불가분의 관계를 설명하고 있다. 그러므로 가장이 잘못되는 것은 그 책임이 가속에게 달려 있고, 가속이 잘못하는 일은 가장에게 그 책임이 있다는 전제 아래 가장과 가속이 서로 경계한다면 부모나 일가친척, 이웃까지도 평안하다는 논리를 설정하고 있는 것이다. 이는 사람들이 즐겨 쓰는 가화만사성(家和萬事成)이란 경구와도 궤를 같이하고 있는 기본논리라고 생각된다.

이외에도 남자로서 금기(禁忌)해야 할 덕목으로 주색(酒色)과 노름을 들고 있다. 주색잡기를 말아야 할 것이며, 노름을 하여 부자가 되었다는 말은 예로부터 들어본 적이 없다고 경계하고 있다. 뿐만 아니라 잡기(雜技)를 즐기는 사람들과 상종을 말 것이며 시시비비를 좋아하지 말라고 이르기도 했다.

(2) 재물준절(財物樽節)

여자로서 치산하는 첫길은 길쌈이요, 그 다음은 곡식을 아껴서 절약하는 것이라고 계도하고 있다. 적은 곡식일망정 남게 쓰고, 많은 곡식이라도 아껴서 알맞게 써야 한다고 하면서도 부부의 분별적 기능을 강조하였다. 치산에 있어 밖으로의 활동은 가장에게 매어 있는 것이며, 안으로는 가속에게 달려 있는 법이라는 것이다. 그러므로 부질없는 물건을 사려고 곡식을 팔지 않아야 하고, 밤늦게 자고 일찍 일어나 부지런히 일을 해야 한다는 것이다. 치산하기 위해서는 반드시 근면과 절약정신이 있어야 한다는 점도 강조하고 있다.

이는 주자가훈(朱子家訓)이나 여범(女範), 내훈(內訓), 여사서(女四書) 등의 목록들 가운데서 빠질 수 없는 근려(勤勵)나 절검(節儉) 등의 덕목을 구체적으로 열거한 것에 불과하다. 근려나 절검이 치산의 근본이라는 생각을 나열하면서도 여자로서 말과 행동을 삼가하는 일, 덕성을 기르는 일, 남편을 모시는 일, 형제간의 우애와 친척간의 화목을 도모하는 일 등을 반복적으로 강조하기도 하였다.

이것은 어디까지나 계녀가사류들에서 볼 수 있는 공통적인 현상인데, 모두가 유교이념을 바탕으로 한 내훈류의 근본정신이기도 한 것이다. 그렇기 때문에 재물존절을 강조하면서도 효양(孝養)을 말하거나, 부부화목을 나열하기도 하고, 젊어서 허탕하면 치산을 못한다는 내용을 서술하여 일관성이 결여되기도 했다.

특히 여훈(女訓)에서 지향하는 '정정유한(貞靜幽閑)'과 '화경(和敬)'의 실현으로 제시되는 효구지도(孝舅之道), 경부지도(敬父之道), 체하지도(逮下之道), 자유지도(慈幼之道), 태교지방(胎敎之方), 육아지법(育兒之法), 신정지상(愼靜之像), 절검지본(節儉之本)과 같은 전개방법[93]은 계녀가사류의 공통적 특징이지만, 이 작품은 자유지도나 태교, 육아지법이 나타나지

---

93) 權寧徹, 閨房歌辭硏究, 二友出版社, 1980, p.197.

않는다는 점에서 다른 치산가류와 대별된다고 할 수 있다. 즉 물질의 치산보다 더 중요한 것은 육아와 교육을 통한 인재양성이라는 보다 고차원적인 내용을 담고 있지 않다는 점이다.

(3) 부모효양

여훈 속에 나와 있는 사구고(事舅姑), 즉 효구지도(孝舅之道)를 노래한 것이다.

> 부모를 잘섬기면 효부되기 아조쉽다
> 결머서 허탕하면 치산을 잘못하고
> 그렁저렁 세월리 녀류하야 백발가난
> 어이할고 아무리 한탄한달 닷시점기 바랠손가
> 자식석도 할릴업고 부모효양 무가내라
> 년랄의 자로난 백리밧긔 쌀을 져셔
> ……
> 어와남의 자식들아 부모말삼 실리듯고 안색을 변치마라
> 부모의 경게말삼 그른말리 업난니라

예로부터 효(孝)는 백행지근본(百行之根本)이라 했고, 모든 행동규범 가운데 가장 중요한 덕목으로 존중되는 가치규범이었다. 명나라의 내훈을 조선 영조 12년에 이덕수(李德壽)가 '여사서(女四書)'에 그 목록을 서술해 놓았는데, 장 제12(章第十二)에 '사부모(事父母)' 장 제14(章第十四)에 '사구고(事舅姑)'라 하였다. 명나라 무종의 모후인 장성자인황태후(章聖慈仁皇太后)가 쓴 여훈에도 '사구고'라 하여 효를 인간 행실의 근본으로 삼았다.

춘추전국시대 공자를 제일 잘 섬긴 제자 자로(子路)는 효성이 지극하기로 유명했으므로 그 자로의 효행일화를 용사(用事)하기도 하고, 진나라

때 왕상(王祥)이 계모를 위해 얼음 속에서 잉어를 얻어 계모의 병을 낫게 했다는 일화를 용사하였다. 자로는 백리 밖에서 쌀을 날라 와서 부모에게 효양하였으며, 춘추전국시대 초나라의 노래자(老萊子)는 70세에 어린아이들이 즐겨 입는 색동옷을 입고 어린애처럼 아양과 장난기로 늙은 부모를 위로했다는 효행을 용사하고 있다.

　"녠날의 子路난 百里밧긔 쌀을 져셔 父母孝養 하여잇고/ 王祥은 雪裏嚴冬의 어름끽고 鯉魚어더/ 계모의 병을 나소아 萬古孝子 되야닛고/ 老箂子난 칠십의 斑衣입고 부모를 위로하여시니/ 부모를 섬길진댄 친모 계모 달을손야"의 단락엔 중국 24효자 중 가장 효행이 으뜸인 자로와 왕상, 노래자의 일화를 담고 있다.

　특히 왕상은 어머니를 일찍 여의고 계모 주씨 밑에서 온갖 설움을 당하면서도 계모가 병석에 눕자, 탕약 등 온갖 정성을 다 기울였다. 엄동리어(嚴冬鯉魚)의 고사 말고도 군 참새고기가 먹고 싶다고 하자, 왕상의 효행에 감천(感天)한 하늘이 수십 마리의 참새들이 날아들게 하였다던가, 단나(丹奈)가 열릴 때 계모가 그것을 지키라고 하자 비바람이 불 때면 나무를 끌어안고 울었다는 왕상의 효행은 효의 극치라고 할만하다.

　이러한 왕상의 고사를 용사하거나 나이 70에 색동옷을 입고 부모를 즐겁게 하여 효도를 한 노래자의 고사를 용사한 것은 친모나 계모를 가릴 것 없이 효가 일상에서 가장 중요한 근본 철학임을 강조한 것이 된다. 계모들에게도 마음과 마음이 이어지면 남의 자식일망정 감동하여 효자가 된다는 것을 경계함과 동시에, 자식들은 싫어도 얼굴색을 변치 말고 부모의 경계하는 말씀을 잘 들어야 한다고 가르치고 있다.

(4) 치산(治産)

이 세상 설움 중에 가난만큼 큰 설움이 없다는 선언으로부터 출발한다. 가난이란 나 자신에게만 한정되는 것이 아니라, 일가에 눈치 되는 일이고 친구에게는 업신여김을 당하는 꼴이 되는 것이며, 소년치가(少年治家) 잘 못하면 백발기한(白髮飢寒) 견딜 수 없다고 경계하고 있다. 그러므로 젊어서 근검절약하는 생활로 농사에 힘써 치산을 못한다면 늙어서 사람대접을 받지 못한다고 일깨우고 있다.

> 어와세상 사람드라 왼갓설음 생각하면
> 간난갓튼 서루유미 어대쏘 잇실손야
> 닐가의 눈치되고 친고의게 見侮(견모)로다
> 소연치가 못한사람 白髮飢寒(백발기한) 못젼듸네
> ……
> 못나도 裕한사람 보고난 사람마다 趨勢(추세)하고
> 잘나도 간난하면 뉘가반기 보올손가
> ……
> 곡식을 바래거던 거름을 장만할졔
> 재한말 액기기를 쌀한말 갓치하소
> 한듸소매 보지말고 채전거름 아니조세
> 조석재를 잘밧고 밤소매 닐치마소
> ……
> 남의것 부러말고 내일을 근간하소
> 일헐째를 닐치말면 나도남과 갓타니라
> 고푼배를 타라쥐고 실은닐을 하고나면
> 헐째난 괴로우되 내종의난 조흔니
> 쥬야로 노지말고 한모를 쓸러내면

대부난 못되야도 소부난 쉬온니라
부모동생 화목하고 일가친척 각갑기난
다른대 구치말고 가셰풍족 부대하소

아무리 잘난 사람이라도 가난하면 반길 사람이 없고, 비록 못났을지라
도 물질이 풍족하면 모든 사람들이 따르고 좋아한다는 자본주의적 철학을
바탕으로 하고 있다. 물질을 얻기 위해서는 농업에 면려(勉勵)하지 아니하
면 안 된다고 노래한 것은 조선사회가 농사 외에는 다른 어떤 경제수단이
없는 농본사회였기 때문이었다. 그러므로 치산의 방법으로 가장 손쉬운
길은 농사를 잘 짓는 일인데, 그러기 위해서는 거름을 장만하는 일이
우선이 되어야 한다는 것이다.

아침저녁으로 부엌에서 재 받기를 정성들여 재 한 말이 쌀 한 말과
같이 아껴서 거름을 장만하고, 마당을 쓸어 모은 검불로 두엄을 마련하며,
소변이라도 아무 곳에 보지 않고 잘 모아서 거름이 되도록 해야 농사를
잘 지을 수 있다고 경계하고 있다. 이러한 정신은 절약과 검소를 강조하기
마련이어서 '동지섯달 진진밤의 헛불써고 잠자기와 술떡장사 단골삼아'를
노래하는 것으로 나타나고 있다.

농사에 면려하지 아니하고 검소와 절약정신이 없다면 결국 어린 자식을
등에 업고 이집 저집을 걸식하는 참담한 생활을 할 수밖에 없다고 일깨우
고 있다. 배고픔을 이기고 싶은 일일망정 열심히 노력을 한다면 그 당시는
괴로우나 결과는 행복한 법이니, 밤낮으로 열심히 노력하면 큰 부자는
못되어도 작은 부자는 쉽게 된다고 경계하고 있는 것이다.

가세(家勢)가 풍족하면 가정이 화락한 법이며, 일가친척도 화목한 것이
라고 반복적으로 노래하고 있는 것도 이 작품의 특성이기도 하다. 이러한

반복적 현상은 치산 덕목에 두드러지게 나타나고 있는데, 그러한 까닭은 치산이 이 작품의 주제가 되는 이유에서일 것으로 생각된다. 그러므로 신언조(愼言條)로 이어지다가 다시 치산조(治産條)로 부연되는 산만한 성향을 보이기도 한다.

치산은 농사 외에도 송아지를 기르면 황소가 된다는 목축의 방법과 한 섬씩만 저축하면 오래지 않아 부자가 될 수 있다는 절약정신으로 이어진다. 40세 전에 치산하여야만 노년이 평안하다는 것을 일깨움과 동시에 자손에게 잘 전수해야 한다고 경계하고 있다. 저축과 검약정신은 정의로움이 바탕이 되어야 하는 것이지, 남을 속이거나 부당한 것이어서는 안 된다는 철학도 강조되고 있다.

"간난을 못전디어 천성을 변하야도 날쇠기지 마라서라 / 명천니 구버보고 귀신니 녀허본니 / 도적놈 잘되야서 부자자손 한단말은 / 넷글례도 못보았고 고담에도 못들언네"에서 볼 수 있듯이 아무리 가난하다고 하더라도 자신을 속여서도 아니 되고 해서는 안 될 일을 하지 않아야 한다는 도덕적 정의와 윤리를 웅변하고 있는 것이다. 아무리 자기만이 아는 것이라고는 하나 세상은 하늘과 신령들이 굽어보고 있으니 바르게 살아야 하며 도적질을 하여 부자가 되었다는 것은 고사나 고담에도 없었다고 직설적으로 표현하였다.

그러면서 다시 농사일을 강조하고 있다. 아무리 토박한 전답일지라도 거름을 잘 한다면 곡식의 수확이 많은 법이므로 날마다 거름을 많이 장만해야 하고, 취종(取種)의 시기를 잃지 않아야만 알찬 수확을 거둘 수 있다고 일깨우고 있다. 뿐만 아니라 전답에서 일하는 노비(奴婢)들을 잘 돌봐주어야만 노비들이 능동적으로 농사에 열중할 것이라는 어비복(御婢僕)도 강조하고 있다.

(5) 신언(愼言)

부녀행실 가운데 무엇보다 중요한 덕목으로 행신(行身)이나 신언(愼言)을 삼고 있다. 이는 두말할 것 없이 화목에서 빼놓을 수 없는 게 언행이기 때문이다. 그리하여 계녀가의 덕목 속에 으레 '행신'이 중요하게 다루어져 있고, 주자가훈이나 내훈, 여사서에는 '신언'이라 하여 언행을 다루고 있다. 특히 영조 때 이덕수가 찬(撰)한 '여사서'에는 스무 가지의 덕목을 다루고 있는데 제일은 덕성이요, 제2 제3에 수신과 신언을 다루고 있는 것만 보아도 이 덕목이 얼마나 중요한 것인가 알만하다.

> 家母가 말조흐면 가내불난 매양되고
> 부부양주 갓틀진댄 치산도리 어니하며
> 가중이 불목하면 패가망신 징조로다
> 시어미 성정내면 면날리 대답마소
> 시어미가 가라치면 시어미 얼운되고
> 며날리 효부된다
> 어화남의 자식들하 부질업시 성을내어
> 어린자식 탕탕치지말라
> 늘근부모 지른다고 눈치너며 마라셔라
> 절문사람 늘거지면 시어미 아니되올손가

이 작품에서 볼 수 있듯이 언행에 그다지 큰 비중을 두지 않다는 것을 제시한 단락의 내용과 구수(句數)로도 알 수 있다. 대개의 계녀가류나 치산가들이 칠거지악(七去之惡)을 강조하여 행신을 구체적으로 서술하면서 사설(邪說)이 시가집이나 본가 모두 망하게 한다는 것을 강조한 것에 비해 이 치산가는 극히 일반적이고도 상투적인 신언에 불과하다는 것이다.

가모(家母)가 말이 좋으면 늘 집안이 불화가 잦은 법이고, 가정이 불목(不睦)하면 패가망신한다든가, 시어미가 성정을 내더라도 며느리는 대답을 말아야 한다든지, 부질없이 성을 내어 어린 자식을 때리지 말 것과 젊은 사람도 늙어지면 시어미가 되는 법이니 말 한마디라도 조심해야 한다고 이르고 있다. 내훈이나 여사서에서 다루고 있는 신언이나 근행조(勤行條)에 비하면 너무 소홀하게 다루고 있다는 것을 알 수 있다.

(6) 기한고(饑寒苦)

이 작품은 주로 참담한 굶주림에 큰 비중을 두고 있다. 치산을 못하여 당하게 되는 뼈저린 굶주림의 아픔을 절절히 토해내고 있다는 것이다.

取種을 늦게하여 結實을 잘못하면
못먹노라 뉘를 한탄하며 배고푸다 뉘를 원망할가
천지간의 게우른 사람이야 비할곳지 전혀업다
부지한 되야지도 제구실을 하노라고
땅을 뒤져 먹난고나
아적을 제우먹고 저녁을 넘녀하면
한달의 서룬날을 아니먹고 어이하리……
요세와 병자흉년을 만나 할릴업시
긔민소식 듯고 긔민패를 품의품고
써러진 배중의를 몸의입고
찬죽을 깨진쏘박의 타다가
언손으로 위녀들고 유걸 막단니다가
곳불리 강성하야 독한병의 긔한을
전되지 못하니 눈쓴송장 가련하다……
절머서 치산을 극진하면 세간니 유녀하고

노년에 평안하다.
후셰의 도라가면 엇지안니 조흘소야
내말을 웃난사람은 생전긔한 면치못할 쩌시요
내말을 각심한 사람은 부귀영화 대대챵성 하오리라.

이 단락은 굶주림의 쓰라린 고통을 일깨움으로써 치산에 힘쓰도록 노래하고 있다. 무지한 짐승도 땅을 뒤져서 먹을 것을 찾아 살아가는데 항차 우리 인간들이 치산을 게을리 해서야 되겠느냐고 경계하고 있다. 치산에 진력하여 재물을 쌓아두면 세상천지 만물 가운데 전곡(錢穀)보다 더 좋은 것이 없다는 것이다. 그러면서도 '부지런하고 굼딴말은 네로붓터 못드러시/ 게우르고 유(裕)탄 말은 자고로 못보완내/ 간난만 한탄하고 무단니 안져시면/ 엇쩌한 사람니 능니 구제할가'라고 일깨우고 있다.

부지런한 사람이 굶지 않음은 정칙이며 게으른 사람이 부유하다는 도리는 자고로 들은 바가 없으니 스스로 일어나 근간(勤懇)하면 가난의 고통에서 벗어날 수 있다. 그러나 참담한 굶주림 속에 헛 성정(性情)이 솟구쳐 부부싸움을 하게 되면 지신(地神)이 발동하여 집안이 불안하고, 부모를 박대하면 평생 불행을 면치 못하는 한심한 신세가 된다고 경계하였다.

특히 조선 숙종조 병자흉년의 참상은 이 작품의 시대 사회적 배경이 되는 패러그랩으로 치산의 절대성을 강조하는 도구가 되고 있다. 이 단락의 기근의 참상은 숙종 22년 병자년의 굶주림의 역사적 사실의 처절함과 일치한다. 실제로 이해 정월에 동대문 밖에 죽소(粥所)를 설치하여 백성들을 구휼(救恤)하였는데, 서울 진휼청에서 굶어죽는 사람들이 수를 헤아릴 수 없었다는 역사적 사실(史實)과도 일치한다.

'요세와 병자흉년을 만나 할릴업시 긔민소식듯고/ 긔민패를 품의품고 쩌러진 배중의를 몸의입고/ 찬죽을 쌔진쪼박의 타다가 언손으로 위녀들고/ 유걸 막단니다가 곳불리 강성하야/ 독한병의 긔한을 견되지 못하니/ 눈쓴송장 가련하다'의 단락은 전술한 바와 같이 숙종 22년 병자년의 기근의 참상을 그대로 구상화한 것이라고 생각된다.

기민패를 발부받아 다 떨어진 옷을 걸치고 동대문 밖 죽소에서 깨진 쪽박에 차디찬 죽을 얻어먹는 참상은 인간생사의 극한상황이 아닐 수 없다. 이러한 참상을 극대화한 것은 결사의 치산을 강조하기 위한 작자의 면밀한 작품의도라고 생각된다.

다. 결사

어와세상 사람더라 부대부대 노지말고 착실의 하소
치산도리 일너시니 사람마다 명심불망하여서라
졀머서 치산을 극진하면 세간니 유녀하고 노년에 평안하다.
후세의 도라가면 엇지안니 조흘소야
내말을 웃난사람은 생전긔한 면치못할 꺼시요
내말을 각심한 사람은 부귀영화 대대창성 하오리라.

거의 변격(變格)음보를 이루고 있는 이 단락은 굶주림의 참담함을 앞 단락에 구체화한 뒤 치산에 면려토록 경계하고 있다. 치산의 도리를 일러 됐으니 명심불망(銘心不忘)하여 젊었을 때 치산을 극진히 해야 한다고 일깨우고 있는 것이다. 젊었을 적에 실기하지 아니하고 치산에 진력한다면 세간살이가 유여(裕餘)하기 마련이며 늙어서 평안하고 후세에도 이어지니 얼마나 좋은 일이냐고 강조하고 있다.

대개의 계녀가류나 치산가는 치산을 강조하면서 이에 못지않게 육아와 교육을 중히 여겨 물질의 관리보다 더 차원 높은 인재양성에 총력을 기울이는 것으로 되어 있다. 따라서 자식의 출세에 따른 부귀공명을 노래하는 해피엔딩의 서사적 구조를 보이고 있다. 그러나 이 작품은 내훈이나 여훈류의 주요덕목인 자유(慈幼)나 임자(妊子), 효자(孝子)와 같은 내용이 없이 오직 치산(治産)만을 강조하고 있는 점으로 보아 구성적 측면에서 다른 작품을 따르지 못한 아쉬움이 있다.

7.3 결론

이 작품은 동명이작(同名異作)의 치산가와는 그 구성이나 내용적인 측면에서 크게 차이가 나지만, 홍규권장가, 상사별곡, 치산가와 더불어 영성한 호남의 규방가사라는데 더 큰 의미가 있다. 영남의 계녀가사류는 주자가훈이나 여범(女範), 내훈(內訓) 등 유교정신을 근간으로 하고 있지만, 이 치산가는 그러한 범주에서 크게 벗어날 뿐만 아니라, 독특한 호남방언이 많이 쓰이고 있다는 점에서도 그렇다.

내용적 측면에서 보더라도 다른 치산가류는 물질적 차원의 관리나 축적보다 오히려 그것을 통한 인간교육을 으뜸으로 삼고 있지만, 이 작품은 그러한 측면의 태교, 육아, 교육, 장원급제 등 국가사회의 공리적 내용이 결여된다는 특성을 보이기도 한다.

또 용비어천가가 1구의 끝마다 기표(○)를 하여 악곡상의 구분을 시도했던 것과 마찬가지로, 치산가 역시 1구마다 기표를 하여 창조상(唱調上)의 특성을 나타낸 것은 여느 규방가사류에서 찾아보기 힘든 악곡적 특성이라고 할 수 있다. 이렇게 본다면 치산가는 종래 가사가 음영본위로 출발했던 것과는 달리 수용방식에 있어 상당한 변화를 보인 창 중심의 문학형태라는 점을 시사해 준다고 할 수가 있다.

다음으로 이 작품은 창작연대와 작자를 추정할 수 있는 작품이라는 것이다. 숙종 22년(서기 1696년)의 참담한 병자흉년의 시대 사회적 배경이 작품 끝부분에 역사적 사실(史實) 그대로 서술되어 있고, 작품 끝에 '己卯 八月 二十二 得用記'라 하여 창작연대와 작자를 명기하였다는 것이다. 기묘의 간지는 숙종 22년 병자년으로부터 3년 뒤이므로 이 작품의 창작시기로 볼 수가 있다.

끝으로 앞서 발표했던 치산가는 영남의 계녀가류에서 항용 볼 수 있었던 유교정신의 덕목들을 근간으로 하고 있지만, 동명이작(同名異作)의 이 작품은 그러한 덕목에서 크게 차이가 난다. 즉 전 작품은 부녀행실수업, 삼종지의(三從之義)와 삼강오륜, 사구고(事舅姑)와 목친(睦親), 칠거지악(七去之惡)과 신언(愼言), 접빈객(接賓客)과 봉제사(奉祭祀), 치산(治産), 태교(胎敎)와 교육, 장원급제와 영친(榮親) 및 영달(榮達) 등으로 되어 있지만, 이 작품은 부부화순(夫婦和順), 재물준절(財物撙節), 부모효양(父母孝養), 치산(治産), 신언(愼言), 기한고(飢寒苦)로 이루어져 있어 영남의 전형적인 계녀가류와는 구성적 측면에서 크게 다르다고 할 수 있다.

국문학의 논의수제

1. 가사문학의 논의 수이제(數二題)재론

1.1 서론

가사는 고대민요가 갖는 4구체 형식을 바탕으로 향가와 고려속가, 경기체가 등 가창을 위주로 한 시가로부터 우리 글자가 창제된 조선조 초에 음영을 위해 창출된 우리만의 문학양식이었다. 이 양식은 전대의 여러 시가 양식이 창작·발전되는 과정을 거치는 동안 조선조의 독특한 문학적 환경과 한국인 특유의 성정에 합당한 장르였기 때문에 사대부 계층으로부터 평민에 이르기까지 500여년간 창작향유되어 온 장르였다. 이러한 복합적인 성격 탓에 이에 관한 연구도 그만큼 다양하게 전개되어 지금까지도 혼란을 겪는 양식이기 때문에 '가사의 논의 수이제(數二題)재론'이라는 논제 하에 가사의 연원과 형성에 관한 문제를 다시 정리하지 아니할 수 없었다.

다행히도 이 가운데 연원에 관한 논의는 필자가 1985년부터 학계에 종합적 연원설을 제시한 이래, 13년만인 1998년 임기중의 「한국가사문학연구사」에서 90년대 진행된 연원설로 인정되기에 이르렀다. 이에 견해를 같이하는 이들도 류연석(가사문학의 형태적 고찰. 1991, 한국가사문학사연구. 1994), 박순영(가사와 사부와의 관계. 1994), 정재호(가사문학의 사적개관. 1996), 원용문(가사문학의 연원문제. 1991) 등으로 소개된 바 있으나, 다시 한번 내적인 요소와 외적인 요소로 나누어 상론코자 한다.

다음으로 가사의 형성에 관한 문제는 발생시기 및 효시작품론과 상관성이 깊은데 중·고등과정에서도 고려말설이 보편화되다시피 되었으므로 다시 논의하지 않을 수 없는 형편에 놓이게 되었다. 이들 가운데는 이두로 기록된 승원가가 발굴된 이후 이의 면밀한 검토과정도 없이 당시의 표기법에 따라 가사가 창작되었을 가능성이 있다는 전제하에 가사의 효시작을 나옹화상의 서왕가로 보아야 한다는 등의 논의가 진행되고 있기 때문에 다시 한번 이 발생시기와 효시작으로 논란이 거듭되는 서왕가와 승원가 및 상춘곡에 관하여 면밀한 분석·검증과정을 거쳐 가사의 형성론을 정리해 보고자 한다.

먼저 기록문자인 이두표기가 고려말, 조선초의 것인지 분석해보고 가사가 창작되는데 결정적 동인(動因)이 된 국자의 창제와 사대부들이 가졌던 국문의식도 아울러 고찰함과 동시에 조선초의 가사로 알려진 정극인 상춘곡의 진위(眞僞)와 안작설(贋作說)도 면밀히 분석·검토해 보려고 한다. 이러한 과정을 거친다면 가사의 논의 수이제(數二題) 가사의 연원과 형성의 문제는 자연히 해결될 것으로 보여진다.

1.2 가사의 연원과 형성 탐색

1.2.1 가사 연원의 종합성

가. 사부(辭賦)의 영향

사부(辭賦)란 본디 중국 초나라로부터 발전한 초사(楚辭)와 부(賦)계열의 운문을 두루 일컫는 것으로 대개 서정적인 것을 사(辭)라 하고 서사적인 것은 부(賦)라 했다. 사부와 시와의 차이도 가창성과 음송(吟誦)에 의해 구별되는데 사부는 처음부터 음송을 전제로 한 운문이고 시는 가창적인 장르라는 점에 그 차별성이 주어진다.

차상원도 「중국문학사」에서 '賦는 句中에 압운된 것이 있어 약간의 음악적인 요소가 남아있기는 하나 음악의 제한을 거의 배제한 이른바 不歌而詩하는 일종의 낭송체의 시라고 할 수 있다'고 했고, 장심현도 '賦의 제일 특성이라면 아무래도 그 변화 무궁한 장단 산문율을 자유로이 구사하여 문장자체로서의 독특한 선율을 구성케하는 점이 되지 않을까 한다.(中略) 따라서 나는 漢賦의 특성을 한 마디로 아래와 같이 결론해 본다. 歌唱爲主의 시경시계열 정형 고체시와 반하여 철저히 賦誦爲主의 장단율을 고수해 온 산문시체이었노라'[1]고 하였다.

김동욱도 '漢代'의 賦가 일어났으니 이는 徒歌, 즉 노래 부르지 않고

---

1) 張深鉉, 詩와 賦의 系譜考, (성균관대 논문집 제6,7집, 1962)

음송하는 일종의 서경문으로 우리의 가사는 여기에 영향을 받은 것이다[2]
라고 하여 사부는 본시 낭송적인 문학, 즉 율독을 위해 창작된 문학양식으
로 이러한 양식적 특징의 영향 아래 가사가 창출되었다고 보았다.

이는 사부와 가사 모두가 율독적 측면으로서의 문학이라는 공통적 자질
을 지적한 것이며 양자가 묘사적이고 서술적이어서 유장한 서정과 서사를
담아내는데 알맞은 양식으로 가사와의 깊은 관련성을 잘 지적해 주고
있는 것이다.

실제로 한대의 부는 자신의 감정이나 개성보다는 객관적인 사물을 미사
려구를 늘어 놓으면서도 아름답게 표현하려 했는데 가사의 진술방법도
그러하고, 부의 작자들이 사물을 진지한 관찰을 통한 진술보다는 문장적
재치를 유희적으로 발휘하는데 힘쓴 점이나 부가 기·서·결의 3단 구성
법을 취하거나 직서체와 문답체의 구성을 취하는 게 가사와 동일하다는
것이다.

또 서정적인 것이 있는가 하면 서사적인 것도 있고 교술적인 것이 주조
를 이루어서 주로 음영물로서 수용되는 복합성을 지닌다는 측면에서도
양자가 서로 공통소가 있다는 말이다.

즉 서정적인 것으로는 가의(賈誼)의 조굴원부(弔屈原賦)와 굴원의 이소
(離騷)가 있고 가사로는 송강의 전후미인곡이 있으며, 서사적인 것으로는
박인로의 선상탄이나 태평사 등의 가사와 사마상여의 자허부와 상림부
등을 들 수가 있다. 이러한 까닭은 실제 가사의 창작 담당층이 한시사부에
능한 사대부들이었기 때문이며 실제 가사작품을 문집에 실을 때 사부로
번역한 것들이 많다는 점에서도 이들의 깊은 관련성을 엿볼 수가 있다.

즉 면앙정가는 '신번 면앙정장가일편'이라 하여 면앙집 권 4에 전국시대

---

2) 김동욱, 한국문학개설, 보성문화사, 1982, p.69.

송옥의 구변(九辯)과 같은 초사(楚辭)의 형식으로 번역되었고[3] 관동별곡은 김상헌과 김만중, 진사 이양렬이 번역하였고 장진주사는 김춘택이, 성산별곡과 사미인곡, 속미인곡은 6세손 정탁이 번역하여 송강별집추록 유사에 실어놓았다.

또 오늘날 가사문학의 대가로 인정받는 정철은 당나라 소식(蘇軾)의 후적벽부를 마치 자신의 창작인 양 관동별곡에 번안[4]한 것만 보아도 사부와 가사와의 절대적 상관성을 찾아볼 수가 있다.

나. 병려문 대우 수사의 영향

병려문은 4자와 6자로 이루어지기 때문에 사륙문 또는 사륙병려문이라고도 하는데 병(騈)이나 려(儷)의 자의에서 보듯이 짝을 이루는 대우법을 근간으로 하고 있는 운문임을 알 수 있다. 4자구는 2자와 2자로 떨어지고 6자구는 3자구나 2자와 4자구 혹은 2자구로 나눠져 짝을 이룬다.[5] 이렇듯 병려문은 글자 자체도 대우에서 벗어나질 아니하고 거의 한 구도 대우적인 기법에서 벗어나질 않기 때문에 당구대(當句對)와 쌍구대(雙句對), 격구대(隔句對)의 수사기교를 근간으로 하고 있다.

병문은 산문의 형식을 취하면서도 구마다 용자(用字)의 음율에 일정한

---

3) 無等山兮一枝東施出兮　群布其中兮一曲若潛窟老龍 (新翻俛仰亭長歌一篇)
　　遙絶斯爲霽月峯兮于其上兮　　　罷初睡兮矯首首廣兮
　　登陟無邊兮大野曷爲兮斟酌　　　巖上有松有兮披拓爰置兮
　　而出去之九曲兮偕掩遮兮　　　　亭子若乘雲靑鶴千里兮 (중략)
4) 時夜將半　四顧寂廖　适有孤鶴　橫江東來　翅如車輪　玄裳縞衣
　　憂然長鳴　掠予舟而西也　須臾客去　予亦就睡　夢一道士　羽衣蹁躚
　　過臨皐之下　楫予而言曰　赤壁之遊樂乎　問其姓名　俛而不答　嗚呼噫噫
　　我知之矣　疇昔之夜　飛鳴而過我者　非子也耶　道士顧笑　予而惊悟　開戶視之
　　不見其處 (중국역대명부금전)
5) 김학주, 중국문학개론, 신아사, 1977, p.160～164.

운율적 규칙이 존재한다. 즉 문장리듬의 미와 음운의 조화를 꾀하기 위하여 매구마다 평측(平仄)배열상의 법칙과 한 쌍의 대구들은 평측의 배열을 서로 정반대의 순서로 배열하는 방법, 대구의 윗편 억양을 그 앞에 놓인 대구의 아랫구 억양과 같도록 평측을 배열하는 세 가지 규칙을 취한다는 것이다. 또한 병려문의 장르적 성격이 산문성을 띠면서도 운문적인 요소를 지니는 복합성을 지닌다는 것이다.6)

가사문학이 당구대, 격구대, 쌍구대의 대우법을 주로 하고 3·4조, 4·4조의 정연한 구율(句律)을 이루고 있는 것은 병려문의 이러한 대우법과 운율법을 원용한 것이며, 가사 장르가 산문성, 서사성, 서정성을 지닌 복합적 장르인 것과 병려문이 갖는 운문적 요소, 산문적 요소를 복합적으로 지니는 것으로 보아 이들의 구조적인 동질성을 드러낸 것이라 아니할 수 없다.

대우법은 각각 비슷한 것들이나 같은 것끼리 조응한 정대우(正對偶), 상대적인 것들을 조응시킨 반대우(反對偶)의 기법으로 나눠져서 그 미적 가치를 극대화하는 수법을 보이고 있음이 조선조 가사문학 작품의 일반적 경향으로 나타나고 있다.

예컨대 정철의 관동별곡 가운데 '날거든 뛰디마나 셧거든 솟디마나', '맑거든 조티마나 조커든 맑디마나' 등은 전혀 상반되는 개념의 반대이거나 비슷한 것들의 정대를 형성함으로써 경물의 아름다움을 사진을 찍듯이 사출(寫出)하고 있다는 것이다.

또 '회양 네 일홈이 마초아 가탈시고/ 급장유 풍채를 고쳐아니 볼게이고'

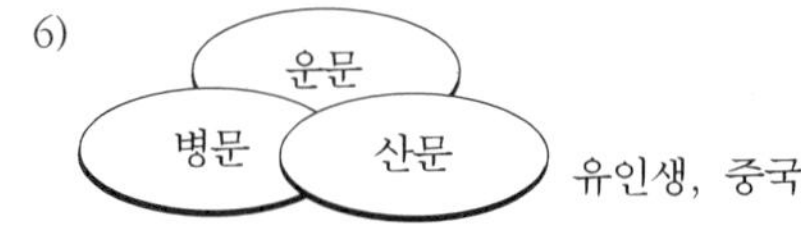

6) 유인생, 중국병문사-대만상무인서관 p.7.

와 '호의현상이 반공의 소소뜨니/ 서호 넷주인을 반겨서 넘노난닷'은 격구대의 수사기교인 바 유사한 것이거나 비슷한 개념을 1구를 띈 격대우로서 생동감을 불러일으키는 수사를 원용하고 있다.

이외에 '백천동 겨태두고 만폭동 드러가니', '오르지 못하거니 느려가미 고이할가', '은가탄 무지게 옥가탄 용의초리', '들을제난 우레더니 보내난 눈이로다' 등의 쌍구대는 유사한 것이나 상대되는 개념의 것들을 1·3음보에 배열하고 2·4음보는 이들을 더욱 구상적으로 진술하는 정대(正對)와 반대(反對)의 수사기교를 보임으로써 생략과 직유, 은유의 기법이 어우러져 미적 가치와 멋을 극대화하고 있다는 것이다.

특히 정철은 한시, 사부의 문학과 병려문에 능통하였으므로 정철의 관동별곡에서의 경물의 묘사는 실제 아름다운 관동의 비경을 보고 탄성을 지르는 것 같은 생생한 멋과 아름다움으로 가득 차 있다. 이러한 묘사나 구성은 순연히 병려문체의 대우법에 절대적 영향을 입었다고 볼 수밖에 없다.

또 병체문의 대우법 가운데 음운성률법도 포함되는데 이 가운데는 음운이 존재하는 것과 그렇지 않는 것이 있다. 대개 부(賦)나 잠(箴), 명(銘), 찬(讚), 송(頌), 뇌사(誄詞) 등 병체문에서는 음운성률이 존재하는데 병문 가운데 상·하구간에 평성과 측성이 짝을 이루는 대우를 이루어 미적효과를 거두고 있다.

예를 들면

時維九月
　(—)　(｜)
序屬三秋
　(｜)　(—)　　　　　　　　　　〈滕王閣序〉

와 같이 평측성률(平仄聲律)이 엄격하게 지켜지고 있는데[7] 우리 국어의 경우에서는 중국 어음과 다르기 때문에 평측성률의 대우법보다는 동음의 정대(正對)적 성률의 법칙이 존재하여 멋과 아름다움을 강화하고 있다.

본디 우리말의 음운성질이 한문과는 다르기 때문에 사부나 병려문의 그것과 대비적으로 고찰하기가 어려우나 우리 국어는 압운의 조건으로 풍부한 자음과 모음을 지니고 있으므로 음조의 조화가 쉽사리 일어나 그 멋과 아름다움을 더할 수가 있어서 미적감흥을 일으키기가 쉽다.

예컨대 '의 마음 의 사랑, 마음의 맺친 실음, 머흐도 머흘시고, 뎨가는 뎨 각시, 헴가림도 하도 할샤, '짓나니 한숨이오, 디나니 눈물이라, 픗잠을 잠간드니, 꿈의님을보니, 오라며 나리며, 잡거니 밀거니, 산인가 구름인가, 님이신가 아니신가, 늣기난닷 반기난닷' 등은 정대(正對)의 대우적 음운법이라는 것이다.

다. 고시가의 율격구조의 원형성

우리나라 고시가의 원형적 율격구조는 원시 민요로부터 비롯되었다. 고대 원시민요는 본시 2구로부터 출발하여 2구나, 3구 혹은 2구의 배형인 4구로 형성되었는데 우리나라에선 이것이 4구진행의 기본형으로 발전하였다. 「삼국유사」 가락국기조의 구지가, 삼국사기 고구려본기 유리왕조에 있는 황조가, 진나라 최표의 고금주에 기록된 공무도하가가 모두 4구진행의 고시가인데 이 형식이 모태가 되어 이루어진 4구와 8구, 10구체로 발전된 향가의 원형도 다름아닌 고시가 4구체의 원시민요들이다. 또 여러 절로 이루어진 고려속요도 여음이나 후렴구 등 음악적 요소를 제외하면 4구분절체로서 고대민요 4구체가 그 원형이었음을 알 수가 있다.

---

7) 褚斌杰 中國古代文体槪論, 北京大出版社, 1998, p.76.

이러한 기본적인 율조는 민요에 그대로 이어져서 3·4음절을 단위로 대부분 4음보 1행을 구성하게 되어 의미구조를 이루는 통사구조가 된다. 본디 국어의 어휘는 2·3음절이 보편적이나 그것이 조사가 붙거나 활용하게 되면 3·4음절이 되고 이것이 구전민요, 시조, 가사에 이르러선 하나의 휴지(休止)의 단위로 나타나게 된다.

즉 가사는 그 독법(讀法)에 있어서 생리적인 조건으로 인해 전 2음보와 후2음보의 사이에 쉼을 두어 두 개의 호흡군으로 나뉘게 된다. 또한 율독(律讀)의 경우 각 음보간은 등장성(等長性)을 유지해야 하므로 4음절이 못되는 음보는 끝음절을 장음화하여 음보간에 일정한 리듬을 형성한다.

우리의 고대시가인 황조가나 구지가, 공무도하가 등은 중국의 시경시체와 같은 4언시체일 뿐더러 향가, 풍요, 서동요, 헌화가 등이 모두 4구체 형식인데, 4언시체나 4구체 형식은 가사의 전형인 4음보 진행과 동질적인 것으로서 가사의 원초적인 모태가 되는 기본적인 율격단위(律格單位)라는 것이다. 뿐만 아니라 우리나라 구전 원시민요 역시 3·4, 4·4조의 음수율에 4음보 진행의 의미구조를 지니고 있어 가사의 원초적 율격을 지니고 있음도 간과할 수 없는 일이다.

이러한 형태는 우리나라 구전민요의 율격으로 대표되는데 그러한 까닭은 우리 국어가 언어의 조직상 5음절보다 큰 단어가 발견되지 않고 거의 대부분의 언어가 2음절어에서 5음절 사이에 조직된다는 언어구조상의 요인이 근간이 되는 것이며 한 호흡군의 발화량(發話量)이 5Mora를 넘기가 어려울 뿐더러 5음절이 넘어설 경우 자연적인 리듬이 파괴된다는 음성생리상의 문제 때문이라는 것이다.

실제로 가사와 다른 3음보 율조를 취하는 민요도 문학적 측면에서 문법적 구조만을 고려했을 때는 3음보구에서 벗어나질 않지만 가창적인 율조로 보면 3음보 끝음절을 장음화하여 1음보의 역할을 담당하므로 자연 4음보 진행으로 변환되어 선율적으로도 스스로 조절되어 균형을 잃지 않는다.8)

즉 우리의 전통민요는 대개가 4음보격을 취하고 있으나 문법적 구조를 보면 그 가운데 3음보격도 존재하는데 선율적 분석법9)에 의하면 3음보가 아닌 4음보의 율격이 근간을 이룬다는 것이다.

이러한 특성은 향가, 고려속요, 경기체가 등 시가문학에서도 공통적으로 나타나 가사체의 특유한 율조의 틀을 이루는데 커다란 영향을 주었을 것으로 생각된다.

라. 가사 연원의 종합성

어느 시가든 시가의 연원과 형성은 단일적이고도 획일적인 관점보다 오히려 전체적이고도 복합적인 시각에서 고찰되어야 한다. 더구나 음영위주의 시가형식을 지니면서도 창조적(唱調的)인 율격을 지닌 가사문학 장르는 문학과 음악적인 측면을 아우르지 않고는 연원의 본질적 고찰이 되기 어렵다.

다시 말하면 종래에 논의되어 온 바와 같이 가사가 시조에서 파생되었다든가, 고려속요 또는 경기체가, 한시체에서 기원되었다는 단일적인 성

---

8) 진도아리랑의 경우 '정든님이/오셨는데/인사를 못해∨행주치마/입에물고/입만방긋'은 전통적인 창조(唱調)의 측면을 고려하지 않고 문법적 어절을 기준으로 했을 때는 3음보 진행으로 생각되지만 이를 선율적 측면으로 보면 '정든님이/오셨는데/인사를 못/해～∨행주치마 입에물고/입만방/긋'으로 끝음절이 장음화되어 창조상(唱調上) 4음보격의 율격임을 쉽게 파악할 수가 있다.

9) R.Wellek의 「Theory of Literature」에 의하면 운율구조를 연구하는 태도에는 도해의 방법(Graphic), 음향분석의 방법(Acoustic), 선율분석의 방법(Musical), 통계적 방법(Statistical)의 네 가지가 있다고 한 바 있다. (p.166～173)

격규명은 시가사적인 측면에서 보더라도 적확(的確)한 연구방법이 될 수 없다는 것이다.

즉 신라가요인 향가가 소멸되고 고려속요가 출현했다고 생각하기 쉬우나 향가는 고려 말엽까지도 애송되었을 뿐만 아니라 중엽 때는 창작도 이루어져 왔다는 사실을 찾아 볼 수 있기 때문이다. 고려 16대 예종이 팔관회에 나가서 신숭겸(申崇謙)과 전락(全樂)[10]의 두 장수가 태조를 도와 순절하여 개국에 큰 공헌을 세운 충절을 기린 향가체 도이장가(悼二將歌)를 지었다는 것만 보아도 문학장르는 왕조가 이어가듯 향가가 소멸되고 고려속요가 출현했다는 식의 단일적 관념으로 그 생성과 소멸과정을 해석할 수 없다는 것이다.

이러한 내적요인의 바탕 위에 그 연원에 커다란 영향을 준 것은 중국의 사부(辭賦)문학과 병문(駢文)과 같은 장르였다는 외적요인을 지나칠 수가 없다. 다시 말하면 조선조의 가사문학은 형식적 측면에서는 중국의 사부의 영향을 받아 산문성을 띠게 되고, 내용적 측면에서는 병문의 영향을 받아 독특한 문학장르를 형성했다는 것이다. 실제적으로 사부라고 하는 것은 초사(楚辭)체와 한부(漢賦)체의 양식이 포괄되는 양식으로 실제 서사적인 것들을 읊조려서(是以咏物叙事爲主) 비교적 산문적인 성질에 가까우며(較接近于散文性質), 또 작품을 펼쳐나가는 수법(作品的鋪陳手法)과 풍부한 어휘를 사용(語彙豊富的特色)하여 그려낸다는 것[11]이 가사와 동질적이다. 또, 부(賦)가 향유방식상 노래하지 않고 음영한다(不歌而誦謂之賦)[12]는 것이나 직서체(直敍体)나 문답체의 문체적 특징 외에 기·서·결의

---

10) 도이장가 '2장'에 관한 연구(국어문학 25집. 국어문학회. 1985. p.161-178)에서 필자가 두 장수 신숭겸과 김락을 신숭겸과 전락으로 비정한 바 있음
11) 褚斌杰 상계서, p.70.
12) 앞의 책, p.73.

문장 구성법을 취하는 것 등도 가사의 향유방식이나 문체적 특징, 구성법에서 가사의 그것과 동질적이다.

즉 구성적 특징으로 보면 굴원의 작품은 직서체이고 송옥의 작품은 문답체가 많은데 가사의 대부분이 직서체이며 정철의 '속미인곡은 문답체이지만 직서체인 가사들도 첫 단락의 서두는 문답체의 특징을 내재하고 있을 뿐더러 대부분의 부와 가사가 3단이나 4단의 구성법을 취하고 있다는 것이 공통적이라는 것이다. 또한 이들 양식들은 그 제재가 무엇이든 간에 선택할 수 있는 광범성을 지닐 뿐만 아니라 종횡무진으로 서술, 묘사해 갈 수 있는 양식이기 때문에 운문이라고 하거나 산문이라고 쉽사리 단정 지을 수도 없다. 서정적인 것이 있는가 하면 서사적인 것도 있고 수필적인 것들이 주조를 이루어서 음영물로서 수용되는 복합성을 지닌다는 측면에서도 동질적13)이라는 것이다.

또 아름다운 경물을 그리거나 간절하고 애틋한 서정을 묘사할 때는 병문의 대우법을 적용하여 묘사나 서술의 효과를 배가시킨다. 즉 어떤 연상작용에 있어 해당되는 사물과 성질이 같거나 비슷한 형태를 연상시켜 짝을 이루는 정대우(正對偶)의 수사나, 서로 상반되는 것들을 짝을 짓는 반대우(反對偶), 인과나 가정(假定), 또는 상승(相承)관계를 이루는 관대우(串對偶)14)의 수사방식을 취할 뿐만 아니라 산문의 형식을 취하면서도 문장의 미와 음운의 조화를 꾀하기 위하여 매구마다 평측배열상(平仄配列上)의 법칙을 일정하게 지키고 있다는 것도 가사와 동질적인 수사법이라는 것이다.

예를 들면 맑고 깨끗한 금강산 일만이천봉의 서기(瑞氣)를 표현하는데

<hr>

13) 拙稿, 歌辭文學의 한문학 수용양태에 관한 연구, 국어국문학, 1995, p.88.
14) 周生亞, 古代詩歌修辭, 語文出版社, 1996, p.55.

는 '맑거든 조치마나 조커든 맑디마나'라는 정대(正對)의 수사미학을 동원하여 반복의 율조를 통한 아름다움을 배가하는 수사기교를 부렸고, '천고 흥망을 <u>아는다 모르는다</u>'의 반대(反對)나 '<u>들을제는</u> 우레더니 <u>보내난</u> 눈이로다'의 반대(反對)는 그 정조(情調)나 생생한 절승을 그리는데 이만큼 아름다운 수사를 찾아보기 어렵다는 것이다. 또 '<u>하직고 물러나니 옥절이 앞에섰다</u>'의 후2음보는 전2음보와 긴밀한 전후 조응관계나 상관관계를 보여주었고, '궁왕대궐터에 오작이 지저귀니/천고흥망을 아는다 모르는다'에선 후행의 천고흥망의 허무함이 전행의 까마귀나 까치 소리로 긴밀한 상관관계의 조화를 이루는 관대(串對)의 수사기교가 되어 미학의 극치를 이룬다는 것이다.

병문이 산문적인 요소와 운문적인 요소를 공유하는 복합성을 지닌다[15]는 것도 가사의 장르적인 성격과 상통된다. 즉 병문은 운문이면서 산문인 장르적 복합성이 서사와 서정, 교술적 성격이 복합되어 있는 가사장르와 같다는 것이다.

이렇게 본다면 가사장르는 내적으로는 4구체 민요율조를 바탕으로 이루진 향가와, 고려속요를 거치고 외적으로 한문학과 더불어 고려 때 융성했던 한시, 사부(辭賦)의 복합적 영향 아래서 그 연원을 찾을 수가 있겠다. 즉 조선조의 가사형식이 이루어지기까지는 전대의 어느 특정한 시가의 단일적인 영향이나 기원보다 여러 가지 시가의 종합적인 작용에 의한 것으로 보아야 한다는 것이다. 이러한 종합적인 연원설은 최근 임기중의 가사문학연구사[16]에서도 필자를 비롯해 류연석, 박순영, 정재호, 원용문 등이 중심이 되어 90년대 진행된 주장으로 평가 인정되고 있다는 것만

---

15) 劉麟生, 中國騈文史, 台灣商務印書館, p.7.
16) 林基中, 한국가사문학연구사, 1998, p.534~535.

보아도 알 수 있다.

그것은 조선 500년간의 장구한 세월동안 창작되고 음영되어 온 장르일 뿐만 아니라 다른 어느 국문학 작품보다 훨씬 많은 양의 가사가 현존하고 있고 1890년대 창가가 형성되기 전까지 창작되어 왔다는 것에서도 찾아볼 수가 있다. 이외에 작자층도 처음엔 사대부 계층으로 한정되었던 것이 임진왜란을 지나는 동안 평민, 부녀자, 불신도 등 훨씬 광범위하게 포괄하고 있었다는 점에서도 이러한 점은 발견이 된다.

1.2.2 가사의 선초형성

가. 여말설의 가공성(架空性)

가사의 고려말 형성은 400여년간 구송되어 온 서왕가(西往歌)가 숙종30년(1704년) 경상도 예천 용문사에서 석명연(釋明衍)이 처음 발간한 「대미타참략초요람보권염불문」외에 여섯 차례에 걸쳐 발간한 염불문에 수록되었다는 것과 권상로가 채록한 「조선가요집성」에 나옹화상 서왕가가 수록되었다는 점, 1974년 김종우가 이두로 표기된 '나옹화상 승원가라'고 표제한 작품을 발견하여 학계에 발표한 것[17]을 그대로 믿은 결과라고 보여진다.

서왕가는 이병기(李秉岐)가 가사의 효시작으로 암시한 이래 장덕순, 김종우, 정병욱, 최강현 등에 의해 같은 견해가 쏟아져 나왔는데, 이들 대부분은 나옹화상의 생애를 보아 그가 유명한 선승이라는 불교적인 위치를 중시하여 그의 어록이나 가송(歌頌), 한시 등에서 보이는 어휘의 상사(相似)나 같은 시어의 빈도수 등을 추출하여 상관성을 주장해 왔다.

그러나 이러한 주장은 첫째, 가사는 창위주의 고려속요나 경기체가와

---

17) 김종우, 향가문학연구, 이우출판사, 1980. p.28.

달리 사대부들 사이에 즐겨 향유되었던 음영본위의 시가인데 고려말 지식 계급인 유학자들이 향가를 표기했던 향찰식 문자도 탐탁하게 여기지 않았는데 그들이 과연 향찰이나 이두로 가사를 창작하게 되었다는 사실부터 문제가 된다.

둘째, 나옹화상 어록이나 가송, 한시 등에서 서왕가와 같은 시어나 비슷한 어휘들의 빈도수를 추출하여 서로의 상관성을 주장해 왔으나, 이도 논리적이질 못하다. 출가승(出家僧)이거나 불승이라면 누구나 불교적인 철학적 용어나 어휘들을 즐겨 쓰게 될 것이므로 스스로의 타당성을 잃고 만다. 실제로 조선조 가사 중에는 도덕과 관련된 작품이라면 으레 퇴계나 율곡의 작품으로 가탁된 예를 흔히 찾아볼 수가 있기 때문이다. 그러기 때문에 강전섭도 서왕가, 낙도가, 승원가, 심우가 등의 가사 작자에 관한 논고에서 전나옹화상작(伝懶翁和尙作)이라 하여 나옹화상 작품설을 부정하고 후대 호사가들에 의한 부회라고 주장한 바도 있다.

다음으로 1974년 김종우에 의해 발표된 '나옹화상 승원가라'한 주장에 관한 문제이다. 그는 이 작품이 이두로 표기되었고 소장자가 함안 조씨의 후손으로 가보처럼 보존해 왔다는 선입견에서 국자가 없던 고려말에 가사를 이두로 기록해가면서 창작 향유했을 것이라고 추정하였다.

조선조 말엽까지도 한문을 아는 사람 중에는 국문이 서툴러서 이두식으로 쓰는 사람들이 있었고 관공서의 공문이나 땅 매매문서 등에도 이두가 쓰였는데 승원가는 조선후기에 이두로 표기된 불교가사였다는 사실을 쉽게 알 수가 있다. 그것은 고려말 조선초기의 이두로 기록된 「대명률직해(大明律直解)」나 「이두집성(吏讀集成)」 등의 이두문과 대조해 보면 누구나 알 수가 있기 때문이다.

즉 고려말이나 조선 초기의 이두는 일정한 원칙이 있어서 '하다'라는 말은 무엇이든 '위'(爲)로 썼고, '이다'는 반드시 '시'(是)로 썼다. 그러나, 승원가는 '하다'를 '하'(何), '한'(恨, 旱, 限), '할'(割) 등 아무런 원칙도 없이 썼으며, '이다'도 '이'(以, 耳, 而) 등 마구잡이로 쓰고 있음을 발견할 수가 있다. 다시 말하면 '하고'(爲古)를 '하고'(何古)로, '하며'(爲㫆)를 '하면'(何面)으로 '할제'(爲齊)를 '할제'(割除)로, '하얏거든'(爲乎喩去等)을 '하야거든'(何也去等)으로 표기하였고, '으로'(乙以)도 각각 '으로'(矣奴, 乙奴, 以奴)로 표기하여 조선초기의 이두문과 엄청나게 다르다는 것이다.

또한 같은 말이라도 수시로 다르게 표기되어 있어 일정한 표기의 원칙이나 통일성을 찾아보기도 어렵다. 예를 들면 '하니'(爲尼)도 각각 '恨耳, 何以, 何而'로, '한들'은 旱達, 恨達, '다가'는 陁可, 多可, '으로'는 矣奴, 乙奴, 以奴, '가니'는 去伊, 去耳, '없는'은 無隱, 無難, '이요'는 耳堯, 以堯, 而堯, '없이'는 無是, 無時, 無示, '우리'는 我, 于耳, 于以, '같은'은 如隱, 如歎, 可歎, 可坦 등으로 일정한 원칙이 없이 표기가 되었다는 것이다. 처소격 조사 '에, 애'도 각각 '厓, 愛, 禮, 太' 등으로 혼용했다든지, '하물며'를 '下物面, 況物面'으로 뒤섞어 쓰기도 하고 더구나 '인삼'(人蔘)을 '人三', '공자'(孔子)를 '孔雀', '경각'(頃刻)을 '敬刻', '성명'(姓名)을 '性名', '편작'(扁鵲)을 '鞭作', '훼방'(毁謗)을 '悔謗' 등으로 잘못 표기한 것만 보더라도 이 가사의 작자나 전사자(轉寫者)가 조선 후대에 교육정도가 낮은 중인층이거나 불승, 불신도로 추측되기도 한다.

이처럼 승원가는 일정한 표기원칙도 없이 산만할 뿐더러 음차(音借)나 훈차(訓借)에도 일정한 법칙이 적용되지 않았고, 같은 단어의 표기도 수시로 다르며, 특히 고려말, 조선초기의 표기법과도 크게 다른 이 작품을 두고 멀리 고려말의 나옹화상작으로 보는 것은 너무나 큰 논리의 비약18)이라고 아니할 수 없다.

승원가의 형성시기는 여러모로 보아 사명당, 서산대사와 같은 영웅설화에서 볼 수 있듯이 승군의 놀라운 활약과 부처의 보살핌으로 인하여 임진왜란의 뼈아픈 전화(戰禍)를 잊을 수 있었다는 호국불교의 인식이 높아져 간 광해군 이후인 것으로 보여진다.

끝으로 서왕가의 작자가 나옹화상이라는 문제이다. 서왕가는 석명연에 의해 숙종30년(1804년) 처음 간행된 이래 영조 17년 경상도 팔공산 수도사에서 재간(再刊)되었고 그 뒤에도 네 차례에 걸쳐 복간(復刊)되었다. 나옹이 불교적인 측면에서 서왕가를 썼다면 400년 전의 나옹집이나 어록, 가송 등 어디서나 그것에 관한 언급이 있어야 하나 그러한 것을 전혀 찾아볼 수도 없고 타인의 문집 가운데서도 일언반구의 언급이 없다는 점도 나옹작에 대한 회의를 일게 한다. 실제로 목은집에도 나옹의 완주가, 백납가, 고해가 등 나옹3가후(懶翁三歌后)라는 기록이 남아 있기 때문이다.

만일 고려대에 불가에서 포교의 목적으로 가사를 썼다면 이는 읊기 위주라기 보다 가창 위주의 양식일 것이므로 경기체가나 고려속요, 범패와 같은 형식이었을 것이며, 따라서 가사와는 달랐을 것이고 또 조선초 유학자들이 유교를 국교로 신봉하던 그 시대에 포교의 목적으로 이런 가사를 썼다고 하는 것도 납득이 되질 않는다.

우리 고전 작품 중에는 자기가 쓰고도 작품의 품위를 높이기 위해 유명한 유학자나 고승(高僧)이 썼다고 가탁(假託)하는 일이 많았다. 사실 율곡 작으로 알고 있는 자경별곡은 '교경재사고'에 수록된 자경별곡서와 남평 문씨 대동보에 의해 월계 문석용(1854~1905)의 작품이라는 사실과 낙지가는 청허자(請虛子)나 그와 관련된 사람의 작품이며 낙빈가는 퇴계와 율곡 또는 서화담일 가능성이 높다는 분석이 강전섭에 의해 이루어졌다.

18) 강전섭. 전나옹화상작 가사 4편에 대하여. 한국언어문학 23집. 1984. p.9.

즉 고전작품 중에는 도덕적인 것이라면 무조건 퇴계나 율곡의 것이라고 부회(附會)하는 일이 많았다. 따라서 서왕가나 승원가 등의 불교 가사도 후세인이 지어놓고 그 작품의 품격을 높이기 위해 고승인 나옹으로 부회했다고 보아야 한다는 것이다.

최강현은 숙종30년(1704년) 석명연이 간행한 「대미타참략초요람보권염불문」과 영조17년(1741년)에 다시 간행한 「석타참절요」 등 모두 6차례에 걸쳐 간행한 서왕 가류를 중심으로 수록된 문헌과 원문대교를 거쳐 내용분석을 하고 어휘빈도를 조사하여 각각 염불7회, 생각과 마음 6회의 빈도수를 보인다고 했다. 또 구수(句數)통계를 내어 조선 전기 가사와 공통점이 많다는 점과 나옹의 생애와 어록 등에 사용된 관용어의 빈도수를 추출하여 '집마'(什麼)와 허공(虛空)이 31회, 육창(六窓) 23회, 당당참선(堂堂參禪) 22회, 화두(話頭) 19회 등이라고 하여 서왕가에도 거의 그 용례가 있다는 점, 그리고 나옹의 선관(禪觀), 생사관(生死觀), 왕생관(往生觀) 등 그의 사상 등을 내세워 서왕가의 작자를 나옹화상이라고 주장[19]한 바 있다.

그러나 서왕가나 나옹집과의 어휘빈도를 조사한 게 얼마만큼의 신뢰도를 지닐지도 문제가 된다. 지금 전하고 있는 불교가사류 70여편을 보면 '염불', '생각', '마음' 등 불교신앙을 권하는 어휘들이 가장 많고 '사량'(思量), '상량'(商量), '각'(覺), '오'(悟)와 같은 불교 철학적 용어가 너무나 많기 때문이다. 즉 불교포교를 목적으로 창작, 유포되는 불교가사들은 대부분 이와 같은 어휘들이 주종을 이루고 있으므로 이러한 조사분석법은 변증의 한 방법이 될 수가 없다는 것이다.

또 나옹의 어록 등에 나오는 어휘빈도의 통계를 내어 서왕가와 거의

----

19) 최강현, 가사문학연구, 정음사, 1979, p.37~61.

용례가 같다고 했으나 이의 대조도 명확한 게 없고 혹 있다손치더라도 나옹의 작품으로 가탁하자매 일부러 나옹문집 속에 있는 어휘를 많이 사용하거나, 그의 사상과 일치한 철학적 용어를 사용한다는 건 자명한 이치이기 때문이다. 더구나 허두에 불가로 출가하는 것을 묘사한 것이 나옹이 출가한 생애와 일치한다던가, 나옹의 사상과 서왕가 속의 사상이 비슷하여 나옹의 작품으로 볼 수 있다는 것은 불합리하다. 왜냐하면 출가 승이라면 누구나 그런 전철을 밟을 것이며 또 그러한 정조(情調)에 빠져들기 마련이고, 불승이나 신도들에 의해 창작 유포되었다면 불가의 정토사상(淨土思想)은 어느 작품에서나 공통적으로 나타날 수 있기 때문이다.

강전섭도 나옹의 한시 3가와 십종가(十種歌)의 작품 수준으로 보아 국문으로 쓰여진 서왕가의 작자를 나옹으로 보려는 것은 견강부회(牽强附會)임과 동시에 너무 독단적인 견해라 하였고, 김준영, 김기동도 서왕가는 숙종대 이후의 언어이며, 그 밖의 것은 현대어로 되었음은 물론 그 구상이나 표현으로 보아도 후대의 작품일 것이며 또 고려말에 가사체가 존재했었다고 볼 수 없음으로 원래 나옹의 한문을 후인이 가사체로 번역했거나 후인의 위작으로 볼 수 밖에 없다[20]고 하고서 선조대 이전의 작품으로 취급하기 어렵다고 주장한 바 있다.

결국 서왕가 등이 나옹화상작으로 부회된 가장 중요한 원인은 조선의 억불숭유책 속에서 임란을 계기로 서산대사, 사명당의 의병활동에 힘입어 불교 융성의 기회로서 불교가사를 유포하기 위함이라고 생각된다. 불교가사는 인조대 이후 숙종대에 이르러 고려말의 명승 나옹화상으로 부회되었고, 그렇게 가탁하자며 나옹의 가송과 한시 속에 녹아 있는 정서와 사상이

---

20) 김준영, 한국고전문학사, 금강출판사, 1971, p.284.
　　김기동, 국문학개론, 태학사, 1983, p.155.

담긴 어휘들을 조잡하게 늘어놓은 서왕가 등의 불교 가사가 되었을 것으로 보아야 한다.

나. 기록문자 창제와 가사창작

언문일치의 국자창제는 국문학상 획기적인 변화를 가져왔다. 진정한 의미에서 국문학의 발생과 구송문학의 문헌정착, 번역문학의 융성, 서민문학의 발흥 등이 국문창제로 비롯되어 문학의 대중화를 몰고 왔다는 것이다.

국자가 없던 시대에는 기록해 가며 작품을 쓰기가 어려웠으므로 자연히 암송적인 가창위주의 단형시가 외에 문학위주의 장형시가가 발달할 수 없었는데, 용비어천가, 월인천강지곡과 같은 장형시가의 교량을 지나 가사문학과 같은 음영위주의 새로운 장르가 창출할 수밖에 없었다.

북경대학의 웨이쉬성도 가사형식의 출현을 15세기 중엽으로 보면서 훈민정음의 창제는 시조와 달리 구체적인 문자조건을 제공하였다고 했으며 가사는 시조보다 훨씬 좋은 언문일치의 문자가 생산된 문학적 환경아래에서 이뤄졌다[21]고 한바 있다.

또한 외적으로는 고려말부터 대대적으로 유입된 중국의 사부문학의 기운에 힘입은 바도 컸다. 이 사부양식은 작품을 펼쳐나가는 수법이 풍부한 어휘의 사용에 의지한 바 클 뿐더러 서사나 서경 위주의 긴 산문성을 지니고 있었기 때문에 국문자의 창제야말로 이러한 사부양식을 수용하는데 가장 알맞은 기록수단으로 가사와 같은 독특한 양식이 이루어질 수 있게 되었다는 것이다.

제나라 말을 기록할 수 있는 문자가 없던 시대에는 자연히 가창위주의

---

21) 韋旭昇, 朝鮮文學史, 北京大出版社, 1985, p.192.

가요가 성행할 뿐 장형시가가 존재할 수 없고 더욱이 한문학자들이 향찰식, 이두식 표기를 해가며 가사를 쓸 수 없다[22]는 전제하에 가사의 창제는 국자 이후로 보아야 한다. 가사발생의 가장 기본적이고도 확실한 동인(動因)은 기존시가의 율격적인 요소에 스스로의 정서와 사상을 자유로이 표기할 수 있는 국문자의 창제라고 보아야 옳다.

고려말부터 지배세력으로 등장한 계층은 신흥사대부들인데 이들은 문인지식층인 동시에 관인지배층으로 정치권력을 전담하는 동시에 문화창조의 역할도 담당 하였다. 그러나 이들 대부분은 국문자로 이룩된 국문학에 대한 관심도 인식도 적었고, 다만 가창의 필요에 의해 국자를 겨우 사용하는 정도에 그쳤다. 한문학은 표현수단이 스스로의 정서와 유리되는 경우가 많을 뿐만 아니라 한시는 자신의 감정을 그대로 드러내는 가창에 합당하지 않았기 때문이었다. 그러므로 사대부들이 자신의 절절한 마음과 정서를 노래하고자 할 때에는 하는 수 없이 우리말과 글로서 엮어서 부르지 아니할 수 없었던바 시조, 가사가 이의 결과에서 비롯되었다고 할 수가 있다.

다시 말하면 사대부들은 한시가 가창에 있어 대단히 불편할 뿐만 아니라 자신들의 진솔한 감정을 섬세하게 담아내는 데는 한계가 있었기 때문에 어쩔 수 없이 국자를 빌어쓰지 아니할 수 없었고 여흥이나 여기(餘技)로 생활의 한정(閑情)이나 영탄을 펼칠 때도 역시 국문자를 사용하지 아니할 수 없었다는 것이다. 국문은 말과 글이 일치하였으므로 어떤 풍경에서 일어난 감흥이나 감정의 진솔한 표현도 가능하였으므로 그네들에게 큰 매력과 감명을 주었던 것이지만 한문을 진서로 생각했던 사대부들은 전고(典故)나 용사(用事)가 없는 국문학은 단조롭다는 생각을 떨칠 수 없었다.

---

22) 김준영, 상게서, p.271.

그것은 지금까지 발간된 문집들 모두가 한문으로 된 기(記), 서(書), 부(賦), 시(詩) 등이 주조를 이루고 간혹 국문으로 된 작품은 맨 뒤에 싣거나 아니면 별집으로 발간했다는 것과 현존하는 국문학 작품이 한문학 작품보다 그 수적인 면에서 극히 비교가 되지 않는다는 것 등이 이를 반증하고도 남음이 있다.

그러나 사대부들 가운데는 국문학 작품을 창작하여 문집에 싣는가 하면 시평에도 국문으로 쓰여진 작품을 극찬한 경우가 많다는 점에서 그들의 남다른 국문학 의식을 헤아려 볼 수 있지 않을까 한다. 그러한 의식은 이황의 도산십이곡발과 심수경의 「견한잡록」, 홍만종의 「순오지」, 김만중의 「서포만필」 등에서 찾아볼 수가 있다.

이황은 도산십이곡 발문에서 노래하자면 반드시 이속지어(俚俗之語)로 엮어야 하는데 우리나라의 풍속의 음절이 그러하지 않을 수 없기 때문이었다(蓋國俗音節所不得不然也)라고 파악하고 있었다. 즉 한시는 읊조릴 수는 있으나 노래할 수 없다는 것이었고 그러한 까닭을 우리나라 말이 언문일치의 언어문자였기 때문이었다는데서 찾고 있었다. 그러했기 때문에 퇴계 자신도 자신의 서정을 진솔하게 펴내기 위해서는 반드시 이속지어(俚俗之語) 즉, 우리말과 글이 아니어서는 엮어낼 수 없다는 인식에 이르렀다는 것이다. 더구나 우리나라 통속의 음절이 그러하지 않을 수 없었다는 것도 국어 문법적인 관점에서 높이 평가하지 않을 수 없다.

이 말은 우리나라의 언어자체가 다른 문자들이 따를 수 없을 만큼 경물의 묘함이나 감정의 섬세함도 그대로 묘사할 수 있는 언문일치가 되는 이치를 퇴계 자신이 깨닫고 있었다는 것이 된다.

다른 하나는 조선조 사대부 문학에서 찾아볼 수 있는 재도적(載道的)인 문학관이다. 퇴계가 도산십이곡을 쓴 것은 뜻을 말한 전 6곡과 학문을 말한 후 6곡인데 이 작품은 아이들로 하여금 익히게 함과 동시에 노래하게 하여 노래하는 자나 듣는 자 모두 비루한 마음을 씻어내어서 감발(感發)하고 온화하게 하기 위한 교훈적인 입장에서 쓴 것이라는 관점이다. 이 노래를 듣는 이 모두가 이러한 목적이 달성되어야만 이 노래의 가치가 높아지는 바, 그러기 위해서는 이 노래를 하거나 듣는 자 모두 감동되어 일어나야 하는데 부득이 우리말과 글을 사용하지 않고서는 안된다는 퇴계의 관점을 엿볼 수가 있다.

심수경은 우리말 우리글로 지은 장가 곧 가사에 대한 국문학 비평을 그의 「견한잡록」에 실어놓았는데, 특히 송순의 면앙정가와 진부창(陳復昌)의 만고가의 시평은 심수경의 국문학적 가치인식을 발견케 하고도 남음이 있다. 비록 한문을 쓰지 않았어도 우리말글로 쓴 가사가 사대부들의 마음을 끈다는 것과 진실로 볼만하고 들을만하다는 생각을 가졌다는 것이 당시 사대부들 사회에서 찾을 수 있는 흔한 일이 아니었다는데서 그의 높은 국문학적 의식을 헤아려 볼 수가 있다.

특히 송순은 평생동안 좋은 노래를 많이 지었으나 이 면앙정가가 그 중 으뜸으로 최고작(宋純平生善作歌此乃其中之最也)이라는 심수경의 시평에서 그 나름의 독특한 의식을 헤아려 볼 수가 있다. 또한 진부창의 만고가도 면앙정가와 더불어 문자(文字)와 이어(俚語)를 섞어가며 아름답게 표현하였으므로 이 두 작품 모두 들을 만하다는 찬사를 하고 있다는 점에서 작자나 평자(評者) 모두 당시 상층부의 사대부들로서 국문에 의해 이룩된 가사작품에 유별난 인식을 하고 있었음을 알 수가 있다.

홍만종은 「순오지」 속에 홍섬의 원분가로부터 맹상군가에 이르기까지 총14편의 가사를 작자와 작품평을 곁들여 실어놓았다. 14편 가사들이 누구나 감동할 수 있도록 세부적인 묘사나 산수의 승경을 절절하게 표현할 수 있었던 것은 말과 글이 다른 한문이 아니라 국문이었기 때문에 가능했다는 것이다.

홍만종의 장가평에서 면앙정가가 '산수의 경승을 설진(說盡)하고 유상(遊賞)의 즐거움을 펼친 것이니 가슴에 저절로 호연의 의취가 생겨난다'고 한 것은 작자의 마음을 평한 것이며, 관서별곡에 '관서지방의 가려(佳麗)함이 이 한 편의 가사에 사출(寫出)되어 있다'는 것과 관동 산수의 아름다움을 열거하고 그윽하고 기괴한 경관을 설진하여 사물형용의 묘함과 조어(造語)의 특출함은 참으로 '악보의 절조(絶調)'라 했던 관동별곡, '상선(上仙)의 청복(請福)이라도 또한 이에서 넘어설 수 없으리라'는 강촌별곡은 작품의 표현방법과 작품에서 이루어진 기풍을 평가한 것들이다. 또한 원부사에서 '고금사인의 염태(艶態)라 하더라도 어찌 이를 능가할 수 있으랴'는 고금의 애정시류 작품과의 비교에서 다른 작품이 따를 수 없다는 작품평가이며, 사미인곡을 초나라 백설곡에, 속미인곡을 공명의 출사표에, 장진주사를 이백, 이하(李賀)의 장진주와 두보의 견흥시, 정협의 유민도에 비교하는 비교문학적인 비평의식도 찾아볼 수가 있다.

김만중의 자국어문에 대한 의식은 남달랐다. 그의 「서포만필」은 우리나라 사대부들이 창작하고 음영하며 즐기는 시문이란 아무 의식도 없이 사람의 말만을 흉내내는 앵무새와 다를 바 없다는 극단의 자기 성찰론을 제시하고 있다. 본디 사대부들은 중국의 시문을 배워서 쓴 것이기 때문에 앵무새처럼 흡사할지 모르지만 거기엔 진솔한 사상과 정서가 용해되어 있지 않다는 것이다.

그러면서 송강의 가사 3편은 천기(天機)가 스스로 펴남이 있을 뿐만 아니라 속됨이 없어서 자고이래로 우리나라에서 참다운 문장은 이 세 편 뿐이라고 극찬하고 있다. 더구나 이 세 편 가운데 속미인곡이 가장 훌륭하다고 평했는데 그러한 까닭을 관동별곡이나 사미인곡은 한문시구를 많이 사용하고 있기 때문이라고 하였다. 또 송강가사를 7언시로 번역한 사람이 있으나 그렇게 해서는 아름다울 수 없다고 하였다.

다시 말하면 뜻만 전하기 위해서는 번역이나 다른 나라의 문자를 사용해도 좋지만 문학적 가치가 상실되기 쉽다는 것이다. 그러므로 문학작품은 언문이 일치한 자국어로 해야만 십분 창작의도에 접근할 수가 있다는 서포의 문학관은 유별난 자주의식이 표현된 선견이라고 아니할 수 없다.

다. 선초 가사 상춘곡의 조명

정극인의 상춘곡은 가사문학의 효시작으로 널리 알려져 왔으나 나옹의 서왕가설로 아직도 고려말설이 학계에 논의되고 있는 상황에서 이를 재조명해 보지 않을 수 없다.

강전섭은 상춘곡의 내용을 정극인이 지은 장단가 2편 불우헌곡과 불우헌가와 상호·비교한 뒤 안작(贋作)이라고 하였고, 최강현은 고려말 나옹화상의 서왕가를 내세워 가사의 효시작으로 주장하였다.

그러나 장덕순은 '문헌적으로나 자료면에서 정극인작이 아니라는 증거가 없는 한 아직 그 작자나 제작연대에 대하여 속단을 내리는 것을 삼가야 할 것'[23]이라고 했고 이상보는 전간재(田艮齋)가 지은 「화도만록(華島漫錄)」과 「송자대전(宋子大全)」권2 서에 송시열이 황윤석보다 100여년이나 앞서 서문을 써달라고 보내온 「불우헌유고」를 낱낱이 읽었다는 말을 인용하고 오늘날 불우헌집의 신빙도가 미약하다고 말하는 이들에게 좋은 참고자료가 된다[24]고 하여 정극인의 상춘곡에 대한 긍정론을 내세웠다. 김준

23) 장덕순, 한국문학사, 1977, p.263.
24) 이상보, 한국가사문학연구, 형설출판사, 1974, p.66.

영(가사의 형성동기와 형성과정. 1990년)과 필자(조선가사문학론. 1990년)도 이들과 같은 견해를 내세운 바 있다.

우선 상춘곡과 장단가 2편 불우헌곡과 불우헌가와의 비교로 인한 안작설 문제에 대한 재고 문제이다. 강전섭은 성종실록 중 정극인이 학문의 공도 이루지 못했고 고향에 돌아가 혼정신성(昏定晨省)의 도를 다하겠다는 대목에서 '복전력색'(服田力穡)과 '염개자수'(廉介自守), '교회불권'(敎誨不倦)이라는 생활태도를 들어 작품이 작자의 거울이라면 정극인이 도저히 '아침에 채산(採山)하고 낮에 조수(釣水)하는' 식의 사설이 될 수가 없고, 더구나 '주가(酒家)에 술을 물어 어른은 막대짚고 아이는 술을 메고'라는 식의 생활태도일 수가 없다고 하였다.

주지하다시피 조선조 사대부들이 벼슬에서 물러나 고향에 은거할 때는 농사를 관리하는 가농부(假農夫)가 되는 것이지 손수 논갈이나 밭갈이 등을 하는 농업인이 아니기 때문에 이런 주장은 합리적일 수가 없다. 이러한 경향은 조선조 은일 작품에서 흔히 볼 수 있는 관용적인 사대부들의 은일의 전범으로서 이해되어지는 이른바 알뛰세가 말한 '실제 존재상황에 대해 주체가 갖는 관계의 상징적 표현'[25] 이라고 보아야 한다. 실제로 우리의 시조나 가사에서 가장 인기있는 관습적 주제는 전원사상이었고, 그런 전원풍은 당시 사회생활의 액면 그대로의 반영이 아니라 그 자체의 법칙과 전통을 가진 문학적 전통이었다.

더구나 성종이 청렴한 선비의 기개로 고향의 자제들을 모아 가르치는 일을 기쁘게 여기는 정극인을 불러 쓰고 싶으나 나이가 많은 탓에 삼품산관(三品 散官)을 내리고 전라도 관찰사에게 특별히 보살피도록 어명을

---

25) Fredric Jameson, The political unconscious, Cornell University press, 1981, p.53.

내렸다는 기록26)을 상기해보면 그만한 풍류쯤은 얼마든지 있을 수 있다는 것이다.

다음으로 불우헌가에서는 3품산관을 받은 영광을 '3품의장 뵈고시라', '마수요간(馬首腰間) 뵈고시라'라 하여 성은에 감읍하고 있고, 불우헌곡에서는 금서(琴書)와 바둑과 수의소요(隨意逍遙)로 근심없는 가운데 즐거움을 노래하고 있는 것이 상춘곡의 서정과 다르다고 했으나 그 속에 내포된 의미는 정극인도 불우헌에 앉아 거문고와 시와 서, 소요 등을 통해 즐거워하면서 근심을 잊으려 했음을 알 수 있다. 이러한 정조(情調)는 상춘곡 '시비(柴扉)에 걸어보고 정자에 앉아보니/ 소요음영하여 산일(山日)이 적적한데/ 한중진미(閒中眞味)를 알 이 없이 혼자로다'와 동질적으로 파악된다.

또 제3장은 임금의 은총을 입어 상태(霜台)에 올랐다가 인년치사(引年致仕)함을, 4장은 태평성세에 임금의 성덕을 송영(頌詠)하였고, 5장에서는 위로 하늘과 아래로 사람을 원망하지 않고 두려움과 조심을 모르고 사는 즐거움을 노래하였다. 그러한 그였기에 상춘곡 속에는 '공명(功名)도 날 꺼리고 부귀도 날 꺼리니/ 청풍명월외에 어떤 벗이 있아올고/ 단표누항(簞瓢陋巷)에 헛튼생각 아니하네/ 아모타 백년행락(百年行樂)이 이만한들 어떠하리'라고 읊조렸을 것이다.

이 외에 상춘곡의 가의(歌意)와 시상으로 보아 이 작품을 송강가사 이후의 작품으로 보았으나 상춘곡과 같은 은일자락(隱逸自樂)의 시상은 고려대의 어부가나 청산별곡 같은 고려속요에서도 구할 수가 있으려니와 조선 개국과 더불어 치사한 선비들이 전원으로 물러나 한가로이 강호생활을

---

26) 欲召用之 以爾年老 難於任事 故特加三品散官 又諭其道觀察使 時致惠養(성종실록 권10, 3년 임진, 3월)

누릴 수 있었으므로 조선 전기에 이와 같은 은일 가사가 생성된 것은 극히 자연스런 현상이다. 또한 고려조의 맹사성이 조선조에 들어서 수원 판관을 지낸 후 고향에 은일하면서 읊조렸던 강호사시사는 그 시상이나 표현기법으로 보아 상춘곡과 공통점이 많다는 것으로도 조선초에 상춘곡과 같은 강호형 가사가 충분히 창작될 수 있다는 가능성을 시사해 주고도 남음이 있다.

다음으로 불우헌집 편찬시기로 보아 상춘곡은 정극인 작품이 아니라는 주장의 문제다. 이러한 주장은 강전섭 외에 최강현도 불우헌집에 실린 1483년 손 비장(比長)이 지은 묘갈문과 1785년 황윤석이 지은 행장 등을 분석하여 이를 뒷받침하고 있다. 그러나 황윤석은 불우헌 7세 이래로 세 차례나 인척을 맺어 정극인의 집안과 각별한 관계에 있을 뿐더러 집안의 가르침에도 공의 풍렬(風烈)을 사모하여 사우간(師友間)에 출입하면서 선배들로부터 공의 칭도(稱道)를 들은 것이 무려 50여년이었음[27]으로 황윤석은 불우헌유고의 교정과 서(序)를 부탁받았을 때 사실보다 과장했을 가능성도 배제할 수 없었을 것으로 보여진다. 우암 송시렬이 지적한 대로 의심스러운 일이 있는 것도 사실이지만 행장에 나타난 사건들이 조선의 정사(政事)에서 들어보지 못했다는 것이지 시가에 대한 의심이라는 것은 전혀 언급도 없다.

또 몇 번이고 필자가 불우헌 유적을 답사한 결과 그가 만년에 여생을 보냈던 곳은 정읍군 칠보면 무성리였다. 이곳은 지금도 아름답지만 4∼500년 전엔 울창한 송림과 맑은 시냇물, 깨끗한 모래사장이 그림처럼 펼쳐져 있어 정극인이 상춘곡에서 묘사한 봄날의 산수정경이 오히려 무색

---

27) 七世以來. ……庭訓所及已慕公風烈 而出入師友間 多聞前輩所稱道 亦旣五十
    余年 (불우헌집, 황윤석 행장)

했으리라고 보여진다. 무성서원으로부터 조금더 오르면 도원동(桃源洞)이 있는데 이 '무성'(武城)과 '도원'(桃源)은 상춘곡의 '떠오르는게 도화(桃花)로다. 무릉이 가깝도다'의 그것으로 조선조 사대부들이 즐겨쓰는 용사이며 울창한 송림과 맑은 시냇물, 깨끗한 모래사장의 산수는 '명사(明沙) 맑은 물에 잔씻어 부어들고 청류(淸流)를 굽어보니'와 '송간세로(松間細路)에 두견을 부쳐들고'에 그대로 묘사되어 나타나 있다.

다음으로 형식이나 표현어구상으로 보아 조선초기의 작품일 수 없다고 하였으나 이는 우리가 고전문학을 접할 때 당시의 어휘나 형식이 담긴 원전을 접하거나 그 시대의 것이 유전되는 예가 거의 없기 때문에 공통적으로 당면하는 문제들이다. 대개는 전사하는 사람들에 의해 가필이나 첨삭하는 일이 으레 있기 마련이고 당시의 표기법에 맞추는 예가 흔하기 때문에 이 또한 작자변별에 큰 도움이 되질 못한다.

끝으로 성종실록 12년 경자 10월 임신조의 기록에 보이는 전자의 '장가 6장'(長歌六章), '단가2장'(短歌二章)과 후자에 보이는 '장가1장'(長歌一章), '단가2장'(短歌二章)에서 최강현의 주장처럼 장가 6장과 장가 1장을 동일한 작품으로 볼 수가 없다는 점이다. 최강현은 장가 6장은 6연의 개념으로 보아 불우헌곡을 지칭하고 단가 2장은 시조형식과 흡사한 단가 2수의 뜻으로 불우헌가라 하였다. 그리고 장가 1장은 장가 1편을 의미하는 것으로서 불우헌곡 1편을 지칭한 것이라 하였다.

주지하는 바와 같이 우리 선조들은 경기체가나 가사도 장가(長歌)라는 이름을 써왔기 때문에 동일한 것으로도 볼 수 있지만 자세히 따지고 보면 다른 작품임을 알 수가 있다. 즉 이 두 작품이 같은 것이라면 불과 몇 줄 사이에 각각 다르게 장가 6장과 장가 1장이라고 달리 표기할 필요가 있었을까라는 점이다. 그러나 이 문제는 바로 다음에 쓰여진 '개잡이리어'

(皆雜以俚語)에서 쉽게 해결이 된다. 즉 후자의 장가 1장과 단가 2장은 모두 이어(俚語) 곧 우리말로서 창작했다는 것이 단초가 됨으로 장가 6장과 장가 1장이 결코 같은 작품이 아니라는 것이다. 그러므로 장가6장은 불우헌곡이고 단가 2장은 불우헌가이며 장가 1장은 상춘곡으로 보아야 옳다는 말이다.

이밖에 황윤석보다 약 100여년전인 선조조에 우암 송시렬이 '답김천정서'(答金天挺書)에서 서문을 써달라고 보내온 불유헌유고를 읽어보았다는 기록과 불우헌집은 선조조 이전부터 그 유고가 전해 왔다는 사실로 보아 실전된 많은 시문이 있었을 것으로 추측된다.

그러므로 불우헌집은 그가 죽은지 305년만에 나타난 것이 아니요, 두어 차례 이본이 간행되면서 상춘곡도 원래의 모습에서 그렇게 동떨어진 정조년간의 표현으로만 볼 것이 아니라 비교적 원전의 어법을 잘 계승한 것[28]으로 보아야 한다.

1.3 결론

앞에서 조선 전기가사문학의 연원과 형성에 관한 다양한 탐색과정을 거쳐 가사의 연원에 관한 다양한 단일설보다 종합적 연원설에 이르게 되었고 형성기도 고려말설의 가공성에서 벗어나 조선 초 국자 창제 이후로 재정립할 수 있었다.

첫째, 가사문학의 연원적 탐색과정에서 거론되었던 기존 연구들은 전체를 보는 종합적인 시각보다는 미시적인 안목에 치우친 경향이 많았다. 즉 어느 한 부분의 동질성이나 유사성을 내세워 그 연원을 밝히는데 치중

---

28) 이상보, 정극인 상춘곡연구, 명지대 명지어문학6집, 1974.

되었다는 것이다. 하지만 우리 가사문학은 어느 한 장르에서 분화·변이 과정을 거쳐서 이루어졌다기보다는 오랜 세월을 거치는 동안 우리의 성정에 맞는 음영장르로 고정이 되었다는 것이다. 여기엔 이러한 내적요소 외에 고려 중·말엽부터 중국에서 대대적으로 들어온 한시사부의 문학과 병려문의 외적요소도 크게 작용이 되었다는 것이다.

다시 말하면 가사의 율격기조는 우리 고대민요로부터 향가, 고려속요와 경기체가의 고시가 기본원형에서 비롯되어 외형의 틀 위에 사부가 지니는 서사성, 산문성과 풍부한 어휘성이 가미되었고, 수사적으로는 병문이 갖는 정대(正對), 반대(反對), 관대(串對), 당구대(當句對), 격구대(隔句對), 쌍구대(雙句對) 등 대우법(對偶法)의 화려한 수사기교가 작용되어 우리 국어와 조화를 이루게 됨으로써 아름다움과 멋을 고조시키는 문학양식이 되었다는 것이다.

둘째, 가사의 형성에 관한 탐색에서 고려말설의 가공성을 밝히고 조선초에 국자의 창제로 비롯된 선초의 가사 상춘곡의 작자와 작품의 진위(眞僞), 안작설(贋作說)을 분석해 보았다. 가사가 형성되는데 가장 큰 동인(動因)은 말과 글이 일치한 국자의 창제와 사대부들의 국문의식이었다. 실제로 퇴계의 「도산십이곡발」이나 심수경의 「견한잡록」, 홍만종의 「순오지」, 김만중의 「서포만필」 등에는 감정의 진솔한 표현이나 경물의 절묘한 묘사가 말과 글이 일치한 국문을 쓰지 않고는 불가능하다는 주장이 강하게 표출되어 있다. 그러므로 정철을 비롯한 조선조의 많은 사대부들 가운데는 국문으로 쓴 수많은 국문학 작품을 남겨 우리 문화유산을 풍부하게 한 분들이 많았다.

이러한 결과로 고려말설로 인정되고 있는 나옹화상의 서왕가나 승원가는 임란 이후에 불교융성책의 일환으로 나옹에게 부회된 작품으로 분석되었다. 이두로 표기되어 세상에 알려졌던 승원가도 고려말, 조선초의 이두와 대비·분석한 결과 조선 후대에 창작, 표기되어 고려말의 고승 나옹화상작으로 부회되었다는 걸 다시 확인할 수 있었다. 또한 정극인의 상춘곡은 원전문제에 여러 가지 의문이 잠재하는 작품이지만 국자 창제 이후 창작된 것으로 작자와 작품면에서 부정할 근거가 없음을 알 수가 있었다. 특히 「성종실록」가운데는 불우헌의 시가에 관한 기록이 있는데 이 가운데는 '장가 6장 단가 2장'이라는 것과 그 서너줄 뒤에 '장가 1장 단가 2장 개잡이리어'(皆雜以俚語)라는 단서가 있는데 이를 보면 후자의 '장가 1장'은 전자의 '장가 6장'과는 다른 작품임을 알 수가 있다는 것이다. 특히 '모두 우리말로서 이루어졌다'는 말은 장가 1장이 가사 「상춘곡」이라는 단초를 제공한 셈이 되는 것이다. 우리 선조들은 경기체가나 가사는 그 길이가 길다는 단순한 생각에서 이 양식 모두 '장가'(長歌)라 했다는 점에서도 장가 1장은 불우헌가가 아닌 가사 상춘곡이라는 사실이 확실시된다. 그러므로 가사의 형성은 고려말이 아니라 언문일치의 기록문자인 국자가 창제된 이후 성종대에 형성되었고 효시작도 상춘곡으로 보아야 한다는 것이다.

2. 도이장가(悼二將歌)의 두 장수 시비

2.1 서론

도이장가는 고려 제 16대 예종 15년(1120년) 왕이 서경에 행차하여 그 해 겨울 10월 신사(辛巳)29)에 열린 팔관회를 구경하는 가운데 개국공신 김락(金樂)과 신숭겸(申崇謙)의 가상(假像)을 보고 감동하여 이 두 장수를 기리면서 추도한 노래다. 이 노래는 신라향가 8구체 형식에 향찰식 문자로 되어 있어[30] 정서(鄭敍)의 정과정곡(鄭瓜亭曲)과 더불어 향가가 고려 중엽까지 창작 애송되면서 고려속요와 경기체가에 영향을 주었음을 알 수 있다. 그리고 신라의 향가장르가 고려 중엽까지 잔존했었다는 문학사적인 중대한 의의를 던져주기도 한다.

고려사와 평산신씨 고려태사 장절공유사(平山申氏 高麗太師 壯節公遺事)의 기록으로 미루어보면 도이장가는 예종이 국초 개국공신 김락과 신숭겸의 장절(壯節)을 기리기 위해 지은 송도시이지만, 이 두 장수 중 김락은 김락이 아니라 전락(全樂)이라는 가능성을 짙게 깔고 있다는 점에서 문제가 제기된다. 이러한 성씨의 와오(訛誤)문제는 대정(大正) 7년(1917년) 3월 23일자 매일신보 전씨대동종약 제하의 보도로부터 시작되었다.

즉 문헌비고 속에 전씨의 명조(名祖)가 김씨로 오록(誤錄)되어 정부에서 막대한 예산을 들여 정오(正誤)했다는 점과, 김락의 관향(貫鄕)이 순천, 중화 당악[31] 등으로 운운되고 있지만, 이들의 세보에도 김락은 전혀 기기록이 보이질 않는다는 점이다. 그러나 천안전씨 계해보(1883년)에는 1세 종도(宗道)의 아들 2세 전락이 대장군 신숭겸과 더불어 대구 공산(公山) 동수(桐藪)[32]에서 견훤의 군대를 맞아 싸우다가 크게 패하였고, 끝내는 미리사(美利寺) 앞에서 장렬한 전사를 했다고 기록되었다는 점을 주목해

---

29) 申壯節公遺事엔 睿宗 15年 庚子秋라 하였다.
30) 신장절공유사에 오언고시를 먼저 짓고 바로 뒤에 도이장가를 실었다.
31) 전의이씨세보에 의하면 고려개국통합삼한익찬공신에 3등 12인 가운데 10번째에 김락
　　 이 있는 바 김락은 순천김씨 동생인 철이 분적하여 중화김시의 시조가 되었다고
　　 기록하고 있고, 증보문헌비고 권 47 제계고 8에도 이와 같은 기록이 보인다.
32) 현 대구 팔공산 부근이다.

야 한다.

고려 왕건 태조도 이에 전락에게 좌복야(左僕射)를 추증하고 충건공(忠建公)33)의 시호를 내림과 동시에 천안군(天安君)으로 봉했으므로 그 후손들이 천안파의 원조(元祖)로 모시게 되었고, 천안을 관향으로 삼았다는 점을 고려할 때, 김락이 아니라 전락이라는 중요한 사실을 알 수가 있다. 실제로 전씨가 김씨로 오독(誤讀)되거나 오기(誤記)되는 현상은 전씨 성을 가진 사람들의 말을 빌어 보아도 가능한 일이며, 반대로 김씨가 전씨로 오인된 일은 거의 없는 일이라고 할 수 있다.

이에 이러한 가능성을 생각하고 여러 자료들을 수집 분석하여 이를 비정(批正)해 보려고 한다. 혹자는 기고정(旣固定)된 사실의 비정이 문학 연구에 무슨 보탬이 되겠는가라는 질책을 할지 모르나, 오류(誤謬)를 그대로 지나쳐 버리거나 무비판적으로 맹신하는 일도 학문하는 올바른 자세가 아니다. 그러므로 각종 사료나 국문학 자료의 오류를 바로잡는 한 계기를 마련하기 위해 그러한 문제제기에 목적을 두고 이 문제를 고찰해 보기로 하겠다.

2.2 '이장' 중 김락의 인물시비

2.2.1 매일신보의 문제제기

전씨의 김씨 와오(訛誤)문제는 잘 알려진 바 없지만, 지난 대정 7년(1971년) 3월 23일자 매일신보 '전씨대동종약'의 보도로부터 시작되었음을 알 수 있다. 녹동생(綠東生)이란 필명을 가진 사람의 글로서 이 대동종약

---

33) 한국고사대전 시호고 등에는 충달공이라 기록된 것도 있다. 고문헌자료에 '달'로 기록되지 않고 '건'으로 되어 있어 달인지, 건인지 불분명하다.

난에 전씨 문중의 내력과 관련자료를 소개한 후

向日 京城日報 三面에 全氏 距今 百五十年 前 朝鮮名門으로서 一時
朝列에 落한 後는 其 子孫이 科擧後 玉堂에 止하고 閣臣에 參키 難한
所致로 舊韓國政府에서 文獻備考를 編纂할 時에 全字를 金字로 誤認
하고 全氏의 名祖를 金氏로 誤錄됨을 全門에서 其時 政府에 訴한 지
一個年 만에 政府는 多大한 金額을 支援해 必竟 正誤하였다함은 全氏
의 歷史에 珍奇한 事實이라 記錄 되었음으로……

라 크게 보도하였다. 이것을 보면 조선 영조 때 왕명에 의해 홍봉한 등이
중국 마씨(馬氏)의 문헌통고(文獻通考)를 본떠 상(象), 위(緯), 예(禮), 악
(樂), 병(兵), 형(刑), 직관(職官) 등 조선 금고(今古)의 문물제도를 수록한
동국문헌비고를 편찬하였다. 그러나 이 가운데는 상당한 오류가 있었는데
특히 전씨를 김씨로 잘못 기록한 부분이 많았음을 알 수 있다. 그 후
고종 때 이르러 증보할 때에 시정토록 소를 올렸고, 이에 따라 바로잡은
것으로 되어 있지만 잘못 오록된 부분이 아직도 많은 편이다.

2.2.2 문헌자료 속의 김락과 전락

가. 김락의 경우

(1) 평산신씨 고려태사 장절공유사

睿宗 十五年 庚子秋 省西都 設八關會 有假像二 戴簪服紫 執笏紆金
騎馬踊躍 用巡於庭 上奇而聞之 左右曰 此神聖大王 一合三韓時代
死功臣 大將軍 申崇謙 金樂也 乃奏本末 上悄然感慨 問二臣之後
有司奏曰 此都惟有 金樂之孫卽 召之賜職賞曁還松都 o 公之高孫
勁入寶文閣 親問祖宗原始子孫男女之數 宣賜酒策及綾羅而人 各一

十端 乃賜御題 四韻一絶 短歌二章詩曰

見二功臣像	두 공신상 우러르니
汎濫有所思	온갖 생각 오가누나
公山蹤寂寞	팔공산 자취 적막한데
平壤事留遺	평양엔 그 옛일 머물러
忠義明千古	그 충성 그 의리 만고에 빛나네
死生惟一時	삶과 죽음 다만 한 때이러니
爲君躋白刃	임금 위해 빛나는 칼 드높여
從此保王基	이 나라 굳은 터전 보전하였네 〈필자 역〉

가왈(歌曰)

主乙完乎白乎	니믈오올오슬본
心聞際天乙及昆	ᄆᆞᄉᆞᆷ ᄀᆞᆺᄒᄂᆞᆯ밋곤
魂是去賜矣中	넉시가샤ᄃᆡ
三烏賜敎職麻又欲	사ᄆᆞ샨벼슬마쏘ᄒᆞ져
望彌阿里剌	바라며아리라
及彼可功臣良	그대두공신이어
久及直隱	오라나고든
跡烏隱現乎賜丁	자최ᄂᆞ나토샨뎌

(2) 고려사 및 기타

王聞之大怒 遣使弔祭 親帥精騎五千 邀萱於公山桐藪 大戰不利 萱
兵圍王甚急 大將 申崇謙 金樂 力戰死之 諸軍破北 王僅以身免(高麗
史 卷一 世家 太祖一)

朕出自側微 才職庸下 誠資群望 克踐 洪基 當其廢暴主之時 竭忠臣

之節者 宜行賞賚 其以奬勳勞 以洪儒 裵賢慶 申崇謙 卜智謙 爲第一
等 給金銀器 錦繡綺被褥 綾羅布帛有差堅 權能寔 權愼 廉湘 金樂
連珠 痲煖 爲二等 給金銀器 錦繡綺被褥 綾羅布帛有差 其三等二千
人 各給綾帛 穀米有差(高麗史 卷一 世家 太祖一)

冬初 都頭索湘 束手於星山陣下 月內左相 金樂 曝骸於美利寺前
(高麗史 卷一 世家 太祖一)

睿宗十五年 八月乙酉 幸西京 冬十月辛巳 設八關會 王觀雜戲 有
國初功臣 金樂 申崇謙偶像 王感歎賦詩(高麗史 卷一 世家 睿宗十
五)

前朝高麗太師 全以甲 全義甲兄弟 統合三韓開國立勳⋯⋯忘身
殉國忠節 竝美報功之典 祠于表忠⋯⋯乃與申崇謙 金樂 庾黔弼 卜
智謙 洪儒等(禮曹受敎 咸豐七年 1856년 哲宗七年)

太祖間出之與 其弟義甲 乃申崇謙 金公樂等 推鋒力戰 同時拜殞
(桃源先生實記 奎章閣 所藏)

太祖甚急 以甲與其弟義甲 乃申崇謙 金樂等 決死潰圍遂護 太祖間
出之身 自力戰死之(桃源遺蹟 國立圖書館 所藏)

나. 전락의 경우

(1) 한국성씨보감
高麗創業功臣略史條 全樂開國功臣 天安 全氏始祖(天安君)

(2) 증보문헌비고
忠達 高麗 左僕射 全樂(卷 二百四十 職官考 二十七)

(3) 명장록

全樂 玉山人 麗太祖 開國功臣 諡忠建公(一作 金樂) 殉于公山之戰

〈해석〉 일작 김락이라 하나 공산싸흠에 전망하였다.

(4) 청선고(淸選考)

表忠祠 顯宗庚戌 壬子賜額

高麗 申崇謙 太祖丁亥 戰亡于本壯節 府桐藪 官太師

本朝 全樂 順天 太祖丁亥 戰亡于桐藪 忠節 官左議政

(서원편, 국립도서관 소장)

(5) 한국고사대전(韓國故事大典)

忠建 麗　左僕야 全樂(시호고)

(6) 천안전씨계해보(天安全氏癸亥譜)34)

一世 宗道 文科爲丞相 時世似當羅末 麗初而不可 攷按東史 自

多婁王末 年丁丑 至麗朝元年 戊寅 八百四十二年

二世 樂 高麗太祖朝 位至三司 與大將軍 申崇謙 桐藪之敗 遇甄萱

軍 於美利寺前 大戰死敵特命 贈左僕射 封天安君 諡忠建公

2.2.3 전. 김의 오록비정

전제한 문헌적 자료를 토대로 제기된 오록문제를 분석고찰하기 위하여
우선 전락의 세계를 살펴보기로 하겠다. 2세 낙(樂)은 전술한 바와 같이
고려 태조조에 벼슬이 3사(三司)에 이르렀고, 대장군 신숭겸과 함께 대구
팔공산 동수 미리사 앞에서 견훤과 싸우다가 크게 패하고 장렬하게 전사
하였다. 후에 태조가 좌복야에 추증하고 충건공의 시호를 내렸으며, 천안
군에 봉하였다. 낙의 아들 홍술(洪述)은 태조조에 익찬공신 1등 2인 째에
들었고, 무강공(武康公)의 시호35)가 내려졌으며, 영산군(寧山君)에 봉해

---

34) 숭정기원후 3계해이므로 1863년에 발간된 세보임.

졌다.

그런데 전의이씨 세보를 보면 4등공신 2인 전홍술, 박수경36)이라 하고, 같은 쪽 오른쪽 상단 고려개국 통합삼한 익찬공신조에 1등 홍유 등 5인, 2등 유금필 등 12인, 3등 왕식, 김락 등 10인, 4등 김홍술, 박수경 등 2인37)으로 기록되었다. 여기엔 전의이씨 세계와 달리 전홍술을 김홍술로 오록하고 있음을 알 수가 있다. 홍만종의 순오지 속에서도 '고려조에 김홍술이 스스로 칼날을 막아 임금을 보전케 했다(麗代 金洪述 自取鋒刃 以存 其主 卽漢之紀信)'고 기록하고 있으나, 역사적으로 태조를 위해 스스로 목숨을 버리고 순절한 사람은 김홍술이 아니라, 전락의 아들인 전홍술의 오기(誤記)라는 사실을 알 수가 있다. 왜냐하면 김홍술은 고려사나 개국공신의 관계문헌 그 어디에도 나타나질 않기 때문이다.

전홍술의 손자 세주는 덕종조에 문과에 오르고 벼슬이 태복소경(太僕少卿)에 이르렀고, 문정공의 시호와 함께 천성군으로 봉해졌다. 그러나 한국고사대전을 보면 이 역시 '고려 천성군 김세주'라 잘못 기록하고 있다. 전세주의 증손인 전신은 덕우 병자생(德祐 丙子生)으로 신축년에 문과에 올라 사헌부 장령, 보문각제학, 동지밀직사사를 역임38)하였다. 그러나 규장각 소장 등과록(登科錄) 전편 신축 27년 9월방(고려 충렬왕 27년)을

---

35) 1등 운운은 본말이 전도된 것이다. 그의 부친 락은 2등이고 그의 아들 홍술은 1등이란 흔히 세보에서 볼 수 있는 잘못된 오록이다.

36) 번역한 부분의 기록이며 원문은 김으로 되어 있음.

37) 고려의 개국공신 명단은 아주 엉성하다. 고려사 권1 세가 태조 조에는 1등으로 홍유 등 4명, 2등으로 김락 등 7등, 3등은 2000명이라 하였다.

38) 증보문헌비고 52에 천안전씨시조 섭은 백제시조 때 환성군에 봉해졌다. 후손 호익은 백제의 병상(兵相)이었고, 호익의 후손 종도는 백제의 승상, 그의 아들 락은 좌복야 그리고 충달공의 시호가 내려졌다. 락의 아들 홍술은 영산군과 무강공, 그의 아들 충우는 좌상과 충숙공, 그의 아들 세주는 소경(小卿)인데 천성군에 봉해졌고 중시조가 되었다. 세주 증손 신은 밀직사로 문효공의 시호를 받았다.

보면 이 해에 이제현 등 33인이 급제[39]하였는데 여기에도 전신이 김신으로 잘못 기록되어 있다.

즉 이제현과 민상정 사이에 김신은 '김신 이립, 백헌, 밀직, 부(父) 승(昇),조(祖) 인량(仁亮), 증(曾) 세주(世柱), 외(外) 최유곤, 처부(妻父) 이창유, 천안인'이라 했는데, 여기서도 전신을 김신으로 오록되어 있다는 것이다. 그러나 신증동국여지승람 권 15 천안조에 고려 '전신은 과거에 올라 벼슬이 동지밀직사사에 이르고 호를 백헌'이라 했다는 기록이 있는 걸 보면 '백헌(栢軒)'이란 호나 '동지밀직사사'라는 벼슬의 기록으로 보더라도 전신을 김신으로 잘못 기록하고 있음을 알 수가 있다.

이러한 오류는 문헌자료 곳곳에서 발견이 된다. 한국고사대전 시호고도 '忠肅, 麗, 左相 金忠祐'라 한 것은 김충우가 아닌 전충우이며, '武節, 麗, 祗侯 金仁亮'은 전술한 바와 같이 전락의 현손인 전인량의 오록이다. 증보 문헌비고에도 '武節 高麗 祗侯 金仁亮'[40]이라고 잘못 기록하고 있다. 같은 책 권 292 선거고 9에도 '충선왕이 즉위하면서 정방(政房)을 없애고 한림원주(翰林院主)를 뽑아 학사 최참 등 4인과 승지 김승으로 하여금 전형케 하였다'라 했는데 이 기록의 김승도 전승의 오기임을 알 수 있다.

이 뿐만 아니라 전승의 조부인 전세주도 같은 책 권 240 직관고(職官考)를 보면 '천성군 김세주'[41]라 했는데, 같은 책 제계고(帝系考)에는 '忠祐子

---

39) 고려사 권27 선거(1)에는 26년 9월 '全昇 知貢擧 鄭允宣 同知貢擧 取進士 賜李資歲 等 33人及第'라 하였는데 전신의 부 전승이, 이제현이 아닌 이자세로 차이가 난다.

40) 증보문헌비고 권241 직관고 12.

41) 文靖 高麗小監 尹執衡 侍中 趙先正 司空 林民庇 天城君 金世柱 中贊 鄭可臣 贊成 吳璿 判書 趙德裕 判司水監事 李開 檢校侍中 崔濂 政堂文學 李達衷 侍中 李穡.

世柱 少卿 天城君 爲中始祖'라 하여 각기 다른 이름에, 다른 사람처럼 우(愚)를 범하고 있음을 알 수 있다. 앞에서 언급한 전충우는 천안전씨 계해보에 의하면 고려 성종조에 문과에 올라 문하시중 평장사에 이르고 충숙공의 시호를 받았으며 환계군에 봉해졌다. 그러므로 이러한 문헌적 자료를 토대로 한다면 김승은 전승이고, 김세주도 전세주이며, 김충우 역시 전충우임은 말할 나위가 없다.

또한 증보문헌비고와 한국고사대전에 실려 있는 김인량은 천안전씨 계해보에 의하면 헌종조에 지후(祗侯)로서 좌상에 올라 송나라 사신으로 가서 이부상서 은자광록대부에 봉해졌고, 무절공의 시호와 천양군에 봉해진 전인량과 일치한다. 증보문헌비고와 한국고사대전에도 '무절, 고려, 지후, 김인량'이라 수록된 것 중 '祗侯'와 '武節'이란 시호만 보더라도 김인량이 아닌 전인량의 오기란 사실을 알 수가 있다. 더구나 '한국인의 족보' 김씨난 어디에도 전술했던 '김인량'은 존재하지 않는다는 것이다.

증보문헌비고 선거고(選擧考) 9조에 수록된 '김승'도 마찬가지 경우이다. 이 책에 기록된 김승의 행적과 고려사나 한국사사전, 전씨세보에 나와 있는 '전승'과 일치한다. 즉 고려사 권 31 충렬왕 4년에 '全昇爲左副承旨', 충선왕 1년에 '全昇爲崇文館學士 兵曹尙書', '崔呂 爲詞林學士 承旨 刑曹尙書', '癸亥復置承旨房 以前承旨 張碩 洪詵 全承爲之', '全昇爲 左副承旨 判秘書佐事 寶文閣直學士'라 했고, 고려사 권73 지권27 선거 1에 '26年 9月 全昇 知貢擧 鄭允宣 同知貢擧'라 기록된 사실에서 증보문헌비고 속의 학사 최참 등 4인 및 승지 김승과 일치함을 발견할 수가 있다.

즉 충선왕이 즉위한 후 정방을 파하고 한림원주를 뽑아 학사 최참 등 승지 전승으로 하여금 전형하는 일을 관장케 하였다는 기록에서 '한림학사 최참'과 고려사에 기록된 최참과 일치하고, 따라서 김승도 김승이 아닌 전승이라는 사실을 알 수가 있다. 뿐만 아니라 전씨세보에 나타난 전승의 행적과 고려사의 '承旨 判秘書佐事 寶文閣直學士 密直使 兵部尙書 崇文館學士' 등 그가 지낸 벼슬로도 일치된다는 점에서 증보문헌비고에 나타난 김승은 전승의 오록이라는 사실이 증명이 된다.

또한 백제의 십제공신(十濟功臣)[42]의 한 사람인 마여(馬黎)는 장흥마씨의 시조인 바, 여기서도 이와 같은 오록현상을 발견할 수가 있다.

馬黎 漢成帝 鴻嘉三年 癸卯 公遂溫祖王 左輔與烏干金聶等十人 共 治兵事南行開國 以十濟元勳 受封於馬斯良縣 于孫仍貫焉 0事見 百濟紀(장흥마씨세보)

이 기록에 의하면 장흥마씨의 시조 마여는 한성제 홍가 3년(B.C 18년) 계묘에 오간(烏干), 김섭(金聶) 등 10사람과 더불어 군대를 이끌고 온조왕을 따라 남쪽으로 내려와 하남위례성에 도읍을 정하고 백제를 세웠다. 이로서 10사람의 공신 가운데 공이 으뜸의 공을 세웠으므로 마사량현(이 현은 후에 장흥에 예속됨)에 봉하였는데 그 후손들이 장흥을 그들의 관향으로 삼았다.

이러한 역사적 사실은 삼국사기 백제본기 제1 시조 온조왕조에도 그대로 드러난다. 주몽이 북부여에 있을 때 낳았던 아들 유리를 태자로 삼으니 비류와 온조는 그들이 태자로 용납되지 않음을 두려워하여 드디어 오간, 마여 등 10신과 더불어 남쪽으로 떠나니 백성들 가운데서도 이들을 따라

---

42) 온조가 10인을 거느리고 남으로 내려와 백제를 세우는데 공헌한 개국공신으로 전섭의 단비명에는 烏干, 馬黎, 正音, 降婁, 屹干, 郭忠, 韓世奇 등 8인만 기록되었고, 나머지 2인은 불명임.

떠나는 사람들이 많았다[43]는 사실이 이를 뒷받침하고 있다.

이 기록 가운데 장흥마씨세보 속에서도 백제 십제공신의 한 사람인 전섭을 김섭으로 오록하고 있다. 전섭이 아니라 김섭이라는 사실은 김씨세보 어디에도 보이지 않고, 만성보(萬姓譜)나 한국인의 족보에서도 그 흔적을 찾을 수 없다. 하지만 천안전씨세보에는 전섭이라는 사실이 명확하게 기록되어 있고, 한국인의 족보관계 서책에도 전섭은 백제의 십제공신[44]으로 분명하게 보여주고 있다.

이제까지 역사 속의 인물들 가운데 전씨 성이 문헌상에 김씨로 오록되고 있는 현상들을 분석해 보았다. 즉 전락의 후손 홍술, 충우, 세주, 인량, 승, 신 등은 증보문헌비고나 고려사 등에서 김씨로 잘못 기록되었다는 것이다. 그러므로 도이장가의 두 장수 가운데 김락도 천안전씨 세보에 있는 전락과 역사적 사실과 행적으로 보아 전락의 오록이라는 사실을 알 수가 있다.

① 동초 도두 색상   속수 어양산 진하   월내좌상   김락 폭해어미리사전
　 冬初都頭索湘 束手於量山陣下 月內左相 金樂 曝骸於美利寺前
　 살 획 거 다   추금불소강영약비   승부가지
　 殺獲居多 追擒不少强嬴若比 勝負可知

〈고려사 권지1 세가태조(1)〉

② 왕문지대노   견사조제   친수정기오천   요훤어공산동수   대전불리
　 王聞之大怒 遣使弔祭 親帥精騎五千 邀萱於公山桐藪 大戰不利
　 훤병위왕   심급대장신숭겸   김락력전사지   제군파배   왕근이신면
　 萱兵圍王 甚急大將申崇謙 金樂力戰死之 諸軍破北 王僅以身免

〈고려사 권지1 세가태조(1)〉

---

43) 朱蒙在此夫餘 所生子來爲太子 沸流溫祖恐爲太子所不容 遂與烏干馬黎等十臣 南行百姓從之多.

44) 전씨세보 권1 정해보(1887년) 全聶 百濟溫祖王朝 十濟功臣 封 歡城君 時卽漢成帝 鴻嘉年間 歡城今天安古號.

③ 太祖間出之與 其弟義甲 乃申崇謙金樂等 推鋒力戰 同時拜殞

〈도원선생실기〉

④ 太祖甚急 以甲與其弟義甲 乃申崇謙金樂等 決死潰圍遂 護太祖 間出之身 自力戰死之 〈도원유적〉

고려사의 역사적 사실들은 전씨세보(계해보)의 기록이나 도원유적, 도원선생실기의 기록과 일치한다. 즉 고려사의 '첫 겨울에 도두(都頭) 색상(索湘)이 성산의 진지 아래에서 손이 묶였고, 월내에는 좌상 김락이 미리사 앞에서 해골을 거두지 못하였다'는 것은 전씨세보 가운데 '전락은 대장군 신숭겸과 더불어 동수에서 견훤의 군대를 맞아 크게 패하였고, 미리사 앞에서 장렬한 전사를 하였다'[45]는 기록과 같다는 것이다.

증보문헌비고의 '충달 고려 좌복야 전락'의 기록을 보면 시호도 비슷하고 벼슬도 좌상과 좌복야로 유사하다는 것을 알 수가 있다. 사실 김락은 오히려 전락일 가능성이 높다는 사실을 여러 문헌에서 찾을 수가 있다. 앞에서 제시한 한국성씨보감(韓國姓氏譜鑑) 중 고려창업공신약사를 보면 '전락 개국공신 천안전씨 시조 천안군'이라 기록되었지만 김락은 게재되어 있지 않고, 명장록(名將錄) 속에도 '全樂 玉山人 麗太祖 開國功臣 諡 忠建公(一作 金樂) 殉于公山之戰'이라 했다. 즉 여기엔 도이장가의 두 장수가 신숭겸과 전락이라고 규정을 하는 한편 전락을 김락이라고 한다라는 주석을 달아 다른 이설이 있음을 분명하게 하고 있다. 또 청선고 서원편 표충사에 신숭겸과 전락이 함께 제향되었다는 기록[46] 등을 보면 김락

---

45) 二世樂 高麗太祖朝 位至三司 與大將軍申崇謙 桐藪之敗 遇甄萱軍 於美利寺 前大戰死敵特命 贈左僕射 封天安君 諡忠建公.

46) 全樂 順天 太祖丁亥 戰亡于桐藪 忠節官左議政(清選考 書院篇 表忠祠).

은 전락의 오록으로 볼 수 있는 가능성을 엿볼 수가 있다.

그러나 그 무엇보다 이러한 사실을 결정적으로 보여주는 자료는 김씨 세가(世家)에 관한 기록이다. 김락은 증보문헌비고에 중화김씨 시조 철(哲)난의 주에 고려개국공신이며 본관은 순천인으로 좌상을 지낸 낙(樂)의 동생인 철(哲)이 분적하여 중화(中和)가 되었다[47]고 하였다. 이와 같은 기록은 전의이씨 세보나 만성고(萬姓考)에도 똑같이 나타난다. 신증동국여지승람에 의하면 중화는 고구려 때 가화압이라 했고, 신라 헌덕왕 때 당악현으로 개칭했으며, 고려 때는 서경의 속촌(屬村)이었다. 고려 인종 14년 묘청의 난을 평정한 후 경기 4도를 나누어 강동, 강서, 순화, 삼등, 삼화, 중화 등 6현으로 하였다가 다시 황곡, 당악, 송곳 등 9촌을 합쳐 중화현으로 하여 령(令)을 두었으며, 마침내 서경에 예속시킨 곳이다. 충숙왕 9년 태조의 공신 김락, 김철의 고향이라 하여 군으로 승격한 것[48]으로 되어 있다.

이로 보면 김락은 순천, 중화, 당악의 관향과 관계가 깊은 것을 알 수가 있다. 따라서 순천김씨 세보를 분석해 보아야 한다. 순천김씨는 신라 종실의 후예인 김총(金摠)이 헌안왕 때 인가별감(引駕別監)으로 큰 공을 세워 평양군(순천의 옛 이름)에 봉해짐으로써 순천을 관향으로 삼았다. 그 세계표[49]를 보면 조선조에 이르기까지 을재(乙財) 전서공파 등 6개파에 이르는 것을 알 수 있으나 여기서도 김락을 찾아 볼 수가 없다.

....

47) 증보문헌비고 권47 제계고 8 中和金氏始祖 哲 高麗開國功臣 ㅇ本 順天人 左相樂 弟 分籍中和.
48) 新增東國與地勝覽 권52 中和郡 本高句麗 加火押 新羅 憲德王 改爲 唐岳縣 至高麗 爲西京屬村 高麗 仁宗 14年 平妙淸之亂................忠肅王 9年 以太祖功臣 金樂 金哲之鄕 陞爲郡置令.
49) 한국인의 족보, 일신각, 1979, p.264.

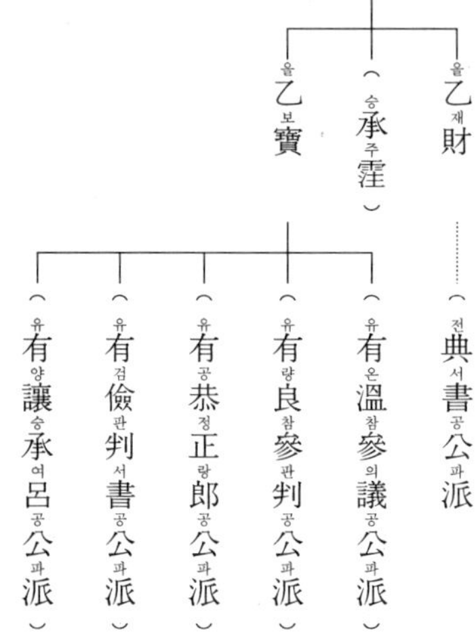

　　뿐만 아니라 역대중요인물난에도 김락은 나타나 있지 않다. 적어도 고려 초기 개국2등공신이라면 빠질 리가 없기 때문이다.

　　그러나 전씨세보 천안군파나 정선군파에는 전락으로 기록되어 전한다. 증보문헌비고 제계고 8에 '당악(唐岳) 혹은 당악(棠岳)은 중화의 별호'라 했으니 중화와 같은 것으로 되어 있다. 그러므로 '한국인의 족보'나 '만성보'(萬姓譜)에서 김락을 찾아보았으나, 나타나질 않았기 때문에 당악(棠岳) 김씨난을 보았다. 당악 김씨의 시조는 김인(金忍)인데 그는 조선 태종 때의 원종공신으로 남병(南兵)의 좌막(佐幕)으로 있으면서 나주 마산 구업리에 살았고, 해남의 옛 노인들의 말에 의하면 고려 말에 병부상서를 지낸 김모[50]가 난을 피하여 해남에서 내려와 살았으므로 그 후손들이

50) 중화나 당악(唐岳)은 경기지방이므로 김모는 중화 혹은 당악이 본관일 가능성이 크

본관을 당악(해남의 옛 지명)으로 삼았다고 한다. 하지만 여기에서도 김락은 보이지 않는다.

혹 후손이 한미(寒微)하여 부지불식간에 그들 세보에서 누락했을까 생각되어 조선조 과방고(科榜考)51)를 살펴보았다. 그 결과 중화 김씨는 세종 5년 평양별시를 거쳐 현령이 된 김근(金根) 한 사람 뿐이며, 당악 김씨는 순조 원년과 헌종 12년 식년시에 합격한 김이적(金履迪)과 김용익(金龍翼) 단 두 사람으로 나타난다. 또한 순천 김씨는 중종 17년 식년시를 거쳐 군수에 오른 김상(金湘)을 비롯, 선조 28년 별시를 거쳐 영상까지 오른 김류(金瑬) 등이 있고, 고종 28년 식년시를 거친 김영헌(金永憲)에 이르기까지 무려 36명이나 과거를 거친 조선조의 명문대가였다.

그러므로 이러한 문벌에서 고려 초 태조 왕건을 도와 개국하는데 큰 공을 세우고 순국한 2등공신을 그들 세보에 올리지 않았다는 사실은 상상조차 할 수도 없는 일이다. 더구나 순천, 중화, 당악 김씨는 모두 과거에 오를 수 있었던 명문의 후손들이었는데도 김락을 그들의 세계에 넣지 않는다는 것은 아무리 보아도 상식의 한계를 벗어난다. 어느 문중이나 세보를 만들 때는 명조(名祖)의 행적을 되도록 많이 싣기 위해 많은 자료를 수집하여 아름답게 미화하려 했던 경조(敬祖)사상과도 맞지 않다는 점에서 더욱 그렇다.

우리가 알고 있는 고려사는 조선의 왕조실록과는 성격을 달리 한다. 고려의 개국공신조차 1등과 2등을 제외하고는 정확하게 기록되지 못한 매우 빈약한 역사다. 실제로 고려사 역시 조선왕조실록처럼 왕조별로 기록되었다고는 하나 조선조를 개국한 위정자들에 의해 찬술되다보니 올바

다. 고로 당악(棠岳)은 당악(唐岳), 혹은 중화별호라 한 것이 아닐까 한다.
51) 한국고사대사전, 1965, p.137.

른 정사(正史)가 되기가 어려웠을 것으로 보인다. 태조가 정도전 등에게 어명을 내려 고려사를 편찬케 했고, 다시 태종이 신하들에게 이를 교정케 했으나 완성을 보지 못하였기 때문에 세종이 정인지, 신숙주, 최항 등 춘추관기사 32명으로 하여금 개찬케 하여 단종 때 완성을 보았다는 기록이 이를 증명해 준다. 조선건국의 타당성을 합리화하기 위해 우왕, 창왕을 세가(世家)에서 분리하여 열전(列傳)에 포함시켰을 뿐만 아니라, 원전을 삼았던 기본 사료(史料)마저 소실해 버렸으므로 고려의 정사를 살펴보기가 어려울 것[52]으로 보인다. 그러므로 미흡한 역사적 사실이나 사건들은 여러 문헌자료들이나 각 문중에 보관된 세보들을 참조하여 보완해 나가야할 것 같다.

또 하나 이러한 역사 허실(虛實) 요인으로 가상할 수 있는 것은 고려사 개찬에 참여했던 전씨문중인으로 유일하게 무공랑 예문봉교 겸 춘추관기사관인 전효우(全孝宇)를 들 수 있다. 그는 고려 공양왕 때 좌산기상시와 형조판서를 지낸 채미헌 전오륜(全五倫)의 손자다. 전오륜은 태조가 조선 개국에 협조해 줄 것을 간청했으나, 끝내 회절(回節)치 않아 강원도 정선에 본향안치(本鄕安置)의 형을 받았다. 그런 전조(前朝)의 집안이기 때문에 고려 태조조에 그의 직계조인 전이갑(全以甲)과 의갑(義甲) 형제가 개국원훈자인데도 이들과 4촌인 전락도 거론된 바 없으며 전락을 김락으로 오록했음에도 그냥 지나쳐 버렸는지도 모를 일이다. 또한 그의 조부인 전오륜이 끝내 충절을 지켰음으로 그가 조선조에 몸담고 있는 게 오히려 부끄러운 점도 없지 않았을 것이며, 또 그렇게 하는 것이 당시 집권층에 대한 한 도리였는지도 모를 일이다.

이상과 같은 분석과 고찰을 통해 앞서 제기했던 전락의 김락 시비론은

---

52) 한국사대사전, 교육출판공사, 1981. p.111.

일단 전락일 것이라는 높은 타당성을 배태(胚胎)하고 있다고 결론지을 수 있다. 각종 자료의 기록에서도 타당한 논거를 찾을 수 있을 뿐만 아니라, 전씨세보와 청선고, 명장록, 증보문헌비고, 한국인의 족보, 한국성씨보 등의 결정적 근거도 그렇거니와 특히 김락의 관향인 순천, 중화, 당악의 세보에서도 그를 찾을 수 없다는 것으로도 이러한 사실의 오록의 사실을 발견할 수 있다고 보여진다.

2.3 결론

이상과 같이 상고해 본 결과 신장절공유사(申壯節公遺事)에 예종이 동(冬) 10월 신사(辛巳)에 서경에서 열린 팔관회를 구경하고 국초공신 김락과 신숭겸의 가상(假像)을 보고 큰 감동을 받은 바 있어 8구체 형식의 향가 도이장가(悼二將歌)를 지었는데 두 장수 중 김락은 전락일 것이라는 문제를 제기하였다. 그러한 까닭은 앞서 살펴본 바와 같이

첫째, 고려사, 증보문헌비고, 신증동국여지승람, 도원실기, 신장절공유사 등에 김락은 신숭겸과 함께 개국2등 공신으로 기록되었지만, 문헌에 따라서는 2등, 혹은 3등으로 된 것도 있으며 사실(史實) 속에 공신의 명단이 명확하게 남아 있지도 않고, 또 이런 사실을 뒷받침할만한 뚜렷한 근거도 회박할뿐더러

둘째, 증보문헌비고나 신증동국여지승람, 한국고사대전, 한국인의 족보 등에 김락은 순천김씨라 하였고 그 아우가 중화(당악)김씨가 되었다고 기록하고 있으므로 순천, 중화, 당악김씨 세계나 역대주요인물난을 찾아보아도 김락은 전혀 나타나질 않으며,

셋째, 이들의 후손이 한미한 소치로 그들 명조(名祖)를 빠뜨리지 않았나

하여 조선조 과방고(科榜考)를 살펴 본 결과, 순천 김씨는 선조 28년 별시를 거쳐 영상까지 오른 김류 등 36명이나 배출된 명문일 뿐더러 중화나 당악도 2, 3명에 이른 사실로 보아 그들의 선조를 세계에 올리지 않을 리가 없고,

넷째, 국립도서관 소장 청선고(淸選考)엔 신숭겸과 전락은 표충사에 제향되었다는 기록과 기타 명장록, 한국성씨보감 등 여러 문헌에 전락이 고려 태조조에 개국공신으로 명기되었다는 사실이 있으며,

다섯째, 천안전씨 계해보(1863년)에 전락은 견훤의 난에 신숭겸과 더불어 팔공산 동수(桐藪)에서 싸웠으나 미리사 앞에서 크게 패하여 순국했다는 기록이 고려사 권1 세가 태조조에 좌상 김락이 미리사 앞에서 해골을 거두지 못하였다는 역사적 사실과 일치함을 들 수 있다.

여섯째, 대정(大正) 7년(1917년) 3월 23일 매일신보난에 전씨의 명조(名祖)를 김씨로 오록됨을 전씨대동종약에서 제기했으므로 1년 만에 정부가 막대한 예산을 들여 정오(正誤)하기에 이르렀다는 사실이 있고, 전의이씨 세보에 전락의 아들 전홍술을 김홍술로, 한국고사대전에 전홍술의 손자 전세주를 김세주로, 규장각 소장 등과록(登科錄)에도 그 후손 전신을 김신으로 오록하였다. 또한 장흥마씨세보에도 백제 온조왕 때 십제공신(十濟功臣)의 한 사람인 마여(馬黎)와 더불어 내려온 전섭을 김섭으로 오록하였고, 증보문헌비고에도 전승을 김승으로, 전세주를 김세주로, 전인량을 김인량으로 오록한 사실들이 이를 뒷받침하고도 남는다.

이상과 같은 여러 문헌자료들을 토대로 살펴본 결과 고려 제 16대 예종의 도이장가의 두 장수 가운데 김락은 전락의 오록임을 규명할 수 있었으나, 순천김씨의 구보(舊譜)와 이에 관련한 역사적 사료들을 더 분석할 필요가 있을 것 같다. 하지만 이런 유형의 연구가 기고정(旣固定)된 국문

학적 사실들을 비정(批正)하는데 도움이 될지언정 문학의 본질적 연구엔 큰 도움이 되질 않을 수 있다는 생각도 든다. 그러나 이러한 사실을 분석하여 밝힘으로써 고정된 국문학적 사실에 하나의 문제점을 제기했다는 것으로 의의를 찾고 싶다.

3. 가사문학의 한문학수용양태

3.1 서론

한·중·일 삼국은 한문화권의 범주에 속해 있으므로 특히 한문학은 국문학과 일본 문학에 절대적인 영향을 주었다. 그러나 국문학의 경우에 있어서는 이의 영향과는 별개로 발전되어 왔던 것처럼 보였다. 특히 시조나 가사 장르의 경우는 한문학 양식과는 전혀 다른 형태로 창작, 향유되어 왔던 것처럼 이해될 수 있었지만 이것 역시 한문학 바탕 위에 이루어진 양식임을 지나칠 수가 없다.

하지만 한문학의 무조건적인 수용이나 일부분의 변형으로 어떤 새로운 양식을 이루어 낸 것이 아니라, 그것의 완전한 소화와 여과과정을 통해 새롭고도 독특한 장르를 창출해 낸 것이 가사문학 장르다. 이러한 관점에서 그 본질을 파악하고 올바른 이해를 돕기 위해서는 한문학의 수용양태를 깊이 연구해야 할 필요가 있다고 생각된다. 가사의 독특한 운율인 3·4조의 음수율이나 4음보의 음보율과 반드시 짝을 이루는 조구법은 일정한 규칙성을 요하는 한시, 사, 부의 그것과 동질적이라는 생각에서 한문학과의 수용양태의 연구는 가사문학을 올바로 이해하고 체계화하는

데 일익을 감당할 수가 있을 것으로 보인다.

외국문학이 들어와서 국문학에 새로운 양식을 형성시킬 때에는 우리나라의 문학적 상황이 그것을 수용할 수 있는 터전이 이뤄져야만 가능하다. 고려 말엔 이제현을 중심으로 한 이인로, 이색, 정몽주, 김부식, 이규보 등과 같은 당대 혁혁한 문사들에 의해 오언, 칠언시 및 사, 부의 창작이 활발했기 때문에 이의 영향관계를 살피는 일은 매우 중요한 작업일 수밖에 없다.

그러므로 조선조 가사작품 속에 용해되어 있는 한문학의 수용양태를 분류 분석하고, 형성관계를 탐색하는 일이 가사문학의 연원과 형성문제를 분석하는데 중요한 과정이 아닐 수 없다. 현존하는 가사작품들을 보게 되면 한문학 작품을 그대로 용사하거나 번안한 것들이 많고, 그러한 차원을 달리하여 승화시킴으로써 독창성을 보여주는 작품이 많다는 점도 지나칠 수가 없다. 그러므로 한문학이 임란 이전의 초기 가사문학에 어떤 양태로 수용되었는지를 살피는 작업은 매우 중요한 의의가 있을 것으로 보인다.

이러한 탐색방법은 우리 가사문학의 형성기나 발전기에 있어서 작자의 대부분이 유학에 전념했던 한시, 사, 부의 창작과 향유계층이었던 사대부들이라는 점에서 가능한 일이다. 실제 가사 작품의 대부분이 한문학의 전고용사의 수사가 많고 유사하다는 점에서 가사가 한문학을 어떤 양태로 수용했는가를 밝히는 일은 우리 가사작품의 가치 분석에 중요한 작업이 될 것으로 보인다.

3.2 가사와 한문학

3.2.1 시가의 율격형성

한국시가의 기본적 율격은 멀리 원시민요로부터 비롯된다. 고대원시민요는 본시 2구 진행에서 4구 진행의 기본형을 형성하는데 매구마다 4음보의 율격을 이루는 것을 기본으로 하고 있다. 한역된 채로 전해지는 삼국유사 가락국기조의 구지가나 삼국사기 고구려 본기 유리왕조의 황조가, 고금주에 기록된 공무도하가 등이 그렇다. 이 시가들은 시경시와 같이 4언시로 한역되어 전하나 4구를 기본단위로 하고 있다.

한시의 4언구도 우리말과 마찬가지로 읊거나 노래하는데 가장 중요한 율격적인 율조를 띠고 있다. 특히 사대부의 가사 속에는 4언시를 토를 달거나 늘어놓아 2음보를 형성하는 예가 허다하다. 예를 들면 '聖代逸民', '角巾春眠', '檜楫松舟', '一黔蓬島'와 같은 4언구는 '聖代예 逸民이 되여'나 '角巾 春眠으로', '檜楫 松舟로', '一黔 蓬島는'과 같이 각 2음보로 나누어지기도 한다는 것이다. 또 시경 주남편의 '漢之廣矣 不可泳思 江之永矣 不可方思'를 완전히 전사한 '漢之廣矣여 不可泳思며 江之永矣여 不可方思로다'(허강의 서호별곡)와 같은 인용형도 있다.

이와 같이 4언시인 시경시의 경우도 우리 국어와 같이 읊거나 노래하는데 불편하지 않는 2음보의 호흡군을 형성하는 것은 극히 자연스런 현상으로 볼 수가 있다. 이러한 기본적인 율조는 민요에 이어져서 3·4음절을 기본단위로 하여 4음보 1행을 구성하게 된다. 본디 2·3음절로 이뤄진 우리나라의 말에 조사가 붙거나 활용하게 되면 3·4음절을 이루어서 휴지의 일주기로 의식되던 것이 구전민요나 시조, 가사, 잡가에 이르러선 하나의 휴지의 단위로 나타난다. 우리나라 고대시가인 황조가나 공무도하가, 구지가 등은 중국 시경의 원시형과 같은 4언시이고, 신라의 풍요, 서동요, 헌화가 등도 4구체 형식이다. 이는 가사의 전형인 4음보 진행과 동질적인 것으로 가사의 원초적인 모태가 되는 기본적인 율격단위라고 할 수가 있다.

고대원시무요의 형태를 '쾌지나 칭칭나네'와 같은 구전민요에서 그 편린을 찾는다[53]면 우리나라 원시민요의 원형적 형태는 4·4조의 음수율에 4음보 진행의 율격구조를 지녔다고 할만하다. 실제로 3음보의 율격을 취하는 민요도 문학적 측면에서 가사만을 고려했을 때는 3음보구를 벗어나지 않지만, 가창적인 율조로 본다면 3음보 끝음절을 장음화하여 1음보의 역할을 하게 함으로써 자연 4음보 진행으로 변환된다. 이와 같이 일반 대중들의 무의식적 선율방식에 따라 음영독에 있어서도 똑같은 방법으로 음영되기 때문에 외형상 3음보격의 율격을 형성하고도 아무런 문제가 없다. 이러한 율독적 특색은 사와 부의 경우에도 나타나는 바, 특히 굴원이 그의 작품에서 시도한 구법[54] 가운데 북방시경과 같이 4자의 율격을 취하고 있다는 점과 우리나라에 있어서 사, 부를 열성적으로 받아들여 수용 향유해 왔다는 것으로도 알 수가 있다.

---

53) 정병욱, 한국고전시가론, 신구문화사, 1980, p. 45.
54) Ⓐ □□□兮□□ : 吾晋粉兮繁會 / 君欣欣兮樂康 (九歌, 東皇太一)
　　　□□□兮□□□ : 悲莫悲兮生別離 / 樂莫樂兮新相知 (九歌, 小司命)
　Ⓑ □□□○□□兮 : 長太息以掩涕兮
　　　□□□○□□ : 哀民生之多艱 (離騷)
　Ⓒ □□□□ □□□□ : 東西南北 其脩孰多? (天問)
　　　□□□□ □□□些 : 天地西方 多賊姦些 (招魂)
　金學主, 中國文學槪論, 新雅社, 1977, p. 124.

3.2.2 사부와 가사

사부(辭賦)란 중국의 초나라로부터 발전한 초사(楚辭)와 부(賦)계열의 운문을 두루 일컫는 말이다. 그러므로 부문학은 초사로 시작되어 한나라 때 흥성한 일종의 운문학으로 대개 서정적인 내용을 지니는 것을 '사(辭)'라 하고 서사적인 것은 '부(賦)'라 하였다. 한나라 이후에는 부가 시문학의 변천에 따라 체격에 변화가 일어나 고부(古賦), 배부(排賦), 율부(律賦), 문부(文賦) 등 네 종으로 대별되었다.

고부는 한위(漢魏)시대의 부를 말하는 것으로 시가 그랬던 것처럼 부의 (賦意)를 존중하고 외형의 장식에는 유의를 하지 않았다. 배부는 병부(騈賦)라고도 하는데 대우(對偶)와 부구(賦句)의 조탁에 힘썼던 육조시대의 부를 일컫는다. 율부는 당나라 때 과거의 과목으로 부가 채택됨에 따라 부는 마치 시와 같이 음운 수사상 하나의 전형이 정해져 평측의 해협(諧協)과 대우의 정교에 치중했다. 송나라 때 문인들이 당나라 때의 부식(賦式)을 타파하고 산문과 흡사하게 부를 지었는데 이를 문부라고 하였다.

실제로 부에는 조사상 일정한 형식이 없으나, 역대의 부에는 대체적으로 '○○○之○○兮, ○○○之○○'식의 형식을 취하는 것이 가장 많았고, 부의 결구법에는 시종 평탄하게 서술해 나가는 직서법과 내용을 문답식으로 서술하는 설문법의 두 가지가 있었다.[55] 굴원의 작품을 중심으로 나타나는 초사는 우수(憂愁)나 격정 같은 서정을 중심으로 하여 남방의 아름다운 형식을 빌어 표현된 양식이었으나, 한대(漢代)의 부는 어떤 사물을 멋지고도 아름답게 표현하려는 서사적인 것이 많았기 때문에 육조시대에 이르러서는 굴원계의 서정적인 것을 소(騷)라 하고 서사적인 작품

---

55) 文璇奎, 韓國漢文學史, 正音社, 1961, p.55.

들은 부(賦)라고 하였다. 차상원은 부는 구중에 압운된 것이 있어 약간의 음악적인 요소가 남아있기는 하나 음악의 제한을 거의 배제한 이른바 '불가이시(不歌而詩)'하는 일종의 낭송체의 시라고 할 수 있다고 했다. 장심현도 '부의 제일 특성이라면 아무래도 그 변화무궁한 장단 산문율을 자유로이 구사하여 문장자체로서의 독특한 선율을 구성케 하는 점이 되지 않을까 한다. …… 따라서 나는 한부(漢賦)의 특성을 한마디로 가창위주의 시경시계열 정형고체시에 반하여 철저히 부송위주(賦誦爲主)의 장단율을 고수해 온 산문시체이었노라'고[56] 하였다.

김동욱도 한대의 부가 일어났으나 이는 도가(徒歌), 즉 노래 부르지 않고 음송하는 것으로 일종의 서경문으로 우리의 가사는 여기에 영향 받은 것이다[57]라고 하여 사부는 본시 낭송적인 문학 즉 율독을 위해 창작된 문학이었다고 하면서 이러한 양식적 특징의 영향 하에 가사가 창출되었다고 보았다.

이는 사부와 가사문학은 모두 율독적인 측면으로서의 문학이라는 공통적 자질을 지적한 셈이 된다. 양자가 모두 묘사적이고 서술적이며 유장한 서정과 서사를 담아내는데 알맞은 양식으로 가사와의 공통성을 잘 지적해 준다고 할 수가 있다.

실제로 한부는 자신의 감정이나 개성보다는 객관적인 사물을 미사여구를 늘어놓으면서도 아름답게 표현하려 했고, 가사의 서술방법도 이와 동질적이라는 점에서 상관성을 찾을 수 있다. 뿐만 아니라 부의 작자들이 사물을 진지한 관찰을 통한 진술보다 오히려 자신들의 문장적 재치를 유희적으로 발휘하는데 힘쓴 점도 가사의 창작태도와 같다는 측면에서

---

56) 張深鉉, 詩와 賦의 系譜考, 成均館大論文集 第6·7輯, 1962.
57) 金東旭, 韓國文學槪說, 普成文化社, 1982, p.69.

영향가능성을 제고하고 있는 것으로 보인다.

또한 구성적 특징에서도 동질성을 찾을 수 있다. 즉 굴원의 작품은 직서체이고 송옥의 작품은 문답체가 많은데, 가사의 대부분이 직서체이다. 송강의 속미인곡은 문답체이지만 직서체인 가사들도 단락의 모두는 문답체의 특성이 내재하고 있을 뿐더러 대부분의 부와 가사가 기, 서, 결의 3단이나 4단의 구성법을 취하고 있는 점도 공통적이라는 것이다.

이외에도 가사와 사부의 장르적 특성도 공통적인 소인이 많다고 할 수 있다. 이 양식들은 그 제재 자체가 무엇이든 간에 선택할 수 있는 광범성을 지닐 뿐만 아니라, 종횡무진으로 서술 묘사해 갈 수 있는 양식이기 때문에 운문이라고 하거나 산문이라고 쉽사리 단정 지을 수도 없다. 서정적인 것이 있는가 하면 서사적인 것도 있고 수필적인 것들이 주조를 이루어서 주로 음영물로서 수용되는 복합성을 지닌다는 측면에서도 동질적이다.

즉 서정적인 것으로 가의(賈誼)의 조굴원부와 굴원의 이소(離騷)가 있고, 가사로는 송강의 전후미인곡이 있으며 서사적인 것으로는 노계의 선상탄이나 태평사 등의 가사와 사마상여의 자허부, 상림부 등을 들 수 있다. 그러나 가사 작품을 한문으로 번역하기 위해서는 사부의 양식이 가장 적절할 뿐더러 실제로 그런 양식으로 번역한 작품도 많다. 한시와 사부에 능한 사대부들이 그들에게 가장 익숙했던 사부의 양식적 특성을 우리의 국문으로 창작했다는 것은 오히려 자연스러운 일임을 알 수가 있다.

면앙집 권4에 면앙정가를 한역하여 '신번면앙정장단일편'이라 실었고, 송강가사의 경우는 많은 사람들이 번사(翻辭)라 하여 송강별집추록유사에 실어 놓았다. 성산별곡은 잠수(潛叟) 기정진과 석은(石隱) 송달수, 송강의

6세손 정도가 한역하였고, 사미인곡은 배와(坏窩) 김상숙이 번사미인곡이라 하여 한역하였는데, 이는 가사가 중국문학과의 비교문학적 영향관계에 있었음을 반증하고도 남는다. 특히 신번면앙정가는 전국시대 송옥의 구변(九辨)과 같은 초사의 형식이고, 송강가사는 소식의 후적벽부와 같은 양식과 내용을 담고 있음을 발견할 수가 있다. 그러므로 이병주는 관동별곡이 이태백과 소동파가 경(経)이 되고 두자미가 위(緯)가 되어 결구된 가편(佳篇)으로 결구에 이르러선 동파와 함께 적벽부를 합창했다[58]고 하였다.

時夜將半 四顧寂寥 適有孤鶴 橫江東來 翅處車輪 玄裳縞衣 戞然長鳴 掠子舟而西也 須臾客去 予亦就睡 夢一道士 羽衣翩躚 過臨皐之下 揖予而言曰 赤壁之遊樂乎 問其姓名 俛而不答 嗚乎噫嘻 我知之矣 疇昔之夜 飛鳴而過我者 非子也耶 道士顧笑 予亦驚悟 開戶視之 不見其處 (소식 후적벽부)

松根을	베여누어	풋좀을	얼픗드니
숨애	흔사름이	날드려	닐온말이
그딕를	내모르랴	上界예	眞仙이라
(중략)			
말디쟈	鶴을튼고	九空의	올나가니
空中	玉簫소리	어제런가	그제런가
나도	좀을씨여	바다흘	구버보니
기픠롤	모르거니	ᄀ인들	엇디알리
		(이선본	송강가사)

상게한 후적벽부와 송강의 관동별곡은 환골탈태한 것처럼 흡사하다.

---

58) 李丙疇, 韓國文學上의 依樣과 幻骨, 東岳語文論集 二輯, p.15〜29.

이병주가 동파와 함께 합창했다고 한 것이 조금도 지나침이 없다. 특히 후적벽부의 밑줄 그은 부분은 관동별곡을 한역이나 한 것처럼 혹사하다. 하지만 가사작품은 사부를 그대로 인용하거나 용사하지 아니하고 우리말 우리 국문으로 흔적 없이 창출해내는 그런 특성을 지니는 양식이라는 점을 간과할 수 없다.

즉 '쑴애 흔사름이 날ᄃ려 닐온마리 / 그ᄃᆡ를 내모ᄅ랴 상계예 진선이라'라는 송강의 진술은 소식의 후적벽부의 '予亦就睡 夢一道士 羽衣翩躚 過臨皐之下 揖予而言曰 赤壁之遊樂乎 問其姓名'과 혹사하지만 그대로 전사한 것이 아니라는 것이다. 시상과 수사가 한층 더 상승되어 송강다운 멋으로 표출되었다고 할 수 있다. 말하자면 시상의 전범은 중국의 대가들을 삼았지만, 송강이란 인간에 여과시켜 송강 특유의 문학을 이루었다는데서 그 뛰어남을 엿볼 수 있다는 것이다.

이는 우리나라의 사대부들 모두가 당송의 시인들 작품을 즐겨 읊었기 때문에 으레 작품을 쓸 때에는 중국 작자들의 작품을 연상해 온 결과로 보아야 마땅할 것이다. 이러한 경향은 송강보다 먼저 서호별곡을 쓴 허강에게서도 엿볼 수 있다. 즉 서호별곡의 끝 단락 '翩躚흔 羽衣道士이 江皐로 다나며 무로ᄃᆡ / 그ᄃᆡ네 노로미 즐거우냐 엇더ᄒ뇨'는 역시 소식의 후적벽부 '羽衣翩躚 過臨皐之下 揖予而言曰 赤壁之遊樂乎'의 전고용사임을 알 수가 있다는 말이다. 내용과 정조적인 측면에서 송강과 허강은 소식의 후적벽부를 환골탈태하였다고 보아도 부정할 수 없듯 혹사하다.

가사에 있어 사부의 영향관계는 이상에서 논의한 바와 같이 작품상의 비교로서도 확실하고 우리나라 사대부들의 창작태도로 보아서도 그렇게 보인다. 즉 우리나라 사대부들은 평소 중국의 유명한 시인들의 작품을 즐겨 읊었을 뿐만 아니라, 작품을 쓸 때에는 그들의 작품이 전고용사의

대상이 되었을 것이므로 가사에의 절대적인 영향관계가 있었을 것으로
생각된다.

3.2.3 가사와 병려문의 구성

육조시대부터 시작된 병려문은 당대부터는 거의 4자와 6자구로 이루어
졌음으로 사륙문, 또는 사륙병려문이라고도 했다. '병(騈)'이란 말은 자의
에서 보는 바와 같이 두 마리의 말이 나란히 수레를 끌며 달리는 것을
뜻하고, '려(儷)'는 한 쌍의 남녀를 뜻하므로 병려문의 문체 구조 자체가
'짝'을 이루고 있음을 알 수 있다. 다시 말하면 수사상 대우법이 주된
문장구성법이 되어 문장 자체가 완전한 대우를 이룬다는 것이다. 글자
자체까지 대우에서 벗어나는 게 없으며 그 방법도 당구대(當句對), 쌍구대
(雙句對), 격구대(隔句對)의 방식을 취하였다. 뿐만 아니라 산문의 형식을
취하면서도 문장의 미와 음운의 조화를 꾀하기 위하여 매구에 평측배열상
의 법칙을 일정하게 지키고 있다[59]는 것이다.

병려문의 장르적인 성격도 산문적인 요소와 운문적인 요소를 공유하는
장르의 복합성을 지닌다[60]는 것도 가사의 장르적인 성격과 상통된다.
즉 병문은 운문이면서 산문이라는 장르적 복합성이 서사와 서정, 교술적
성격이 복합되어 있는 가사장르와 유사하다는 것이다.

병려문이 갖는 운문요소나 가사문학이 갖는 운율적 구조가 상사할 뿐만
아니라, 가사문학의 주된 문장수사인 당구대, 쌍구대, 격구대의 대우법과
3 · 4조, 4 · 4조의 정연한 구조(句調)가 4자, 6자 또는 2자 2자, 3자 3자
등의 율조를 이루는 병려문과 동질적이라는 성격으로 보더라도 이의 절대

59) 金學主, 中國文學槪論, 新雅社, 1977, p.160~164.
60) 劉麟生, 中國騈文史(中國文化史叢書), 台灣商務印書館, p.7.

적 영향가능성을 제기할 수가 있다. 실제로 조선 초기 가사작품 가운데는 당구대, 쌍구대, 격구대의 수사가 주된 문장구조를 보이고 있는 작품이 많다는 것을 알 수가 있다.

즉 상춘곡의 경우 '녯사롬 風流^{풍류}룰 미출가 못미출가'(반대우법, 이하 반대라함), '數間^{수간} 茅屋^{모옥}을 碧溪水^{벽계수} 옯픠두고'(유대), '松竹^{송죽} 鬱鬱裏^{울울리}예 風月主人^{풍월주인}되여서라', '桃花^{도화} 杏花^{행화}는'(유대), '綠楊^{녹양} 芳草^{방초}는'(유대), '造化^{조화} 神功^{신공}이' '逍遙^{소요}吟詠^{음영}ᄒ야'(유대), '閒中^{한중} 眞味^{진미}룰'(유대), '明沙^{명사} 조흔믈에'(동대), '簞瓢^{단표} 陋巷^{누항}에'(동대)는 각각 반대우, 유대우, 동대우 등 대우의 수사기교가 그 기조를 이루고 있다. '칼로 믈아낸가 붓으로 그려낸가'(반대, 유대), '柴扉^{시비}에 거러보고 亭子^{정자}에 안자보니'(이대, 반대), '踏靑^{답청}으란 오늘ᄒ고 浴沂^{욕기}란 來日^{내일}ᄒ세'(유대, 반대), '아침에 探山^{채산}ᄒ고 나조히 釣水^{균수}ᄒ새'(반대), '和風^{화풍}이 건듯 부러 綠水^{녹수}룰 건너오니'(유대), '淸香^{청향}은 잔에지고 落紅^{낙홍}은 옷새진다'(유대), '얼운은 막대집고 아히는 술을 메고'(반대), '武陵^{무릉}이 갓갑도다 져미이 귄거이고'(동대), '峯頭^{봉두}에 급피올나 구름소긔 안자보니'(동대), '煙霞日輝^{연하일휘}는 錦繡^{금수}룰 재펏는듯'(유대), '功名^{공명}도 날씌우고 富貴^{부귀}도 날씌우니'(동대)는 쌍구대우를 이루어서 시적 정서를 극대화하는 효과를 올리고 있다.

또 '桃花杏花^{도화행화}는 夕陽裏^{석양리}예 퓌여잇고 綠楊芳草^{록양방초}는 細雨中^{세우중}에 프르도다'(유대), '칼로 믈아낸가 붓으로 그려낸가'(유대), '逍遙吟詠^{소요음영}ᄒ야 山日^{산일}이 寂寂^{적적}ᄒ듸 閒中眞味^{한중진미}룰 알니업시 호재로다'(유대), '和風^{화풍}이 건듯부러 綠水^{록수}룰 건너오니 淸香^{청향}은 잔에지고 落紅^{낙홍}은 옷새진다'(동대), '明沙^{명사} 조흔믈에 잔시어 부어들고 淸流^{청류}룰 굽어보니 쩌오ᄂ니 桃花^{도화}ㅣ로다'(동대), '簞瓢陋巷^{단표누항}에 훗튼혜음 아니ᄒ니 아모타 百年行樂^{백년행락}이 이만흔들 엇지ᄒ리'(동대)는 격구대우의 수사기교를 보여주고 있다.

이와 같은 대우의 수사기교는 조선 초기 가사인 조위의 만분가나 이서의 낙지가, 송순의 면앙정가, 백광홍의 관서별곡에 주된 문장수사로 나타나고 있으며, 특히 송강가사에서는 극대화의 현상을 보이고 있음을 알 수가 있다. 송강은 경물의 묘사에 있어 순국어의 반복과 대조가 한데 어우러진 특유의 수사법을 동원하고 있는데 이는 병려문의 문장수사인 반대우나 유대우 또는 동대우의 당구대의 수사를 그대로 습용한 결과로 볼 수가 있다. 즉 '늘거든 쒸지마나 셧거든 솟디마나'나 '묽거든 조티마나 조커든 묽디마나' 등은 전혀 상반되는 개념의 당구대를 배열하거나 비슷한 것들의 대우를 형성함으로써 묘사나 표현효과의 극대화를 꾀하고 있는 것이다. 또 '淮陽(회양) 녜일홈이 마초아 ᄀ틀시고 汲長孺(급장유) 風彩(풍채)를 고텨아니 볼게이고'나 '바다히 써날제ᄂ 萬國(만국)이 일위더니 天中(천중)의 티쓰니 毫髮(호발)을 혜리로다'는 전혀 이질적이거나 상반되는 격구대우로서 생동감을 불러일으킨다. 이 외에 '江湖(강호)에 病(병)이깁퍼 竹林(죽림)의 누엇더니', '延秋門(연추문) 드리드라 慶會南門(경회남문) 브라보며', '銀(은)ᄀ튼 무지게 玉(옥)ᄀ튼 龍(용)의초리', '들을제ᄂ 우레러니 보ᄂᄂ 눈이로다'는 유사한 것들을 1, 3음보에 배열하고 2, 4음보는 이를 구체적으로 설명하는 진술방법인 쌍구대우와 생략과 은유, 직유의 수사기교가 융합됨으로써 절정의 표현수사가 되고 있다.

이상과 같은 실질적인 예를 보더라도 가사의 구성이나 수사기교는 중국의 사부의 양식이나 병려문체의 그것에 절대적인 영향을 받은 것으로 보인다. 병려문은 4자, 6자로서 그 율조가 정연한데 가사 또한 3·4조나 4·4조로서 정연한 율조를 형성하고 있다. 주로 국한문을 혼용하되 내구(1, 3음보)는 한문으로 씌어지고 외구는 국문으로 씌어지는 정연미를 보이는 가사작품들도 많다. 또 우리말의 음조가 한문과 다름으로 사부나 병려문의 운율적 특질을 대비하기 어렵지만, 우리 국어 역시 압운적 조건이 될 수 있는 풍부한 자음과 모음의 특질에서 운율적 효과를 거두고 있음을 알 수가 있다. 즉 조선조의 가사작품에는 구초(句初)끼리 쌍성과 구미(句尾)의 압운적인 것이 얼마든지 존재하면서 가사의 미적 감동을 도와준다. 예를 들면 미츨가 못미츨가(상춘곡), 물아낸가 그려낸가(상춘곡), 갈동말동(만분가), 어루는 듯 괴는 듯(만분가), 밀거니 혀거니(만분가), 닷는 듯 쓰로는 듯(면앙정가), 안즈락 느리락 모드락 홋트락(면앙정가), 모힌가 屛風인가(면앙정가), 노픈듯 느즌듯(면앙정가), 긋는 듯 닛는 듯(면앙정가), 나명성 들명성(면앙정가), 오르거니 느리거니(면앙정가), 프르락 불그락 여트락 지트락(면앙정가), 블닉며 튀이며 혀이며 이아며(면앙정가), 누으락 안즈락 구브락 져트락(면앙정가), 을프락 프람흐락(면앙정가), 묽거든 조티마나 조커든 묽디마나(관동별곡), 넙거나 넙은天下(관동별곡), 블거니 씀거니(관동별곡), 어제런가 그제런가(관동별곡), 이 ᄆᆞᆷ 이ᄉᆞ랑(사미인곡), ᄆᆞ음의 민친실음(사미인곡), 듯거니 보거니(사미인곡), 늣기는 듯 반기는 듯(사미인곡), 님이신가 아니신가(사미인곡), 山인가 구름인가(사미인곡), 머흐도 머흘시고(사미인곡), 날인가 반기실가(사미인곡), ᄆᆞ 음의 민쳐이셔(사미인곡), 뎨가는 뎌각시(속미인곡), 이리야 교퇴야(사미인곡), 잡거니 밀거니(속미인곡), ᄇᆞ람이야 믈결이야(속미인곡), 오르며 느리며 헤쓰며(속미인곡), ᄆᆞ 음의 머근물숨(속미인곡) 등은 두운이나 각운과 같은 압운이라는 것이다.

3.3. 가사작품 속의 한문학 수용양태

우리의 국문학사에서 조선 전기의 문학과 후기의 문학을 분할하는 분기 점은 민중의 개안의 계기를 이룬 임진왜란이다. 이 왜란은 민중의식의 대전환을 이루었을 뿐만 아니라 시조나 가사 등의 문학양식에 커다란 변이현상을 가져오게 했던 전환점이었다. 그러므로 한문학 작품이 가사문학에 어떤 양태로 수용되었는지를 밝히는 작업은 임진왜란 이전의 조선 전기의 가사작품에 한정할 수밖에 없다. 전기 가사작품은 작자층이 부녀자나 일반 평민층으로 확대되어 내용이나 형식적 측면에서 변이현상을 보이기 이전 사대부들에 의해 가사가 형성되었기 때문이다.

조선 전기 가사 작품의 작자층은 모두 사대부들이었다. 조선 초기의 사대부들은 고려조의 귀족층이라기보다 고려 집권체제하에서 점차 대두되었던 새로운 지식층으로서 주로 지방 출신의 신흥사대부들이었다. 사대부는 독서 계층의 '사(士)'와 종정(從政)의 '대부(大夫)'가 복합된 말로서 과거를 거쳐 현달하게 되면 정치를 담당하는 관료가 되기도 하고, 문학 작품을 일상화하는 문인학자로서의 양면성을 지니기도 한다.

본디 사대부들은 중소토지 소유자들로서 독서의 결과 관계에 진출하기 때문에 지주의 생활과 관인의 생활 자세를 아울러 하게 되는데 대개 그들이 출(出)하느냐 처(處)하느냐에 따라 현달과 은일의 노선이 결정된다. 즉 사대부들이 때를 만나거나 운명이 통하게 되면 충군애민의 관료적 생활을 하게 됨으로써 관료문학이 이루어지지만, 길이 막히거나 불운하여 강호에 묻히면 가농부(假農夫)나 가어옹(假漁翁)이 되어 은일문학을 형성하게 된다는 말이다.

대개 사대부들이 현달이나 은일하는 가운데 문학작품을 생산하는데 고려 고종 조 이후 유자들은 사부문학을 즐겨 창작, 향유하여 왔다. 그러므로 한시는 물론 사부, 병려문 등 한문학이 가사창작에 절대적인 영향을 주었으며 이들은 대개 전고용사, 전재(轉載), 인용, 환골탈태, 현토 등의 형으로 가사문학에 수용되었다.

3.3.1 전고용사형

전고용사의 수사법은 송대에 이르러 크게 융성한 시풍인데 우리나라에서는 선조대 이전 조선 전기의 문학에서 두드러지게 나타난다. 특히 선조 이전의 조선조 시인들에게 전고용사는 문장작법의 전범처럼 여겨졌다. 이 시대에는 송의 시풍이 크게 유행되면서 용사(用事)는 조선조 시창작의 기법으로 자리하면서 주자학적 문인들에게 큰 존중을 받아왔다.

전고용사란 경서나 사서 또는 제가(諸家)의 시문이 가지는 특징적인 관념이나 사적(事迹)을 2·3의 어휘에 집약시켜서 원관념을 보조하는 관념 소생이나 관념 배화(倍化)에 원용하는 수사법[61]이다. 이러한 수사는 조선조 사대부들의 한시나 시조, 가사 등의 작품에서 그 예를 찾아볼 수 있거니와 그 중 가사 작품에서는 형식에 구애됨이 없이 자유로이 사용되었다. 으레 은일의 멋을 드러내기 위해서는 서호의 임포나 영수(潁水)의 허유나 소부를 용사하는 게 조선조 사대부들의 시작태도였다.

최신호의 전고용사 수사의 정의에 따르면 조선 전기의 가사 작품은 거개가 이 수사법에 의거했다 해도 지나치지 않을 정도로 대종을 이루고 있다.

---

61) 崔信浩, 初期詩話에 나타난 用事理論의 樣相, 古典文學硏究, 第一輯, p.117.

작품	가 사 구	용 사 구	출 전
낙지가	○崑崙一脈 쑥써러져 小 中華로 드러올제	○太史公曰. 禹本紀言. 河出崑崙. 崑 崙其高. 二千五百余里	사기 〈대완전찬〉
	○仲長統의 樂志論을 我 亦私淑ᄒ여셔라	○仲長統字公俚 個僕敢言 言 語默無 常 …恒發憤歎息 因著論名曰晶言	한서
만분가	○무단ᄒ 羊角風이 宦海 中의 나리나니	○搏扶搖. 羊角而上者三萬里.	장자
	○盜跖도 셩히놀고 伯夷도 餓死ᄒ니	○盜跖從卒九千人 橫行天下 侵暴諸 侯	장자 (도척편)
		○伯夷叔齊恥之 義不食周粟 隱於首 陽山 采薇而食之 遂餓死於首陽山	사기 (백이편)
면앙정가	○義皇을 모을너니 니젹이야 긔로괴야	○太昊帝炮犧氏 風姓也…都陳制嫁娶 之禮 取犧牲以充庖廚 是爲犧皇又 作犧皇	제왕세기
	○岳陽樓上의 李太白이 사라오다	○岳陽樓上問吹笛 能使春心滿洞庭… ○昔聞洞庭水 今上岳陽樓…	이백시 두보시
남정가	○凌轢轅門이 이대도록 ᄒ단말가	○凌轢 食 ○設車宮轅門	한서 주례
	○春蒐夏苗와 秋獵冬狩를	○春蒐曰蒐 ○故春蒐夏苗 秋獵冬狩皆 於農隙以講事也	이아 좌전
미인별곡	○塵寶을 내이너겨 눌위ᄒ여 ᄂ려온다	○仲氏新得道 一漚目塵寶	소식시
	○싁싁ᄒ 海東靑이 碧海로 디나ᄂ듯	○乾德元年 九月戊辰 女眞國遣使獻 海東靑名鷹	송사 〈태조기〉
	○漢家趙飛燕이 避風台속개	○趙飛燕 身輕不勝風 漢成帝 爲築七 寶避風台	비연외전 한서
	○林邛道士를 太眞이 만나이서	○楊貴妃 爲女宮時 號太眞世稱爲太 眞妃	당서
미인별곡	○離宮寄別 몯내무러 허튼시름 푸먼ᄂ듯	○起咸陽而西 至雍離宮三百	한서 〈가산전〉
	○陶淵明 栗里三逕의 松 菊이 헤드런ᄂ듯	○過醉石觀 卽陶淵明 故居栗里	왕의문 진서
	○西施姑蘇台上의 興겨 워 노니ᄂ듯	○吳王夫差破越 越進西施請退軍 吳 王許之 旣得西施 甚寵之 爲築姑蘇 台高三千丈	사기 〈오세가〉
관서별곡	○華表柱 千年鶴인들 날가타니 쏘보안난다	○丁今威學道於靈虛上 後化鶴歸遼 集華表柱云 有鳥丁今威……	수신후기

금보가	○玉樓紗窓　花柳中의 　白馬金鞭少年들아	○昔在長安醉花柳　五侯七貴同杯酒 ○白馬金鞭從武皇　旌旗十萬宿長楊	이백시 하지장 〈청루곡〉
	○民心을　揣度ᄒ야 　一張琴 밍그실제	○更無人作伴　唯對一張琴……	백거이 〈지창〉
	○三絃三德되야　十六棵 　로 밧쳐잇고	○三德一曰正直　二曰剛克三曰柔克	서경 〈홍범편〉
	○九萬里雲霄의　기력의 　발이로다	○志淩雲霄　神機獨斷	진서 〈도간전〉
	○西風白帝城의　외기력 　의 소릭로다 ○淸雅한　憂雲聲은 　造化를 기리조차	○公孫述據蜀　自以承漢土運　故号曰 　白帝城 ○修柯憂雲　低枝拂潭	회우기 백거이 〈여산초당 기〉
	○不改其樂은　禹稷인들 　못ᄒ손가	○南宮适問於孔子曰　羿善射　奡盪舟 　俱不得其死然　禹稷躬稼而有天下	논어 〈헌문〉
	○數仞墻　도라들어 　杏壇의 올오르라	○孔子游於緇帷之林　休坐乎杏壇上 　弟子讀書　孔子弦歌鼓琴	장자 〈환부〉
자경별곡	○離婁가치　발근눈의보 　ᄂ거시　錢穀이오	○離婁之明　公輪子之巧 ○離婁微睇兮　瞽以爲無名	맹자 〈이루상〉 초사〈회사〉
	○師曠가치　聽ᄒ귀의 듯 　ᄂ거시 酒色이오	○晋人聞有楚師　師曠曰　不害吾驟歌 　北風　又歌南風	좌전
	○公輪가치　巧ᄒ손의　棋 　博沽酒　汨沒ᄒ고	○公輪子　削竹木以爲鵲　成而飛之　三 　日不下	묵자 〈노문편〉
	○夸父가치　것ᄂ받은　則 　利上의　奔走ᄒ다	○夸父不量力　欲追日影　逐之於暘谷 　渴死　棄其杖 ○夸父神獸也	산해경 회남자
	○昏定晨省 못ᄒ後의　日 　用三牲　虛事로다	○凡爲人子之禮　……　昏定而晨省	예기
	○石崇가탄　大富者도　奉 　親ᄒ단　닐흠업다	○石崇字季倫　累官荊州刺使 　使客航海致富　置金谷別墅在河陽	진서
	○行有餘力　誦詩ᄒ야 　鶺鴒詩를 외와두고	○鶺鴒在原　兄弟急難　每有良朋　況也 　永歎	시경 〈소아〉

(중 략)

　이상에서 볼 수 있는 것처럼 이 전고용사의 수사법은 조선조의 사대부들에게 있어서는 멋이요, 자랑이었다. 특히 시보다는 산문성을 지닌 가사

작품에 일일이 열거할 수 없을 정도로 이 수사법이 대종을 이루고 있다는 사실도 알 수가 있다.

이 수사는 대개 중국의 지명, 인명, 산, 강, 호, 궁, 루나 시경, 수경, 사서, 시문 등의 관념이나 사적을 한 둘의 어절에 집약하여 용사하기도 했다. 지명으로는 도연명의 율리, 백제성, 봉도, 유주, 용문, 천진, 낙양, 양도, 섬계, 혐계, 동강, 강구 등 중국 제가의 사적과 관련된 것들이 주종을 이루었다. 인명으로는 역시 중국의 유명한 제자백가, 시인으로서 중장통, 도척, 백이, 숙제, 희황, 도연명, 서시, 공맹, 양묵자, 우직, 공수자, 사광, 석숭, 소식, 이백, 편작, 왕유, 유종원, 예양, 장공예, 사안석, 마원, 왕소군, 진시황, 가의, 태부 등을 용사하여 작품의 상승효과를 노리었다. 산이나 강, 호수, 누정, 궁 등은 곤륜, 수양산, 악양루, 피풍태, 옹리궁, 고소태, 요태, 여산, 동산, 태산, 수정궁, 동정, 파릉, 부암, 소상, 동강, 무산, 화표 주, 형산으로 용사되었다.

경전이나 제가의 시문을 한 두 어절에 집약시켜 관념의 소생이나 배화 를 꾀한 수사로는 장자의 '搏扶搖羊角而上者三萬里' 가운데 '羊角'을 '무단흔 羊角風이 宦海中의 나리나니'(만분가)로 표현하기도 하고, 사기 백이편을 '伯夷도 餓死흐니'(만분가)로 표현하였다. 이러한 수사법은 제왕 세기의 희황(면앙정가), 이백과 두보, 한유의 악양루와 문념무희, 소식의 진환(미인별곡), 송사의 해동청(미인별곡), 백거이 알운(금보가), 수경의 옥자 (송강가사), 소식의 여산진면목(송강가사), 시경의 첨피(서호별곡), 술이서의 수정궁(송강가사), 맹자의 동산 태산(송강가사), 임포의 산원소매시의 암향 (송강가사), 사기의 편작 등 이루 헤아릴 길이 없을 정도이다.

3.3.2 전재인용형

조선 성종대 서거정은 동인시화에서 시의 기법으로서 용사론을 펼쳤는데 남의 시를 모방하거나 표절하는 형식을 번안법이라고 하여 또 하나의 시작법처럼 서술했다. 즉 남의 시구를 이용하거나 답습하여 시상을 차용하는 하나의 시작태도라고 할 만한 수사법이다. 그 가운데 전재인용형이라는 수사는 제가의 시문 가운데 한 두 구를 인용하여 전재함으로써 작품의 상승효과를 노리는 작법이라고 할 수 있다.

그러므로 선인들은 중국 대가들의 작품 가운데 멋지고 아름다운 시구들을 옮겨 인용함으로써 작품과 자신의 위상을 높이기도 했으려니와 그러한 작법을 오히려 자랑스러워했다는 것은 조선조의 작자들에게서 많이 발견이 된다. 이러한 수사는 본디 한시문에 나타나는 현상이었지만, 가사작품에서도 자연스럽게 두루 보여 지는 시작태도였다.

작품	가 사 구	용 사 구	출 전
만분가	○天上 白玉京 十二樓 어듸매오	○<u>天上白玉京</u> 十二樓五城	이백시
낙지가	○粒我蒸民 모든百姓 水火中의 건지시고	○思文后稷 克配彼天 <u>粒我蒸民</u>……	시경 〈주송〉
	○爲絺爲綌 無斁이라 土階三等 노피쓰고	○葛之覃兮 施于中谷…… <u>爲絺爲綌</u> 服之無斁	시경 〈주송〉
	○灑掃應對 알왼후의 大學之道 달나드러	○常<u>灑掃應對</u> 進退則可矣	논어
남정가	○文恬武嬉ᄒ야 兵革을 니젓다가	○相臣將臣 <u>文恬武嬉</u> 習熟見聞 以爲當然	한유 〈평회서비〉
	○春蒐夏苗와 秋獮冬狩를	○故<u>春蒐夏苗</u> 秋獮冬狩 皆於農隙以講事也	〈좌전〉
관동별곡	○ 比屋可封이 이제도 잇다할다	○堯舜之世 <u>比屋可封</u>	한서
	○瑞光千丈이 뵈난듯 숨난고야	○明月未出群山高 <u>瑞光千丈生白毫</u>	소동파시

자경별곡	○萬古大聖 孔夫子는 韋編三絶 ᄒ시도다	○孔子 晚而喜易云云 讀易 <u>韋編三絶</u>	사기 〈공자세가〉
	○夫子門人 仲子路는 百里負米 ᄒ다ᄒ니	○仲由字子路…… 常食藜藿之實 <u>爲親負米百里之外</u>	공자가어 〈치사편〉
	○東夷國의 大連小連 三年不怠 ᄒ다ᄒ니	○<u>大連小連 善居喪三日不怠</u> 三月不解 期悲哀	예기
	○益者三友 부딕두고 損者三友 말나ᄒ세	○<u>益者三友 損者三友</u> 友直友諒 友多聞益矣 友便辟 友善柔 友便佞損矣	론어 〈계자편〉
권의지로사	○前聖人後聖人이 易地則皆然이라	○禹稷顔子 <u>易地則皆然</u> ○孟子曰 曾子子思同道 曾子師也 父兄也 子思臣也 微也 曾子子思 易地則皆然	맹자 〈이루하〉
금보가	○乃微服遊康衢의 擊壤歌도 죠커니와	○堯治天下五十年 …… 問左右不知 問外朝不知 問左野不知 <u>乃微服遊康衢</u> 聞童謠	사략 〈제요〉
	○周文武二加絃도 千古에 是非잇고	○伏羲氏 削桐爲琴 而圓法天 衣方象地 五絃象五行 大絃爲君 小絃爲臣 <u>文武二加二絃</u> 以合君臣之恩	금론
서호별곡	○檜楫松舟로 蒼梧灘건너	○淇水滺滺 <u>檜楫松舟</u>	시경 〈위풍〉
	○有鳴鶬庚이어든 女執懿筐ᄒ야	○七月流火 九月授衣 春日載陽 <u>有鳴倉庚 女執懿筐</u>	시경 〈유풍〉
	○漢之廣矣여 不可泳思며 江之永矣여 不可方思로다	○<u>漢之廣矣 不可泳思</u> <u>江之永矣 不可方思</u>	시경 〈주남〉
	○樸地閭閻은 王古郡이오	○<u>閭閻撲地</u> 鍾鳴鼎食之家 舸艦迷津……	왕발 〈등왕각서〉
	○衡門之下여 可以棲遲로다 ○泌之洋洋여 可而樂飢이로다	○<u>衡門之下 可以棲遲</u> ○<u>泌之洋洋 可而樂飢</u>	시경 〈진풍〉
	○氅氅羊裘와 籊籊竹竿으로 身世를 브텨도다	○<u>籊籊竹竿</u> 以釣于淇 豈不爾思 遠莫致之	시경 〈위풍〉

(중 략)

이상에서 보는 것처럼 전재인용형이란 시경이나 제가의 시구, 경전의 구절들을 그대로 옮겨와 가사구를 형성하는 것을 말한다. 예컨대 시경의 주송에 나와 있는 '粒我蒸民'을 '粒我蒸民 모든百姓 水火中의 건지시고'(낙지가)라거나 주남의 4언시구를 그대로 옮겨서 '漢之廣矣여 不可泳思로다'라고 쓰기도 하는 수사라는 것이다. 이러한 경향은 시경과 같은 서정이 농후한 경우에 빈번하게 나타나기도 한다.

3.3.3 환골탈태형

환골탈태법은 환골(換骨)과 탈태(奪胎)법을 말하는 것인데 환골이란 본디 전시대 사람들이 사용했던 시의(詩意)를 스스로의 언어로써 표현한 것으로 의미는 같지만 표현된 언어는 다른 것을 말한다. 탈태 역시 환골과 같이 전인(前人)의 시의를 더욱 승화시켜 자기의 의경(意境)으로 재창작한 것을 말하는 것으로 결국 전고용사의 수사가 절정에[62] 이른 것이라 말할 수 있다. 이러한 수사법은 조선조의 문인들에게는 하나의 전범처럼 절대적이었다고 말할 수가 있다. 환골탈태는 그 수법이 다양하여 점화(點化), 장점(粧點), 암합(暗合), 번안(飜案) 등 새로운 용어를 창안[63]하기도 하였다.

작품	가 사 구	용 사 구	출 전
상춘곡	○踏靑으란 오늘하고 浴沂란 來日 호새	○冠者五六人 童子六七人 浴乎沂 風乎舞雩詠而歸	논어 〈선진〉
	○簞瓢陋巷에 훗튼혜음 아니하내	○子曰 賢哉回也 一簞食一瓢飮在陋 巷 不堪其憂 …	시경 〈옹야〉
도덕가	○風乎舞雩詠歸士난 堂上에 올나잇고	○冠者五六人 童子六七人 浴乎沂風 乎舞雩詠而歸	논어 〈선진〉
	○陋巷春風 簞瓢師는 空 中에 들어잇고	○顔淵 簞食瓢飮在於陋巷	한서 화식전
	○宮墻이 千仞이라 仰止彌高 멀더니	○顔淵喟然歎曰 仰之彌高 鑽之彌堅	논어 〈자한〉

---

62) 中國文學發達史, 台灣中華書局, 1963, p.670.
63) 趙鐘業, 東人詩話研究, 大東文化研究 二輯, p.16.

봉산곡	○人世上 黃粱은 몇번이나 익었난고	○一枕夢邯單　黃粱猶未熟	여생고사
	○幽靜門 나죄다다 人跡이 그쳤으니	○幽靜門地　僻人稀有門　常關故名	자천동산 수록
만분가	○무단흔 羊角風이 宦海中의 나리나니	○搏扶搖　羊角而上者三萬里	장자
만분가	○青蓮詩 고쳐읇고 팔도한을 슷쳐보니	○李白生于彰明縣之　青蓮鄕　故號青 蓮	진미공 필기
	○陳蔡之厄을 聖人도	○聞孔子在陳蔡之間　楚使人聘孔子 孔子將往○禮　陳蔡大夫謀曰…… 則陳蔡用事　大夫危矣	사기 〈공자세가〉
	○縲絏非罪를 君子인들 어 이흐리	○雖在縲絏之中　非其罪也	논어
	○楚因南冠이 古今의 흔둘 이며	○晋侯觀于軍府　見鐘儀問之曰　南冠 而繫者誰也　有司對曰　鄭人所獻 楚囚也	좌전 〈성공칠년〉
	○盜跖도 셩히놀고 伯夷도 餓死흐니	○孔子與柳下季爲友　柳不季之弟名 曰盜跖　盜跖從卒九千人　橫行天 下侵暴諸侯 ○武王伐紂…而伯夷叔齊恥之　義不 食周粟　　隱於首陽山采薇而食之 遂餓死於首陽山	사기 〈백이편〉
	○南柯의 디난꿈을 싱각거든 슬므어라	○淳于棼家居廣陵　宅南有古槐樹　棼 醉臥其下夢……南柯郡政事不理	누문집
관서별곡	○纖纖玉手로 綠綺琴니이 며	○摻摻女手　可以縫裳　摻摻猶織也	시경 〈위풍〉
	○甘棠召伯과 細柳將軍이	○蔽敬芾召伯　勿剪勿伐　召伯所茇	시경 〈감당편〉
	○華表柱　千年鶴인들 날가타니 쏘보안난다	○丁令威學道於靈虛山　後化鶴歸遼 集華表柱云　有鳥有鳥丁令威　去 家千年今始歸	수신후기
목동문답가	○康衢煙月의　太平歌랄 불너두고	○堯治天下五十年　康衢聞　童謠	열자
	○懷寶迷方을 세상이 뉘 아 더냐	○懷其寶而迷　其邦可謂仁乎	논어
	○匡人의　辱보시고	○匡地名　史記云　陽虎曾暴於匡　夫 子貌似陽虎　故匡人圍之	논어 자한 〈자외어광〉

○夫差의 屋鏤劍을 伍子 胥를 주단말가	○夫差上姑蘇 亦請戍於越…夫差乃 賜子胥屬鏤之劍	십팔사략
○箕山의 귀씻기와 上流의 쇼먹이기	○堯召爲九州長 由不欲聞之洗耳於 頴水濱…… 時巢父牽犢 欲飮之 見由洗耳曰 汚吾犢口牽犢上流 曰 洗飮之	고사전

(중 략)

이 환골탈태법은 상게한 것 외에도 수를 헤아릴 수 없을 만큼 대종을 이룬다. '縞衣玄裳이 半空의 소소쓰니'(관동별곡)는 소식의 전적벽부 '玄裳縞衣 憂然長鳴 掠予舟而西也'에서, '西湖 主人을 반겨서 넘노난닷'(관동별곡)은 시화총귀의 '林逋隱于武林之西湖 …… 因謂梅妻鶴子'를, '黃庭經一字를 엇디그란 닐거두고'는 소동파의 '往來三世空疎形, 竟坐 誤讀黃庭經'을, '天孫雲錦을 뉘라서 버혀내여'(성산별곡)는 소식의 '天孫爲織雲錦裳'을 번안한 것에 불과하다. 이러한 수사법은 전고용사와 함께 가사구를 이루는데 가장 많이 쓰인 기교라고 할 수 있다.

3.3.4 현토형

현토형이란 가사구를 형성함에 있어 당시인들의 유명한 시구나 경전의 구절들을 전재함에 있어 토를 다는 방법을 이르는 말이다. 이러한 수사는 한시에 현토하는 것과 현토를 하고 그 내용을 서술하여 구상화하는 것의 두 가지 방법을 생각할 수가 있다. 전자의 대표적인 작품은 이서의 낙지가와 양사준의 남정가[64]가 있고, 후자의 경우는 이황의 상저가와 수양가[65]

---

64) 向明南面 卽位ᄒ시니 仙李乾坤 王春이라
　　西周文物 八百이요 東魯衣冠 七十이라 (樂志歌)
　　朱盾이 勝羅ᄒ고 白刃이 交揮어늘
　　主將三令ᄒ고 從事五申ᄒ니 (南征歌)

등이 있다. 현토하는 방법 가운데는 '深山窮谷 桃花流水 蘿月松風'의 4언구를 '深山窮谷 츠즈가니 桃花流水 써오난대 蘿月松風 님직업다' (도산가)로 1, 3음보가 4언시이고 2, 4음보는 설명적인 형태(expositive form)를 취함으로써 작자의 정서를 구체화하려는 것과 '深山에 窮谷ᄒ고 桃花는 流水ᄒᄃᆡ'와 같이 토를 다는 방식이 있다.

후자의 경우는 송강의 관동별곡 가운데 '營中이 無事ᄒ고 / 時節이 三月인제'나 이이의 낙지가 중 '潦雨가 새로개고 / 淸月이 照耀ᄒ니 / 分明한 山色이오 / 爽凉ᄒᆫ 夜氣로다 / 前溪의 瀑布소리 / 萬壑의 雷鳴ᄒ고 / 竹林의 셧 바람 / 夜天의 流星이오 / 野塘의 蛙鳴ᄒ니 / 山家의 鼓吹로다'와 같이 완연한 4언시에 현토한 것[66]이 많다.

이외에도 '天寒白屋한대 玉雲이 霏霏하니'(봉산곡), '山路ㅣ 嵯峨ᄒ고 草樹茂密ᄒᄃᆡ'(남정가), '春蒐夏苗와 秋獵冬狩를'(남정가), '天雨洗兵ᄒ야 海岱永淸ᄒ니'(남정가), '禾穀이 離離ᄒ고 桑麻이 芃芃이로다'(남정가), '甘棠召伯과 細柳將軍이'(관서별곡)와 같이 제가의 시구나 경전의 구절들을 현토하는 것들이 많다.

3.4. 결론

가사문학은 본디 한문학에 능통했던 사대부들에 의해 창작된 장르였다는 사실은 재론할 필요가 없다. 하지만 가사의 작자층이 한문학을 무조건적으로 수용하거나 일부분적인 변형으로 이룩해 낸 장르가 아니라, 한문

---

65) 治國安民은 聖上의 홀일이오
　　 變理陰陽은 宰相의 홀일이오 (相杵歌)
　　 義不食固栗ᄒ고 님군보라갓ᄂᆡ
　　 日暮蒼山遠ᄒ니 날져무러 못오ᄂᆞᆫ가 (首陽歌)
66) 拙著, 朝鮮歌辭文學論, 1994, 全州大出版部, p.40.

학의 완전한 소화와 여과를 통해 새롭고도 독특한 장르를 창출했다는 점에서 가사는 우리만의 자랑스러운 문화유산이 아닐 수 없다.

조선조 가사문학은 한시, 사부, 병려문 등 한문학의 절대적 영향 속에 이루어졌다. 한시는 음운 수사상 평측의 해협(諧協)과 대우의 전형을 이루고 사부는 시종 평탄하게 서술해 나가는 직서법과 문답식으로 서술하는 설문법의 구성법을 취했다. 병려문이 산문성과 운문성을 공유하는 장르의 복합성이나 당구대, 쌍구대, 격구대와 같은 대우적인 구성법과 가사가 동일하다는 것이 이를 뒷받침하고도 남는다.

가사의 작자들은 가사를 창작함에 한시문학을 전고용사하거나 전재인용, 환골탈태, 현토하는 양태로 수용하였다. 이 가운데 전고용사형은 경서나 사서, 제가의 시문이 가지는 특징적인 관념이나 사적(事迹)을 2, 3의 어휘에 집약시켜 관념 배화(倍化)에 원용하는 일종의 수사법이다. 대개 이 수사는 중국의 유명한 사람과 관련된 사적이 있는 지명이나 인명, 산과 강, 호, 궁, 루 등이 용사되거나 경전이나 시구를 한 두 어절에 집약하는 방법이다.

예컨대 율리, 봉도, 유주, 낙양, 섬계, 협계, 중장통, 도척, 석숭, 소식, 이백, 왕유, 곤륜산, 수양산, 악양루, 고소태, 여산, 태산, 무산, 동강, 파릉, 형산 등이 그렇고, 시문의 경우 만분가의 '무단흔 羊角風(양각풍)이 宦海中(환해중)의 나리나니'는 장자의 '搏扶搖羊角而上者三萬里(단부요양각이상자삼만리)'를 용사한 것이며, 제왕세기의 희황(면앙정가), 이백과 두보의 악양루와 문념무회, 소식의 진환(미인별곡), 백거이의 알운(금보가), 수경의 옥자(송강가사), 소식의 여산진면목(송강가사) 등 이루 헤아릴 수 없을 정도로 많다.

다음으로 전재인용형은 제가의 시문 중 한 두 구를 인용하여 전재함으로써 작품의 상승효과를 노리는 일종의 수사로서 가사창작에 원용되는 방법이다. 시경의 주송에 나와 있는 '粒我蒸民'을 '粒我蒸民 모든 百姓 水火中의 건지시고'(낙지가)로 표현하기도 하고, 주남의 4언시구를 그대로 옮겨서 '漢之廣矣여 不可泳思며 江之永矣여 不可方思로다'와 같이 쓰기도 하는 수사법이라는 것이다.

이 외에 환골탈태형이란 환골과 탈태를 말하는 것으로 전인(前人)들의 시의를 더욱 승화시켜 자기의 의경(意境)으로 재창작한 것을 의미하는 수사다. '縞衣玄裳이 半空의 소소쓰니'(관동별곡)는 소식의 전적벽부 '玄裳縞衣 憂然長鳴 掠予舟而西也'에서, '西湖 主人을 반겨서 넘노난 닷'(관동별곡)은 시화총귀의 '林逋隱于武林之西湖……因爲梅妻鶴子'를, '黃庭經一字를 엇디그랏 닐거두고'(관동별곡)는 소동파의 '往來三世空疎形, 竟坐誤讀黃庭經'을 환골탈태한 수사법이다. 일종의 번안법이라 이를 수도 있다.

끝으로 가사구를 형성하는데 있어 당시인들의 유명한 시구나 경전의 구절들을 전재하면서 토를 다는 현토형의 수사를 들 수 있다. 이러한 수사는 단순히 한시에 현토하는 방법과 현토를 하고 그 내용을 다시 서술하여 구상화하는 방법이 있다. 이이의 낙지가와 양사준의 남정가가 전자의 경우이고, 이황의 상저가나 수양가는 후자의 경우에 속한다. 이외에 '深山窮谷 桃花流水 蘿月松風'을 '深山窮谷 츠ᄌ가니 桃花流水 써오난대 蘿月松風 님ᄌ업다'(도산가)로, 1, 3음보가 원시 4언시 형태를 취하고 2, 4음보는 설명적인 형태를 취하는 현토형과 '深山에 窮谷ᄒ고 桃花는 流水혼대'와 같이 토를 다는 방법도 있다. 후자의 현토법은 송강가사 가운데 '營中이 無事ᄒ고 時節이 三月인제'나 이이의 낙지가 중 '潦雨가 새로개고 淸月이 照耀ᄒ니 分明한 山色이오 爽凉흔 夜氣로다'와 같이 완연한 4언시에 현토한 것들이 있다

4. 우리 시가 속의 도가(道家)사상

4.1 서언

국문학을 논의할 때 그 철학적 배경을 흔히 유·불·도(선) 사상이라고 거론하여 왔다. 그러나 유교적, 불교적 사상연구는 실로 많은 성과를 거두어 온 반면, 도가(道家)사상에 관한 연구는 활발하게 이뤄지지 못하였을 뿐만 아니라 우리 작품 속에서 어떻게 수용되었는가에 대한 연구도 미미한 실정이다. 도교는 불교와 유학과는 달리 순전히 민간에서 유전되는 동안 잡다한 설화들과 결부되어 전래되었기 때문에 우리가 알고 있는 것은 도가서(道家書)의 기록에 나타난 사실보다도 설화화된 행적에 관한 것들이 오히려 더 많다.

원래 도가의 사상은 중국의 춘추전국시대라는 난세의 시대적 배경 속에서 나타난 필연적인 소산이었다. 폭군의 학정과 이로 인한 사회적 혼란 때문에 수신제가치국평천하(修身齊家治國平天下)하는 공자의 안민제세(安民濟世)철학보다 어지러운 세상을 탈속(脫俗)하여 자신의 수양을 중시하고 홀로 선(禪)을 행하는 노·장자의 무위자연(無爲自然)사상이 받아질 수밖에 없었다.

반도인 우리나라는 반만년의 역사 속에서 대륙과 해양으로부터 끊임없는 외환(外患)과 내부적인 부족들의 세력 확장 등으로 내우(內憂)가 연속되었기 때문에 자연히 외래의 사상인 유·불·도 가운데 특히 도교의 사상이 내면 깊숙이 스며들 수밖에 없었다. 문학이란 원래 그 시대 사회상이 반영되는 것이므로 현실에 적응할 수 없었던 식자들은 부귀공명의 현실적 불만에 대한 치유의 한 방편으로 가신선(假神仙)을 자처하며 강호에 은둔하면서 스스로 자위(自慰)하고 자족(自足)하는 작품들을 많이 남겼다. 특히 철저한 유자(儒者)의 경우라 할지라도 정치적 실의와 절망으로 강호에 묻혀 읊조릴 때는 도교사상과 유교사상의 성격이 어우러져 작품 속에 자연스레 스며들었다.

유·불·도 가운데 불교는 삼국시대 이후 고려 때까지 크게 융성하였고, 고려 때에는 국교로서 국가적인 비호를 받아 우리 민족의식에 깊게 뿌리를 내리게 되었다. 그러나 이에 못지않게 도가사상은 오랜 역사의 흐름 속에 민간 깊숙이 파고들어 신비적이고 몽상적이며 이상적인 설화와 전설을 만들면서 우리의 시가나 소설 등에 영향을 미쳐 낭만적 요소를 더해 주었다. 특히 내우외환의 끊임없는 역사 속에서 우리나라 사대부들이나 평민들도 자연에 묻혀 산수를 즐기며 하나의 이상향을 동경하고 초인적인 인간형을 신선 속에서 찾고 있었기 때문에 국문학 작품 가운데는 도처에 이러한 도가적인 사상이 내재하였다.

도가사상과 문학과의 관계를 논의함에 있어 먼저 그 사상이 문학작품에 어떻게 수용되며 어떠한 사상적 맥락을 이루고 있는지 살펴보아야 하고, 도가사상 가운데 어떤 사상이 어떠한 문학작품을 낳게 했는지도 아울러 탐구해 보아야 한다. 그러므로 조선시가의 2대 장르인 시조와 가사작품 속에서 도가사상 중 가장 크게 수용된 허무(虛無)사상, 무위자연(無爲自然)사상, 은둔(隱遁)사상, 신선(神仙)사상, 풍류(風流)사상 등이 어떻게 자리하며 영향을 주었는가를 살펴보아야 한다.

4.2 시조 가사 작품 속의 도가사상

4.2.1 허무(虛無)사상

장자가 '천지는 나와 더불어 병존하며 살고 있는 것이므로 만물은 나와 더불어 곧 하나다'[67]라 한 것은 인간은 달인(達人)과 같이 모든 사물을 자연 그대로 맡겨두지 못하기 때문에 희비애락(喜悲哀樂)이 있는 것이지만, 시(是)와 비(非)가 하나요, 생(生)과 사(死)도 연속된 것으로 하나이기 때문에 끝나지 않는다고 했다. 곧 시비일여(是非一如), 생사일여(生死一如), 수요일여(壽夭一如), 궁달일여(窮達一如)라 하면서 이를 한 마디로 인간만사는 일장춘몽(一場春夢)이라 보는 게 장자의 인생관이라 할 수 있다. 노자는 인간의 생사란 본체계(本體界)의 환원이니 근본으로 돌아가는 것이며, 도(道)가 출(出)하는 것이 생(生)이고, 입(入)하는 것이 사(死)라는 도선(道線)의 기복(起伏)을 말하였다.[68]

또한 미추선악(美醜善惡)의 가치에 대하여 '천하는 모두 미(美)의 미(美)인 것으로 알지마는 이것도 악(惡)뿐이요, 모두 선(善)의 선(善)임을 알지마는 이것은 불선(不善) 뿐이다. 고로 유무(有無)가 상생(相生)하고 난이(難易)가 상성(相成)하며, 장단(長短)이 상형(相形)하고 고하(高下)가 상경(相傾)하며, 성음(聲音)이 상화(相和)하고 전후(前後)가 상수(相隨)한다.'[69] 고 함으로써 절대적인 것을 부정하고 대조적인 관념이 모두 하나라 하였다.

---

67) 莊子 內篇 第二. 齊物篇. 天地與我竝生 已萬物與我爲一 旣已爲一矣 且得有言乎 旣已爲之一矣
68) 老子, 第五十章, 出生入死 生之徒十有三 死之徒十有三 人之生 動之死地 亦十有三 夫何故 以其生之厚
69) 老子, 第二章, 天下皆知 美之爲美 斯惡已 皆知善之爲善 斯不善已 故有無相生 難易相成 長短相形 高下相傾 音聲相和 前後相隨

곧 이러한 미(美)나 선(善), 난(難), 장(長) 등의 개념은 하등의 절대적인 가치가 있는 게 아니며 오히려 이러한 관념은 인생을 손상시키는 것이라 하여 이를 배척하고 있다. 이것은 곧 도가의 무위무지(無爲無知) 곧 허무적 사상을 말하는 것으로서 문예는 미추(美醜)의 개념을 초월하고 오로지 천진성에 맡김으로써 오히려 의의와 가치가 있다고 생각하였다.

최삼룡(崔三龍)은 허무의 뜻을 두 가지로 나누어 해석했는데, 하나는 비애와 원망의 감정이 서린 염세(厭世)적 허무이고, 다른 하나는 숙명의 허무를 알아서 생사의 경지를 여의어 버린 달인(達人)의 허무다. 달인의 허무는 곧 무심(無心)의 상태다. 무심의 경지는 도인(道人) 즉 달인의 경지이므로 도는 허무의 뜻으로도 해석할 수 있다. 그러므로 허무 즉 도는 우주의 본질이라 했으므로 노장의 허무는 이미 여기까지 비약하고 있다. 다시 말해 허무는 숙명이므로 아무런 원망 없이 허무 그대로를 받아들이자는 것이 노장의 궁극적 태도라는 것이다.

이러한 사상은 불교의 '제행무상 일체개공(諸行無常 一切皆空)'의 무상관념과도 동질을 이룬 것이라 하겠다[70]라 하여 허무의 뜻을 염세적 허무와 달인의 허무로 대별하여 불가의 무상과 동질의 개념으로 파악하고 있다. 춘추전국시대 장자, 노자에 이어 양주(楊朱)는 무상한 인생을 천지목석(天地木石)에 비하면 찰나(刹那)에 지나지 않으므로 평생에 건강을 유지하고 최대의 쾌락을 누리려는 쾌락적인 것에 쏠린다고 하였다. 그러므로 박성의(朴晟義)는 이를 허무취락사상(虛無醉樂思想)이라 했지만, 여기서는 허무와 취락을 따로 구분하지 않고 아울러 살펴보고자 한다.

---

70) 최삼룡, 고대소설에 나타난 도교사상, 고려대 대학원. 1967. p.79.

① 오백년(五百年) 도읍지를 필마로 도라드니
　　산천(山川)은 의구하되 인걸은 간데업다.
　　어즈버 태평연월이 꿈이런가 하노라　　(길재)
② 부생(浮生)이 꿈이여늘 공명(功名)이 아랑곳가
　　현우귀천(賢愚貴賤)도 죽은후(後)l면 다한거지
　　암아도 살아흔잔(盞)술이 즐겨온가 하노라　　(김천택)
③ 인간(人間)이 꿈인줄은 나는 발서 아랏노라
　　일준주(一樽酒) 잇고업고 매양(每樣)모다 노스이다.
　　진세(塵世)에 난봉개구소(難逢開口咲)라 긋지말고 노옵쇠　　(김수장)
④ 호화(豪華)도 거즛거시오 부귀(富貴)도 꿈이오래
　　북망산(北邙山) 언덕에 요령(搖鈴)소리 긋쳐지면
　　암을이 뉘웃고익다라도 밋츨길이 업는이　　(김수장)
⑤ 청초(靑草) 우거진골에 자는다 누엇는다.
　　홍안(紅顔)을 어듸두고 백골(白骨)만 누엇는다.
　　잔(盞)잡아 권(勸)흘리업스니 그를슬허 흐노라　　(임제)
⑥ 인생(人生)을 헤알이니 한바탕 꿈이로다.
　　조흔일 구즌일 꿈속에 꿈이연이
　　두어라 꿈굿튼인생(人生)이 안이놀고 어이리　　(주의식)
⑦ 남가(南柯)의 디난꿈을 싱각거든 슬므어라
　　고국송추(故國松楸)를 꿈의가 몬져보고
　　선인구묘(先人丘墓)를 깬후(後)의 싱각흐니　　(조위, 만분가)
⑧ 말디쟈 학(鶴)을트고 구공(九空)의 올라가니
　　공중옥소(空中玉簫)소리 어제런가 그제런가
　　나도 줌을끼여 바다흘 구버보니
　　기픠를 모르거니 구인들 엇디알리　　(송강, 관동별곡)
⑨ 져근덧 역진(力盡)흐야 픗줌을 잠간드니
　　정성(精誠)이 지극흐야 꿈의 임을보니
　　오뎐된 계성(鷄聲)의 줌은엇디 끼돗던고
　　어와 허사(虛事)로다 이님이 어듸간고　　(송강, 속미인곡)

⑩ 청루고각 나문홍을 그리져리 흐올젹에
　　삼동풍설 젹한키로 문을닥고 생각ᄒ니
　　쳥츈의 지닌일리 꿈갓치 허사로다　　(박이화, 랑호신사)

길재의 회고가에는 고려 500년의 영화가 남가일몽과 같다는 인생의
허무를 노래하고 있는데, 이는 장자의 궁달일여(窮達一如)와 통한다. 임제
(林悌)는 절색기녀 황진이의 무덤 앞에서 인생의 허무에 대한 비애를 노래
하였다. 이는 장자의 생사일여(生死一如), 즉 삶과 죽음의 대조적 관념이
모두 하나라는 것에 대한 비애적 허무의 경지라 할 수 있다. 그러나 김수
장과 김천택의 시조작품에서는 인생의 허무를 넘어선 취락적 허무의 경향
을 보이기도 했다.

조위의 만분가는 자신이 무오사화로 인해 전남 순천 배소(配所)에서
지난날의 화려한 벼슬살이가 한바탕 헛된 꿈이었다는 인생의 비애 가운데
허무와 세상사의 모든 것을 체념한 염세적 허무사상의 성향을 띠고 있다.
그러나 송강의 속미인곡은 군왕의 은총을 받을 수 없는 현실적 비애 속에
서 천총(天寵)을 받던 지난 과거지향적인 가식적 허무ー조선조 사대부에
게서 흔히 볼 수 있는ー를 느끼게 하고, 관동별곡에서는 득의(得意)하여
임금의 은총을 입고 보니 스스로 신선이 되는 허망한 꿈속에서 현실을
깨닫는 낙천적 허무를 느낄 수가 있다. 이밖에 박이화의 낭호신사(朗湖新
詞)에서도 인생의 무상과 동질적 개념으로서 인생의 비애를 느끼게 하는
허무사상이 깃들어 있다고 할 수 있다.

4.2.2 무위자연(無爲自然)사상

무위자연은 도가사상의 근간을 이루는 것으로 장자 제물편(齊物篇)에서
도가의 이상적 생활은 도(道)를 명백히 알고 그 법칙에 따라 자연 그대로

소박하게 사는 것만이 온전한 것이라 했다. 그리고 부질없이 인의(仁義)를 내세워 교화하려고 하거나 시비를 가려 운운한다는 것은 자연의 흐름을 거슬리는 부자연한 짓이요, 도에 합당하지 않는 태도라고 하였다.[71] 그러므로 자연의 이법에 순응하여 비인공적, 무기교의 소박한 자연인으로 돌아가면 무위(無爲)한 가운에 유위(有爲)한 삶이 저절로 이뤄지고 허무를 아는 가운데 실유(實有)한 삶을 이룬다고 하였다. 여기에 또 장자는 '무용(無用)의 용(用)'을, 노자는 '무지(無知)의 지(知)'를 내세워 무위이화(無爲而化)의 경지를 설명하고 정치도 무위이화의 정치가 가장 바람직한 덕치(德治)라고 주장하였다.

노자의 도덕경(道德經)에는 스스로 자족(自足)할 줄 알면 욕되지 않고 욕망을 그칠 줄 알면 위태롭지 않다고 하였다. 이러한 사상은 우리의 문학에 더욱 두드러지게 지분(知分)으로 나타나는데 안분지족(安分知足)의 소박한 생활과 자연복귀를 주된 내용으로 삼고 있다.

① 산수간(山水間) 바회아래 뛰집을 짓노라ᄒᆞ니
   그 모론 남들은 욷ᄂᆞ다 흔다마ᄂᆞᆫ/ 어리고 햐암의뜻의ᄂᆞᆫ 내분인가 ᄒᆞ노라   (고산)
② 청산(靑山)도 절로절로 녹수(綠水)도 절로절로/ 산(山)절로 수(水)절로 산수간(山水間)에 나도 절로/ 이중(中)에 절로 ᄌᆞ란 몸이 늙기도 절로 ᄒᆞ리라   (송시렬)
③ 말업슨 청산(靑山)이요 태(態)업슨 유수(流水)ㅣ로다/ 갑업슨 청풍(淸風)이요 임ᄌᆞ업슨 명월(明月)이라/ 이중에 병(病)업슨 이몸이 분별(分別)업시 늙으리라   (성혼)

---

71) 莊子, 齊物篇 第一四, 有以爲未始有物者 至矣盡矣 不可以加矣 其次以爲有物矣 而未始爲封也 其次以爲 有封焉而未 始有是非也 是非之彰也 道之所以虧也

④ 지족(知足)이면 불욕(不辱)이요 지지(知止)면 불태(不殆)라ᄒᆞ니/ 공성명
  립(功成名立)ᄒᆞ면 마ᄂᆞᆫ 것이 긔올ᄒᆞ니/ 어지버 환해제군(宦海諸君)은
  모다 조심(操心)ᄒᆞ시소   (김천택)

⑤ 안식(安食)은 염(厭)치마라 일업스면 긔조ᄒᆞ니/ 벗업다 한(恨)치마라 말
  업스면 이조ᄒᆞ니/ 아마도 수분안졸(守分安拙)이 긔올ᄒᆞᆫ가 ᄒᆞ노라   (김
  수장)

⑥ 기산(箕山)의 늘근고블 귀는 엇디싯돗던고/ 박소릐편계 ᄒᆞ고 조장이
  ᄀᆞ장놉다/인심(人心)이 ᄂᆞᆺ ᄀᆞᆺ 틔야 보도록 새롭거ᄂᆞᆫ/ 세사(世事)는 구롬
  이라 머흐도머흘시고   (송강, 성산별곡)

⑦ 금강대(金剛台) 믠우층(層)의 선학(仙鶴)이 삿기치니/ 춘풍옥저성(春風
  玉笛聲)의 첫ᄌᆞᆷ을 ᄭᅵ돗던디/ 호의현상(縞衣玄裳)이 반공(半空)의 소
  소ᄯᅳ니/ 서호(西湖)녯주인(主人)을 반겨서 넘노ᄂᆞᆫ 듯   (송강, 관동별곡)

⑧ 서강(西江)을 ᄇᆞ라ᄒᆞ니 임처사(林處士) 서호(西湖)오
  덜미리구비ᄒᆞ니 소선(蘇仙)의 적벽(赤壁)이론듯   (허강, 서호별곡)

⑨ 벽파(碧波)ㅣ 양양(洋洋)ᄒᆞ니 위수(渭水) 이천(伊川)아닌게오
  층밀(層巒)이 올올(兀兀)ᄒᆞ니 부춘기산(富春箕山)아닌게요   (노계, 사
  제곡)

⑩ 소허(巢許)도 아닌 몸애 어늬절의(節義)알리마ᄂᆞᆫ/ 우연시래(偶然時來)
  예 이명구(名區)임ᄌᆞᆨ되여/ 청산유수(靑山流水)와 명월청풍(明月淸風)
  도 말업시 절로절로/ 엄자릉(嚴子陵)의 조대(釣台)도 갑업시 절로절로
  (노계, 노계가)

⑪ 율리(栗里)높픈ᄇᆞ람 소유산(巢由山)을 블어너머
  낙천당(樂天堂)벼기우희 이내꿈을 믈키ᄂᆞᆫ고   (남도진, 낙은별곡)

고산 윤선도와 성혼, 김수장은 무위의 자연 속에 묻혀 안분지족하는
소박한 생활을 노래하였고, 송시열은 '절로절로'라는 첩용부사를 써서 무
위이화(無爲而化)의 경지로 자연을 묘사하고 있다. 이러한 경지는 '어늬
흥(興)이 절로나며', '명월청풍(明月淸風)도 말업시 절로절로', '엄자릉(嚴

子陵)의 조대(釣臺)도 갑업시 절로절로'라는 노계가사에 무위의 자연으로 잘 그려지고 있다.

특히 김천택은 자신의 분수를 알고 만족하면 욕되지 않고 또 그칠 줄 알면 위태롭지 않다(知足不辱 知止不殆)라고 한 노자 도덕경의 무위자연사상을 그대로 인용하였다. 고산의 작품 속에는 혼란한 정치현실에서 인간세계와 일정한 거리를 유지하면서 심산유곡에 들어가 모옥(茅屋)을 짓고 순진무구한 대자연과 더불어 안분지족(安分知足)하며 살고 있는 윤선도의 모습이 그대로 그려져 있다. 문영오도

> 고산은 전형적인 유가(儒家)이면서, 문학에서 유(儒)는 도가사상과 관계가 깊으니 우리의 시가문학자 중에서 자연시인으로 제일인자가 되었으면서도 전형적인 사대부요, 유자였다. 그러면서도 그의 자연관은 도가사상과 관계가 깊은 것이다. 그는 자연을 인간적인 결함을 넘어서서 인간을 포용하는 무위로 관념함으로써 노장의 사상에 접근했고 그의 문학의 위대성 또한 여기에서 이루어졌다 하겠다.[72]

라 하여 고산의 자연관이 무위자연의 노장사상에 접근하고 있음을 지적하였다. 그러므로 '산수간('山水間) 바회아래 뛰집'은 고산의 기거처가 아니라, 청풍명월과 함께 하는 자연이라 할 수 있다. 그러나 고산과 같은 유자(儒者)의 문학에서는 현실적으로 군왕의 부름을 받을 때에는 언제든 응할 수 있는 자세를 지니면서 그 때를 위해 수신정진하는 모습으로 그려진다. 반면 자의든 타의든 간에 현실에 적응할 수 없을 때는 자연으로 돌아가 무위(無爲)를 관념하는 도가(道家)로서의 양면성이 내재되고 있다.

---

72) 문영오, 송강·고산문학론(이병주편). 이우출판사. 1979. p.201.

이러한 경향은 여타의 시가에서도 동일하게 나타나고 있는데, 대부분 장자의 소요유편(逍遙遊編)에 있는 허유(許由)와 소부(巢父)의 출세간적(出世間的) 자연을 규범으로 삼고 있다. 인간의 명(名), 공(功), 기(己)를 버리고 무위의 자연을 관념하는 경지에 이른다는 것이다. 즉 송강의 성산별곡, 노계 박인로의 사제곡과 노계가, 남도진의 낙은별곡 등은 모두 소허(巢許)의 은둔설화를 바탕으로 한 은자적 자연으로 귀결하여 노래되었고, 허강의 서호별곡, 송강의 관동별곡, 노계의 선상탄과 사제곡에서는 중국의 은일군자 임포나 엄자릉과 같은 은자의 출세간적 인간을 포용하는 무위로서의 자연을 노래함으로써 노장의 사상에 접근하고 있다. 그러므로 현실적 측면에서는 전형적인 유자의 모습이지만 그 철학적 배경은 도가사상이라고 할 수가 있다.

3.2.3 은둔(隱遁)사상

노자는 무심히 왔다가 무심히 가는 것이 도의 법칙이요, 인생이란 공을 세우고 자취없이 사라지는 것(功成自退)이라 하였고, 세상의 명리(名利)를 백안시(白眼視)하고 산수간(山水間)에 은둔하여 양생하는 길이 참다운 도인이라고 하였다. 장자의 소요유편에서 요(堯)가 허유(許由)에게 천하를 물려주겠다는 것을 허유는 사양하고 산곡에 은거하고 말았는데 이러한 은둔은 인간사에 불만을 하고 도피한 것과는 달리, 스스로의 내적 심령생활을 충족시켜보려는 심산에서 소산된 일종의 위아주의(爲我主義)적인 은둔이라 할 수 있다.

이는 그의 제자 양주(楊朱)가 머리털 하나로서 천하를 이롭게 한다 해도 불응해버린 극단의 위아주의와 동질적인 것으로 보명철학(保命哲學)을 낳았다고 할 수 있다. 결국 이러한 노장의 은둔은 난세에 보명보신(保命保

身)하려는 처세관과 인생관에서 우러나왔다. 이러한 위아주의적 은둔은 크게 두 갈래로 나뉘어 진다. 하나는 속세의 외부적인 영향 때문에 자의든 타의든 간에 산간에 묻혀 살고 있지만, 때를 만나게 되면 세상에 나가게 되는 유자적 은둔이요, 다른 하나는 이와 반대로 속세의 세상사와는 무관한 것으로 스스로의 보신과 양생을 위한 득도(得道)의 도가적 은둔이라 할 수 있다.

장자의 각의편(刻意篇)에는 은사(隱士)를 크게 두 가지로 구분하고 있다. 그 첫째가 행위를 고상하게 하기 위해 세속을 떠나 인간사를 원망하거나 비방하지 않고 고상한 담론을 나누는 산곡의 은사다. 이들은 세속의 경쟁에서 패배했거나, 아니면 내침을 당하여 염세적인 성향을 띄기도 하지만 언제든 환속(還俗)할 가능성이 있는 유자적 은둔과 통한다. 다음으로 연못이나 골짜기, 산곡의 소(沼) 등에 한가하게 낚시질이나 소요(逍遙)로 무위의 자연을 즐기는 소위 해강지인(海江之人) 또는 피세지인(避世之人)으로서 양생하고 보명하는 가운데 도를 닦는 이른바 도가적 은둔73)이라 할 수 있다.

우리나라 문사들은 복잡한 세상사h 인해 자의든 타의든 간에 세상을 등지고 산야에 묻혀 은자적 생활을 하거나 그것을 동경하는 풍조를 문학에 투영함으로써 이른바 강호문학(江湖文學)을 형성하였다. 이러한 강호문학 속에는 은둔도피사상이 태반을 이루는 가운데 전술한 바와 같이 유가적 은둔과 도가적 은둔사상으로 대별할 수 있다. 특히 유학이 사상적 정치적 근간을 이룬 조선조의 문학에서도 도가적 은둔사상이 저변에 흐르고 있는 작품들이 많다는 것은 주목할 만하다.

---

59) 莊子, 刻意篇. 刻意尙行 離世與俗 高論怨誹 爲亢而己矣 山谷之人 非世之人
　　枯槁赴淵者 就藪澤處閒曠 釣魚閒處 無爲而己矣 海江之人 避世之人 閒暇者

이밖에 김시습은 세조가 비정하게 왕위를 찬탈함에 비분강개하여 금오산에 은거한 이후 독필(禿筆)한 금오신화는 유가적 은둔의 경지를 벗어난 도가적 은둔의 대표적인 경우라 할 수가 있다. 실로 도가의 은둔이란 도피가 아니라, 현 사회의 예악(禮樂)이나 경세(經世)에 뜻이 없기 때문에 공리(功利)와 현달(顯達)에 눈을 돌리지 않고 절로 자연을 즐기며 자연을 사랑하는 사상이 싹틈으로써 자연스레 강호의 문학이 형성되어졌다고 할 수가 있다.

① 평생(平生)애 일이업서 산수간(山水間)에 노니다가
　　강호(江湖)에 님직되니 세상일 다니제라
　　엇디타 강산풍월(江山風月)이 긔벗인가 하노라　(낭원군)
② 공명(功名)과 부귀(富貴)란 세상(世上)사람 맛겨두고
　　말업슨 강산(江山) 일업시 누어시니
　　봄비에 절로난 산채(山菜) 긔분(分)인가 하노라　(실명씨)
③ 영욕(榮辱)이 병행(並行)ᄒ니 부귀(富貴)도 불관(不關)튼라
　　제일강산(第一江山)에 내혼자 님자되야
　　석양(夕陽)이 낚싯대 두러메고 오명가명 ᄒ리라　(김천택)
④ 명리(名利)에 뜻이업서 비웃시 막뒤집고
　　방수심산(訪水尋山)ᄒ야 피세대(避世臺)에 드러오니
　　어즈버 무릉도원(武陵桃源)도 여긔런가 ᄒ노라　(박인로)
⑤ 강호(江湖)에 봄이드니 미친흥이 절로난다
　　탁료계변(濁醪溪邊)에 금린어(綿鱗魚) 안주로다
　　이몸이 한가(閒暇)히옴도 역군은(亦君恩)이샷다　(맹사성)
⑥ 공명(功名)도 니젓노라 부귀(富貴)도 니젓노라
　　세상(世上) 번우한일 다두어 니젓노라
　　내몸은 내믿자 니즈니 눔이 아니니즈랴　(김광욱)
⑦ 물외(物外)에 조흔 일이 어부생애(漁夫生涯)아니러냐

　　어옹(漁翁)을 욷디마라 그림마다 그렷더라
　　사시흥(四時興)이 흔가지나 추강(秋江)이 웃듬이라　　(고산)
⑧　천지간(天地間) 남자(男子)몸이 날만흔이 하건마ᄂᆞᆫ
　　산림(山林)에 뭇쳐이셔 지락(至樂)을 ᄆᆞ를것가
　　수간모옥(數間茅屋)을 벽계수(碧溪水) 앏픠두고
　　송죽울울리(松竹鬱鬱裡)예 풍월주인(風月主人) 되어셔라　　(정극인)
⑨　닷봇근 명경중(明鏡中) 절로 그린 석병풍(石屛風)
　　그림애ᄅᆞᆯ 버들사마 서하(西河)로 흠ᄭᅵ가니
　　도원(桃源)은 어드매오 무릉(武陵)이 여긔로다　　(송강)
⑩　벽파(碧波)ㅣ 양양(洋洋)ᄒᆞ니 위수이천(渭水伊川) 아닌게오
　　층밀올올(層巒兀兀)ᄒᆞ니 부춘기산(富春箕山) 아닌게오
　　허유(許由)의 시슨귀예 노래자(老來者)의 오슬입고　　(박인로)
⑪　봉밀(峰巒)은 수려(秀麗)ᄒᆞ야 무이산(武夷山)이 되어잇고
　　유수(流水)ᄂᆞᆫ 반회(盤回)ᄒᆞ야 후이천(後伊川)되엿ᄂᆞ다
　　엄자릉(嚴子陵)이 어ᄂᆡ희예 한실(漢室)로 가단말고　　(박인로)
⑫　백수(白首)에 방수심산(訪水尋山) 태만(太晚)흔줄 알건마ᄂᆞᆫ
　　반생소지(半生素地)를 뱁고야 말랴너겨……
　　노계(蘆溪) 깁흔골익 힝혀 마츰 차ᄌᆞ오니
　　제일강산(第一江山)이 님ᄌᆡ업시 ᄇᆞ려ᄂᆞ다　(박인로)
⑬　어부(漁父) 이말듯고 낙딕를 둘러메고
　　빗쩐 두드리고 노래를 부른말이
　　세사(世事)를 니젼디오라니 몸조차 니젼노라
　　백사생애(百事生涯)ᄂᆞᆫ 일간죽(一竿竹) 뿐이로다　　(조우인)

　이상의 작품들을 보면 은둔자는 인간의 공명(功名), 부귀(富貴), 명리(名利)에 집착하지 않고 세상을 초월하면서 자연을 벗하며 살아갈 수밖에 없다. 그러므로 강호를 즐기는 가운데 강호문학이 저절로 생성된다는 것은 필연적이다. 그들은 강산풍월과 벗하며 저절로 산야에 나는 산나물을

먹고사는 것을 자신의 분수로 삼고, 박인로의 작품에서처럼 낚싯대를 메고서 오며가며 그것이 무릉도원(武陵桃源)이라 생각하였다. 무릉도원은 이상으로만 찾는 대상이 아니고 청류가경(淸流佳景)에 조심 없이 노니는 가운데 더러운 속세를 잊게 하는 이상향으로 다가선다. 그리고 자연을 신선경으로 착각하고 스스로 우화(羽化)한 듯이 즐기는 게 우리네 선인들의 사고의 전형이었다.

이와는 달리 맹사성의 시조에는 이러한 강호지락을 군은(君恩)이라 생각하는 전형적인 유가적 은둔이 자리하고 있음을 알 수가 있다. 이러한 작품들은 강호시가의 양태를 보이면서도 연군충성의 유교적 사상이 주종을 이루고 있다는 것을 알 수가 있다. 이는 산림은거가 자신들의 최상의 즐거움의 대상으로 생각하다가도 군주의 부름만 있으면 언제든지 은둔을 버리고 벼슬길에 나갈 수 있기 때문에 도가적 은둔과는 확연히 구분된다. 그러므로 이들은 실제로 가은자(假隱者)로서 가어옹(假漁翁)이나 가농부(假農夫)의 너울을 쓴 자라 할 수 있다.

그러나 앞에서 인용한 고산 윤선도의 작품에서는 이와는 사뭇 다른 경향을 찾아 볼 수가 있다. 자신은 가어옹(假漁翁)이 아니라 산림은둔의 생활 속에서 세상과는 무관하게 자연과 하나가 되는 물아일체(物我一體)의 삶에 몰입해 있는 것으로 그려지고 있다는 것이다. 노자가 말한 행위가 없는 무위(無爲)의 경지에서 일을 처리하고 가르침을 행하는 것이 자연의 도를 체득한 도가(道家)의 은자와 같다고 할 수 있다.

수간모옥(數間茅屋)이 내 집이 아니라, 만소나월(滿小蘿月)이 내 집이라고 하고 있으므로 이는 완전한 무욕(無慾)의 경지다. 산중신곡 서사와 같이 유직(有職)이 내 분(分)이 아니고 어리석고 시골뜨기 같은 향암(鄕闇)의 소박함이 내 분수(分數)라고 했으니, 이는 곧 무욕의 경지임으로 도가적 물아일체라 말할 수 있다.

가사작품에서도 송강은 무릉도원의 은둔자가 되었고, 정극인도 벽계수 앞 수간모옥의 은둔자로서 현세의 선경 무릉도원 속에서 유유자적하는 모습으로 그려졌다. 노계는 허소(許巢)나 엄자릉의 은둔을 인용하여 자신의 순박결백한 은둔을 합리화하고 그들의 은거를 전범삼아 봉효(奉效)를 다하려고 노력하였다. 조우인도 가히 어옹(漁翁)으로서 자연과 벗하는 물아일체의 경지에 이르러 세상사와 자신을 일탈함으로써 '백사생애(百事生涯)를 일간죽(一竿竹)'에 의지하고 있는 은둔의 경지에 다다랐다.

이들은 한결같이 물외한객(物外閒客)으로서 자연을 즐기며 초탈세속(超脫世俗)한 고사(高士)로서 허유나 소부, 엄자릉을 전범으로 삼아 은둔을 노래하였다. 이들의 거처는 으레 기산(箕山)이나 부춘산(富春山)이었고, 낚시질은 엄자릉의 조대(釣臺)에서 이루어졌다. 항상 세속 선비들의 눈에 띄지 않고, 낚시질과 나물 뜯기 등 자연과 하나가되는 것을 최상의 즐거움으로 생각하였다.

허소가 머물던 유산궁학(幽山窮壑)과 엄자릉의 조대는 자연을 아는 도가자만이 즐길 수 있는 것이요, 벼슬살이를 싫어하는 자만의 것이 된다고 하였다. 이렇게 유가(儒家)자에게서 도가(道家)자로서의 은둔이 보이는 것은 도가사상이 험난한 정정(政情)에 휘말려 사는 유자(儒者)들에게 자연스레 스며들었기 때문이며, 그것이 유가적 은둔으로 변질되어 우리나라 강호문학에 큰 영향을 미쳤을 것이라 생각된다.

4.2.4 신선(神仙)사상

신선은 도가에 있어 이상적인 사람을 일컫는데 보통사람과는 달리 하늘나라를 자유자재로 왕래할 수 있고, 생사의 한계나 시공의 경계를 초월한 신통력을 발휘할 수 있는 존재다. 또한 온갖 신술(神術)을 가지고 있으므로 모든 도의 이법을 깨닫고 통달하여 변화무쌍한 존재로서 물외(物外)의 세계에 존재하는 이상적 인물이다.

장자는 이를 진인(眞人)이라고 하고서 다시 이것을 신인(神人), 지인(至人), 성인(聖人)이라 나누었다. 신인은 빙설과 같은 피부가 처자처럼 부드럽고 오곡을 먹지 않고 이슬과 바람을 마시며 구름을 타고 용같이 날아 사해(四海)밖에 떠돌아다닌다. 진인이란 아무리 높이 올라가도 무서워하지 않고 물속에 들어가도 물에 젖지 않으며 불 속에 들어가도 뜨거워하지 않는 초연한 인간74)으로 노자가 말하는 미묘현통(微妙玄通) 심불가식(深不可識)한 경지의 사람과 일치한다. 이러한 신비적 요소와 신선설의 불로장생의 사상과 결합하여 후대 도교를 성립시키게 되었다.

도가의 사상적 연원이 되는 황로사상(黃老思想)에는 양생(養生)설이 근간을 이룬다. 황제소문경(黃帝素問經)에는 보합천진(保合天眞)과 음식기거(飮食起居)의 방법, 그리고 사시(四時)의 기운과 조섭(調攝)의 방법이 소상하게 적혀 있고, 병이 나지 않게 하는 것이 으뜸이며 장생(長生)의 방법이라 말하였다. 갈홍(葛洪)의 포박자(抱朴子)에는 신선이 되고자 하는 자는 반드시 선행을 쌓고 공덕을 세우고자 노력해야 하니 만물에 자비심을 베풀어서 남을 용서하고 인(仁)이 곤충에까지 미쳐야 한다고 하였다. 또한 남이 잘되는 것을 즐거워하면서 남의 고통을 가엾게 여기고 남의 위급함을 도와주며 남의 궁색함을 구제해야 하고 손으로는 생물을 손상시키지 않아야 되며 입으로는 화(禍)를 권하지 말아야 한다75)는 등 유불(儒

---

74) 莊子, 內篇 大宗師 藐姑射之山 有神人居焉 凡膚若氷雪 淖約若處子 不食五穀 吸風飮露 乘雲氣御飛龍而游乎四海之外 古之眞人……登高不慄 入水不濡 入火不熱
75) 抱朴子, 內篇 卷之一, 欲求長生者必欲積善立功 慈心於物恕己及人 仁逮昆昆

佛)의 도가적 규범을 강조하면서 이 같은 덕목을 실행한다면 신선이 될 수 있다고 하였다.

신선은 신선 중에 최상에 속하는 천선(天仙)과 중위의 지선(地仙), 하위의 시해선(尸解仙)으로 나뉜다. 득선(得仙)하여 하늘에 올라가면 천상계의 신선이 되는데 이가 곧 천선이다. 도교이전에는 원시천왕(元始天王), 태원(太元), 성모(聖母), 동왕공(東王公), 서왕모(西王母) 등이 신선이었다. 도교에서는 태청(太淸), 상청(上淸), 옥청(玉淸) 등 삼청경(三淸境)을 설정하여 각각 9품의 품계를 조직적으로 명시해 놓고 있다.

지선(地仙)은 득선하여 깊은 산속이나 망망대해의 외딴 섬, 혹은 인적이 없는 동굴 등에서 사는 신선이다. 그러한 곳에 별천지를 만들어서 세상의 영욕을 잊고 장생불사(長生不死)하는 이상세계를 설정해 놓았다. 상산(商山)의 서호선생(西皓先生), 안기생(安期生), 광성자(廣成子)같은 사람이 대표적 인물이다. 신선이 사는 선경은 대개 발해 동쪽의 대여(岱興), 방장(方丈), 원교(員嶠), 영주(瀛洲), 봉래(蓬萊) 등 5대산이 있고, 삼신산이라 일컫는 봉래, 방장, 영주가 있으며, 이밖에 곤륜, 태산, 곽산, 숭고산, 화음산, 종산, 도원산, 용호산, 아미산, 구의산, 마고산 등이 지선의 배경지로 우리의 문학작품에 많이 등장하고 있다.

지선들은 종종 인간세계에 나타나 보통 사람처럼 결혼하여 자식까지 낳고 살기도 하고 입산을 하기도 한다. 인간계의 속인을 데리고 가서 선경을 구경시키고 선주(仙酒)를 권하며 선악(仙樂)을 즐기게 하고 다시 속세로 내보기기도 한다. 이밖에 문학작품 속에 많이 등장하는 시해선(尸解仙)이 있는데, 시해(尸解)의 방법으로 시해(尸解), 선탈(蟬脫), 병해(兵解),

---

虫樂人之吉 愍人之苦 救人之窮 手不傷生 口不勸禍 見人之得 如己之得 見人
之失如己之失……乃爲有德于天 所作必成 求仙可旨旨

수해(水解), 화해(火解), 취패(臭敗) 등이 있다.

① 산곡(山谷) 깁흔골에 두어이랑 닐워두고
　삼신산(三神山) 불사약(不死藥)을 다키야 심근말이
　어즙어 창해상전(滄海桑田)을 혼자 볼끼흐노라　(신흠)
② 신선(神仙)이 즈츽업스되 여동빈(呂洞賓)은 진선(眞仙)이래
　조유북해(朝遊北海) 모창오(暮蒼梧)요 수리청사(袖裡靑蛇) 담기조(膽
　氣粗) ㅣ 라
　삼입악양(三入岳陽) 흔째 사람이 알이 업데　(김수장)
③ 풋줌의 꿈을 꾸어 십이루(十二樓)에 드러가니
　옥황(玉皇)은 우스시되 군선(群仙)이 꾸짓느다
　어즈버 백만창생(百萬蒼生)을 어늬결의 무르리　(고산, 몽천요 3수)
④ 천상(天上) 백옥경(白玉京) 십이루(十二樓) 어듸매오
　오색운(五色雲) 깁흔곳의 자청전(紫淸殿)이 マ려시니……
　삼청동리(三淸洞裏)의 졈은한널 구름되여
　브람의 흘니느라 자미궁(紫微宮)의 느라올나　(조위, 만분가)
⑤ 청계학(靑溪鶴)튼 도사(道士) 청학동(靑鶴洞)으로 느라트느듯　(양사언,
　미인별곡)
⑥ 태을진인(太乙眞人)이 연엽주(蓮葉舟)트고 옥하수(玉河水) 느리느듯
　(백광홍, 관서별곡)
⑦ 듯거니 보거니 일마다 선간(仙間)이라…… 태을진인(太乙眞人)이 옥자
　(玉字)를 헤헛는듯
　은하(銀河)를 뛰어건너 광한전(廣寒殿)의 올리는듯…… 장공(長空)의
　떳는 학(鶴)
　이골의 진선(眞仙)이라/ 숀이셔 주인(主人)드려 닐오듸 그듸긘가 하노
　라　(송강, 성산별곡)
⑧ 명사(鳴沙)니근믈이 취선(醉仙)을 빗기시러 그듸를 내모르랴 상계(上
　界)에 진선(眞仙)이라
　황정경(黃庭經) 일자(一字)를 엇디그릇 닐거두고/ 인간(人間)에 내려와

서 우리를 딸오는다   (송강, 관동별곡)

⑨ 엇그제 님을 뫼셔 광한전(廣寒殿)에 올낫더니/ 그더딕 엇디ᄒ야
   하계(下界)예 ᄂᆞ려오니   (송강, 사미인곡)

⑩ 천상(天上) 백옥경(白玉京)을 엇디ᄒ야 이별(離別)ᄒ고
   히다뎌 져믄날의 눌을 보랴 가시ᄂᆞᆫ고   (송강, 속미인곡)

⑪ 부광(浮光)이 약금(躍金)ᄒ야 낙조성계(落照成桂)ᄒ니
   천상(天上) 군선(群仙)이 연단(鍊丹)을 호리라   (이현, 백상루별곡)

⑫ 옥경(玉京) 군제(群帝)를 우스며 하딕ᄒ고…… 옥황(玉皇) 향안(香案)
   의 노니던 그딕러니
   요단(瑤檀)을 븨우고 하계(下界)예 보낸 뜻은   (조우인, 관동속별곡)

⑬ 공동산(崆峒山) 깁흔곳의 광성자(廣成子) 잇다커늘/ 안기생(安期生) 소
   식업고 서시(西施)ᄂᆞᆫ 어디간고/ 생사(生死)ᄂᆞᆫ 천명(天命)이니 불사약
   (不死藥) 잇슬손가./ 이제야 싱각ᄒ니 이것이 신선(神仙)일다   (이기경,
   낭유사)

시조에는 신선가의 삼신선(三神仙)이나 불사약에 관한 장생불사의 신선
사상이 주종을 이루면서 장자의 진인(眞人) 곧 진선(眞仙)이 많이 등장한
다. 전형적 유자인 고산 윤선도의 몽천요 3수는 거의 모두가 신선을 읊고
있는데 풍유적인 수사기교가 돋보인다. 옥황은 군왕이요, 군선(群仙)은
신하들이다. 작자 자신은 우국충신이었지만, 당쟁으로 인해 쫓겨났다. 그
러나 다시 때가 되면 벼슬세계에 들어가기 위해 인간세계와 일정한 거리
를 유지하면서 수신하고 있다. 그랬던 그가 점차 초세간적 도가사상에
흠뻑 젖어들게 된다. 이는 효종이 그의 사부였던 고산을 불렀지만 당시의
정정(政情)으로 보아 수용될 수 있는 상황이 아니었으므로 절망감 속에서
자연적으로 소산된 결과라고 보여진다.

마찬가지로 유배의 절망적 상황 속에 처한 유자들, 이를테면 조위나

송강 등의 작품 속에서도 신선사상의 선어(仙語)가 헤아릴 수 없이 많이
나타난다. 즉 '선학(仙鶴)이 삿기치니', '취선(醉仙)을 빗기시러', '천상(天
上) 백옥경(白玉京) 십이루(十二樓)', '광한전(廣寒殿), 자청전(紫淸殿), 삼
청동리(三淸洞裏), 자미궁(紫微宮)' 등 천상궁(天上宮)과 태을진인, 진선,
천상군선의 신선들이 나열된다. 뿐만 아니라 세상의 영욕을 잊고 장생불
사하는 이상세계의 대표적 인물의 전형인 안기생 같은 선인이 이기경의
낭유사에 많이 나타난다. 또한 득선(得仙)을 위한 수련의 하나인 금단(金
丹)의 방법이 이현의 백상루별곡에 나타나기도 하고, 선주(仙酒)를 마시고
자신이 상계의 진선(眞仙)으로 격상하고 있는 모습이 송강의 관동별곡에도
보인다.

즉 송강은 전신(前身)이 신선이었음을 강조하고 있는데 꿈에 나타난
선인이 송강에게 당신은 상계의 진선이었으나, 황정경(黃庭經)이란 도가
서를 잘못 읽어서 세상에 귀양을 온 적선(謫仙)이라고 했다는 것이다.
이는 이백이 그런 사유로 인해 세상에 귀양을 왔기 때문에 이적선(李謫仙)
이라고 한 것과 같으니 송강이 얼마나 신선을 동경하였는지 짐작하고도
남는다. 뿐만 아니라 송강작품 속에는 자신은 말할 것도 없고 온 세상을
온통 선경(仙境)으로 만들고자 했던 송강의 심산이 숨어 있기도 하다.
이러한 사상은 그의 가사작품 관동별곡, 사미인곡, 성산별곡, 속미인곡
등 거의 모든 작품에 자신을 신선이라고 자처하면서 더욱 두드러지게
나타나고 있다.

이밖에 노계의 선상탄에서도 임란을 일으켜 왜적이 쳐들어 온 것은
진시황이 구하지도 못할 불노약을 구한다고 서시로 하여금 동남동녀(童男
童女)를 배에 태워 보냈기 때문이라고 원망하는 데서도 찾아 볼 수가
있고, 기타 다른 가사작품에도 이러한 사상은 흔히 찾아 볼 수도 있다.

4.2.5 풍류(風流)사상

현실을 초월한 도가의 초세간(超世間)적 태도에서 자연적으로 발생한 것이 풍류사상이다. 인간의 삶과 죽음에 집착하지 않고 허무한 것이라 생각했던 도가자들의 고답주의(高踏主義)는 세상을 백안시하면서 인생사는 덧없는 것으로 단정하여 대자연의 산수에 묻혀 살기를 즐겨했다. 그러는 가운데 청담과 음주 등으로 즐거움을 누리며 세상을 잊으려 했는데, 이는 쾌락적인 낙천적이라기보다 오히려 허무적 낙천주의라고 해야 마땅하다.

장자의 소요유편에도 초세간적 생활을 하는 가운데 강변에 낚싯대를 드리우며 소일하기도 하고, 산수간을 방랑하고 명산대천을 유람하며 도를 닦는 풍류를 궁구했다고 기록하고 있다. 중국의 위, 진, 남북조시대에는 전란으로 인해 어지러운 세상을 등지고 많은 문사, 묵객들이 산수간에 은둔하여 음주하고 음풍농월하면서 세월을 보냈는데, 그러는 가운데 자연스레 신선설화가 풍미되어 문학에도 큰 영향을 주었다.

따라서 산수자연을 배경으로 한 서경시와 산수화가 발달하게 되었고, 그 무렵 그들에 의한 풍류적인 기분은 신선설에 많은 영향을 끼쳤다. 신선경에는 항상 신비한 오색구름이 둘러 쌓이고 풍류소리가 그칠 날이 없으며 신선은 그런 풍류를 즐긴다고 하였다. 이러한 노장의 자연애적인 풍류는 취락(醉樂)과 향락 등 퇴폐적인 성향을 띠기도 하였다. 이러한 경향에 지나치게 빠지게 됨으로써 오히려 삼강오륜의 엄격한 유교의 계율이 도래하게 되었다고 보는 이들도 있다.

① 끼면 다시먹고 취(醉)ㅎ여 누엇신이/ 세상영욕(世上榮辱)이 엇덧튼동 나몰릭라

평생(平生)을 취리건곤(醉裏乾坤)에 끼일날 업시 먹으리라 (김천택)

② 인간(人間)이 꿈인줄은 나는 불셔아랏노라/ 일준주(一樽酒) 잇고업고
매양(每樣)모다 노스이다/ 진세(塵世)에 난봉개구소(難逢開口笑)라 긋
지말고 노옵쇠 (김수장)

③ 늙으니 져늙으니 임천(林泉)에 숨은 져늙으니/ 시주(詩酒) 가금여기(歌
琴與碁)로 늙어오는 져 늙으니/ 평생(平生)에 불구문달(不求聞達)ᄒ고
절노 늙는 져늙으니 (안민영)

④ 흔잔(盞) 먹새그녀 또흔잔 먹새그녀/ 곳것거 산(算)노코 무진무진 먹새
그녀 (송강)

⑤ 낙시를 거더노코 봉창의 달을 보자/ ᄒ마 밤들거야 ᄌ규소리 묽게난다
나믄흥이 무궁ᄒ니 갈길흘 니젓닷다 (고산)

⑥ 브렷던 가얏고를 즐언저 노라보니/ 청아(淸雅)흔 녯소리 반가이 나ᄂ고야
이 곡조(曲調) 알리 업스니 집겨노아 두어라 (고산)

⑦ 기러기 떳ᄂ밧긔 못보던 뫼 빗ᄂ고야/ 이어라 이어라 낙시질도 ᄒ려니와
/ 취(取)흔거시 이흥(興)이라/ 지국총(至匊悤) 지국총(至匊悤) 어사와
(於思臥)/ 석양(夕陽)이 빗이니 천산(千山)이 금수(錦繡)ㅣ로다 (고산)

⑧ 엇그제 비즌 술이 어도록 니건ᄂ니/ 잡거니 밀거니 슬ᄏ장 거후로니/
ᄆ음의 미친시름 져그나 ᄒ리ᄂ다/ 거믄고 시름언저 풍입송(風入松)
이야고야 (송강, 성산별곡)

⑨ 목불근 수기 치(雉)을 옥지읍(玉脂泣)게 꾸어ᄂ고/ 잘이근 삼해주(三亥
酒)을 취(醉)토록 권ᄒ거든/ 유비군자(有斐君子)들아 낙되ᄒ나 빌려스
라/ 노화(蘆花) 깊픈곳애 청풍명월(明月淸風) 벗이되야 (노계, 누항사)

⑩ 와분(瓦盆)을 거우려 취(醉)토록 혼ᄌ먹고……강문(江門)의 달이올나
수천(水天)이 일싴인데/ 만강풍류(滿江風流)를 흔빅우의 시러오니 (조
우인, 매호별곡)

⑪ 말디쟈 학(鶴)을 트고 구공(九空)의 올나가니/ 공중(空中) 옥소(玉簫)소
ᄅ 어제런가 그제런가 (송강, 관동별곡)

이들 작품에서는 쾌락적 낙천주의의 풍류라기보다 모두가 허무적 낙천주의로서의 풍류를 노래하고 있다. 부생고몽(浮生苦夢)한 장자의 호접몽(蝴蝶夢)에서 볼 수 있는 현실과 환상을 산수와 임천에서 즐기려 하고 있는 것이다. 퇴폐적 취락이 아닌 이러한 허무적 취락은 세상영욕에 무관한 은일을 바탕으로 한 김천택과 김수장의 시조에서도 잘 나타나 있다.

노자의 후학인 양주(楊朱)는 취락은 마음에 하고 싶은 대로 행동하여 자연에 어긋나지 않고, 오락을 즐겨하여 그것을 버리는 일도 없다[76]고 하였다. 이러한 취락은 낙자연(樂自然)의 방편으로 장취(長醉)함으로써 인위적 사회규범을 벗어난 인간본성대로의 자연이 김천택이 노래한 '평생(平生)을 취리건곤(醉裏乾坤)에 깰 날 없이 먹으리라'에 그대로 투영되어 나타난다. 고산이나 안민영의 작품에서도 임천이나 강호에 은일하는 가운데 시주가(詩酒歌)나 조락(釣樂) 또는 금여기(琴與碁)하는 풍류적 취락생활에 빠짐으로써 세상의 영달을 구하지 않고 임천한흥(林泉閒興)하는 신선경지의 풍류를 즐기는 모습으로 나타나고 있다.

그러나 이렇게 은일하는 가운데 자연에 묻혀 풍류를 즐기면서도 조선조의 시가객들에게는 장계(狀啓)에 눈을 돌리면서 언제든 임금이 특소(特召)하기를 바라는 자세를 버리지 않는다. 소위 그런 강호문학 속에서는 신선의 모습을 하면서도 진선이 아닌 가선인(假仙人)으로서의 상투적 경향을 보인다는 것이다. 이러한 성향은 송강의 성산별곡이나 관동별곡에도 나타나는데 거문고나 옥소(玉簫)소리가 신선경의 풍류를 설정하는 가운데 그들은 마치 신선처럼 취락을 즐긴다.

이러한 취락은 어디까지나 무위사상에 연유한 자연애호와 결합된 취락

---

76) 列子, 楊朱篇, 太古之人 知生之暫來 知死之暫往 故從心而動不達 自然所好當身之娛 非所去也)

이요, 풍류이지만 전술한 바와 같이 현실적 영욕을 버리지 못하는 조선조 유학자들에게서 볼 수 있는 양면성이라 할 수 있다. 노계나 조우인의 경우도 이와 마찬가지로 낙자연(樂自然)하는 가운데 무위자연 속에 청풍명월의 진주인(眞主人)의 모습이 아니라, 가주인(假主人)의 성향이 작품 속에 농후하게 나타나고 있다.

4.3 결론

도가사상의 배경은 중국의 황제시대로부터 비롯되었고, 그 연원은 청구(靑丘)의 역(域)인 우리나라, 만주, 요동반도이므로 동북아시아가 도교의 발상지라고 할 수 있다. 도교는 노자와 장자에 이르러 구체화되었는데, 노자가 우주론을 도(道)라는 것으로 체득하여 무위자연이라 한 것으로부터 출발되었다. 장자의 제물편에서는 인간의 생사길흉 등의 이러한 대조적 관념이 모두 하나로 끝나지 않는 것이라 했고, 양생주편에서는 전(全), 성(性), 보(保), 진(眞)을 위해서는 수명위화(壽命位貨)를 버려야 한다고 하였다. 동시에 소요유편에서는 허소(許巢)처럼 인간의 공명을 버리고 자연에 묻혀 소요해야 한다는 출세간(出世間)적 위아(爲我)주의를 말하였다.

이와 같은 노장의 도가사상이 체계화된 것이 노장철학이다. 이는 황로학(黃老學)이라고도 하는데 '황제내경(黃帝內經)'이 기본이 되어 왔다. 이 도가서는 황제(黃帝)와 기백(岐伯)이 양생(養生) 연명(延命)한 방술(方術)을 문답식으로 적은 소문(素問)과 침술과 의약에 의한 장수연명술을 적은 영추(靈樞)가 있다. 이를 한대에서는 황로학이라 했고, 위·진 이후는 노장학이라 불리웠다. 이 도교는 후한 말 장도릉이 처음 창시하였고, 북위(北魏)의 구겸지가 종교적으로 체계를 세워 세상에 널리 유포하였다.

　이러한 도교의 연원이 우리나라나 중국이라고 하는 문제는 아직 남아 있는 문제이지만, 우리나라에 처음 들어온 것은 삼국의 후반기로 보아야 한다. 고구려 27대 영유왕 때 오두미교(五斗米敎)를 받아들여서 도덕경을 강(講)했는데 듣는 자가 수천이 넘었다는 기록이 삼국유사에 있는 걸 보면 도교가 고구려인들에게 크게 환영을 받은 것으로 보인다. 삼국사기에도 백제 막고해(莫古解)장군이 간(諫)한 말 가운데 도가의 말이 보이는 것으로 보아 백제는 근초고왕 때 이미 도교가 수입되었고, 신라는 당 현종이 사신 나숙(邪璿)을 파견하여 노자 도덕경을 왕께 헌상(獻上)했다는 삼국사기의 기록으로 보아 효성왕 때 이미 도교가 수입되어 신라인들의 정신적 근간이 된 화랑도정신에 영합되었으리라 보여진다.

　불교와 유교처럼 국책상 아무런 비호를 받지 못한 도교는 내우외환 등 사회적 혼란 속에서 현실이 아닌 이상향을 만들어 줌으로써 쉽사리 민간에 수용 유포되어 많은 설화와 전설을 생산하게 되었고, 우리의 시조와 가사, 소설 등의 장르에도 크게 작용하였다. 조선에서는 유교이념이 지배하던 시대였으므로 문학사상도 이에서 벗어나지 못했을 것으로 속단하기 쉽지만, 당쟁과 전쟁 등 내우외환의 소용돌이 속에서 소설과 시조, 가사장르의 작품 속에 도가의 사상 특히 신선, 은둔, 무위자연, 허무, 풍류사상이 크게 수용되었다.

　그 가운데서도 강호에 묻혀 음풍농월한 소위 강호문학에는 그 태반이 선경(仙境)이나 선적(仙跡), 선인(仙人)의 고사 등 신선사상이 많이 인용되었고, 금단(金丹)을 통해 신선이 되고자 하는 수련과정을 노래하기도 하였다. 이러한 경향은 노계가사의 곳곳에 보이기도 하지만, 특히 송강의 관동별곡과 사미인곡, 속미인곡 등은 온통 도가의 선어(仙語)들로 이뤄져 있다. 송강은 자신이 신선으로 우화(羽化)되어 선경에 처해 있을 뿐만 아니라, 온 세상을 선경으로 만들려는 신비적인 성향에 기울어져 있는 모습도 엿볼 수 있다.

고산의 몽천요 3수는 도가의 선어로 현실을 풍자하여 읊었고, 초·중기의 작품 산중신곡, 견회요, 오우가, 어부사시사 등에도 현실을 떠나 은둔하며 수신하는 가운데 득기(得期)하면 출세하여 벼슬길에 오르고자 했던 고산의 모습이 보이고 있다. 후기작인 몽천요에 이르러서는 유가적인 은둔이 도가적 은둔으로 변모하여 자신이 마치 신선이 된 양 도가사상에 귀착되고 있는 모습을 발견케 된다.

유배가사라고 일컬어지는 조위의 만분가를 위시한 다른 작품에서도 도가사상이 기조를 이루고 있다. 조선조의 유자들도 당쟁으로 인한 난세를 당하면 초세간(超世間)하여 산림간에 은둔하면서 무위자연 속에 풍류를 즐겼다. 그런 가운데 득세하여 벼슬길에 오르다가도 절망과 실의 속에 빠지거나 체념을 하게 되면 도가사상에 빠져들어 현실을 초탈하려는 양면성이 나타난다.

한마디로 조선조 시조나 가사문학에서 가장 많이 나타나고 있는 신선사상이나 은둔사상은 현실도피적인 이상향을 추구한 것이라 할 수 있다. 다시 말해 당쟁 등 내우외환으로 소외된 유자들이 비참한 상황에서 일탈하고자 했던 이상향에로의 염원이라는 것이다. 이는 현실적 불만이나 불안한 상황에서 초인적이고 초세적인 신비의 세계에로의 비약임과 동시에 심리적인 위안처로서 난세를 극복하려는 조선조 유자들의 사회적 소산이라고 말할 수 있다.

5. 한국문학사상 송강가사의 위상

5.1 서론

송강 정철(鄭澈)은 조선이 낳은 대문학자이자, 위대한 시인이다. 중국의 소동파나, 이백 등과 나란히 견주어도 결코 모자람이 없는 당대의 작자임에 틀림이 없다. 또한 고산 윤선도(尹善道)와 더불어 조선조 시가의 양대 산맥이라고도 할 수가 있다. 이들은 한문시가에도 능했을 뿐만 아니라, 한문학에도 남다른 조예가 있었고 우리 국문시가에도 이에 못지아니한 창작과 열정이 넘쳐 우리문학사에 혁혁한 공적을 세웠다.

그러므로 국문학을 논할 때에는 이 두 사람의 작품과 작자를 빼놓고는 논의할 수 없는 경지에 이르고 있는 실정이다. 특히 조선조의 2대 시가장르인 시조와 가사에 이르러서는 송강 정철과 고산 윤선도를 제외한다면 논의할 수가 없다고 해도 지나치질 않는다. 이들의 공통적 특성은 중국문학의 지대한 영향 하에서도 자국의 문학적 토양 위에 승화발전의 과정을 거쳐 한국문학의 또 다른 영역을 개척[77]하였다는 점이다. 거대한 한문 문화권의 도도한 영역에 파묻혀 엄청난 영향을 받았으면서도 이에 동화되지 않고 이를 여과하고 승화시켜 새로운 우리 문학 장르를 창출한 이들의 역할은 참으로 자랑스럽지 않을 수 없다. 특히 시조와 가사의 장르는 동양 3국에서도 그 유례를 찾아 볼 수 없는 우리만의 자랑스러운 독특한 문학 장르라고 해도 지나침이 없다.

이에 이 글에서는 송강 정철이 남긴 시조와 가사 작품을 통해 한국문학사상 어떤 위상을 점하고 있는지 고찰해 보고자 한다. 그러기 위해서는

---

77) 전일환, 송강정철 국문시가의 수사기교, 韓國言語文學 第 45輯, p.247.

먼저 중국 사부문학의 사숙(私淑), 불우헌 정극인(丁克仁)과 매계 조위(曹偉)의 작품과의 접맥, 면앙정 송순(宋純)과 그 시가작품의 영향관계를 통해 이를 살펴보고자 한다.

5.2 조선 시가장르의 창작과 향유

5.2.1 중국 사부문학의 사숙

송강 정철의 가사작품 가운데 사미인곡과 속미인곡이 있다. 이를 양미인곡이라 칭하는 것은 굴원의 초사(楚辭)에서 영향을 받았다고 보아야 한다. 굴원이 강남으로 추방되었을 때 회왕(懷王)을 그리워하며 9장의 초사를 지었는데 이 가운데 1장이 사미인(思美人)이라는 데서 미인계의 시가작품은 모두 이 초사가 원류가 된다고 볼 수 있기 때문이다. 송강원집 권1 대첩주석호운(松江原集 卷一 大帖酒席呼韻)의 '한 곡조 긴 노래가 임을 그리게 하네'[78] 라는 시구에도 송강은 '사미인'(思美人)을 즐겨 쓰고 있다는 것을 엿볼 수가 있다. 송강은 하서 김인후(金麟厚)에게 사사를 하였는데, 김인후는 특히 초사를 즐겨 애독[79]하였기 때문에 송강도 그의 영향을 크게 받은 것으로 생각된다. 송강이 선조 22년 서인들의 공격으로 사간원과 사헌부의 논척을 받고 창평에 내려가 억울한 세월을 보내고 있을 때 자신이 굴원이 추방을 당했을 때의 처지와 동일시되어 그 때 양미인곡을 지은 것으로 보여진다.

---

78) 松江原集 卷一 大帖酒席呼韻 一曲長歌思美人 此身雖老此心身 明年梅發前
　　　　　　　　樹 折寄江南第一春
79) 河西集 卷三十四　　先生詩文 上沂乎唐虞三代 汎濫乎楚辭
　　河西集 卷 三十九　　蘭猗玉栗稱家庭 竹外窮簷講楚辭 馳聘不須風雅末
　　　　　　　　周詩三百儘和平

임금을 그리워하는 충신의 연군지정(戀君之情)도 사랑하는 사람을 사모하는 여인의 연정으로 표백되어 송강의 양미인곡에 절절히 묘사되어 묻어나고 있다.

> 창밧긔 심근 매화(梅花) 두세가지 픠여세라
> 갓득 냉담(冷淡)한대 암향(暗香)은 무사일고
> 황혼(黃昏)의 달이조차 벼마태 빗최시니
> 늣기난닷 반기난닷 님이신가 아니신가

에선 어두운 밤을 밝히는 '달'과 혹한 속에서도 극한(克寒)으로 상징될 뿐만 아니라, 온갖 시련과 고통 속에서도 은은한 향기를 담고 의연하게 높은 고절을 자랑하는 '매화'를 동원함으로써 오매불망(寤寐不忘) 임금을 그리워하는 연정(戀情)이 애절하게 토로되고 있다. 자신의 서정을 이처럼 절절하게 그려낸 수사는 가히 송강이 아니고선 동원할 수 없는 필치가 아닐 수 없다.

이러한 정조는 속미인곡에 이르러선 더욱 상승되어 그려진다.

> 님다히 쇼식을 아므려나 아쟈하니
> 오날도 거의로다 내일이나 사람올가
> 내마음 둘대업다 어드러로 가쟛말고
> 잡거니 밀거니 놉픈뫼해 올나가니
> 구름은 카니와 안개난 무사일고

를 보면 임을 그리다 상사병(相思病)을 얻은 필부(匹婦)의 정황이 사실적으로 묘사되고 있음을 알 수가 있다. 오늘 아니면 내일이나 임에 대한 소식이 올까하고 기다리고 그리워해도 임을 향한 그리움을 주체할 길 없다. 마치 정신을 잃은 사람처럼 높은 산에 올라가 바라다보지만 구름과 안개가 가로막혀 아무 것도 볼 수 없다는 답답한 심사를 간절하게 그려내고 있다.

이와 같은 심사를 김상숙(金相肅)이 송강별집 추록유사에 고부(古賦)의 양식에 담아 한역[80]하여 남긴 걸 보면 조선가사문학 장르가 한나라 때의 부의 양식과 가장 근사하고 적합한 장르라는 것을 알 수가 있다. 본디 초사와 부계열의 운문을 두루 일컬어 사부문학이라 하는데 이는 음송을 위한 문학양식으로 존재해 왔다.

초사는 원래 사물이나 경치를 상세하게 서술하면서 서사적인 성격과 고사(故事)적인 성격을 함께 아우르는 특성을 지닌다. 그리고 긴 형식의 산문성을 띠면서 지방의 토속적인 구어체의 언어를 사용하기도 하며 특히 어조사 혜(兮)자를 대량으로 많이 쓰는 특성을 보인다. 이 '혜'는 고대발음 '아(阿)'와 같으며 일종의 감탄사로서 시경과 같은 민요체 작품에서 흔히 볼 수가 있다. 초사의 문체는 자연경물이나 사물을 치밀하게 펼쳐나가는 수법으로 자연히 풍성한 어휘를 사용하는 걸 특징으로 하고 있어 가사의 문체와 가장 가깝다.

부문학도 주나라 말부터 시작되어 한나라 때 특별하게 발달해온 장르로 음송(吟誦)의 문학양식이다. 즉 모시(毛詩)에서 '부지언포(賦之言鋪)'와 한서예문지(漢書藝文志)에서 말하고 있는 '불가이송위지부(不歌而誦謂之賦)' 즉 불가이송의 양식이라는 것이다. 펼쳐나가는 서사(叙寫)는 글자구

---

80) 窓外兮寒梅三數枝兮花開　　　　창밧기 심근매화 두세가지 피여세라
　　既孤標兮冷淡又暗香兮胡爲　　　가득냉담한대 암향은 므사일고
　　黃昏兮月入照疎影兮枕邊　　　　황혼의 달이조차 벼마태 빗최니
　　將欣兮悲疑是君兮非君　　　　　늣기난닷 반기난닷 님이신가 아니신가
　　彼梅花兮手折將以遣兮　　　　　뎌매화 것거내여 님겨신대 보내오져

가 대체로 가지런하며 4언구를 많이 쓰고, 문답법도 많으며 음운이 여기저기에 나타나는데 반은 시이고 반은 문이라는 다섯 가지로 구별이 된다. 즉 표현수법상 사물을 묘사하여 펼쳐나가는 기교나 체제가 시와 같지 않으며 가창문학에 속해 있지 않는 장르라는 것이다. 다시 말하면 부문학의 장르적 특질은 자연경물을 읊조리는 서사위주의 문학이며 비교적 산문 성질에 가까운 장르라는 것이다.

그러므로 사와 부문학의 특성은 조선조 가사문학의 장르적 특질과 동질적이다. 이러한 까닭에 송강이 외적으로 중국의 사부문학이 갖는 장르적 특질을 그대로 원용하여 우리의 정서에 가장 잘 맞는 가사문학장르를 창출한 것은 우리만의 자랑이라고 아니할 수 없다. 송강의 성산별곡과 관동별곡에서 자연경물을 풍성한 우리 국어를 동원하여 사실적으로 묘사한 재치는 사부문학의 사숙(私淑)에서 나타난 결과라고 할 수가 없다.

즉 성산 서하당 식영정에서 자연과 더불어 신선처럼 살고 있는 서하당 김성원(金成遠)을 부러워한 송강은

> 서하당 식영정 주인아 내말듯소
> 인생세간에 됴흔일 하건마는
> 엇디한 강산을 가디록 나히너겨
> 적막 강산중에 들고아니 나시난고

라고 한 자문자답식 문답법도 이러한 사부문학 장르와 동질적이다. 또 '닛난닷 퍼티난닷 헌사토 헌사할샤', '듯거니 보거니 일마다 선간(仙間)이라', '매거니 도도거니 빗김의 달화내니', '구브락 비기락 보난거시 고기로다' 등 자연경물의 수사도 순수한 우리 국어를 풍성하게 동원하여 그 아름다움을 배가시켜 주고 있는데 이러한 수사기교는 한 나라 때 고부(古賦)의

수사의 특징인 대우의 기교를 원용한 결과다.

사실 순 우리 국어로 창작된 작품들, 예컨대 면앙정가나 송강가사의 경우 그것을 한역한 양식이 모두 부문학이었다는 사실만 보아도 송순이나 정철에 의한 산문성의 사부문학이 우리의 가사문학에 얼마나 많은 영향을 주었는지 알만하다. 실제 면앙정가는 면앙집 권4에 '신번 면앙정장가 1편'이라 하여 부양식으로 한역되어 전하고, 사미인곡 등 송강가사도 김상숙이나 다른 사람에 의해 부양식으로 한역되어 '송강별집 추록유사'에 전해지는 것만 보더라도 이러한 중국의 사부문학이 우리의 가사문학에 얼마나 많은 영향을 주었는지 알만하다.

한나라 때 융성했던 고부의 창작수법상의 기본특징이 사물을 묘사하되 면면과 그 형상을 잘 그리고, 과장이나 비유로서 사물을 그려내며, 배비(排比)와 대우(對偶)적 기교로서 아름다운 문사(文辭)를 사용하여 호쾌 장활한 장면과 웅혼한 기세를 그려내는 수법[81]인데 이러한 수사기교가 그대로 가사문학 장르에 그대로 원용이 되고 있다.

가) 或集或下兮或聚惑散　　안즈락 나리락 모트락 흐트락
　　周包兮山耶屛耶　　　　두르고 꼬잔거슨 모힌가 병풍인가
　　畵耶非耶若高若低兮　　그림가 아닌가 노픈닷 나즌닷
　　若續若斷或往或住兮　　긋난닷 닛난닷 가거니 머물거니
　　或隔或現耳紛紜之中兮　숨거니 뵈거니 어츠러운 가운데
　　　　　　　　　　　　　　　　　(면앙정가, 잡가 소재)

나) 炎凉兮知時修往兮忽廻　　염량이 때를아라 가난닷 고텨오니
　　耳聆兮目見感懷事兮何多　듯거니 보거니 늣길일도 하도할샤
　　將欣兮悲疑是君兮非君　　늣기난닷 반기난닷 님이신가 아니신가

---

81) 褚斌杰, 中國古代文體槪論, 北京大出版社, 1998, p.87.

彼梅花兮手折將以遣兮   뎌매화 것거내여 님겨신대 보내오져
(송강가사, 사미인곡)

예거한 작품들을 보면 가사문학의 형식과 수사기교는 한나라 때의 고부 형식을 이어받고 수사도 그대로 이어받았음을 알 수가 있다. 즉 순수한 국어 수사기교로 보이는 배비와 대우적 수사기교는 호쾌하고도 웅혼한 기세를 그려내는데 알맞기 때문에 무등산 지맥에 자리 잡고 있는 면앙정(俛仰亭)을 중심으로 한 장활한 자연을 그려내는 데는 이러한 수사법보다 더 좋은 묘사가 있을 수가 없다.

예컨대 면앙정 주위의 경관을 '두르고 꼬잔거슨 모힌가 병풍인가/ 그림가 아닌가 노픈닷 나즌닷/ 긋난닷 닛난닷 가거니 머믈거니/ 숨거니 뵈거니 어츠러온 가운데'라고 그려내는 것도 한나라의 부형식의 수사라는 것이다. '산(山)'과 '병(屛)', '고(高)'와 '저(低)', '속(續)'과 '단(斷)', '왕(往)'과 '주(住)', '격(隔)'과 '현(現)' 등 서로 비슷하거나 상대가 되는 사물이나 말들을 동원하여 대우적으로 묘사하는 것이 고대 한나라 때의 부문학에서 비롯되었다는 것이다.

넓은 들 밖에 펼쳐진 하늘가에 맞닿은 산들을 이보다 더 절실하게 그려낼 수사는 없지 않을까 한다. 어지럽게 날아드는 기러기 떼들의 군무(群舞)를 '안즈락 나리락 모트락 흐트락'(或集 或下兮 或聚 或散)도 앞에 열거한 것과 같이 다름 아닌 대우와 배비적 기교임을 알 수가 있다. 즉 '집(集)'과 '하(下)', '취(聚)'와 '산(散)'을 대우적으로 짝 지움으로써 기러기 떼의 군무를 실감나게 그려내었고, 또 한가롭게 자연 속에 노니는 모습을 회화적으로 묘사했다는 것이다.

이런 수사적 특징은 송강가사에서도 동질적으로 나타나고 있다. '듯거

니 보거니’는 ‘이령(耳聆)’과 ‘목견(目見)’, ‘늣기난닷 반기난닷 님이신가 아니신가’는 ‘장혼(將欣)’과 ‘비의(悲疑)’, ‘군(君)’과 ‘비군(非君)’으로 짝을 이루는 대우적 수사기교로서 면면의 형상이나 내면의정서를 생생하게, 그리고 사실적으로 그려내고 있다.

이를 종합해 보면 우리의 가사작품은 외형이나 내면적 측면에서 중국 고대의 사부문학을 받아들여 그것의 영향 속에서 우리의 국어문을 통해 우리 땅에서 꽃피운 우리만의 자랑스런 독특한 장르였다고 결론지을 수가 있겠다.

5.2.2 불우헌 정극인과 매계 조위의 작품과의 접맥

조선조 은일가사 상춘곡(賞春曲)은 정극인이 전북 태인 칠보에 불우헌(不憂軒)을 짓고 봄날의 아름다움을 노래한 강호형 가사다. 이 작품은 송순의 면앙정가(俛仰亭歌)와 송강의 성산별곡(星山別曲) 창작에 커다란 영향을 주었다. 조선조 가사문학의 절정을 이루어낸 정철에게는 스승 면앙정(俛仰亭) 송순이 있었는데, 송순은 눌재 박상과 취은 송세림에게 사사를 하였으므로 송강은 송세림에 의해 불우헌 정극인의 작품과 그의 풍모를 익힐 수 있었다.

송세림은 정극인이 살았던 태인에 살면서 그를 사숙(私淑)한 사람이다. 이러한 사실은 정극인 사후 30년 뒤에 송세림이 향약 발문을 썼다는 사실이 불우헌집에 나타나 있는 것만으로도 입증이 된다. 또한 불우헌의 인품을 직접 대하지 못하고 가르침도 받지 못해 아쉬워하고 있음[82]을 이 기록에서 엿볼 수도 있다. 그러므로 정철은 이러한 스승과의 사제(師弟)나

---

82) 不憂軒集 卷二 不憂軒丁先生 非惟吾洞中耆德…世林生三十載之後 吾不得見
　　先生面 親炙先生訓也…正德五年庚午八月下澣…春秋官 宋世林謹跋

교우관계를 통해 상춘곡과 면앙정가의 영향 아래 성산별곡을 창작할 수 있었고, 이후 조선조 가사문학의 최고봉인 송강가사를 남길 수 있었다.

상춘곡과 면앙정가는 모두 불우헌과 면앙정을 짓고 자연경물의 조화로움의 흥취를 노래하면서 물아일체(物我一體)의 경지에 몰입된 아름다움을 노래하였다. 조선 사림(士林)들의 시학의 중심이 자연과 인간이 하나가 된 물아일체였고, 산수자연 속에 묻혀 자연을 완상하면서 수양과 실천궁행에 힘씀으로써 천인합일(天人合一)의 철학을 체득하는 게 그들의 미학83)이었다. 그러므로 면앙정가에 직간접적으로 영향을 주었을 것으로 보이는 상춘곡의 수간모옥(數間茅屋)도 불우헌으로 명명된 초정(草亭)이었을 것이며, 이는 훗날 김성원이 지은 식영정(息影亭)과 서하당(棲霞堂)을 중심으로 사계절의 아름다움을 노래한 성산별곡의 창작에 크게 작용했을 것으로 생각된다.

그러므로 이 세 작품은 정극인과 송순, 그리고 정철에 의해 면앙정가단(俛仰亭歌壇)이나 성산가단(星山歌壇)을 이루었다. 이러한 가단의 형성은 순연히 사우관계(師友關係) 등 인맥과 지연성의 상호작용에 의해 자연스럽게 형성되었기 때문이다. 면앙정가단은 송순의 스승인 송세림과의 인연으로 인해 불우헌을 사숙하여 직접 상춘곡을 대할 수가 있었을 것이며, 정철도 송순을 스승으로 모셨기 때문에 성산별곡의 창작에도 이 두 작품의 영향이 컸을 것으로 보인다.

이러한 근거는 이 세 작품이 모두 초정(草亭)이나 정자(亭子)를 중심으로 사계절 갈아드는 자연의 신비스런 경관을 노래하는 가운데 거기에 몰입된 물아일체(物我一體)의 진락(眞樂)을 추구한다는 데서 찾을 수가

---

83) 전일환, 호남가단의 시가문학, 古詩歌研究 第 5輯, 1998, p.479.

있다. 즉 물(物) 곧 자연(自然)과 아(我) 즉 인간(人間)이라는 이원적 구도의 대칭에서 하나로 귀결되는 것이 진정한 즐거움이라는 경지를 공통적으로 보이고 있다는 것이다. 또한 수사상 가사는 짝을 이루는 대우법을 근간으로 한 정대우(正對偶)와 반대우(反對偶), 관대우(串對偶) 등이 주조를 이루어서 공통성을 이루고 있는 것도 동질적이기 때문에 이들의 절대적인 영향관계를 알 수가 있다.

상춘곡의 '미칠가 못미칠가', '칼로 말아낸가 붓으로 그려낸가', '시비(柴扉)에 걸어보고 정자(亭子)에 앉아보고', '아침에 채산(採山)하고 나조해 조수(釣水)하세', '공명도 날끼우고 부귀도 날끼우니'는 면앙정가에 '안즈락 나리락 모트락 흐트락', '이뫼히 안자보고 져뫼히 거러보니', '이것도 보려하고 저것도 드르려고', '숨거니 뵈거니 가거니 머물거니', '밤으란 언제줍고 고기란 언제낙고'에 그대로 이어진다.

또한 성산별곡의 '닛난 듯 퍼티난 듯', '헌사토 헌사할샤', '듯거니 보거니', '매거니 도도거니', '구브락 비기락', '머흐도 머흘시고', '잡거니 밀거니 슬카장 거후르니'에 거의 동질적으로 이어진 것을 보더라도 이 세 작품의 긴밀한 관련성을 추출해 볼 수가 있다.

조선조 최초의 유배가사인 조위(曺偉)의 만분가(萬憤歌)와 정철의 사미인곡(思美人曲)은 창작의 환위(環圍)나 정조(情調)가 너무도 혹사하여 이들의 영향관계를 논한 이들이 많았다. 사실 송강의 나이 50세 되던 선조 21년 임금의 총애를 받던 정철이 사헌부와 사간원의 논척을 받고 벼슬에서 물러나 전남 창평에서 절망과 실의의 나날을 보내면서 지은 사미인곡과 조위가 성종과 연산군으로부터 극진한 사랑을 받았으나 무오사화로 인해 삭탈관직을 당하여 순천 배소(配所)에서 유배생활의 절망과 억울함을 토로한 만분가와 창작의 정조나 환위가 너무나 동질적이다.

만분가가 연산군 1년(1498년)에 지어졌고, 사미인곡이 선조 21년(1588년)경에 창작된 것으로 보면 이 두 작품의 시간적 간극은 약 90년간으로 보인다. 그러나 정철이 조위가 역간(譯刊)한 두시언해를 소지하고 탐독했다[84]는 정황만으로 이 두 작품의 상사성(相似性)을 논외로 하더라도 이들의 영향관계를 짐작할 수가 있다. 송강이 불리한 정정(政情)으로 밀려나 전남 창평에서 절망과 실의의 나날을 보낼 때 자신의 처지와 너무나 혹사한 정서를 담은 만분가를 소지하고 몇 번이나 탐독했을 가능성을 배제할 수는 없기 때문이다.

또한 정치적으로 당한 처지와 유폐된 곳도 지근거리인 순천과 창평으로 서로 공통적인데다가 인간 조위를 숭모했을 가능성도 대단히 크기 때문에 이 두 작품의 관련성이 높다고 할 수 있다. 더구나 조위는 두보의 원작시보다 오히려 조위가 서문을 쓰고 언문으로 번역 출간한 두시언해를 더 좋아한 것으로 전해진다. 그러므로 송강은 조위가 유배된 순천과 같은 호남에서 억울한 자신의 처지와 임금을 그리는 사미인(思美人)을 절절하게 묘사한 만분가를 본받아 같은 주제의 사미인곡을 지었을 것으로 보인다.

이러한 근거는 이 두 가사의 구성의 공통성이나 수사기교의 동질성, 사상적 배경, 작품내면의 공통적 정조 등에서 찾아 볼 수가 있다. 양가의 구성을 보면 서사와 본사, 결사 등 3단의 구성도 공통적이고 각각의 주제도 비슷하다. 만분가는 서사에서 억울한 자신의 처지와 심정을 토로하고 본사엔 처참한 유배생활과 간절한 임금의 처분을, 결사에선 간절한 심정을 애소하는 구도를 취하고 있는데 사미인곡에서도 이러한 정조가 동질적으로 그려지고 있다.

---

84) 松江別集 卷一 書, 行間切勿入 州府紛華處 以虧繩檢 把表策兩 溫理爲可 鄕家
　　所藏諺解杜詩 全秩持來爲可

즉 사미인곡은 유배와 같은 처지의 애환을 서사에서, 사계절에 따른 연군의 정과 임금의 처분을 본사에서, 임금을 그리워하여 잠 못 드는 상사지정(相思之情)을 결사에서 노래하고 있는 구도가 만분가와 같다는 것이다. 이러한 유의 시가들은 현실적 고통을 극복하는 방편을 피안의 세계를 설정하여 그것을 염원함으로써 위안을 찾고자 했다.

만분가 역시 도교의 천상세계인 백옥경과 자청전에 올라가거나 두견의 넋이나 한 점 구름, 한 가지 매화가 되어 마음에 쌓인 설움을 임에게 실컷 아뢰겠다는 윤회(輪回)적 정서에 흠뻑 젖어 있다. 이렇듯 조위는 현실적 고통을 잊기 위한 방법으로 도교의 천상계나 불가의 윤회사상 속에 내세의 자연물을 설정함으로써 스스로를 위로하고 있음을 알 수 있다.

이와 같은 정조는 송강의 사미인곡에서도 천상세계에서 옥황상제와 함께 살았는데 어찌하여 지상에 내려왔냐는 설의법으로 시작하여 사계절에 따른 그리움으로 노래되고 있다. 동짓달 긴긴 밤에 청등(靑燈)을 걸어 두고 꿈에서라도 임을 만나 보려는 심사는 급기야 상사고(相思苦)에 이르고 만다는 청상(靑孀)의 이미지에 귀결된다. 차라리 죽어서 범나비가 되어 향기 묻은 날개로 임의 옷에 앉겠다는 윤회사상의 바탕구조도 만분가와 너무도 동질적이다.

다음으로 이 양가의 수사법도 너무도 혹사(酷似)한 면이 많다. 첫째, 도가적 선어(仙語)가 많이 용사(用事)되고 있다는 것이다. 백옥경, 자청전, 삼청동, 자미궁, 태을진인, 광한전, 진선, 취선, 황정경 등 도교의 선어(仙語)가 두 작품에 두루 쓰여 지고 있다.

이는 어디까지나 빈번한 당쟁으로 인하여 앞날을 예측키 어려웠던 조선 사회라는 특수한 정치적 환경의 소산이라고 할 수가 있다. 끊임없이 이어지는 당쟁과 그에 따른 사화(士禍)로 인해 조선 사대부들에게 불어 닥친 유배의 한과 억울함을 극복할 수 있는 길이란 도교의 이상세계를 그리는 것 외에는 따로 길을 찾을 수가 없었기 때문으로 보인다.

현실적 고통이나 한을 극복하는 방법이란 예나 지금이나 술에 의지하거나 이상세계를 찾는 것 말고는 다른 길이 없다. 그러나 피안(彼岸)의 세계를 끌어들인 작자의 근본적인 의도는 피안의 세계가 지상계로부터 도피하고자 끌어들인 공간이 아니라 지상계의 문제를 해결[85]하기 위한 방편이라고 보는 견해도 있다. 백옥경이나 광한전은 천상의 세계다. 여기서 천상의 세계란 곧 임금이 살고 있는 궁전이다. 그러므로 천상의 세계인 궁전과 현실세계인 유배나 은일의 지상세계는 공간의 간극이 너무 크기 때문에 비극적일 수밖에 없다.

둘째, 병문의 주된 수사인 대우의 수사기교를 많이 원용하여 자신의 절절한 심사를 확대하고 있다는 것이다. 만분가의 '어루난닷 괴난닷', '이 몸이 녹아져도 이몸이 싁어져도', '비되고 물이되어', '노가디고 싁어지여'의 정대우는 사미인곡에서 '듯거니 보거니', '늣기난닷 반기난닷', '짓나니 한숨이오 디나니 눈믈이라', '하루도 열두때 한달도 셜흔날', '마음에 매쳐 이셔 골슈에 깨텨시니', '머흐도 머흘시고' 등으로 발전하였고, '밀거니 혀거니', '동룽이 놉픈작가 수양이 나즌작가'의 반대우는 사미인곡 '가난닷 고텨오니', '님이신가 아니신가', '산인가 구름인가' 등으로 확대되어 자신의 서정을 극대화하고 있다.

이러한 대우의 수사기교는 조선조 사대부들이 자연경물이나 서정을 묘사할 때 으레 즐겨 썼던 기교로서 중국의 사적이나 자연경관, 고사

---

85) 최상은, 연군가사 짜임새와 미의식, 「신편 고전시가론」, 새문사, 2002, p.423.

등을 인용하여 비유한 사대우(事對偶)와 명사, 동사, 형용사끼리 짝을 이루어서 묘사의 극대화를 꾀하는 언대우(言對偶)[86]로 나뉘어진다. 이들은 다시 그 성격에 따라 정대우(正對偶), 반대우(反對偶), 관대우(串對偶)로 3분 되는데 이러한 수사기교가 송강으로 이어져 송강 특유의 수사미학[87]으로 자리 잡았다고 할 수가 있다.

대우의 수사기교는 동양사상의 주맥을 형성하고 있는 음양이원론으로 어디까지나 조화와 어울림을 생명으로 하고 있는 수사법이다. 이는 서로 상반되는 사상(事象)이나 비슷하거나 같은 것끼리, 혹은 인과(因果)나 주종(主從)관계, 상승(相承)관계를 짝 지움으로써 조화나 어울림을 극대화하는 미적구조를 취하는 기교로서 시조나 가사의 주된 수사기교가 되어 온 것이다. 끝으로 이 두 작품은 작중화자가 모두 여성으로 변환되어 버림받은 여성이 사랑하는 임을 향한 억울함과 한을 절절하게 하소연하는 여성적 자세로 일관하고 있다. 이러한 유형의 작품으로 가장 오랜 것은 고려 의종 때 정서의 정과정곡이다. 이후 조위의 만분가가 뒤를 이었고, 송강의 사미인곡과 속미인곡이 그 뒤를 계승하였다.

만분가의 '오색실 이음이 짧아 임의 옷을 못 지어도', '백옥같은 이내마음 님을 위해 지키더니', '유란(幽蘭)을 꺾어쥐고 님계신데 바라보니', '초췌한 이얼굴이 님그려 이런건가', '님의 창밖의 외나무 매화되어', '설중(雪中)에 혼자피어 침변(枕邊)에 시드는 듯', '월중소영(月中疎影)이 님의 옷에 비치거든', '어여쁜 얼굴을 네로다 반기실까'는 사미인곡의 '연지분 있네마는 눌위하여 곱게할까', '저매화 꺾어내어 님계신데 보내오져', '원앙금 베어놓고 오색실 풀어내어 금자로 겨누어서 님의옷 지어내니', '앙금(鴦衾)도

<hr>

86) 程千帆,吳新雷, 兩宋文學史, 上海古籍出版社, 1998, p.170.
87) 전일환, 송강정철 국문시가의 수사기교, 韓國言語文學 45輯, 2000, p.274.

차도찰사 이밤은 언제샐가', '차라리 싀어지어 범나비 되오리라', '꽃나무 가지마다 간데족족 앉았다가', '향문은 날개로 님의옷에 옮으리라'로 옮겨졌다.

이처럼 송강가사는 조위의 만분가의 영향을 크게 입었다고 할 수가 있다. 규방(閨房)여인이 원앙금침이나 옷을 짓는 정조도 그렇고, 연군(戀君)의 그리움이 결국 상사고(相思苦)에 이른다는 정서도 너무나 그렇다. 이 양 가사가 규방가사라고 할 만큼 온통 규방여인들의 소품들이 나열되면서 섬세한 여인의 정서로 일관되고 있음을 알 수가 있다. 때로는 그리움으로 잠을 이루지 못하는 독수공방의 고독에 흐느끼는가 하면, 임을 여읜 청상(靑孀)의 이미지 속에 애절함이 상승되어 슬픔이 절정에 이르기도 한다.

5.2.3 면앙정 송순과 송순시가의 영향

면앙정 송순은 송강 정철이 가장 숭배했던 정신적인 할아버지요, 문학의 사종(師宗)[88]이라고 할 만큼 송강문학은 면앙정의 절대적 영향 속에 이루어졌다고 해도 지나치질 않는다. 면앙정가의 구성이나 수사기교를 그대로 이어받은 것은 말할 것도 없으려니와, 정철의 훈민가 16수의 근간인 삼강오륜을 시조로 창작한 작품 속에는 면앙정이 제(題)한 부자유친과 장유유서, 붕우유신을 정철이 그대로 시조화한 것[89]만 보아도 그렇다.

정철은 본디 서울 장의동에서 인종의 귀인이 된 맏누이와 계림군의

---

88) 李相寶, 韓國歌辭文學의 研究, 螢雪文化社, 1974, p.99.
89) 〈俛仰集〉 五倫歌 五首 父子有親 我爸兮生我 我孁兮育我 苟非兩恩德兮 而此
　　身兮生孁 如天罔極恩德 于何可準 兮爲報 〈松江歌辭〉 아바님 날 나흐시고
　　어마님 날 기르시니/ 두분곳 아니시면 이몸이 사라실가/ 하날가탄 가업슨 은덕을
　　어대다혀 갑사오리

부인이 된 둘째 누이 덕에 궁중을 무상으로 출입함으로써 훗날 명종이 된 경원대군과 친하게 자랐다. 그러나 계림군이 을사사화에 연루됨으로써 아버지 유침(惟沈)이 유배를 떠나게 되자, 정철도 아버지를 따라 다녔다.

명종 6년 정철이 16세가 되었을 때 아버지가 유배에서 풀려나자 전 가족이 전남 창평으로 이사를 하였다. 그 때 송순도 귀양에서 풀려나 담양에 은거할 때였고 그의 나이 60세였다. 송강은 창평에서 사촌(沙村) 김윤제(金允悌)에게 11년 동안 공부를 하였는데, 기대승, 김인후, 임억령 등이 모두 송순의 제자들이었기 때문에 그들에게서도 사사를 받을 수가 있었다.

그러므로 송강은 이들을 통해서 면앙정 송순과 그의 작품을 대할 수 있었을 것으로 보인다. 면앙집 권 5 행장조를 보면 송순이 과거에 급제한 지 60년이 되는 해에 제자들이 회방연(回榜宴)을 베풀었는데 송강이 그 자리에 참석하여 가마를 메자고 할 만큼[90] 송순을 숭앙하고 있었으므로 평소 송강은 면앙정에 관계된 문적이나 시문에 탐닉(耽溺)되었다고 할 수가 있다.

그러기 때문에 면앙정가를 즐겨 음송하면서 그러한 감흥을 그대로 옮겨 성산 사계절의 아름다움을 성산별곡에 담아낸 것으로 볼 수가 있다. 뿐만 아니라 송강은 강원도 관찰사로 있을 때 백성들을 교화하기 위해 삼강오륜을 바탕으로 하여 훈민가 16수를 남겼는데 이 작품은 주로 송순의 오륜가 5수와 기타 면앙정 잡가 2편, 치사가 3편, 몽견주상가 1수의 영향 아래 이루어졌다고 할 수 있다. 오륜가 5수 가운데 부자유친(父子有親)과 장유유서(長幼有序), 붕우유신(朋友有信) 3수의 시조를 송강은 제목만 부

---

90) 俛仰集 卷五 行狀 松江倡口擧公藍輿也 自不惡吾儕當爲之擔行 隧一時扶擁而 下人又嗟歎以爲美談曰 此尤前古 所未有之盛事也

의모자(父義母慈), 형우제공(兄友弟恭), 붕우유신(朋友有信)이라 하여 그 대로 옮겨놓아 마치 다른 작품 같으나 이내 똑같은 작품임을 알 수가 있다.

실제로 우리에게 송강의 시조로 익숙하게 인식되어 왔던 작품 '아버님 날 낳으시고 어머님 날 기르시니/ 두분곳 아니시면 이몸이 사라실가/ 하늘 같은 가업슨 은덕을 어대다혀 갑사오리'는 오륜가 5수 가운데 '아파혜(阿爸兮) 생아(生我) 아마혜(阿嬷兮) 육아(育我)/ 구비양은덕혜(苟非兩恩德兮) 이차신혜(而此身兮) 생마(生嬷)/ 여천망극은덕(如天罔極恩德) 우하가준혜(于何可準兮) 위보(爲報)'라 하여 송순의 면앙집에 실려 있다.

이 두 시가를 비교해 보면 한 치의 오차도 없이 동일한 작품임을 알 수 있다. 그러기 때문에 이상보도 이는 송강이 강원도백으로서 그곳 백성 들에게 경계하는 자기의 시조와 섞어서 권면한 것이므로 송순의 작품으로 다시 돌려주어야 한다[91]고 한 것 같다.

성산별곡의 구성이나 수사기교는 면앙정가와 거의 동질적이다. 면앙정 가가 서사에 면앙정 주위의 자연경물과 정자에서 내려다 본 조망의 경치 를, 본사에 봄, 여름, 가을 ,겨울 사계절의 아름다운 풍광을, 결사에 한가로 운 가운데 은일과 취락의 즐거움을 노래하였는데 성산별곡의 구성도 같은 구조를 보이고 있다. 즉 서사에 김성원의 식영정(息影亭)과 서하당(捿霞 堂)을 중심으로 한 성산의 아름다운 자연경물을 노래하였고, 본사에 사계 절 성산의 아름다운 풍광을, 결사에 독서하는 가운데 탄금(彈琴)과 취락 (醉樂)을 즐기는 구성 그 자체가 똑 같다.

그리고 이 두 시가가 담고 있는 기본철학이 모두 물아일체(物我一體) 즉 인간세상사가 모두 헛것이요, 자연과 인간이 하나가 되는 경지 그것이

---

91) 李相寶, 전게서, p.114.

진정한 가치요, 즐거움이라는 그런 경지에 이르고 있는 것도 동일하다는 것이다. 면앙정에서 우러르면 하늘의 원경이요, 굽어다 보면 하늘과 맞닿은 높고 낮은 산이니 이 면(俛)과 앙(仰)이 어우러진 면앙정(俛仰亭)이야말로 물아일체의 결정체가 아닐까. 그러므로 정철도 동서붕당(東西朋黨)의 쓰라린 고뇌를 안고 성산을 지나면서 자연처럼 살아가는 김성원을 얼마나 부러워했으면 '선옹(仙翁)의 해올일이 곳업도 아니하다', '산옹(山翁)의 이 부귀를 남다려 헌사마오'라 노래한 것이 아닐까 한다.

인간세계의 고통과 고뇌는 어머니의 품속과 같은 자연에 묻혀 하나가 되는 물아일체의 경지에 이르지 않고서는 치유될 수가 없다. 물(物)과 아(我)가 하나가 되는 주요한 매체는 예나 지금이나 술과 창(唱)과 거문고 등이다. 이런 것들이 동원되어 취락에 빠져듦으로써 애써 세사의 번뇌를 잊고 위안을 얻을 수 있다는 것이 조선조 사대부들의 은일의 전범이었다.

또한 수사적으로도 짝을 지어 어우러지는 대우법이 상춘곡과 면앙정가, 성산별곡에 매우 주요한 수사기교로 두루 쓰이고 있다. 이 대우는 같은 것끼리 혹은 반대되는 것, 또는 주종관계나 인과관계 등을 짝 지움으로써 조화를 이루는 정대우, 반대우, 관대우의 기법을 아름다움의 극치를 이루는 것이 아주 동질적이라는 것이다.

5.3 조선 가사문학의 최고봉

정철은 조선조 가사문학의 빼어난 작자라는데 이의를 가질 사람이 없을 정도로 훌륭한 시가객이다. 당시 한문을 했던 사람들은 우리 문자나 말을 언문(諺文)이라거나 언서(諺書), 또는 방언(方言), 이어(俚語), 이언(俚言)이라 폄시(貶視)했는데 그런 사람 중에서도 한시문의 대가였던 송강은 우리말 우리글로서 새로운 장르를 최고도의 경지까지 끌어 올린 가사와 시조의 작자라는 점에서 조선조의 빼어난 작자라고 해도 조금도 지나치질 않는다. 송강은 중국의 사부와 병려문의 문학 장르의 영향을 받았으면서도 우리의 가사장르는 그러한 흔적이나 양태가 남아있지 않는 것처럼 우리의 정서가 유려하게 녹아들어간 문학양식으로 완성되어 세계적인 문학양식으로 정립시킨 작자라는 점에서 높게 평가할 수가 있다.

이러한 현상은 비단 사부문학에 국한된 것이 아니라, 관동별곡

> 송근(松根)을 베여누어 풋잠을 얼픗드니
> 꿈에 한사람이 날다려 닐은말이
> 그대를 내모르랴 상계(上界)에 진선(眞仙)이라…
> 말디자 학(鶴)을타고 구공(九空)의 올나가니
> 공중의 옥소(玉簫)소리 어제런가 그제런가
> 나도 잠을깨어 바다흘 구버보니
> 기픠를 모르거니 가인들 엇디알리

에 소동파의 후적벽부가 마치 전혀 다른 작품처럼 녹아든 것을 보면 송강의 작품 속에는 모든 한시문학 장르가 여과 상승된 것이라 할 수 있다. 그러기 때문에 한문만이 진서로서 인정받던 조선조에 우리 국문으로 이루어진 송강의 가사작품이 사대부들까지도 우리나라의 참다운 문장이라고 평가92)했을 것으로 생각된다.

---

92) 洪萬宗 旬五志 下, 關東別曲 淞江鄭澈所製 亦擧關東山水之美 說盡幽遐詭怪
　　　　之觀狀物之妙造語之奇 俗樂譜之 絶調也 思美人曲 亦松
　　　　江所製 …亦郢中之白雪 續思美人曲 亦松江所製…語盆
　　　　工而意盆功可與孔明出師表 爲伯仲看也
　　金萬重 西浦漫筆 況此三別曲者 有天機之自發 而無夷俗之鄙俚 自古左海眞
　　　　文章只此三篇 又三篇而論之 則後美 人尤高 關東前美人

다음으로 송강 특유의 탁월한 수사기교가 송강가사를 최고의 경지로 끌어올려 가사장르를 창출했다는 것이다. 이러한 수사의 저변에는 한나라 때 융성했던 고부(古賦)의 기본특징인 첫째, 사물을 묘사하되 면면과 그 형상을 잘 그려내고, 둘째, 과장이나 비유로서 사물을 그리며, 셋째, 배비(排比)와 대우적 기교로서 아름다운 문사를 사용하여 호쾌장활한 장면과 웅혼한 기세를 그려내는 수법이 기본을 이룬다. 또한 병려문의 대우 수사기교가 고부의 기교 위에 아름다움을 증대시킨다는 것이다.

병려문은 대개 언대(言對)와 사대(事對)로 대별되고 이는 다시 같거나 유사한 것들의 대우인 정대(正對)와 서로 대칭되거나 상반되는 반대(反對), 상하관계나 인과관계의 관대(串對)[93]로서 가사의 미적구조를 이룬다. 송강 수사미학의 원천은 자연경물이나 자신의 서정을 유려한 필치로 자유자재로 표출할 수 있는 사부의 장르가 외적인 형식구조를 이루고 그러한 묘사로서 가장 효과적인 병려문의 대우의 기교가 내적수사기교의 미학을 이루었다.

대우는 조화를 가장 으뜸으로 삼아 시작된 수사로서 아름다움의 기반을 이루는 기교라 해도 지나치질 않는다. 대우의 근원적 원류는 음양의 이원론적 해석에서 찾을 수가 있다. 낮과 밤, 들고 남, 밀물과 썰물, 높고 낮음, 암컷과 수컷, 해와 달 등 음양이 짝을 만들어 어울림을 형성하면서 빈틈없는 미학적 가치를 만들어간다.

그리고 자연의 순환과 맞물리면서 조화의 아름다움을 자연스레 표출함으로써 미적 극대화[94]를 이룬다. 그러나 이렇듯 짝을 이루면서 조화가

猶借文字語 以飾其色耳
許筠 憛所覆瓿藁 鄭松江善作俗謳 其思美人曲及勸酒辭 俱淸莊可聽論者斥之
爲邪而文采風流 亦不可掩

93) 褚斌杰, 상게서, p.171.

되는 대우의 미학은 꼭 상대가 되거나 반대가 되는 음양의 이원론적 어울림에서만 찾아지는 것은 아니다. 전술한 바와 같이 유사한 것들이나 같은 것들에서도 찾아지고, 주종(主從)의 관계나 상승(相承)관계 혹은 가정(假定)의 관계 등에서도 발견이 된다.

예컨대 '산인가 구름인가 머흐도 머흘시고', '구름은 카니와 안개는 무사일고', '누어 생각하고 니러안자 혜여하니', '들을제난 우레러니 보내난 눈이로다', '사공은 어대가고 븬배만 걸렷난고', '늣기난닷 반기난닷 님이신가 아니신가' 등은 대우의 수사기교를 근간으로 하여 자신의 서정을 절절하게 그려낸다는 것이다.

끝으로 송강은 뜻글자인 한문에서 우러나는 멋이나 아름다움보다 소리글자인 국어를 아름답게 갈고 다듬어서 언어가 주는 아름다움의 극치를 송강가사에서 실험함으로써 조선 시가객들로부터 '좌해진문장(左海眞文章)', '동방의 이소(離騷)'라는 절찬을 받았다고 할 수가 있다. 특히 김만중은 서포만필에서 3편의 송강가사는 우리나라에서 가장 참다운 문장이라 하고서 그 가운데서도 속미인곡은 우리 국어로 썼기 때문에 가장 훌륭한 작품이라 평한 뒤 다른 두 가사는 한문의 어구를 많이 사용했으므로 속미인곡을 따를 수 없다고 하였다.

즉 '닛난닷 퍼티난닷 헌사토 헌사할샤'는 식영정에서 자연과 하나가 되어 지락(至樂)을 누리고 있는 김성원의 신선적 자세를 부러워한 송강이 식영정에 감돌아 흐르는 안개구름을 회화적으로 묘사한 것이다. 이어진 듯 펼쳐진 비단 같은 구름이 그렇게 아름다울 수 없다는 경지다. 마치 동양화의 화폭을 담아내는 것 같은 생생한 서경적 묘사법으로 자연경물의

---

94) 전일환, 고산 윤선도 국문시가의 수사미학, 古詩歌研究 第11輯, 2003. p.184.

묘사가 이보다 나은 표현이 어디 있을까 싶다.

또 '어와 조화옹이 헌사토 헌사할샤/ 날거든 뛰지마나 셧거든 솟디마나/ 부용을 고잣난닷 백옥을 믓것난닷'은 금강산의 절경을 함축적으로 묘사한 것인데 술어가 서로 대칭을 이루면서 자연경물을 한층 효과적으로 생생하게 그려내고 있다. 특히 소향로봉, 대향로봉, 진헐대의 모습이 '날았으면 뛰지나 말든지, 서 있거든 솟지나 말든지' 아니면 '아름다운 부용꽃을 꽂아 놓은 듯'이 '조물주의 조화가 참으로 야단스럽다'는 표현은 한시문을 진서라고 생각했던 사대부들에게는 생각조차 할 수 없는 일이다.

이와 같은 현상은 금강산 일만 이천 봉우리에 맺히고 서린 기운을 '맑거든 깨끗하지나 말거나 깨끗하거든 맑지나 말거나'라 그리면서 그 기운으로서 멋있는 인걸을 만들고자 소원하기도 하고, 백천동 만폭동 폭포가 마치 '은빛 무지개요, 옥 같은 용의 꼬리'인데, '섯돌며 뿜는 폭포소리'가 귀로 들을 때는 분명 우뢰요, 눈으로 보면 흰 눈이라는 공감각적 표현에서 더욱 생명을 불어낸다.

또한 임금을 그리다가 얻은 상사병을 '차라리 싀어디어 범나비가 되어서/ 꽃나무 가지마다 간대족족 앉았다가/ 향기묻힌 날개로 님의 옷에 옮겨' '님이야 나인줄 몰라줘도 나홀로라도 님을 따르겠다'는 여필종부적인 자세로서 숭고한 사랑으로 절절하게 그려지는 모습은 송강에게만 엿볼 수 있는 수사미학이 아닌가한다.

그러므로 송강 정철이야말로 조선조가 낳은 가사문학의 최고 작자요, 우리국문학 가운데 가사장르라는 독특한 문학장르를 정립시켜 우리 국문학의 문학양식을 풍부하게 만든 조선조가 낳은 걸출한 시가객이라 할 수가 있다. 송강은 중국 한문학의 영향을 절대적으로 받았으면서도 작품 속에서는 조금도 한문학과 같다거나 아류(亞流)일 것이라는 생각을 허용

할 수 없을 만큼 그것을 싹틔우고 꽃피워서 일층 아름다운 열매를 맺게
했다는 것이다.

다시 말하면 중국문학을 받아들여 그것의 영향을 크게 입었을 지라도
자국의 문학적 토양 위에 승화발전의 과정을 거침으로써 가사문학이라는
한국문학의 또 다른 영역을 개척하는 데 크게 기여하였다고 할 수가 있다.
결코 거대한 한문학의 영향 속에서 전 동화되지 아니하고 그것을 여과(濾
過)하고 정화(淨化)시켜 세계적인 가사장르로 형성 발전시킨 것은 우리들
의 자랑일 뿐만 아니라, 또 다른 의미에서 한국문학의 새로운 장을 개척했
다고 말할 수가 있다.

■ 색인

저자 소개

저자 전일환(全壹煥)은 전북 장수 장계출생. 전주대학교 인문대학 한국어문학 전공교
수. 문학박사. 대학신문사 주간, 중앙도서관장, 인문대학장, 입학처장, 교무처장,
부총장 등 대학의 주요보직을 두루 역임했다.
1981년부터 수필을 쓰기 시작, 1993년 〈한국수필〉에 '그 말 한마디'로 등단하였고,
1998년 북경어언대학 한국어과 초빙교수가 되어 한족들에게 한국문학을 강의하는
한편, 북경한글학교장직을 수행하였다. 국어문학회, 한국언어문학회장을 역임하
고 현재 한국시가문학회, 고시가연구회, 한국가사문학 학술진흥회 이사를 맡고
있으며, 저서로 〈조선가사문학론〉, 〈우리 옛 가사문학의 이해〉, 〈고시가선독〉,
〈현실로 본 맹자철학〉, 공저 〈고전시가 엮어 읽기〉, 수필집 〈그 말 한마디〉 등이
있다.

옛시 옛노래의 이해

초판인쇄 2008년 8월 13일　　**초판발행** 2008년 8월 22일

저자 전일환
발행처 제이앤씨
등록번호 제7-270

주소 서울시 도봉구 창동 624-1 현대홈시티 102-1206
전화 (02) 992 / 3253
팩스 (02) 991 / 1285
URL http://www.jncbook.co.kr
E-mail jncbook@hanmail.net

ISBN 978-89-5668-627-1 93810　　**정가** 19,000원